MW00682449

ILS ONT OSÉ !

Pierre Bellemare mène une carrière d'homme de radio, de télévision et d'écrivain. En diversifiant ses activités et ses sources d'inspiration, il a prouvé qu'il n'était pas à court d'imagination. Tous ses livres sont de grands succès de librairie.

Paru dans Le Livre de Poche :

P. Bellemare

C'est arrivé un jour
Suspens
L'Année criminelle
Les Amants diaboliques
Sans laisser d'adresse
Je me vengerai
Quand la justice perd la tête
Survivront-ils ?
Les Grands Crimes de l'histoire
Les Tueurs diaboliques
L'Enfant criminel

P. Bellemare et J. Antoine

Les Dossiers d'Interpol
Les Aventuriers
Histoires vraies
Dossiers secrets
Les assassins sont parmi nous
Les Dossiers incroyables
Quand les femmes tuent
Les Nouveaux Dossiers incroyables

P. Bellemare et M.-T. Cuny

Marqués par la gloire

P. Bellemare et J.-M. Épinoux

Ils ont vu l'au-delà

P. Bellemare et J.-F. Nahmias

Crimes dans la soie
Destins sur ordonnance

P. Bellemare, J.-M. Épinoux et J.-F. Nahmias

Les Génies de l'arnaque
Instinct mortel
L'Empreinte de la bête

P. Bellemare, M.-T. Cuny, J.-M. Épinoux, J.-F. Nahmias

Instant crucial
Instinct mortel
Issue fatale

P. Bellemare, J.-M. Épinoux, R. Morand

Possession

P. Bellemare, J.-M. Épinoux, F. Ferrand, J.-F. Nahmias, T. de Villiers

Le Carrefour des angoisses
Journées d'enfer

PIERRE BELLEMARE
Jean-François Nahmias

Ils ont osé !

40 exploits incroyables

Documentation Gaëtane Barben

ALBIN MICHEL

ISBN : 978-2-253-12146-6 – 1re publication LGF

AVANT-PROPOS

Ceux qui osent l'ignorent la plupart du temps. Oser est un verbe à l'usage des témoins ; le héros ne dira jamais « je vais oser l'affronter », c'est l'observateur qui le constatera.

Et pourtant, il faut souvent oser pour réussir. C'est cette qualité qui va permettre aux hommes de se transfigurer, de devenir des guides, des exemples.

Nous regardons avec admiration et envie ceux qui ont osé car ils ont eu le courage, l'initiative, la passion d'aller plus loin que nous.

Un souvenir me revient en mémoire. Nous étions en vacances sur mon bateau en Méditerranée et nous nous dirigions vers le port de Sestri Levante, sur la côte ligure, pour réparer une avarie, quand un câble qui flottait entre deux eaux se prit dans l'hélice et bloqua le moteur. La côte à cet endroit était très escarpée avec des éboulements de roches formant de véritables récifs. Le vent venant du large nous poussait à terre et nous avions au plus cinq minutes devant nous avant de nous écraser sur les rochers. Deux pêcheurs à bord d'une barque à moteur nous ont vus et se sont portés à notre hauteur, mais plus nous nous approchions des dangers et plus les vagues se transformaient en déferlantes, menaçant de renverser ceux-là mêmes qui venaient à notre secours. Au mépris du danger, d'un geste précis, l'un d'eux parvint à nous lancer un cordage que je fixai à un taquet. Le patron qui était à la manœuvre raidit l'amarre et réussit à immobiliser mon bateau. Puis lentement l'étrave pivota et nous pûmes nous éloigner en remorque. Nous étions sauvés, mais trente secondes de plus et sauveteurs et naufragés se fracassaient sur les rochers.

Savoir dépasser sa peur, dépasser sa force, devenir franchement déraisonnable : c'est le credo de nos personnages, qui vont vous surprendre parce qu'ils ont osé.

Pierre BELLEMARE

L’avocate

Il fait très chaud, dans la salle des assises du Massachusetts, ce 8 août 1983. La climatisation, qui fonctionne à plein régime, n’empêche pas un soleil de plomb d’entrer par les hautes fenêtres du bâtiment, construit dans le style néogothique, et l’atmosphère est accablante. C’est sans doute ce qui explique le peu d’intérêt pour le procès qui s’y déroule. Le public ne s’est pas déplacé, les journalistes moins encore et pourtant il s’agit d’une affaire de meurtre où l’accusé risque la peine de mort.

Cette désaffection est aussi provoquée par le peu d’incertitude quant à l’issue des débats. Pour tout le monde, la cause semble entendue. Il n’y a que l’accusé, Kenneth Walters, un grand gaillard de trente ans, qui se manifeste avec énergie, en clamant son innocence. Le reste des participants, les juges, les jurés et même son propre avocat semblent plongés dans la torpeur et souhaiter que tout se termine au plus vite.

Les faits remontent à l’année précédente. Ils ont eu pour cadre la petite ville toute proche de Gladstone. Le 16 avril 1982, Deborah Pinkerton, soixante-douze ans, veuve d’un médecin, est retrouvée poignardée dans le pavillon qu'elle habite seule. Le crime est particulièrement sauvage. La malheureuse s'est défendue avec acharnement, réussissant même à blesser son agresseur. Après son meurtre, l'assassin a fouillé la maison et a sans doute fait main basse sur une somme importante, car il était de notoriété publique à Gladstone que la veuve cachait ses économies chez elle et on n'a rien retrouvé.

Immédiatement les soupçons se portent sur Kenneth Walters. C'est lui que le shérif Dwight Miller interroge le premier et il ne cesse, par la suite, d'orienter son enquête autour de lui. Il faut dire qu'il a quelque raison pour cela. Kenneth Walters, peintre en bâtiment au chômage, habite, en compagnie de sa mère, une baraque en préfabriqué, non loin de la villa de Mme Pinkerton. C'est un endroit repoussant, qui, avec ses herbes folles, ses vieux pneus et ses carcasses métalliques, ressemble à une décharge publique.

Cela, Deborah Pinkerton ne l'admettait pas et elle avait pris l'initiative d'une pétition pour chasser de Gladstone Kenneth Walters et sa mère. Ce dernier avait très mal pris la chose et il avait publiquement menacé de mort la veuve du médecin. Or de tels propos ne pouvaient être pris à la légère : Kenneth Walters est un violent, qui a été condamné à plusieurs reprises pour coups et blessures.

Tout le désigne donc comme l'assassin, d'autant que, s'il n'y a pas de preuves à proprement parler, il existe un ensemble de présomptions contre lui. Certes, personne ne l'a vu entrer chez la victime ; on n'a également pas retrouvé ses empreintes dans le pavillon. Mais il n'a pas d'alibi, plusieurs personnes l'ont vu chez lui le matin du meurtre, à une centaine de mètres du lieu du crime, et surtout le sang de l'agresseur, qui a taché le corsage de Deborah Pinkerton, est du même groupe que le sien. Dans ces conditions, après une courte enquête, le shérif Miller inculpe Kenneth Walters de meurtre et celui-ci, malgré ses protestations d'innocence, est traduit devant la cour d'assises du Massachusetts.

Une fois terminée la lecture de l'acte d'accusation, le président pose la question traditionnelle :

– Accusé, plaidez-vous coupable ou non coupable ?

Et Kenneth Walters répond d'une voix forte :

– Non coupable, Votre Honneur !

Le premier témoin à venir à la barre est Dwight Miller, le shérif. Il s'exprime avec conviction, sans pour cela tirer le tribunal de sa torpeur.

– Pour moi, la culpabilité de l'accusé ne fait aucun doute. Il est capable du pire. Je l'ai arrêté une fois qu'il était complètement ivre et qu'il injuriait les passants dans la rue. Une autre fois, il a assommé un automobiliste après un accrochage. Là encore, il était ivre.

Kenneth Walters se dresse à son banc.

– Cela ne fait pas de moi un assassin ni un voleur ! Je n'ai jamais volé un cent de ma vie. Tout le monde savait que la vieille cachait son argent chez elle. Mais le shérif n'a pas voulu chercher quelqu'un d'autre. Il m'a mis le crime sur le dos parce que c'était plus commode.

Pour toute réponse, Dwight Miller se contente de hausser les épaules. Le président n'insiste pas davantage et appelle le témoin suivant. Il est à noter que c'est l'accusé qui vient d'intervenir et non son avocat, qui est resté totalement passif pendant toute la déposition. Jeune stagiaire commis d'office, c'est sa première cause. Il a tenté de convaincre Kenneth Walters de plaider coupable pour sauver sa tête. Devant son refus, il lui a dit que, dans ce cas, il ne pouvait rien faire pour lui. C'est d'ailleurs la stricte vérité : il ne fait absolument rien, il n'a pas ouvert la bouche depuis le début du procès.

Les témoins suivants ne font qu'enfoncer davantage la défense. La réputation de Kenneth Walters était détestable à Gladstone et c'est à qui le noircira le plus. Voici, par exemple, Irina Soames, présidente de l'association charitable dont la victime était membre.

– La pauvre Deborah me parlait souvent de l'accusé. Il la terrorisait. Elle m'a dit plusieurs fois : « S'il m'arrive malheur un jour, ce sera lui le coupable... »

Encore une fois, Kenneth Walters proteste avec vigueur, encore une fois, son avocat reste aussi muet qu'une carpe, et on en arrive au seul témoin à décharge, la sœur de l'accusé, qui est aussi sa seule famille, car entre-temps leur mère est morte. Elle n'a pas supporté de voir son fils en prison et elle a fait une crise cardiaque.

Anna Walters a vingt-huit ans. Divorcée, deux enfants, elle habite Middletown, à cent kilomètres de Gladstone, où elle est serveuse dans un fast-food. C'est une brunette aux allures franches et énergiques.

– Jamais mon frère n'aurait été capable d'une chose pareille ! C'est vrai, il a fait des bêtises, mais il vous l'a dit : il n'est ni un voleur ni un assassin. Et puis vous n'avez pas le droit de condamner quelqu'un sans preuve. Qu'est-ce que cela veut dire, un groupe sanguin ? Il y a des millions de personnes qui ont le même et des milliers dans les environs de Gladstone !

Le procureur, qui ne s'était pas encore fait entendre, non par incompétence comme l'avocat de la défense, mais parce que c'était inutile, tout allant au mieux pour l'accusation, intervient alors avec véhémence :

– Vous n'avez pas à plaider ! Vous êtes ici pour énoncer des faits. Dites-nous plutôt où vous étiez au moment du crime.

– À Middletown...

– C'est-à-dire à cent kilomètres de là. Alors, vous n'avez rien vu. Vous ne savez rien. Vous n'avez rien à dire !

Anna Walters ne peut que répéter :

– Mon frère n'est pas un assassin...

Et elle retourne s'asseoir sur les bancs clairsemés du public. Peu après, elle assiste, consternée, au réquisitoire du procureur. Il s'adresse à l'accusé d'une voix terrible :

– Vous êtes coupable, Kenneth Walters ! C'est vous qui avez poignardé à mort Deborah Pinkerton. Pourquoi ? Parce que vous détestiez cette pauvre femme qui dénonçait vos agissements de voyou et qui voulait vous faire partir de Gladstone. Et aussi, parce que vous vouliez rafler les quelques milliers de dollars qu'elle avait pu mettre de côté. Manque de chance, vous avez été blessé en commettant votre crime et vous avez mêlé votre sang au sien. Mesdames et messieurs les jurés, vous devez prononcer la seule peine qui s'impose : la mort !

Mais Anna Walters est plus consternée encore par la plaidoirie de la défense. Elle est lamentable, il n'y a pas d'autre mot. L'avocat lit son discours, dans lequel il affirme l'innocence de son client, avec un manque absolu de conviction. Et, en conclusion, il demande l'indulgence du tribunal, ce qui est parfaitement contradictoire avec la thèse de l'innocence. On ne saurait mieux affirmer qu'il croit Kenneth coupable.

Lorsque les jurés reviennent dans le prétoire, après une délibération incroyablement courte, Anna Walters s'attend au pire. Ce n'est pourtant pas tout à fait le pire : son frère est condamné à la réclusion à perpétuité. Il a sauvé sa tête. Pourquoi ? Sans doute parce que, malgré tout, il restait un doute dans l'esprit des jurés.

À l'énoncé du verdict, elle éclate en sanglots, tandis que Kenneth Walters clame son innocence à grands cris. Ce sont les deux seules réactions dans la salle d'audience. Tous les autres acteurs du procès s'en vont rapidement et sans un mot. Visiblement, une seule réflexion occupe leurs esprits : il fait trop chaud !

Il fait beaucoup moins chaud, en cette mi-octobre 1983, lorsque Anna Walters se rend au parloir de la prison, pour voir son frère. Les circonstances sont dramatiques. Deux mois après sa condamnation, Kenneth Walters a fait une tentative de suicide en s'ouvrant les veines et il n'a été sauvé que de justesse. Pendant tout le temps qu'il était à l'hôpital, Anna n'a pas pu le voir. C'est la première fois qu'elle le rencontre.

Kenneth est tout pâle. Il a les poignets bandés. On voit qu'il n'a pas récupéré de tout le sang qu'il a perdu. Mais il y a pire. Anna découvre une expression tragique sur son visage : il est plus atteint encore moralement que physiquement. Elle l'interroge, bouleversée :

– Comment as-tu pu faire cela ?

– Avec un morceau de verre. Je l'ai acheté avec l'argent que tu m'as donné pour mes cigarettes. Tout s'achète, en prison. Tu n'imagines pas le trafic qu'il y a entre les détenus.

Anna Walters est horrifiée devant ces réalités d'un monde dont elle ignore tout.

– Promets-moi que tu ne recommenceras jamais !

– Je te promets de recommencer dès que je pourrai.

– Kenneth...

– Je suis innocent et je vais finir mes jours en prison : tu crois que c'est une vie ? Je n'ai plus aucun espoir, aucun. Je n'attends que la mort.

– Tu n'as pas eu un procès équitable. On peut obtenir que tu sois rejugé.

– Pour cela, il faudrait prendre un nouvel avocat. Tu sais avec quoi le payer ?

Anna Walters ne répond pas. Son frère a raison. Elle se sent incapable de le convaincre et, pire, c'est lui qui l'a convaincue. Elle comprend très bien qu'après ce qui est arrivé, il n'ait plus envie de vivre et elle est sûre que, placée dans les mêmes conditions, elle ferait comme lui. Tout est perdu. Il n'y a rien à dire, rien à faire.

Et c'est alors qu'il se produit quelque chose d'extraordinaire : une idée naît dans son esprit, une idée folle, totalement absurde. Anna, poussée à la fois par l'amour qu'elle a pour son frère et par le refus de cette monstrueuse injustice, refuse de baisser les bras. Elle s'écrie, dans un élan entièrement irréfléchi :

– Je serai ton avocate !

Kenneth la regarde avec des yeux ronds.

– Qu'est-ce que tu dis ?

– Je passerai mon doctorat. Je te défendrai et je prouverai ton innocence !

– Tu perds la tête ? Tu n'as même pas ton bac. Tu t'es arrêtée à la troisième.

– Je reprendrai mes études. Je passerai mon bac et je m'inscrirai à la faculté. Ce sera long, mais j'y arriverai...

Kenneth Walters regarde sa sœur et, en cet instant précis, il a la certitude qu'elle pense réellement ce qu'elle dit et qu'elle le fera. Anna a toujours eu, depuis qu'elle est toute petite, une volonté incroyable. Mais elle ne se rend pas compte des difficultés, des obstacles qu'elle va rencontrer.

– Tes enfants, tu y as pensé ?

– Je me débrouillerai...

– Des études, cela coûte cher. Où trouveras-tu l'argent ?

– J'obtiendrai une bourse. Je passerai le concours.

Il y a un long silence. Tous deux se regardent, comme dépassés par les perspectives qui surgissent brusquement devant eux. Anna demande d'une voix émue :

– Kenneth, si je fais cela, est-ce que tu renonceras à te suicider ?

Kenneth Walters met un instant avant de répondre, pour être sûr de ne pas se tromper. Mais, en fait, c'est inutile. La décision de sa sœur a tout changé. Elle vient de se lancer dans une aventure fantastique et il y est engagé avec elle.

– Je ne me suiciderai pas.

– Ce sera très long : des années, peut-être dix ans, peut-être plus...

– Cela ne fait rien. Maintenant, j'ai un espoir.

Et Anna Walters tient parole. Elle s'inscrit à des cours du soir pour poursuivre sa scolarité. Une voisine a accepté de garder ses enfants et, en échange, elle lui fait ses courses. Malheureusement, elle n'est pas douée pour les études, elle redouble sa troisième ; il lui faut cinq ans pour obtenir son bac.

Elle réussit le concours pour l'obtention d'une

bourse, indispensable pour mener ses études supérieures. Aux États-Unis, le système scolaire n'est pas comme chez nous : toutes les universités, ou presque, sont privées et leurs tarifs sont prohibitifs. Seul un petit nombre accepte les boursiers. Celle dans laquelle Anna s'inscrit se trouve à New York et elle doit tout quitter, en particulier son emploi, pour s'y rendre avec ses deux enfants.

Là, elle retrouve une place de serveuse dans un fast-food. Elle suit les cours comme elle peut, dans des conditions épouvantables, tant et si bien qu'elle doit redoubler sa première année. Elle ne voit plus Kenneth, le Massachusetts est trop loin, elle n'a pas le temps de s'y rendre. Tous les deux correspondent et c'est pour Anna le plus merveilleux des réconforts. Non seulement son frère ne perd pas espoir, mais c'est lui qui l'encourage, qui lui dit de tenir bon. Elle n'est pas encore avocate, mais il a repris grâce à elle goût à la vie, et c'est déjà une grande victoire.

En tout, il faut à Anna Walters deux fois plus de temps que les autres étudiants pour obtenir son doctorat en droit. Pour son sujet de thèse, elle choisit « Les tests ADN comme preuve dans les affaires criminelles ». C'est, en effet, grâce à cela qu'elle espère l'emporter. En 1983, les expertises d'ADN n'existaient pas. On ne connaissait que les groupes sanguins. Maintenant, il va être possible de prouver que le sang laissé sur la victime n'est pas celui de Kenneth.

Nous sommes alors en 1998. Elle a quarante-trois ans ; il y a quinze ans qu'ont eu lieu le procès et la condamnation de son frère. À présent, elle est sûre que tout va aller très vite. Elle écrit aux autorités judiciaires du Massachusetts pour avoir communication du dossier Kenneth Walters, en tant que son avocate officielle. Elle attend, confiante, la réponse, et c'est la catastrophe !

De même que le système éducatif, la justice américaine est très différente de la nôtre. Il n'y a pas, comme chez nous, un Code pénal pour tout le pays, chaque État possède sa propre juridiction. Malgré ses connaissances, Anna n'était pas spécialement au fait des lois du Massachusetts et, lorsque la réponse lui parvient, c'est comme si la terre s'ouvrait sous ses pas.

> Maître,
>
> Nous avons pris bonne note de votre demande. Malheureusement, la réglementation en vigueur au Massachusetts veut que les pièces à conviction soient détruites au bout de dix ans et l'affaire que vous évoquez date de quinze ans. Nous regrettons de ne pouvoir vous satisfaire.
>
> Veuillez agréer... etc.

Alors, encore une fois, Anna Walters refuse de baisser les bras. Cette femme ordinaire, cette petite Américaine moyenne, va se montrer digne de toutes les héroïnes de roman. Contre toute raison, elle décide de se rendre sur place. Qu'espère-t-elle, puisqu'on lui a dit qu'il n'y avait plus rien ? Elle ne saurait le dire elle-même. Elle pense sans doute que tant d'efforts et de souffrances ne peuvent se conclure ainsi.

Elle se retrouve là où le drame a commencé, dans le bâtiment de style néogothique, siège du tribunal du Massachusetts. C'est là que sont entreposés les dossiers des divers procès. Le responsable des archives est un petit homme aux cheveux grisonnants, proche de la retraite. En entendant sa demande, il manifeste son incompréhension.

– Qu'est-ce que vous attendez de moi ? Le dossier n'existe plus.

Alors elle insiste. Elle raconte toute son histoire. Peut-être y a-t-il eu une erreur. Peut-être a-t-on oublié ce dossier-là. En tout cas, elle veut voir. Même s'il n'y a qu'une chance minuscule, il faut la tenter. L'homme finit par être touché. Il accepte de l'accompagner dans la cave où sont rangées les archives.

Anna se retrouve dans une sorte de labyrinthe qui sent le moisi. Il y a là tout un fatras de liasses de papiers attachées par des sangles et des objets sinistres dans des sacs en plastique transparent : armes à feu, couteaux, marteaux, vêtements tachés de sang, os humains.

Ce bric-à-brac lui donne de l'espoir. Le désordre qui règne est évident. Un tel manque de rigueur peut laisser espérer une erreur quelconque, il faut chercher. Tout est grossièrement classé par année. Il n'y a, bien sûr, pas d'année 1983, mais, à genoux, à quatre pattes, aidée par l'homme aux cheveux grisonnants, qui s'est pris au jeu et qui cherche avec elle, elle remue des kilos et des kilos de poussière.

Et le miracle a lieu ! Là, sur cette boîte en carton, un nom et un prénom ont été tracés au feutre noir : « Walters Kenneth ». Elle ouvre le couvercle en tremblant et la première chose sur laquelle elle tombe est un corsage maculé de taches brunes. Elle l'avait vu, quinze ans plus tôt, brandi par le procureur sous les yeux des jurés. C'est le corsage de Deborah Pinkerton, celui sur lequel se trouve le sang prétendument de son frère.

– Laissez-moi l'emporter. Je vais le faire analyser.

– Je ne peux pas. Je n'ai pas le droit.

– Écoutez, ce dossier ne devrait pas exister. Qu'est-ce que cela peut vous faire ?

– Si les résultats de l'analyse sont rendus publics, tout le monde va le savoir. Je risque des ennuis.

– Si les conclusions confirment que c'est le sang de mon frère, je les garderai pour moi. Si elles démontrent l'inverse, cela permettra de sauver un innocent. Vous ne trouvez pas que cela vaut quelques ennuis ?

Le responsable des archives la laisse partir avec la pièce à conviction. L'analyse a lieu, et c'est la victoire ! L'expertise ADN démontre que le sang du meurtrier n'est pas celui de Kenneth Walters. Enfin, la victoire, pas encore, car tout s'est fait dans l'illégalité et, quand Anna Walters adresse sa demande de révision aux autorités du Massachusetts, elle se voit opposer un refus catégorique.

Mais elle a suffisamment prouvé depuis le début que rien ne la décourage. Après les montagnes qu'elle a soulevées, ce n'est pas un obstacle de ce genre qui peut l'arrêter. Elle va trouver les journalistes et il lui suffit de raconter sa fantastique histoire pour faire sensation. Immédiatement, tous les médias s'emparent de l'affaire. L'opinion exige la libération de Kenneth Walters et la pression est telle que la justice doit s'incliner. Kenneth Walters est libéré le 18 novembre 1998, après plus de quinze ans passés en prison.

Aux États-Unis, tout va très vite. La célébrité d'Anna Walters fait que son cabinet d'avocate connaît aussitôt la prospérité. Mais elle ne se laisse pas tourner la tête. Si elle accepte quelques causes rentables, elle n'oublie pas la motivation qui a été la sienne depuis le début. Elle déclare aux journalistes :

– J'ai décidé de me consacrer à la lutte contre l'erreur judiciaire. Ces dernières années, quatre-vingt-cinq condamnés ont été libérés grâce au test ADN, dont dix se trouvaient dans le couloir de la mort. Il y en a encore beaucoup à sauver. Je vais me battre à leurs côtés.

On ne peut qu'approuver et dire, en conclusion de cette aventure humaine dont il y a peu d'exemples : « Bonne chance, Anna ! »

Le mur de l'Atlantique

Avec sa petite moustache, sa quarantaine replète et son éternel béret basque sur la tête, Gérard Duchez est le Français moyen caricatural. Il a, de plus, presque en permanence l'air jovial, un peu bébête parfois, bref il inspire spontanément la sympathie et il ne viendrait à personne l'idée de se méfier de lui.

Cette apparence insignifiante, Gérard Duchez la cultive soigneusement. Elle est indispensable pour mener le combat qui est le sien. Oui, le combat, car nous sommes en 1942, à Caen, dans la France occupée et Gérard Duchez appartient au réseau de résistance Malherbe, dont la spécialité est le renseignement.

Au sein du groupe, Duchez a un rôle bien défini. Il possède une petite entreprise de peinture et il lui est déjà arrivé de faire des travaux pour les Allemands. Jusqu'à présent, cela ne lui a pas permis de tomber sur quelque chose d'intéressant, mais il persévère et, en attendant, il feint d'avoir pour l'occupant les sentiments les plus cordiaux.

Ce jeudi 7 mai 1942, comme il en a l'habitude, Gérard Duchez va voir au tableau d'affichage de la mairie de Caen s'il n'y aurait pas des offres de chantiers. Or, justement, on invite les peintres en bâtiment à soumissionner pour un marché de réparations mineures au quartier général de l'organisation Todt.

Malheureusement, l'avis est périmé et il aurait dû être retiré, car les candidatures devaient être déposées avant 17 heures le mercredi 6.

Gérard Duchez pousse un juron de contrariété : approcher l'organisation Todt est, en effet, la priorité de son réseau. Cette bien mystérieuse organisation, qui porte le nom du ministre de l'Armement du Reich, décédé récemment dans un accident d'avion, est spécialisée dans les constructions militaires. Elle vient d'installer des bureaux dans les principales villes côtières de France. Pour l'instant, on ne sait rien de précis, mais il semblerait que les Allemands aient décidé l'édification de fortifications sur une grande échelle le long du littoral.

Gérard Duchez décide de tenter quand même le coup. Il a toujours été débrouillard et il fait confiance à la chance. Il se dirige sans plus tarder vers les locaux de l'organisation Todt, qui occupe un luxueux hôtel particulier du centre ville, réquisitionné par l'occupant. À cinquante mètres de l'entrée principale, la voie est bloquée par une barrière de fils barbelés. Une sentinelle monte la garde. Celle-ci braque son canon vers lui :

– Halte ! Ausweis !

Gérard Duchez ôte son béret basque et fait son plus beau sourire.

– Moi pas ausweis. Moi venir pour peinture.

Comme le factionnaire ne comprend pas un mot de français et s'énerve de plus en plus, Gérard Duchez, pour s'expliquer, fait semblant de manier le pinceau le long de sa guérite. Cette fois, la réaction est immédiate : un violent coup de crosse le jette à terre. L'Allemand s'acharne sur lui à coups de botte, puis le fait se relever et le conduit dans l'immeuble en lui enfonçant le fusil dans les reins. Là, d'autres Allemands surgissent et se mettent à l'injurier. Enfin, arrive un officier qui s'adresse à lui d'une voix glaciale.

– Est-ce que vous connaissez les punitions prévues pour les Français qui se moquent du Führer ?

Du coup, Gérard Duchez comprend la réaction de la sentinelle. Il explique à l'officier qu'il n'a pas voulu se moquer de la première profession exercée par Adolf Hitler, ni des peintres en bâtiment en général, mais qu'il a tenté de dire qu'il est lui-même entrepreneur en peinture et qu'il vient pour l'annonce de la mairie.

Du coup, l'officier éclate de rire. L'incident a créé un climat de sympathie.

– Je suis désolé, monsieur... Il s'agit de remplacer le papier peint dans deux bureaux du premier étage. Normalement les offres sont finies, mais dites-moi quand même votre prix.

Gérard Duchez n'hésite pas. Il annonce :

– Six mille francs.

C'est 30 % au-dessous du marché. Il y sera de sa poche, mais une telle occasion méritait un sacrifice financier. En tout cas, la somme a produit un effet instantané. L'officier a un hochement de tête.

– C'est bien. Suivez-moi. Les travaux ont lieu dans le bureau du commandant Schnedderer.

Le commandant Schnedderer est un gros homme chauve, au visage barré d'une cicatrice. Lui aussi parle correctement français.

– J'ai des goûts très précis pour le papier peint. Je veux des cavaliers bleus portant des fanions sur un fond jaune clair ou bien des canons argent sur fond bleu marine. Vous avez cela ?

Gérard Duchez n'a jamais vu de sa vie des papiers semblables, mais il répond sans se démonter :

– Bien entendu, commandant. Je les aurai demain...

Gérard Duchez passe le reste de la journée à courir

les maisons de papiers peints de Caen pour trouver le modèle demandé. Il finit par découvrir un motif qui n'est pas dans les tons voulus mais où il y a des canons, des soldats et des fanions. Il décide que cela fera l'affaire. Il compte sur son bagout pour convaincre l'Allemand.

Le lendemain, le voilà donc avec ses rouleaux sous les bras dans le bureau du commandant Schnedderer. Comme prévu, sa faconde emporte l'adhésion de son interlocuteur.

– Bon, cela ira. Vous pouvez commencer.

Le travail de Gérard Duchez consiste d'abord à prendre des mesures. Il s'affaire avec son mètre pliant et son escabeau lorsqu'un autre officier entre et dépose sur le bureau une pile de documents, après avoir claqué des talons. Tout en affectant d'être plongé dans son travail, Gérard Duchez observe du coin de l'œil et s'aperçoit qu'il s'agit de cartes. Le commandant Schnedderer, qui l'a maintenant tout à fait oublié, s'absorbe dans la contemplation de l'une d'entre elles ou du moins d'une partie de celle-ci, car elle est trop longue pour être dépliée en entier.

Le soleil brille intensément en ce jour de mai et Gérard Duchez peut découvrir par transparence le contenu du document. Il représente la côte normande depuis l'embouchure de la Seine jusqu'au Cotentin. Il est à une très grande échelle, et des éléments de très petite taille doivent y figurer.

Après l'avoir examiné, le commandant le repose sur son bureau et décroche son téléphone. À partir de ce moment, d'autres Allemands, des militaires et des civils, entrent dans la pièce et échangent avec lui des propos que, malheureusement, il est incapable de comprendre. Et puis, soudain, tous sortent en même temps, il se retrouve seul.

Le cœur battant, Gérard Duchez s'approche de la pile de cartes. Il déplie un peu la première. Il s'agit bien de la côte normande et il peut lire distinctement la mention « Très secret ». Que faire ? Jamais une telle occasion ne se représentera. Mais s'il vole la carte, le commandant va forcément le découvrir et c'en sera fait de lui. Ce sera le peloton d'exécution et pire encore : la torture. Sera-t-il capable de ne pas dénoncer le réseau ?

À cet instant précis, Gérard Duchez voit son visage reflété dans le miroir en face de lui : il se trouve bien pâle, mais ce n'est pas à la pâleur de son teint qu'il pense. Le miroir ! Il a la place de cacher la carte derrière. Sans réfléchir davantage, il se précipite. L'instant d'après, il a dissimulé l'objet. Il était temps : le commandant Schnedderer fait son entrée.

– Vous avez pris vos mesures ?

– Oui, commandant.

– Alors vous pouvez partir. Vous reviendrez lundi.

Gérard Duchez prend congé. C'est vrai, on est vendredi et il va devoir attendre deux jours avant de revenir. Mais que faire d'autre ? Il passe donc le week-end dans l'angoisse, s'efforçant d'avoir l'air naturel avec sa femme et ses enfants, mais s'attendant à tout instant à voir s'arrêter une traction avant occupée par des hommes en imperméable.

Enfin, le lundi arrive. C'est miraculeux, mais c'est ainsi : personne à l'organisation Todt ne s'est aperçu de la disparition d'un document de cette importance, revêtu de la mention « Très secret ». Dans l'hôtel particulier grouillant d'uniformes, Gérard Duchez retrouve l'officier qui lui avait accordé le marché. Il le salue avec la plus profonde déférence.

– À quelle heure le commandant souhaite-t-il que je commence mon travail ?

L'officier n'a plus sa bonne humeur de la fois précédente. Il lui répond sèchement :

– C'est annulé. Le commandant Schnedderer a été muté. Il n'y a plus de travaux.

Gérard Duchez s'efforce de garder son calme, mais c'est la catastrophe. S'il ne peut plus accéder au bureau, non seulement il ne pourra pas s'emparer de la carte, mais celle-ci finira par être découverte un jour ou l'autre et il ne donne pas cher de sa peau. Il parvient quand même à sourire.

– Le commandant Schnedderer a bien un remplaçant.

– Oui, le commandant Keller. Mais il a autre chose à faire que de s'occuper de papier peint.

– Me permettez-vous de lui poser la question en allant reprendre mon matériel qui est resté sur place ?

L'officier hausse les épaules.

– Si vous voulez...

L'instant d'après, Gérard Duchez est dans le bureau. Le commandant Keller est un petit homme sec aux cheveux coupés en brosse. Il n'a pas l'air commode du tout. Cela n'empêche pas l'entrepreneur en peinture de lui tenir le petit discours qu'il a préparé. Le commandant Schnedderer avait fait appel à lui pour décorer son bureau. Il est prêt à lui offrir ses services à son tour.

Le commandant Keller réplique avec, semble-t-il, un peu de regret dans la voix :

– On ne m'a pas parlé de cette dépense. Je suis désolé.

Duchez s'empresse de répliquer :

– Qui vous parle de dépense ? J'ai proposé au commandant Schnedderer de tapisser gratuitement son bureau pour lui montrer ma volonté de collaboration. Si vous vouliez me faire le même honneur...

Un sourire illumine le visage de l'officier allemand.

– Vous êtes un bon Français ! Dans ce cas c'est différent. Vous pourrez commencer demain. Je vais donner l'ordre de retirer les meubles.

De nouveau, la catastrophe se profile. L'entrepreneur en peinture s'entend répondre :

– Ce n'est pas la peine, commandant, il suffit de les placer au centre de la pièce. J'ai toujours travaillé comme cela.

– Très bien. À demain, monsieur.

Et le lendemain, c'est le grand jour. Lorsque Gérard Duchez pénètre dans le bureau, il découvre tous les meubles sagement groupés en son milieu. Il aurait été logique de décrocher la glace, mais la chance extraordinaire qui l'a accompagné depuis le début de son aventure continue à lui sourire : elle est restée à sa place.

Toute la journée, Duchez accomplit son travail. Il est seul, personne ne le dérange. Il a, bien sûr, vérifié tout de suite que la carte était bien là. C'était le cas. Il a retiré le miroir et a glissé le document dans un rouleau de papier. Et le soir, sa tâche achevée, il sort le plus naturellement du monde. Il a mis la carte dans son seau, entre ses pinceaux et ses chutes de papier peint. Personne ne le fouille, ne lui demande quoi que ce soit et il quitte le siège de l'organisation Todt sans être inquiété.

Il faut maintenant faire passer le document à Londres et c'est la seconde partie de l'opération, tout aussi difficile et dangereuse, qui commence. Le lieu de réunion du réseau Malherbe est le café des Touristes, au centre de la ville. Normalement, les contacts sont décidés par le chef, René Girard, dit Malherbe, mais dans les cas d'urgence, les membres peuvent demander une réunion exceptionnelle. C'est ce que fait Gérard Duchez. Le patron du café, qui sert de plaque tournante, lui dit qu'il va transmettre sa demande, et il apprend peu après que c'est d'accord pour le 13 mai.

Au jour et à l'heure dits, Gérard Duchez sort la carte, pliée dans une grosse enveloppe, qu'il avait cachée sommairement dans son jardin. Lorsqu'il arrive au café des Touristes, il est surpris par une animation inhabituelle. Des Allemands en civil fouillent les passants. Avec le document, qui fait une grosse bosse dans sa veste, il n'a aucune chance d'échapper à la fouille. Mais encore une fois, la réussite est avec lui, car le barrage reste un peu plus loin. Il parvient à entrer dans le café sans être inquiété.

Il aperçoit René Girard absorbé avec deux autres responsables du réseau dans une partie de dominos. C'est en jouant à ce jeu, paisible entre tous, que se réunissent les membres du réseau Malherbe. Ce n'est pas vers ses camarades que Gérard Duchez se dirige. Il va vers une table où un sous-officier allemand est seul devant une bière. C'est Albert, un habitué du café, un brave sergent bavarois qui ne comprend pas un mot de français et qui vient tous les jours boire son demi. Tout le monde l'aime bien, il ne représente aucun danger et des réunions se sont déjà tenues en sa présence. Duchez lui donne une tape amicale dans le dos.

– Ça va, Albert ? Belle journée, n'est-ce pas !

Albert réplique quelques mots aimables en allemand, Gérard s'attarde quelques instants auprès de lui, puis va prendre place auprès des joueurs de dominos. Tous le saluent à haute voix puis, Girard dit Malherbe s'adresse à lui, en baissant le ton :

– La Gestapo est dans la rue. Tu n'aurais pas dû entrer, c'est de la folie.

– J'ai pris mes précautions. On ne risque rien.

– Bien, je te fais confiance. De quoi s'agit-il ?

– D'une carte à grande échelle de la côte normande. Il y a des constructions représentées. Je ne parle pas l'allemand, mais j'ai compris un mot : « blockhaus ».

– Effectivement. Cela valait le coup que tu me déranges.

Duchez, Girard et les deux autres responsables du réseau reprennent leurs dominos. De temps en temps, ils ponctuent de leurs exclamations les péripéties de la partie, dont ils se moquent bien. En réalité, ils ont l'oreille tendue vers les bruits de dehors. Les Allemands sont toujours là, ils interpellent les passants. Est-ce un contrôle de routine ou sont-ils au courant de quelque chose ?

Au bout d'un quart d'heure environ, ceux-ci finissent pourtant par disparaître. Ils ne sont pas entrés dans le café. Le danger est passé. Malherbe fait un signe au peintre en bâtiment.

– Donne-moi la carte, maintenant !

– Je ne peux pas. Quand le moment sera venu...

La partie de dominos reprend donc. Enfin, Gérard Duchez se lève. Comme il l'avait fait en entrant, il se dirige vers la table d'Albert. Il l'aide à remettre sa veste qu'il avait enlevée à cause de la chaleur :

– Salut, Albert ! À la prochaine !

Lorsque l'Allemand a quitté l'établissement, Gérard Duchez revient vers ses compagnons. Il sort une grosse enveloppe de sa veste et la tend à son chef.

– Tiens ! Je l'avais mise dans la poche de sa veste. Si les Allemands étaient venus, on avait une petite chance de s'en sortir...

René Girard ne perd pas de temps. Il a compris que le document est d'une telle importance qu'il exige une priorité absolue. Sans prévenir personne, ni sa famille ni les autres membres du réseau, il décide de se rendre immédiatement à Paris. C'est là que se trouve un haut responsable de la Résistance avec lequel il ne doit communiquer que dans les cas exceptionnels. Il ne connaît que son nom, Rémy, ainsi qu'une adresse où il peut le rencontrer.

Rémy n'est bien sûr qu'un faux nom. Celui qui s'appelle en réalité Gilbert Renault et qui pour l'histoire sera le colonel Rémy fait fréquemment la liaison entre Londres et la France, chargé par le général de Gaulle de missions importantes.

René Girard se rend dans un petit appartement de l'avenue Carnot. Rémy y passe régulièrement : il n'a plus qu'à l'attendre. Il a ainsi tout loisir d'étudier la fameuse carte qu'il n'avait pas osé ouvrir jusque-là. C'est prodigieux ! Il s'agit du plan établi au 1/50 000 des fortifications allemandes sur la côte normande, du Havre à Cherbourg. Tout y est : les blockhaus ainsi que les tunnels qui les relient entre eux, les dépôts de munitions, les champs de mines. Jamais peut-être la Résistance n'avait fourni un pareil renseignement !

Enfin, fourni, pas tout à fait encore. Il faut faire sortir la carte de France et la porter à Londres, et la chose est loin d'être gagnée d'avance. C'est de la responsabilité de Rémy, qui ne tarde pas à se présenter. L'entrevue entre les deux hommes est brève. Rémy prend connaissance des documents sans manifester de sentiment particulier. René Girard s'en va. Le rôle du réseau Malherbe est terminé. La suite ne le regarde pas. Il reprend le jour même le train pour Caen.

Le colonel Rémy, de son côté, décide de ne rien précipiter. Ce n'est pas que l'importance de la carte lui échappe, mais il juge qu'il n'y a pas urgence. Ce qui est décrit, en effet, ce ne sont pas des ouvrages existants, mais à construire. Ces renseignements capitaux ne seront utiles que dans un an au moins, pour effectuer des bombardements ou même en vue d'un éventuel débarquement. Il vaut donc mieux prendre son temps et faire la livraison à Londres dans les meilleures conditions de sécurité.

Malheureusement, les choses ne vont pas se dérouler selon ce scénario. Peu de temps après, le 12 juin, Gilbert Renault a rendez-vous avec Georgina Dufour à la station de métro Muette. Georgina, la soixantaine soignée, est la vieille domestique de ses sœurs. Régulièrement, elle lui donne des nouvelles de sa famille, notamment de sa femme et de ses quatre enfants qui sont à l'abri à Pont-Aven. Georgina annonce sans élever la voix :

– Vos sœurs ont été arrêtées par la Gestapo.

Gilbert Renault a l'impression que le temps s'arrête. Mais elle poursuit avec le même calme :

– Tout s'est bien passé. Ils les ont emmenées rue des Saussaies pour les interroger et ils les ont relâchées. C'est vous qui êtes en danger, pas elles.

– Pourquoi moi ?

– Ils savent tout sur vous : votre nom et tous vos faux noms, Rémy, Morin, Watteau, Raymond. Et ils ont même dit à vos sœurs : « Nous savons qu'il a une femme et quatre enfants, qui se cachent en Bretagne près de la côte. »

Gilbert Renault remercie Georgina Dufour et monte dans la rame de métro qui arrivait à cet instant. Tout est changé ! Son arrestation est une question de jours, peut-être d'heures. Il doit immédiatement partir pour

Londres avec les documents les plus importants. Et il faut qu'il fasse traverser la Manche à sa femme et à ses enfants, qui sont en danger également. Tout cela va s'effectuer dans la précipitation et même l'improvisation, mais il n'a pas le choix.

Rentré dans son appartement parisien, le colonel Rémy prend les contacts prévus en cas d'urgence. Il fait annoncer sa venue à Londres par l'émetteur radio clandestin. Il donne instruction à tous les membres de son réseau de se disperser jusqu'à nouvel ordre et il se rend à la gare Montparnasse, avec deux valises pleines : l'une contient ses effets personnels, l'autre est bourrée de documents secrets, dont les plans du mur de l'Atlantique en Normandie.

Son arrivée à Pont-Aven, qu'il n'avait pas annoncée, est un intense moment d'émotion. Sa femme Édith était en train de donner le biberon à leur petit dernier, âgé de six mois, tandis que les trois autres jouaient dans le jardin. Elle se précipite vers lui, l'air plus angoissé qu'heureux de sa venue.

– Qu'est-ce qui se passe ? Il est arrivé quelque chose ?

– Oui. Nous devons passer en Angleterre le plus tôt possible. Je vais aller sur le port. Prépare-toi. Si tout va bien, nous partirons à l'aube.

Peu après, Gilbert Renault est sur les quais de Pont-Aven. Le temps est radieux. Les maisons pimpantes et les bateaux peints de couleurs vives composent un spectacle charmant ; seuls quelques uniformes vert-de-gris rappellent qu'on est en guerre. Gilbert Renault va directement sur le *Deux Anges*, un petit homardier avec trois hommes d'équipage.

Le patron, Alex Le Quérec, est sur le pont. Rémy

sait qu'il fait partie de la Résistance locale et qu'il peut s'adresser à lui en cas de besoin.

– J'aurais besoin de passer en Angleterre demain, mais je ne serai pas seul.

– Qui sera avec vous ?

– Ma femme et mes quatre enfants. C'est possible ?

Alex Le Quérec ouvre l'écoutille de la petite cale où on jette les homards.

– Il faudra vous serrer, mais il n'y a pas de problème.

– Il y a aussi une grosse valise.

– Ça ira...

Le patron des *Deux Anges* réfléchit un instant et ajoute :

– Soyez ici demain, à 6 heures. Cela nous permettra de nous présenter à l'embouchure de la rivière en même temps que les pêcheurs des autres petits ports. Si nous arrivons avec eux à Port-Manech, nous aurons de meilleures chances de passer. C'est là que les Allemands inspectent les bateaux de pêche.

– Comment pratiquent-ils ?

– Ils sont une quinzaine. Ils montent à bord d'un bateau sur deux.

– Et s'ils viennent sur le *Deux Anges*, ils nous trouveront ?

– Pas forcément. Quelquefois, ils ne demandent que les papiers. De toute façon, nous serons entre les mains de la Providence...

Le lendemain à 6 heures, Édith, avec le bébé dans les bras, les trois autres enfants et le colonel Rémy, portant la valise renfermant les plans du mur de l'Atlantique, se présentent devant le *Deux Anges*. La jeune femme a un mouvement de recul en voyant l'exiguïté de la cale.

– C'est trop petit. Nous ne tiendrons jamais.

– Mais si, pressez-vous ! Il ne faut pas vous faire remarquer.

Bientôt la cale est pleine. Effectivement, ses occupants n'ont pas la possibilité de faire le moindre geste. Leur situation est inconfortable, mais elle n'est pas prévue pour durer longtemps. Le *Deux Anges* a rendez-vous au large avec le N-51, une vedette rapide anglaise.

En fait, le seul problème de la traversée est le contrôle à Port-Manech. Si les Allemands ouvrent l'écoutille, ils ne pourront pas faire autrement que de trouver ses occupants. Alex Le Quérec et ses trois hommes d'équipage sont graves. Ils savent que, dans ce cas, ils n'échapperont pas au peloton d'exécution.

Dans la cale, il règne une forte odeur de poisson. Conjuguée au roulis, elle donne la nausée, mais tout le monde est trop tendu pour avoir le mal de mer. Pendant un quart d'heure environ, la traversée se poursuit, rythmée par le ronronnement du moteur et puis celui-ci s'arrête, tandis que des appels se font entendre au loin. Cette fois, le moment décisif est arrivé. Il se trouve que c'est le colonel Rémy qui a le bébé dans les bras. Il dort tranquillement depuis le départ du bateau, mais l'arrêt l'a réveillé et il se met à gazouiller.

Au même moment, un choc suivi d'un bruit de bottes retentit, là-haut sur le pont. Les Allemands sont là, ils ont choisi de contrôler le *Deux Anges*. S'ils se contentent d'examiner les papiers de bord, il reste un espoir, s'ils ouvrent l'écoutille, tout est perdu !

Avec l'arrêt du moteur, c'est le silence le plus complet qui règne à bord. La mer est calme, on n'entend pas le moindre ressac. Cela a l'air de plaire au petit dernier de la famille Renault, qui continue à gazouiller de plus belle. À présent, dans les bras de son père terrorisé, il se met à rire.

Il y a un bruit infernal dans la cale. Rémy comprend que l'un des marins vient de faire tomber la chaîne de l'ancre sur les planches du pont pour couvrir le rire du bébé. Mais il ne pourra pas recommencer son manège et l'enfant continue à babiller.

Lorsqu'ils débarqueront, les Alliés auront, grâce à la carte fournie par la Résistance, une connaissance exacte des défenses allemandes qui leur font face. Sans qu'on puisse dire que c'est grâce à cela que le Débarquement a réussi, cet élément a eu une importance considérable dans le déroulement de l'opération. Or, en cet instant précis, ce facteur historique décisif dépend de la voix d'un bébé. Rémy sait qu'il doit impérativement le faire taire, mais il ne voit pas comment s'y prendre.

Il pense alors à une boîte de cachous qu'il a dans sa poche. S'il lui en met un dans la bouche, peut-être qu'il le sucera et qu'il se taira. Évidemment, il risque au contraire de le recracher ou de l'avaler de travers et de tousser ou bien encore de ne pas aimer le goût et de pleurer. Mais les bruits de bottes et le babil continuent. Rémy met la main à sa poche et introduit la petite pastille dans la bouche de son fils. Le bébé a un instant d'hésitation et puis, c'est le miracle : il se tait d'un coup.

Quelques minutes plus tard, les soldats allemands repartent sans avoir ouvert la cale du *Deux Anges,* qui reprend sa route. La suite se passe sans incident. Le transbordement sur le N-51 se fait quelques heures plus tard, au large de la Bretagne et la famille Renault arrive le lendemain à Londres, avec les plans du mur de l'Atlantique.

Ainsi s'est terminé un des plus remarquables exploits de la Résistance. Il avait fallu pour cela beaucoup de chance et aussi beaucoup, beaucoup de courage.

De l’or en barres

8 juin 1940. Les yeux du monde entier sont tournés vers les dramatiques combats de la campagne de France. Pourtant, dès ce moment, la guerre est présente un peu partout dans le monde et même à l’autre bout du monde. Ce 8 juin 1940, le commandant Reginald Landsfield se trouve exactement aux antipodes de la France. Le *Niagara*, cargo britannique de treize mille tonnes qui est sous ses ordres, croise en effet au large de Whangarei, petite ville du nord de la Nouvelle-Zélande. Il est 6 heures du matin.

Soudain, un bruit formidable, suivi du hurlement des sirènes d’alerte : le *Niagara* vient de heurter une des mines que les Allemands ont mouillées dans toute la région pour empêcher les relations entre la Grande-Bretagne et son dominion. Malgré l’importance de la voie d’eau, l’évacuation se fait en bon ordre. Quarante-trois des soixante hommes d’équipage parviennent à gagner les canots. Les dix-sept victimes sont les marins tués par l’explosion et le commandant Reginald Landsfield qui a refusé de quitter son navire.

À Whangarei, les naufragés sont aussitôt recueillis et dirigés sur l’hôpital de la ville. Pourtant, l’un d’entre eux refuse de les suivre. C’est le lieutenant de vaisseau Jeremy Johnson. Il demande à parler au responsable militaire de la place et, devant son insistance, il finit par être reçu par le général Besley.

Jeremy Johnson, un grand gaillard blond d'une trentaine d'années, a encore les cheveux roussis par l'incendie et son uniforme est trempé d'eau de mer. Il a l'air très agité.

– Général, il faut immédiatement prévenir le Premier ministre du naufrage du *Niagara*.

Le général Besley est éberlué, mais il manifeste sa surprise d'une manière toute britannique :

– Vous ne croyez pas que sir Winston est un peu occupé en ce moment ?

Le lieutenant de vaisseau Johnson, lui, ne parvient pas à garder son flegme :

– Je sais ce que vous pensez, général, mais le naufrage ne m'a pas fait perdre l'esprit. Le *Niagara* n'était pas un cargo comme les autres. Sa cargaison était un secret militaire que seuls le commandant et moi connaissions. Il transportait quatre-vingts tonnes d'or en barres.

Cette fois l'étonnement du général change de nature. Il répète, bouche bée :

– Quatre-vingts tonnes !

– Oui. Elles étaient destinées aux États-Unis, en paiement de matériel militaire.

Le général Besley retrouve tout son sang-froid. Et il en faut, car quatre-vingts tonnes d'or, cela fait 12 millions de dollars de l'époque ou 800 millions de nos euros ou encore 525 milliards d'anciens francs !

6 octobre 1940. Une entrevue étonnante se déroule à Sydney, la grande ville australienne, dans les

bureaux d'un certain John Williams. Le lieutenant de vaisseau Jeremy Johnson a demandé à le voir.

John Williams, ancien capitaine de la marine marchande, s'est reconverti en fondant une petite entreprise de plongée sous-marine, réputée la meilleure d'Australie. La cinquantaine déjà largement dépassée, il a tout du loup de mer traditionnel : les cheveux et la barbe blonds, le visage bronzé parcouru de petites rides, une carrure d'athlète. Il tire sur sa pipe en attendant que son visiteur explique la raison de sa visite.

– Je bénéficie d'une permission spéciale de l'Amirauté, capitaine. J'ai carte blanche pour ma mission, mais les autorités m'ont prévenu qu'elles ne dépenseraient pas un penny. C'est pourquoi je viens vous trouver en tant qu'entrepreneur privé.

Le capitaine John Williams bougonne, sans lâcher sa pipe :

– En quoi consiste votre mission, jeune homme ?

– Récupérer pour le gouvernement anglais un chargement d'or, qui a coulé avec le *Niagara*, au large de Whangarei.

– Vous connaissez l'endroit exact ?

– À peu de chose près. L'ennui c'est que, d'après les cartes, c'est au-dessus d'un plateau à cent trente-cinq mètres de profondeur.

John Williams garde un long moment de silence. Cent trente-cinq mètres, c'est considérable à l'époque. Jusqu'alors, le record absolu est détenu par l'Italien Queglia, qui a repêché un trésor à cent vingt mètres et, de l'avis général, c'est un exploit impossible à égaler.

Jeremy Johnson rompt le silence :

– Alors, capitaine, votre réponse ?

John Williams se lève tranquillement de son bureau.
– C'est oui, bien entendu.

9 décembre 1940. Penché à l'avant du *Claymore*, qui avance à vitesse réduite, le lieutenant de vaisseau Johnson scrute la moindre vaguelette. Non, ce n'est pas encore là. C'est une dizaine ou une vingtaine de milles plus à l'est.

Le *Claymore*... Jeremy Johnson repense à toutes les démarches inutiles qu'il a faites en compagnie du capitaine Williams. Non, vraiment, ils n'ont trouvé aucune aide financière ! L'Amirauté, comme elle l'avait dit, n'a pas voulu mettre à leur disposition le moindre bureau et les armateurs les ont traités de fous. En désespoir de cause, c'est Williams qui a acheté le navire lui-même et il n'est pas bien riche. Il a dû se rabattre sur un rafiot, il n'y a pas d'autre mot, un cargo vieux de quarante ans, qui pourrissait dans la baie de Sydney. C'est ainsi que l'antédiluvien *Claymore* a été promu à la dignité de chercheur de trésor.

Mais le capitaine Williams connaît bien son affaire. S'il a dépensé le minimum pour le bateau, c'est qu'il n'était pas essentiel dans l'opération. Il a au contraire englouti toutes ses économies dans ce qui doit être l'instrument capital pour la récupération de l'or. Il a fait construire un cylindre de grandes dimensions au blindage très épais. À l'intérieur, l'observateur pourra guider la pose des charges de dynamite et diriger ensuite les mouvements de la grue qui récupérera les barres.

Le *Claymore* part donc avec le maximum d'atouts dans son jeu. Mais Jeremy Johnson sait bien que, malgré toute l'expérience de Williams et de ses quatorze hommes d'équipage triés sur le volet, la partie est loin d'être jouée. Il y a d'abord les tempêtes qui sont terriblement brusques dans les parages, en dépit de l'été austral qui commence. Enfin et surtout, il ne faut pas oublier que le *Niagara* a coulé sur une mine, une mine parmi toutes celles dont les Allemands ont truffé le secteur.

Jeremy Johnson lève le bras.

– Stop ! Nous y sommes.

Dans son esprit, les souvenirs reviennent avec précision. Lors de ce tragique petit matin du 8 juin, il s'était efforcé de fixer avec une acuité presque photographique le maximum de détails. Il savait que ce serait indispensable un jour. À présent, il reconnaît parfaitement ce cap boisé, qui s'enfonce doucement dans la mer. Évidemment le repère n'est pas absolument précis. Le capitaine Williams vient à sa hauteur.

– À votre avis, quelle surface devons-nous explorer ?

– Je ne sais pas encore. Faites faire au *Claymore* des cercles de plus en plus larges et continuez tant que je verrai mes repères sur la côte.

L'opération prend toute la journée. Jeremy Johnson a mal aux yeux à force de les garder fixés sur le petit cap boisé. Mais du moins, le soir, le capitaine Williams et lui peuvent tracer sur la carte un cercle de seize milles carrés. C'est là que repose l'épave du *Niagara* et pas ailleurs. Cela correspond en tout point à ce qu'avait supposé Johnson : à cet endroit, le fond se situe entre cent trente et cent trente-cinq mètres.

Le capitaine Williams examine le résultat avec une évidente satisfaction.

– Bien joué, mon garçon ! Maintenant c'est à moi d'être à la hauteur.

Et le capitaine John Williams et son équipe sont à la hauteur. Ils connaissent parfaitement leur métier, qui consiste à faire preuve de méthode et de beaucoup de patience. Un câble est jeté à l'arrière du *Claymore* jusqu'au fond, cent trente mètres plus bas et le bateau, en partant du point central, commence un mouvement en spirale à vitesse réduite. Seize milles carrés, cela ne semble pas énorme, mais quand il faut les explorer mètre par mètre, c'est un travail de fourmi. Seize milles carrés, c'est quarante kilomètres carrés, quarante millions de mètres carrés...

13 décembre 1940. Le marin qui surveille le câble pousse soudain un cri :

– Stoppez tout !

Les machines du *Claymore* s'arrêtent. Le capitaine Williams se précipite.

– Qu'est-ce qui se passe ?

Mais il n'a pas besoin d'entendre la réponse du marin. Le filin est tendu à se rompre. Le grappin au fond a sans doute accroché l'épave du *Niagara*. Après seulement quatre jours de recherches, c'est un coup de chance extraordinaire. Il lance un ordre à l'un de ses hommes :

– Peter ! Mets-toi en tenue !

Peter est le meilleur plongeur de l'équipe. Il revêt son lourd scaphandre et disparaît dans les flots. Il n'a pas fait cinq mètres que la corde qui le relie au bateau est agitée deux fois : le signal de remontée immédiate. Peter est ramené à toute vitesse sur le pont. On dévisse son casque. Il est livide.

– Ce n'est pas le *Niagara*, capitaine. Nous avons accroché une mine. Je ne comprends pas comment elle n'a pas sauté. Si le *Claymore* fait un mouvement, on est fichus ! Il faut couper le câble.

– Non. Pas question !

Le capitaine Williams a répondu sur un ton sans réplique. Il poursuit :

– Pas question ! On n'a qu'un seul câble. Tu vas plonger avec les cisailles et c'est le câble de la mine que tu vas couper.

Jeremy Johnson suit l'opération avec angoisse. Il ne s'était pas trompé en faisant confiance au capitaine Williams et à son équipe, ce sont vraiment les meilleurs plongeurs d'Australie. Peter détache la mine sans problème.

31 janvier 1941. Cela fait plus de sept semaines que le *Claymore* tourne en rond au large de Whangarei lorsque le câble se tend de nouveau et, cette fois, c'est la bonne. Les scaphandriers puis le cylindre d'acier sont envoyés en exploration : le *Niagara* est bien là, par cent trente mètres de fond. Il est couché sur le côté et sa coque ne semble pas trop endommagée par l'explosion de la mine.

Commence alors, sous la direction du capitaine Williams, une longue et minutieuse suite d'opérations. D'abord le dynamitage. Les charges, amenées par le câble, sont placées selon les indications qu'il donne depuis le cylindre d'acier. Il faut qu'elles soient exactement à l'endroit voulu. Il faut qu'elles aient juste la force voulue sinon, au lieu d'ouvrir la coque puis la chambre forte, elles pulvériseraient le trésor.

Cela dure des mois et des mois. Enfin, le 12 octobre 1941, c'est le dernier dynamitage. La chambre forte est ouverte à la perfection, sans le moindre dégât, comme le ferait un diamant sur une vitre. Et le lendemain 13 octobre, c'est le grand jour !

Depuis le cylindre d'acier, John Williams guide les manœuvres de la benne pelleteuse fixée au câble. Il la dirige avec une telle précision que, du premier coup, elle s'engouffre dans le trou. Elle remonte. Est-ce la réussite ? Seul par cent trente mètres de fond, le capitaine Williams attend. Soudain, il entend des hurlements de joie dans son téléphone, puis la voix de Johnson :

– On a gagné, capitaine. Il y a deux barres d'or. Venez voir comme elles sont belles !

Oui, ils ont gagné. Aussi, le soir même, Johnson et Williams décident de rentrer à terre. Les hommes sont épuisés et maintenant ils sont sûrs de réussir.

Après avoir balisé l'endroit avec de gros troncs d'arbre reliés à des blocs de béton de plusieurs tonnes, ils font route vers Whangarei. À l'avant du *Claymore*, Jeremy Johnson réfléchit. Ils sont sûrs de réussir, à condition que le secret soit gardé. Tout à l'heure, le capitaine et lui ont fait la leçon aux marins, mais seront-ils capables de se taire ? Car la situation politique est préoccupante. De l'avis général, les Japonais vont entrer en guerre d'un moment à l'autre. Des espions japonais, il y en a peut-être à Whangarei et, bien entendu, une nouvelle pareille les intéresserait beaucoup.

Le *Claymore* accoste à Whangarei. Les marins affichent des mines impassibles. Le premier, le capitaine Williams descend sur le quai. Un brave docker l'aborde aussitôt :

– Alors capitaine, vous l'avez trouvé ce trésor ?

Williams et Johnson se regardent, effondrés : les marins du *Niagara* devaient être au courant de la nature de leur cargaison et ils ont parlé. Maintenant tout Whangarei est informé à son tour et, par voie de conséquence, les Japonais, les Japonais qui attendent peut-être tranquillement qu'ils aient remonté le trésor pour s'en emparer.

18 octobre 1941. Le *Claymore* est de nouveau au-dessus de l'épave du *Niagara*. Pendant leur courte escale à Whangarei, John Williams et Jeremy Johnson ont pris des vivres et le minimum de repos nécessaire. À présent, ils se remettent au travail, et c'est fabuleux, merveilleux ! Guidée de main de maître par Williams, la benne pelleteuse remonte une à une les caisses en les prenant délicatement dans ses mâchoires et en les déposant doucement sur le pont.

Les opérations avancent à un rythme vertigineux. Certains jours, la benne ramène jusqu'à dix caisses de dix barres chacune et la barre pèse douze kilos et demi. Le butin est installé dans la chambre du capitaine Williams. C'est impressionnant, éblouissant, c'est à se mettre à genoux. Il y a un plancher d'or, des murs d'or. C'est un miroir d'or, un fleuve d'or ! On en a mal aux yeux.

Pourtant, si les marins vivent dans un rêve doré au sens propre du terme, il n'en est pas de même du lieutenant de vaisseau Johnson. Lui, c'est un soldat. Il n'oublie pas la guerre et il est parfaitement conscient du danger qui les menace tous.

Aussi, il sent son cœur s'arrêter lorsque, le 1er décembre, un point apparaît à l'horizon : un avion ! Il n'y a pas de danger que la RAF en ait envoyé un dans le secteur. Il n'est pas difficile de deviner sa nationalité. Oui, c'est bien cela. Maintenant, le lieutenant distingue parfaitement les ronds rouges sur les ailes. L'avion japonais effectue sa reconnaissance sans gêne aucune. Il décrit de petits cercles à vitesse réduite au-dessus du *Claymore*. Il est sans doute en train de prendre des photos. Le manège dure environ un quart d'heure, puis l'avion disparaît.

Lorsqu'il est parti, le capitaine Williams lance à ses hommes :

– Allez, les gars, ne nous laissons pas distraire ! On reprend le boulot.

Mais Jeremy Johnson n'est pas du tout de cet avis.

– Non ! Il faut arrêter immédiatement. Vous avez vu l'avion ? On ne peut plus rester ici. Il faut partir.

John Williams lui pose la main sur le bras.

– Du calme, mon garçon. Les Japonais ne sont pas encore en guerre.

– Qu'est-ce que vous en savez ? Nous n'avons pas de radio...

Williams aspire une longue bouffée de sa pipe.

– S'ils étaient en guerre, ils nous auraient mitraillés.

Le lieutenant de vaisseau secoue la tête énergiquement.

– Pas du tout. Ils auraient été bien bêtes de mitrailler des gens qui font tout le travail à leur place. Ils ont signalé notre position et un bateau de guerre va venir nous cueillir.

Le capitaine Williams hausse les épaules.

– Faites-moi confiance, garçon. Je sais ce que je fais.

Jeremy Johnson commence à perdre le contrôle de lui-même.

– Qu'est-ce que vous savez ? Vous vous croyez plus fort que tout le monde et vous ne savez rien du tout ! Nous allons tout perdre par votre faute.

Williams ne répond pas. Le lieutenant s'énerve de plus en plus.

– Écoutez-moi, Williams. Tout à l'heure j'ai

compté les barres. Nous en sommes à cinq cent quatre. Vous entendez ? Cela fait plus de six tonnes ! Six tonnes d'or, vous ne trouvez pas que c'est suffisant ? Si on continue, ne serait-ce qu'un jour de plus, ces six tonnes deviendront zéro ! Vous serez ruiné et moi je n'aurai plus qu'à me tirer une balle dans la tête : j'aurai livré des millions de dollars à l'ennemi !

Le capitaine répond, sans lâcher sa pipe :

– Il y a encore de l'or en dessous. On continue.

Johnson l'agrippe par son paletot :

– Mais enfin, espèce de vieux fou, espèce de vieux grigou, vous n'avez donc rien compris ?

Williams se dégage avec une force peu commune :

– Ça suffit comme ça ! C'est moi qui commande ici ! Un mot de plus et je vous fais enfermer dans la cale.

Le lieutenant ne peut rien répliquer. Il doit assister, impuissant, à la suite des opérations. Les jours passent : 2, 3, 4 décembre. Les caisses se succèdent sur le pont et les barres s'entassent dans la cabine du capitaine. Cinq cent vingt, cinq cent cinquante, cinq cent soixante-dix. Il y en avait six cent quarante en tout sur le *Niagara*. Jeremy Johnson scrute le ciel et la mer avec angoisse. Il s'attend à tout instant à voir surgir un avion, un bateau qui réduira tous leurs efforts à néant. Tout cela pour quelques kilos d'or supplémentaires, pour quelques dizaines de milliers de livres sterling dans la poche du capitaine. On a bien raison de dire que l'or rend les hommes fous !

7 décembre 1941, 6 heures du matin. Comme chaque jour, l'équipe du *Claymore* s'apprête à prendre son poste, mais la voix du capitaine Williams retentit :

– Arrêtez tout, nous rentrons !

Jeremy Johnson, qui était juste derrière le capitaine Williams, n'en revient pas.

– Je vous approuve, mais j'avoue que je ne comprends pas. Pourquoi maintenant ?

John Williams allume sa première pipe de la journée.

– Parce que c'est comme ça.

– Nous en sommes à six cent cinq barres. Il en reste trente-cinq au fond.

– Eh bien, qu'elles y restent ! Vous vouliez qu'on parte, on part ! Alors, taisez-vous.

7 décembre 1941, 11 heures du soir. Le *Claymore* arrive à Whangarei. Il règne une atmosphère étrange dans le port. D'abord, il fait entièrement nuit : pas de lumières aux fenêtres, même l'éclairage public est coupé. Et puis on entend un peu partout sur les quais des cris, des ordres.

Le *Claymore* s'amarre. Un officier surgit, une lampe de poche à la main, et avance vers le lieutenant.

– Faites éteindre immédiatement vos feux de position !

– Pourquoi immédiatement ?

– Vous n'êtes pas au courant ? Les Japonais ont détruit la flotte américaine à Pearl Harbor. C'est la guerre. On peut être attaqués d'un instant à l'autre.

Jeremy Johnson éprouve une curieuse sensation. Il se tourne vers le capitaine Williams dont le visage est éclairé par le fourneau de son éternelle pipe :

– Vous le saviez ?

– Non. Vous l'avez dit vous-même : nous n'avons pas de radio à bord.

– Mais ce n'est pas possible une pareille coïncidence ! Il doit bien y avoir une explication...

Peut-être, mais le capitaine Williams ne la donnera jamais. La seule chose certaine, c'est qu'entre octobre et décembre 1941 le *Claymore* a repêché six cent cinq barres d'or, sept tonnes et demie, le plus grand trésor jamais sorti des mers !

La voix des sans-voix

Il fait froid, très froid, aux alentours de – 15 °C, cette nuit du 3 au 4 janvier 1954. Dans une grande bâtisse peu gracieuse de Neuilly-Plaisance, entourée d'un terrain qui a des allures de dépotoir, un homme veille. Il a gardé sur lui son béret fatigué et ses gants de laine troués, car le poêle ne réchauffe guère l'atmosphère et il a passé un vieux blouson sur sa soutane de prêtre. Il s'appelle Henry Grouès et il a quarante et un ans.

S'il veille, c'est qu'il attend un coup de téléphone capital. En ce moment même, est en train de se tenir à la Chambre des députés une séance de nuit et son ami Léo Hamon, gaulliste de gauche, défend l'amendement pour lequel ils ont bataillé tous les deux : dégager du budget des HLM une somme d'un milliard de francs, afin de construire des cités d'urgence pour les sans-logis. Car la situation est effectivement urgente, en cet immédiat après-guerre, elle est même dramatique et Henry Grouès a décidé de se battre avec le même acharnement que quelques années plus tôt quand il était dans la Résistance. C'est même pour cela qu'il a repris son nom de maquis : l'abbé Pierre.

C'est en 1912 que naît Henry Grouès, à Lyon, au sein d'une famille catholique aisée de huit enfants.

Tout jeune, il manifeste déjà son caractère passionné. Il veut être quelqu'un sortant de l'ordinaire, faire quelque chose de grand, mais pour le reste, il hésite. Il ne sait pas encore s'il sera missionnaire, marin ou bandit.

Un voyage à Rome décide de son destin. Au retour, il assiste à la messe dans le monastère d'Assise, et c'est l'illumination : il entrera dans les ordres ! Il devient novice chez les capucins, mais il se rend vite compte qu'il est trop actif pour la vie contemplative des moines. Il préfère se faire prêtre. Il est ordonné en 1938, à Grenoble.

Aumônier en 1939-1940, il revient à Grenoble après la défaite et il ne tarde pas à entrer dans l'illégalité. Deux familles juives lui demandent de les cacher. Il accepte, puis les fait passer en Suisse, avec la complicité d'un montagnard et d'un douanier. Elles sont suivies de nombreuses autres et son activité de résistant l'occupe bientôt tout entier.

Il parraine des maquis du Vercors et publie un journal : *L'Union patriotique indépendante*. C'est à cette occasion qu'il emploie pour la première fois son nom de guerre : l'abbé Pierre. Traqué par la Gestapo et la Milice, il quitte Grenoble pour Lyon, puis Lyon pour Paris. De là, il organise des passages pour l'Espagne puis il gagne lui-même Alger où il rencontre le général de Gaulle, qui le nomme aumônier de la marine, et il embarque sur le *Jean Bart*.

Henry Grouès, alias l'abbé Pierre, rentre à Paris à la Libération, pour découvrir toutes les misères nées de la guerre. Le général de Gaulle le pousse à se présenter à l'Assemblée nationale et il est élu député de la Meurthe-et-Moselle, avec l'étiquette MRP, un parti catholique de droite. Mais une fois à la Chambre, il se montre un député atypique. Résolument pacifiste et social, il vote le plus souvent avec les communistes. Il finit par démissionner en 1951.

Entre-temps, il s'est lancé dans la grande aventure qui va devenir la sienne. Avec ses indemnités de parlementaire, il loue en 1949 une grande maison délabrée à Neuilly-Plaisance et il s'entoure d'une petite équipe : Lucie Coutaz, qui était son assistante dans la Résistance, Georges Legay, un ancien bagnard qu'il a sauvé du suicide, et puis d'autres : un jeune délinquant échappé d'une maison de correction, un boxeur sortant de prison et tant et tant d'infortunés. À tous il dit simplement : « Je ne peux rien vous donner, mais vous pouvez m'aider. »

Avec ce premier groupe, il fonde la communauté Emmaüs, du nom de ce petit village de Palestine, près de Jérusalem, où des pèlerins rencontrant le Christ ressuscité ont repris goût à la vie. Tous se mettent au travail, c'est-à-dire aider les sans-logis en péril, et la tâche est immense !

La France traverse, en effet, une crise du logement dramatique. Deux facteurs se conjuguent pour lui donner une ampleur jamais vue. D'abord, les destructions de la guerre, dues aux bombardements et aux combats qui ont eu lieu sur le territoire. Ensuite, une poussée démographique sans précédent, le baby-boom. Les gens ont du travail, car il faut reconstruire et le chômage n'existe pas, mais même avec de l'argent, ils ne trouvent pas à se loger. Rien qu'en région parisienne, il y a dix mille personnes à la rue.

Face à cette situation, les gouvernements successifs privilégient le long terme : la construction des infrastructures, les routes, les chemins de fer, les ports et les logements populaires, les HLM. Ce que veulent au contraire l'abbé Pierre et un petit nombre de ses amis, ce sont des mesures d'urgence pour faire face à une situation dramatique. Et malheureusement, les faits leur donnent raison, car une vague de froid terrible s'abat sur la France, au début de l'année 1954.

Le téléphone sonne sur le bureau de l'abbé Pierre. C'est Léo Hamon. Rien qu'à la voix, il a compris.

– Ils ont refusé l'amendement ?

– Pas refusé, enterré. Ils l'ont confié à une commission des finances. On n'en entendra plus jamais parler.

L'abbé raccroche. Un long silence se fait. Puis, soudain, il y a des pas, des pas lourds, titubants comme ceux d'un homme ivre. La porte s'ouvre brutalement. C'est l'un des compagnons d'Emmaüs, un pauvre parmi les autres, qui porte dans les bras un paquet entouré de couvertures. Sans un mot, il le dépose au milieu des papiers recouvrant le bureau. Non, ce n'est pas un paquet, c'est un bébé au visage tout violet, un bébé mort de froid, son bébé.

L'homme, étouffé par les sanglots, est incapable de parler. L'abbé Pierre sait qu'il loge dans un vieux bus désaffecté, dont plusieurs carreaux sont cassés. Là-dedans, il doit faire presque aussi froid qu'à l'extérieur et le petit être n'a pas résisté. Sans un mot, le religieux étreint le père effondré. Mais il ne se laissera pas aller à la douleur. La mort de cet enfant coïncidant avec le rejet de l'amendement, c'en est trop ! Comme dix ans plus tôt, du temps de la Résistance, l'abbé Pierre va partir en guerre.

Il passe le reste de la nuit à rédiger une lettre et, dans la matinée du lendemain, il va trouver l'un de ses amis, Paul Deleu, journaliste au *Figaro*. Il lui tend quelques feuillets, qu'il tire de sa soutane.

– Pouvez-vous les publier ? C'est important !

Paul Deleu en prend connaissance et a un mouvement de recul. C'est une lettre ouverte, prenant à partie le ministre de la Reconstruction et du Logement, Maurice Lemaire.

– Comment voulez-vous que mon journal publie cela ? Nous soutenons le gouvernement.

Mais l'abbé argumente et il possède une force de conviction peu commune, il a cette foi qui, dit-on, soulève les montagnes. Le journaliste capitule.

– Vous aurez votre article demain, en première page, sur quatre colonnes.

Et, le lendemain, chacun peut lire le texte suivant à la une du *Figaro* :

> Monsieur le Ministre,
>
> Un bébé de trois mois est mort de froid, la nuit du 3 au 4 janvier, dans un vieux car, entre son papa et sa maman. Au même moment, l'Assemblée a rejeté l'amendement pour les sans-logis... C'est à 14 heures, jeudi 7 janvier, qu'on va l'enterrer. Pensez à lui. Ce serait bien, si vous veniez parmi nous à cette heure-là. On ne vous recevrait pas mal... On sait que vous ne vouliez pas cela. Venez... Ne dites pas non une seconde fois...

Le 7 janvier 1954, un corbillard tiré par deux chevaux emporte un petit cercueil de bois blanc vers une église de Neuilly-Plaisance. En tête, devant les parents effondrés, l'abbé Pierre marche dans la neige, avec les ornements noirs des enterrements. Et soudain, ce que personne ne pensait pouvoir se produire arrive. Une grosse voiture officielle frappée de la cocarde tricolore vient à la rencontre du cortège. La portière s'ouvre et un homme en descend. C'est Maurice Lemaire, c'est le ministre. L'abbé se porte à sa rencontre. Ils échangent quelques mots.

– Je ne répondrai pas à votre lettre. Je ne veux pas de polémique.

– Ce qui se passe ici est au-delà de la polémique.

Et les deux hommes prennent place l'un à côté de l'autre derrière le petit cercueil.

À l'issue de la cérémonie, Maurice Lemaire, bouleversé, promet l'édification de cités d'urgence. Mais si sa réaction est encourageante, ce n'est qu'une promesse. Même réaction de la part de Mme la présidente, Germaine Coty, femme de René Coty, qui vient tout juste d'entrer à l'Élysée. Elle promet, elle aussi, de « s'occuper des plus défavorisés ».

Dans son édition du 9 janvier, le journal *La Croix* titre : « La mort d'un enfant vaudra-t-elle un toit à ses frères ? » C'est tout le problème et il se pose avec plus d'acuité que jamais. Car il n'est pas question de prendre des mesures à long ni même à moyen terme, mais d'agir dans les jours, voire les heures qui viennent. Les conditions climatiques s'acharnent, en effet, sur le pays. C'est la vague de froid la plus terrible que la France ait connue depuis 1880. Il fait – 15 °C à Paris, – 30 °C en Alsace et il n'est pas prévu d'amélioration.

Bien sûr, la lettre ouverte du *Figaro* a eu un certain retentissement, mais il en faudrait plus pour mobiliser une opinion publique largement inconsciente. Ceux qui couchent sur les grilles d'aération de métro ou sous les ponts – car les voies sur berges sont loin d'exister encore –, les clochards, sont considérés comme des figures sympathiques et pittoresques. Pour la majeure partie du public, ils ont librement choisi cette vie au grand air, synonyme de liberté.

Ce n'est pas vrai, bien sûr. Ces milliers de gens qui errent à la recherche d'un toit ne sont pas des volontaires. Beaucoup pourraient se payer un logement, mais n'en trouvent pas. D'autres, au contraire, ont été

expulsés parce qu'ils n'avaient pas payé le le[illegible]
c'est incroyable, mais c'est ainsi – il n'exist[illegible]
l'époque, de moratoire des loyers en hiver. En [illegible]
de janvier 1954, on jette à la rue par – 15 [illegible]
hommes, des femmes, des enfants, des vieillards. Tous sont en danger de mort immédiat. Mais cela, il n'y a que l'abbé Pierre qui ait l'air de s'en rendre compte. Alors, il le crie et le crie encore. Il n'arrêtera plus de crier.

Désormais, il est sur tous les fronts. Il a reçu des dons, il y a eu des gestes généreux qui l'ont réconforté. Ainsi, la propriétaire de l'hôtel Rochester, rue La Boétie, un palace à deux pas des Champs-Élysées, met quelques-unes de ses chambres à la disposition des sans-logis. Il se promet de lui répondre, mais sa lettre arrive au moment où il se prépare pour passer à la télévision. Il la remerciera plus tard.

On pourrait penser que ce passage à la télévision est l'événement décisif qui va tout changer. Malheureusement, il s'agit alors d'un média confidentiel. Elle doit toucher au plus trois mille foyers à Paris, c'est-à-dire dans la France entière, car il n'y a que la tour Eiffel qui émette. Ce qu'il faudrait, c'est passer à la radio, sur Radio Luxembourg, de préférence, la station la plus écoutée, dont le journal de 13 heures est reçu par plus de dix millions d'auditeurs. Faute de mieux, l'abbé se contente de la télévision.

Arrivé sur le plateau, il s'adresse au président du conseil municipal de Paris, d'une manière à la fois pathétique et incisive. Il réclame d'abord l'arrêt immédiat des expulsions et il poursuit : « Monsieur, vous avez des fourrières pour les chiens. Ne seriez-vous pas capable d'en construire pour les hommes, qui risquent de mourir sur vos trottoirs ? »

Mais le président du conseil municipal ne répond

pas, pas plus que le préfet de police, qui a été mis en cause également. Ils se taisent. Ils savent qu'ils ne sont pas en position de force. L'abbé Pierre a tout pour lui. Il est ecclésiastique, ancien député, grand résistant : il est intouchable. Alors, ils préfèrent attendre. Il finira bien pas se calmer, cet excité qui devrait être de leur bord, mais qui se comporte comme un anarchiste et puis la température finira bien par remonter. Bientôt tout cela ne sera qu'un souvenir.

Mais la température ne remonte pas. Non seulement la vague de froid est la plus extrême que la France ait connue depuis que la météo existe, c'est aussi la plus longue. Pendant tout le mois de janvier, le thermomètre reste bloqué aux alentours de – 15 °C et février est prévu pour être aussi glacial. Quant à l'abbé, penser qu'il pourrait se calmer, c'est bien mal le connaître !

Il en a assez de parler, il décide de passer à l'action. Avec les moyens dont il dispose, cela ne pourra être que symbolique, mais le religieux qu'il est sait toute l'importance que peut avoir un symbole. Avec une tente récupérée dans un surplus de l'armée américaine, son équipe monte en cinq heures un abri sur un terrain vague de la montagne Sainte-Geneviève, en plein Paris.

Ce « toit de toile des sans-espoir », comme il le nomme, ne permet pas d'héberger plus de vingt ou trente personnes et, malgré la paille, les couvertures et les calorifères qu'ont apportés les compagnons d'Emmaüs, l'abri est bien précaire. Mais pour l'abbé le plus important est ailleurs. L'opération a eu lieu en toute illégalité. Il a provoqué les autorités. Celles-ci finiront bien par réagir. Et c'est ce qu'il veut. Il sait qu'un tel événement aura un retentissement qui réveillera enfin l'opinion publique.

Peu après, le 31 janvier, le curé de la paroisse Saints-Pierre-et-Paul, à Courbevoie, met son église à sa disposition pour le prêche dominical. Les fidèles voient monter en chaire un petit homme à l'aspect plutôt frêle, à la barbe noire broussailleuse. Ils se demandent qui il est et pourquoi il vient. Ils ne s'interrogent pas longtemps. Dès qu'il parle, ils éprouvent un choc. D'une voix sourde, passionnée, il les tire de leur léthargie, de leur bonne conscience. Il leur raconte la misère, la souffrance, le froid. Il leur raconte son combat, comment le « toit de toile des sans-espoir » a été planté en plein Paris, au nez et à la barbe des autorités. Sa voix s'enfle, devient tonnante :

– Qu'elles viennent, les autorités ! Pour l'amour de Dieu, qu'elles me fassent un procès ! Je mettrai ma Légion d'honneur, mon écharpe de député et mon étole de curé par-dessus. Et j'irai devant les tribunaux et je leur dirai : « Quand la loi est ainsi faite que les travailleurs, avec leur salaire, ne peuvent pas se loger, c'est que la loi est illégale et qu'il faut la changer ! »

Les fidèles de cette modeste paroisse mi-bourgeoise mi-ouvrière sont bouleversés. Ils décident d'effectuer immédiatement une collecte. Et le mouvement fait tache d'huile. Parti de l'église Saints-Pierre-et-Paul, il gagne toute la commune de Courbevoie. À la fin de la journée, les habitants remettent à l'abbé 750 000 francs « pour que cela ne se renouvelle jamais plus ». Ce n'est pas tout : les élus locaux se réunissent à la mairie et décident la création d'un Comité d'urgence de secours aux sans-logis.

Le soir, dans la salle du patronage de la paroisse, un repas est servi à une vingtaine de personnes transies et affamées. C'est là qu'un journaliste des actualités filmées vient trouver l'abbé Pierre.

– C’est bien ce que vous avez fait ici, mon père, mais il faudrait le faire à l’échelle de tout le pays.

– Je sais. Mais comment toucher les gens ? Comment les frapper ?

– C’est pour cela que je suis venu. Je crois pouvoir vous aider. Pouvez-vous m’accompagner aux studios des actualités ?

Peu après, l’abbé visionne le film qu’a tourné le journaliste. C’est la nuit. On reconnaît le boulevard de Sébastopol. Une femme d’un certain âge est allongée sur le trottoir. Deux agents de police viennent la chercher et l’emportent sur une civière. La femme bouge faiblement, puis sa main s’ouvre et laisse tomber un papier sur le trottoir. Le journaliste arrête là la projection.

– Elle est morte devant la caméra, en direct.

– Ce papier, qu’est-ce que c’est ?

– C’est pour cela que je vous ai fait venir. Je l’ai ramassé. Lisez.

L’abbé le prend en main et reste bouleversé, sans pouvoir prononcer un mot. Ce papier, c’est un avis d’expulsion daté de la veille. La malheureuse a été jetée à la rue parce qu’elle n’avait pas payé son loyer et elle en est morte vingt-quatre heures plus tard. Le journaliste reprend la parole :

– Alors, qu’est-ce que vous comptez faire ?

– Ce qu’il faut pour que tout le monde le sache !

Le lendemain, lundi 1er février 1954, l’abbé Pierre se présente dans les studios de Radio Luxembourg. Il demande à parler à l’antenne, ne serait-ce que quelques instants. Le directeur refuse. On ne change pas les programmes comme cela ! Pourtant, encore une fois, les dons de persuasion de l’abbé sont les plus forts. Le directeur s'avoue vaincu. Il est 13 heures pile. Le carillon retentit. Il lui désigne le studio :

– Eh bien allez-y ! Parlez !

– Là, maintenant, tout de suite, au journal ?

– C'est ce que vous vouliez, non ?

L'abbé Pierre entre dans la cabine vitrée. Il parle et, cette fois, c'est la France entière qui l'écoute.

– Mes amis, au secours ! Une femme vient de mourir de froid, cette nuit, à 3 heures, sur le trottoir du boulevard de Sébastopol. Elle serrait dans sa main le papier par lequel, avant-hier, on l'avait expulsée de son logement. À Paris, ils sont plus de deux mille, recroquevillés sous le gel, sans toit, sans pain, plus d'un presque nus. Il faut que dès ce soir s'ouvrent des centres de dépannage et que, partout, ces centres accueillent ceux qui souffrent. La météo annonce des semaines de froid terrible. Monsieur le ministre de l'Intérieur, je vous en supplie, faites cesser les expulsions, au moins pendant qu'il gèle. Rouvrez les stations de métro, elles feront d'excellents abris pour les nuits qui viennent...

Les minutes passent et l'abbé parle toujours. Au standard de la station, les communications affluent. La France s'est brusquement réveillée de sa torpeur. Elle a compris ! Sur les ondes, la voix poignante poursuit :

– Nous avons besoin pour ce soir de cinq mille couvertures, de trois cents grandes tentes, des vêtements chauds que vous ne mettez plus...

De l'autre côté de la vitre du studio, le personnel de Radio Luxembourg s'est agglutiné. Les visages sont bouleversés, certains sont en larmes. C'est alors que l'un des collaborateurs brandit une pancarte, sur laquelle il a hâtivement écrit un seul mot : « Où ? »

Cette pancarte, l'abbé la découvre. Et c'est vrai qu'il doit répondre à cette question. Il a fait son intervention dans la précipitation, l'improvisation, maintenant, il faut donner une adresse. C'est alors qu'il se souvient de la lettre de cette généreuse donatrice, à laquelle il n'a pas répondu et qui est encore dans sa soutane, cette directrice d'un hôtel de luxe qui mettait plusieurs chambres à sa disposition. Il cherche dans ses poches : elle est toujours là. Il la déplie :

– Vous pouvez apporter vos dons à l'hôtel Rochester, 92 rue La Boétie... Ne réfléchissez pas et venez nous rejoindre. Écoutez votre cœur pour qu'aucun gosse ne meure cette nuit.

Cette fois c'est gagné ! Ce que l'abbé Pierre appellera l'« insurrection de la bonté » est en marche. À Radio Luxembourg, le standard croule sous les appels et, bientôt, il saute. À l'hôtel Rochester, c'est la panique. L'appel a été lancé à 13 h 10. À 13 h 30, la foule prend d'assaut le palace. À 14 heures, la rue La Boétie est fermée à la circulation et les bus détournés. Un service d'ordre vite débordé essaie tant bien que mal de canaliser les milliers de personnes qui ne cessent d'affluer. À l'intérieur, c'est du délire. Les riches clients partent précipitamment. Une dame, qui avait posé son vison sur le comptoir pour payer sa note, voit celui-ci disparaître, emporté au milieu des vêtements qu'on vient d'apporter.

Lorsque l'abbé Pierre arrive sur place, quelques heures plus tard, il y a des tonnes de paquets dans tous les coins ; des millions en billets de banque s'entassent dans les baignoires des chambres et des suites désertées par leurs occupants. L'ambassadeur des Pays-Bas est là qui l'attend, pour lui remettre un chèque versé par la reine sur sa cassette personnelle.

Des chèques, il y en a d'autres et il ne cessera certainement d'en arriver les jours suivants. L'un des collaborateurs de l'abbé s'écrie :

– Il faudrait une armée de polytechniciens pour compter tout cela !

L'abbé Pierre le prend au mot. Il décroche le téléphone et appelle l'École polytechnique, qui répond présent. Elle aussi participe à l'insurrection de la bonté et tous les journaux publient la photo des jeunes gens en uniforme occupés à la comptabilité.

Cette fois, les autorités ont compris : elles cèdent. D'ailleurs, elles n'ont pas le choix. Il est impossible de résister à ce raz de marée. Les expulsions sont suspendues jusqu'à la fin du grand froid. Quatre stations de métro désaffectées sont rouvertes par la préfecture. Le soir venu, plus d'un millier de volontaires se joignent aux forces de l'ordre pour sillonner les rues à la recherche des sans-abri et, le 2 février, *Le Figaro* peut titrer en première page : « La nuit dernière, à Paris, personne n'a couché dehors. »

Les jours suivants, le mouvement s'amplifie. L'abbé Pierre obtient que la gare d'Orsay soit transformée en entrepôt et accueille les dons qui affluent de la France entière. En quatre jours, plus de 150 millions de francs et trois cent cinquante tonnes de vêtements sont collectés.

Et, le 4 février, c'est la victoire totale. Un mois jour pour jour après le premier refus, l'amendement sur les cités d'urgence revient devant la Chambre des députés. Une nouvelle fois, Léo Hamon monte à la tribune :

– La SNCF vient de battre le record de vitesse sur rails. Mais dans un convoi il est d'usage de régler l'allure sur celle du véhicule le plus lent. Pour reconstruire le pays, il faut penser d'abord aux plus démunis. Je vous demande de voter l'amendement sur les cités d'urgence.

L'amendement est voté à l'unanimité. Et ce n'est pas 1 milliard qui est accordé, comme cela avait été proposé la première fois, mais 10 ! Le 7 février, Maurice Lemaire, ministre du Logement, annonce la construction de plusieurs cités d'urgence. La première d'entre elles sera inaugurée au Plessis-Trévise, dans l'est parisien, au mois d'avril suivant. Peu après, parachevant le triomphe, est votée une autre loi interdisant les expulsions durant les mois d'hiver.

Par la suite, l'abbé Pierre a continué son action. Emmaüs s'est étendu dans toute la France et son action est connue du monde entier. Après s'être tenu en retrait avec le retour de la prospérité, l'abbé Pierre est revenu sur le devant de la scène dans les années 1980, avec la montée du chômage, critiquant les hommes politiques de droite comme de gauche et affichant des opinions exigeantes en faveur des plus démunis. Il n'a pas cessé depuis. Il est la conscience de notre société, et ce n'est pas un hasard s'il est depuis des années le personnage le plus aimé des Français.

Car qui pourrait ne pas se sentir solidaire de celui qui a dit de lui-même : « Je ne suis ni Jeanne d'Arc ni Napoléon, je ne suis que la voix des sans-voix. »

Le sultan des montagnes

En cette année 1901, Harry Mac Lean, vingt-cinq ans, lieutenant dans l'armée de Sa Gracieuse Majesté britannique, devrait normalement se trouver soit en Angleterre, soit dans un des nombreux dominions de la Couronne. Mais non, il est en poste au Maroc, à Fès, où il est même devenu à titre officieux conseiller militaire du sultan Abdul Aziz.

Théoriquement, l'Angleterre n'a rien à faire dans ce pays, qui appartient à la sphère d'influence française, et où essaient de s'introduire également l'Espagne et l'Allemagne, mais les Britanniques aiment bien avoir un œil partout. C'est Harry Mac Lean qui a été chargé de cette délicate mission.

Et pour cela, ce grand jeune homme de plus d'un mètre quatre-vingts, aux yeux bleus, à la chevelure d'un roux flamboyant et au visage parsemé de taches de rousseur, a eu une sorte de trait de génie. Il a renoncé à l'uniforme et il s'est habillé du costume de son pays. On peut imaginer l'impression qu'a causée son arrivée à Fès, en jupette à carreaux, chaussettes de laine montantes et béret posé sur la tête ! Mais passée la réaction de surprise et de réprobation, Harry Mac Lean est devenu une figure à la cour du sultan, puis, du fait qu'il avait pris soin d'apprendre l'arabe et de se mettre au courant des réalités du pays, un conseiller écouté.

Bien entendu, sa présence n'a pas suscité que des réactions favorables. Les nombreux Français qui gravitent autour du sultan ont tout fait pour diminuer son influence, jusqu'à présent sans résultat. Ce grand gaillard accoutré d'une manière si pittoresque et au sourire désarmant de sympathie plaît à tout le monde et, en premier lieu, au souverain.

Or, en ce début de l'année 1901, ce dernier a un grave sujet de préoccupation, concernant le Rif, la province tout au nord du pays, autour de Tanger et de Tétouan, cette avancée de terre qui fait face au détroit de Gibraltar. Depuis un moment déjà, Raïssouli, un redoutable bandit, écume la région avec ses hommes. La chose, en soi, n'est pas nouvelle, cette région montagneuse ayant toujours été sujette à l'insécurité. Mais l'audace de Raïssouli dépasse ce qui s'était vu jusqu'à présent. Il vient de se faire nommer chérif de la ville saint Chaouen, chérif, c'est-à-dire chef temporel et religieux.

En même temps, il s'est fait appeler « sultan des montagnes » et le coupeur de têtes qu'il était s'est métamorphosé en souverain, avec une cour et même un harem de quarante-huit épouses gardé par des gamins de dix et onze ans ! C'est plus que n'en peut tolérer le sultan véritable, d'autant que Raïssouli s'est mis à faire de la politique. Il l'accuse, lui, Abdul Aziz, d'être trop favorable aux puissances occidentales et se présente comme le véritable défenseur du pays et des croyants.

Le problème est délicat, aussi le sultan a-t-il mis au point un stratagème. Il va envoyer Harry Mac Lean discuter avec Raïssouli. Il compte sur son aspect pittoresque pour plaire au bandit et, tandis qu'ils seront occupés à palabrer, il attaquera par surprise, avec les troupes qu'il a sur place. Mais cela, il préfère ne pas le dire à son conseiller militaire. Il vaut mieux que celui-ci ne soit au courant de rien, il aura l'air plus sincère. Il le fait donc venir et lui déclare :

– Tu vas te rendre tout seul dans la montagne jusqu'à la ville de Tazrout où Raïssouli a établi son repaire. Tu lui porteras la lettre que je vais faire écrire par mon secrétaire. Ce sont des propositions de paix.

– Quelles propositions, Majesté ?

– Je lui accorde mon pardon et la jouissance de tout ce qu'il a pris dans ses pillages. À mon avis, il acceptera. Il a beau avoir des cavaliers, des esclaves et un harem, c'est toujours un bandit. Il sera flatté d'être traité avec considération par le sultan. Il te renverra à Fès avec une réponse favorable.

– Et s'il refuse ?

– Tu n'as rien à craindre : il te renverra quand même à Fès. Sache que, pour un musulman, deux choses sont sacrées : un hôte et la négociation.

– Même pour un bandit ?

– Même pour un bandit...

Peu après Harry Mac Lean part donc de Fès, à cheval et sans escorte. Autour de lui les Marocains se retournent avec stupeur, mais il en a l'habitude. Il sait que son costume écossais est, en fait, sa meilleure garantie. Il n'est pas comme ces autres Européens à la mine arrogante, avec leurs habits clairs et leur casque colonial, et il est sûr que ce Raïssouli, une fois le moment de surprise passé, se mettra à discuter avec lui. Mac Lean tapote la bourse, dans laquelle se trouve la lettre du sultan, et il continue son chemin avec confiance.

Il serait beaucoup moins confiant s'il savait le contenu de la missive qu'il emporte avec lui. Il y a eu, en effet, substitution. La cour du sultan Abdul Aziz est un panier de crabes où tous les coups sont permis et les Français qui rêvaient d'éliminer le jeune Écossais ont trouvé là une occasion inespérée. Le secrétaire d'Abdul Aziz est depuis longtemps grassement payé par eux et il a pris l'initiative de remplacer le message dont Harry Mac Lean devait être porteur, par la lettre que lui a dictée en même temps le sultan et qui était destinée au général commandant ses troupes dans le Rif. Or son contenu n'est pas du tout le même. Qu'on en juge plutôt :

« J'envoie l'Écossais proposer la paix à ce chien de Raïssouli – que ce bandit, sa chienne de mère, son chien de père et ses ancêtres soient maudits jusqu'à la septième génération ! Profites-en, pendant qu'il ne pensera qu'à négocier, pour attaquer sa montagne et me le ramener mort ou vif. »

Tel est le charmant message que le grand escogriffe couvert de taches de rousseur va remettre en toute candeur au coupeur de têtes impitoyable qu'est Raïssouli ! Évidemment, il y a la vieille tradition musulmane qui veut qu'un hôte soit sacré. Mais le moins qu'on puisse dire, c'est qu'elle va être mise à rude épreuve.

Au bout d'une semaine, Harry Mac Lean arrive en pays insoumis. Très à son aise, il continue son chemin et explique aux gens qu'il croise qu'il se rend chez Raïssouli comme envoyé du sultan. L'apparition de ce cavalier en jupette à la peau blafarde et à la chevelure flamboyante, s'exprimant en outre dans un arabe parfait, provoque la stupeur, mais on lui indique la direction et, au bout d'un moment, des guerriers du sultan des montagnes viennent même lui faire escorte, avec leurs fusils aux canons démesurés et aux crosses ouvragées.

Harry Mac Lean est de plus en plus à l'aise, tout en progressant dans un paysage majestueux où alternent les chênes-lièges et les oliviers séculaires. En même temps, il pense à la mission dont l'ont chargé ses supérieurs. Bien que l'Angleterre et la France soient officiellement alliées, il s'agit de tout faire pour diminuer l'influence de cette dernière, au besoin en s'appuyant sur l'Espagne ou l'Allemagne. Serait-il possible de suggérer de telles alliances à Raïssouli ? Sous ses dehors de jeune homme dégingandé et pittoresque, Harry Mac Lean cache, à bien des égards, une âme de Machiavel.

Tazrout, la « capitale » du sultan des montagnes, finit par apparaître devant lui. C'est une véritable forteresse garnie de remparts impressionnants. Mac Lean s'attendait à y pénétrer, mais la nouvelle de sa venue l'a précédé et, à sa surprise, il voit Raïssouli sortir à sa rencontre. C'est évidemment une grande marque de considération de sa part. Les choses prennent une tournure de plus en plus favorable.

Bientôt, le sultan des montagnes est en face de lui. S'il n'avait pas toutes les raisons d'être confiant dans sa mission, le jeune Écossais éprouverait quelque inquiétude. Rarement, il a vu un homme aussi impressionnant. Raïssouli est très grand et très gros. On se demande comment il tient en équilibre sur son léger pur-sang. Il porte une longue djellaba rayée marron et blanc. Son capuchon rabattu lui dissimule en partie le visage, ne laissant apparaître que de petits yeux noirs à l'éclat cruel et un collier de barbe teint en rouge.

Apercevant Harry Mac Lean, il éclate de rire.

– Ainsi, on ne m'avait pas trompé ! C'est bien toi l'envoyé du sultan de Fès ?

Mac Lean met pied à terre et s'incline profondément.

– En m'envoyant vers toi, il te manifeste sa considération. Je suis son plus proche conseiller pour les choses militaires. D'ailleurs, tu n'as qu'à lire ceci.

Harry Mac Lean tire la lettre de la bourse accrochée à la ceinture de son kilt, la tend à son interlocuteur et attend la suite, avec un sourire aimable sur les lèvres.

La suite, elle ressemble à un cataclysme, à une éruption volcanique, à un tremblement de terre. Raïssouli roule le message en boule et le jette à terre. Il rugit, explose, éructe, vomit un torrent d'injures, tandis que ses gardes se précipitent sur Harry Mac Lean et l'agrippent avec violence. Ce dernier est aussi stupéfait que terrorisé. Il croit sa dernière heure arrivée, d'autant que plusieurs fusils se pointent vers lui. Pourtant, sur un geste du bandit, ceux-ci se baissent. S'il a décidé de le tuer, ce n'est pas tout de suite. Raïssouli lui désigne la lettre froissée :

– Lis !

Le jeune Écossais s'exécute en tremblant un peu et reste figé. Si son teint n'avait au naturel la blancheur d'une feuille de papier, on l'aurait vu pâlir. Il cherche ses mots et finit par déclarer :

– Pourquoi veux-tu que je sois complice ? Je ne serais pas venu te porter une telle lettre ! C'était me jeter dans la gueule du lion !

En face, les petits yeux noirs lancent des éclairs.

– Tu mérites la mort ! Tu n'es qu'un chien étranger, le valet du sultan de Fès ! Maudite soit la femme qui t'a enfanté !

– Je suis victime d'une machination. Je te demande de me croire.

– Peut-être. Mais tu savais que le sultan de Fès – que maudite soit sa race ! – avait écrit une autre lettre.

Puisque tu es son conseiller militaire, et le plus proche, m'as-tu dit, tu ne pouvais ignorer ses projets. Tu vas mourir !

Harry Mac Lean a le mérite de ne pas perdre son sang-froid.

– Je suis venu seul jusqu'à toi et de mon plein gré. Je suis ton hôte. Non seulement tu ne peux pas me tuer, mais tu me dois hébergement et protection.

Il y a un long silence. Raïssouli est visiblement ébranlé par cette réplique. Lui, le sultan des montagnes, se veut un musulman exemplaire, le défenseur des croyants, au contraire du sultan de Fès qui pactise avec les infidèles, alors il ne peut effectivement pas bafouer ainsi les préceptes de la religion. Mais au bout d'un moment, un sourire apparaît sur son visage, un sourire cruel.

– C'est vrai, le Coran dit que je dois protéger celui qui est venu librement chez moi. Il est même écrit que je dois le traiter comme mon frère. Mais il y a aussi une sourate qui dit : « Si ton frère te demande de le tuer, tu le tueras. » Alors je vais faire en sorte que tu me demandes de te tuer !

Peu après, tandis que ses hommes se sont emparés de l'Écossais, il donne des ordres. Une tente est montée à l'endroit où ils se trouvent, à quelque distance de la citadelle de Tazrout, une très belle tente circulaire, au lourd tissu à motifs noir et blanc. À l'intérieur, Raïssouli fait installer tous les éléments d'un confort raffiné : des tapis, un sofa, une table basse. Harry Mac Lean considère ces préparatifs sans mot dire, mais avec inquiétude. En quoi consiste la raison qui va lui faire désirer la mort ? Le sultan des montagnes ne tarde pas à satisfaire sa curiosité.

– Comme tu le vois, je ne manque pas à mon devoir d'hospitalité. Tu auras à manger tant que tu voudras et tu auras même deux des petits esclaves de mon harem à ta disposition comme domestiques. La seule chose qui ne te sera pas possible, c'est de fuir. Dix de mes hommes entoureront la tente, avec ordre de t'abattre si tu veux nous fausser compagnie. Mais en compensation, tu auras de la musique...

Tandis que Mac Lean prend place dans la tente, deux musiciens, deux petits hommes secs à la peau tannée, viennent le rejoindre, avec de curieux instruments. L'un a une sorte de tam-tam fait d'une peau de mouton tendue sur une grosse poterie, l'autre, une flûte en bois courte et droite, avec seulement quelques trous. Il en souffle plusieurs notes et l'Écossais sursaute tant le son est strident. Le sultan des montagnes a un petit rire.

– C'est perçant, comme son, n'est-ce pas ? C'est la raïta, la flûte des bergers. Avec cela, chez nous, ils se répondent d'une montagne à l'autre.

Raïssouli fait un signe et le joueur de tam-tam se met à jouer à son tour. Mac Lean sursaute, il lui semble que la terre tremble. Comment un instrument de pareilles dimensions peut-il engendrer un tel vacarme ? À présent, la flûte se met à jouer à son tour. Le sultan des montagnes doit hausser la voix pour se faire entendre.

– Que penses-tu de la musique de mon pays ? À partir de maintenant, ils vont jouer sans arrêt, nuit et jour. Et n'espère pas qu'ils se fatiguent : ils seront relayés toutes les trois heures, tout comme les sentinelles à la garde de ta tente. Tu n'as qu'une seule manière de ne plus les entendre : mourir. Pour cela, il te suffit de me le demander. Je viendrai dès que tu m'appelleras. À bientôt !

Et là-dessus, le Marocain se retire dans un grand rire.

Dès lors, ce concert d'un genre si particulier ne s'arrête plus. La musique n'est plus aussi assourdissante qu'au début, les deux instrumentistes jouent moins fort, mais l'effet est lancinant et devient vite insupportable. La raïta ne comporte que six notes et elle répète la même mélodie, qui revient au bout d'une phrase extrêmement brève. Quant au tam-tam, il joue – si l'on peut appeler cela jouer – toujours sur le même rythme, des coups régulièrement espacés sans la moindre variante : boum-boum-boum-boum-boum...

Après une journée et une nuit entières de cette musique obsédante à deux pas de lui, l'Écossais a déjà les nerfs à bout. Il tente bien de se boucher les oreilles, mais lorsqu'il veut dormir il doit y renoncer : on ne peut pas dormir en se tenant les oreilles. À la fin, il parvient quand même à sombrer dans le sommeil. Mais quel sommeil !

Cela dure ainsi une semaine entière. Le jeune Harry Mac Lean n'en peut plus. Il croit devenir fou. Il commence à se dire effectivement qu'il va demander à Raïssouli de mettre fin à sa vie en même temps qu'à son supplice. Et puis, brusquement, tout s'arrête et le visage du sultan des montagnes s'encadre dans la porte de la tente, avec ses yeux noirs et sa barbe teinte en rouge.

– J'ai quelque chose à te proposer. Viens dehors, nous serons mieux.

Harry Mac Lean se lève en titubant. Dans sa tête, la musique continue toujours, mais le ciel et l'air pur lui font du bien. Il lui vient à l'esprit que la situation n'est pas désespérée. Il comprend que, si Raïssouli lui a infligé ce supplice, ce n'est pas pour le tuer, mais le mettre en position de faiblesse, car il a quelque chose à lui demander.

– Tu appartiens à un grand pays, n'est-ce pas ? Ton sultan est puissant ?

– Mon pays est le plus puissant du monde et mon sultan est une sultane.

– Une sultane !

– Elle s'appelle Victoria. Elle a quatre-vingt-deux ans. Cela fait soixante-quatre ans qu'elle règne.

– Eh bien, écris à ta sultane. Dis-lui qu'elle m'envoie une armée pour me soutenir contre le sultan de Fès et tu seras libre.

Harry Mac Lean soupire. Il sait parfaitement que l'Angleterre n'interviendra pas au Maroc. Il juge inutile de cacher la vérité à son interlocuteur.

– Ma sultane n'enverra pas d'hommes.

– Alors tu vas mourir !

– Laisse-moi quand même écrire à mon consul à Tanger. Je lui demanderai ce qu'il peut faire. Je lui demanderai aussi un cadeau pour toi : un instrument de musique de mon pays qui fait encore plus de bruit que les tiens.

– Ce n'est pas possible !

– Laisse-moi écrire et tu verras bien...

Raïssouli y consent. Il donne l'ordre aussi de faire cesser le tam-tam et la raïta et, si Mac Lean est toujours prisonnier dans sa tente, c'est pour lui la fin du cauchemar. Il écrit donc au consul. Il lui décrit de son mieux les forces dont semble disposer Raïssouli et il suggère qu'il pourrait faire un contrepoids à Abdul Aziz, qui est entièrement dominé par les Français. Il lui demande aussi deux cadeaux pour lui.

La réponse du consul britannique à Tanger met un mois à parvenir, mais elle arrive tout de même. Elle comprend d'abord une lettre, dans laquelle le consul confirme que les Anglais ne bougeront pas pour soutenir Raïssouli et fait état du désir qu'auraient les Espagnols d'intervenir en sa faveur. Si c'était le cas, les troupes britanniques de Gibraltar leur laisseraient le passage.

Le consul a également expédié une grande photographie de la reine Victoria, qu'Harry Mac Lean remet solennellement au sultan des montagnes.

– Elle est pour toi. Les miens te l'envoient pour t'honorer.

Enfin, il y a une splendide cornemuse. Le jeune Écossais la montre triomphalement à Raïssouli.

– Voici l'instrument de musique de mon pays qui peut faire plus de bruit que ton tam-tam et ta raïta.

Raïssouli éclate de rire.

– Eh bien voyons ! Si tu dis vrai, tu es libre...

Mac Lean ne se le fait pas dire deux fois. Dans son clan, on est joueur de cornemuse de père en fils et lui-même a des dons certains. Il prend une large inspiration et fait jouer l'instrument avec toute sa puissance. Raïssouli et ses guerriers ouvrent de grands yeux. Certains mettent les mains à leurs oreilles. L'Écossais exécute ainsi son hymne national et plusieurs airs du folklore. Lorsqu'il a terminé, le sultan des montagnes vient lui serrer la main avec effusion.

– Tu as dit la vérité. Tu es libre. Me laisseras-tu cet instrument merveilleux ?

– Il est à toi. Et, en même temps que lui, je te donne un conseil : va voir du côté des Espagnols. Je pense que tu pourras obtenir beaucoup d'eux.

Ainsi s'est terminée la singulière aventure d'Harry Mac Lean au Maroc, qui après avoir failli s'achever d'une manière tragique a été un plein succès. Car Raïssouli a obtenu l'appui des Espagnols, qui ont franchi le détroit de Gibraltar avec l'accord des Anglais.

Appuyés par le sultan des montagnes, ils se sont installés de l'autre côté du détroit, et c'est ainsi qu'est né le Maroc espagnol, qui regroupait toute la région de Tanger.

Une telle situation faisait parfaitement l'affaire des Anglais, qui préféraient de beaucoup avoir des Espagnols que des Français en face de leur colonie de Gibraltar. C'est tellement vrai qu'en rentrant dans son pays, Harry Mac Lean a été anobli pour services éminents rendus à la Couronne, non par Victoria, qui venait de mourir, mais par son successeur Édouard VII.

Et le plus extraordinaire c'est qu'il est revenu plusieurs fois voir Raïssouli, jusqu'à la mort de ce dernier, en 1926. Ensemble, le sultan des montagnes et sir Harry Mac Lean ont joué de la cornemuse, du tam-tam et de la raïta, en souvenir des jours anciens, un sacré concert qu'on pouvait entendre d'un bout à l'autre des montagnes du Rif !

Mourir libre

En cette année 73 avant Jésus-Christ, l'institution des gladiateurs n'est pas encore très développée à Rome. La pratique de faire se battre des hommes dans l'arène n'est répandue qu'en Campanie, la région de Naples. Et c'est tout près de Naples, dans la jolie ville côtière de Capoue, que se trouve la plus importante caserne de gladiateurs, celle de Caius Battiatus. Dans ce vaste bâtiment en forme de quadrilatère, avec, au centre, le terrain d'entraînement et, tout autour, les logements et les divers équipements, ils ne sont pas moins de deux cents à vivre, dans l'attente du prochain spectacle où beaucoup vont mourir.

Ce jour-là, Caius Battiatus reçoit la visite d'Aulus Nigidius, riche patricien, qui doit financer les prochains jeux. Il se précipite à sa rencontre avec un sourire obséquieux. Autant il est dur avec ceux qui sont sous ses ordres, autant il est servile avec les personnages importants. Et Aulus Nigidius est la principale personnalité de Capoue.

– Ta visite m'honore, Nigidius. Que puis-je faire pour toi ?

Nigidius le regarde sans indulgence.

– J'ai un souci à ton sujet. On m'a dit que tes gladiateurs étaient composés pour moitié de Gaulois et pour moitié de Thraces.

– Parfaitement. Mais je ne vois pas ce qui t'inquiète. Ce sont deux nations belliqueuses, qui donnent d'excellents combattants.

– On m'a dit aussi qu'il y avait beaucoup de soldats déserteurs qu'on avait envoyés chez toi pour les punir.

– Il y a d'anciens soldats, effectivement. Le jour des jeux, ils n'en combattront que mieux.

– S'ils sont encore là...

– Que veux-tu dire, Nigidius ?

– Je veux dire qu'il est de règle de mélanger les nationalités pour éviter que les gladiateurs se comprennent entre eux et complotent. D'autre part, ce sont d'anciens hommes libres.

– Et alors ? Maintenant ils sont esclaves.

– Oui, mais ils ne l'ont pas toujours été. Un esclave de naissance a une mentalité soumise. Eux, ils sont fiers, farouches...

– Tu t'inquiètes à tort. Ils seront les meilleurs dans l'arène.

– Les dieux t'entendent ! S'il arrivait quelque chose, je te tiendrais pour responsable...

Multipliant les politesses et les courbettes, Caius Battiatus raccompagne son illustre visiteur. Comme ils passent au milieu des hommes à l'entraînement, celui-ci lui désigne un combattant d'une trentaine d'années, à la peau mate, aux cheveux bruns bouclés et à la musculature impressionnante.

– Regarde celui-ci. Avec quelle insolence il nous dévisage ! Qui est-ce ?

– Spartacus, un Thrace. Le meilleur homme de ma troupe. Mais encore une fois, ne te fais pas de souci. C'est un barbare comme les autres, une brute, un animal...

Aulus Nigidius quitte la caserne sans rien ajouter, persuadé néanmoins que ses inquiétudes sont fondées.

Et il a raison ! L'aveuglement et la légèreté de Battiatus vont avoir des conséquences incalculables.

Car un complot est bel et bien en train de se tramer. Il est dirigé par trois personnages exceptionnels. Le premier, Crixos, est un Gaulois doué d'une force herculéenne. Il a été capturé au cours d'une razzia, avec une centaine de ses compatriotes et tous ont été envoyés ici, au sud de l'Italie. Chez ces hommes, arrachés brutalement à leur famille et à leur patrie, la colère gronde et il est devenu leur meneur.

Spartacus, le deuxième d'entre eux, est originaire de l'autre ethnie : les Thraces. La Thrace est la partie nord-est de la Grèce, qui correspond aujourd'hui à la Turquie d'Europe et au sud de la Bulgarie. Contrairement à ce que disait Battiatus, ce n'est nullement un pays barbare. La civilisation y est plus ancienne qu'en Italie et ses habitants sont aussi évolués que les Romains. Seulement voilà : la Thrace est passée sous contrôle romain au milieu du IIe siècle et, comme dans tous les pays conquis, les hommes en âge de porter les armes sont enrôlés dans les auxiliaires de l'armée. Cela, Spartacus ne l'a pas supporté. Dès qu'il a pu, il a déserté. Mais il a été repris et envoyé avec d'autres à la caserne de Capoue.

Qui est Spartacus ? Sans nul doute, un combattant d'exception, à la force prodigieuse et doué d'une remarquable science des armes, acquise à l'armée et perfectionnée chez les gladiateurs. Pour le reste, il se dit berger. Selon lui, les soldats romains l'auraient arraché à ses brebis pour l'emmener. À la caserne, on murmure que c'est, en fait, un prince. Sa façon de s'exprimer, son intelligence, sa connaissance des grands auteurs, qu'il cite avec aisance, trahissent chez lui de hautes origines.

C'est lui le chef incontesté du complot. Tous, y

compris Crixos, reconnaissent son autorité. Mais l'âme du mouvement est le troisième personnage, qui est, de loin, le plus singulier. C'est une femme, une prêtresse et la propre épouse de Spartacus. Elle habite la caserne et partage sa chambre, ce qui, contrairement à ce qu'on pourrait penser, n'est pas interdit : quelques gladiateurs vivent avec leurs compagnes.

Elle se fait appeler Spartaca et elle est tout aussi mystérieuse que son mari. Tout ce que l'on sait, c'est qu'elle est thrace comme lui. Elle a été faite prisonnière pour une raison qu'on ignore. Spartacus et elle se connaissaient-ils avant leur capture ou se sont-ils connus à ce moment ? Ils refusent de le dire. En tout cas, ils ont demandé à ne pas être séparés et les Romains ont accepté.

La trentaine également, Spartaca frappe par sa longue chevelure, ses yeux noirs et la fierté de ses traits. Elle se prétend prêtresse de Dionysos et nul ne met en doute ses affirmations. La Thrace est la terre de prédilection de cette divinité au génie puissant et aux pouvoirs inquiétants. Spartaca connaît les charmes et les formules qui dévoilent l'avenir, elle sait lire dans l'aspect du vin les volontés des dieux.

Sa première prophétie elle l'a faite pour son mari. Peu après leur arrivée à Capoue, elle s'est soudain mise à contempler le gobelet que Spartacus allait porter à ses lèvres. Elle l'a pris en main, elle a prononcé quelques paroles mystérieuses et lui a déclaré :

– Les dieux te promettent la liberté et la gloire éternelle !

Au début de l'été 73 av. J.-C., tout est prêt. La quasi-totalité des deux cents gladiateurs de la caserne ont juré à Spartacus de le suivre dans la révolte. L'opération est pourtant délicate. Les gladiateurs n'ont pas d'armes. Ils s'entraînent avec des armes factices en bois, les véritables étant gardées sous clé dans l'armurerie. Pour passer à l'action, ils s'empareront des couteaux et des broches à rôtir qui se trouvent dans la cuisine. Par la suite, ils verront bien...

Ce sont sans doute ces difficultés, ainsi que la perspective du châtiment, qui ne peut être que la mort dans les pires supplices, qui en font reculer bon nombre au dernier moment. Crixos vient annoncer la mauvaise nouvelle à Spartacus à l'entraînement. Ils se parlent, tout en simulant un combat avec leurs épées de bois.

– Les Gaulois sont venus me parler. Ils renoncent presque tous.

– C'est de la folie ! Pourquoi ?

– Ils ont peur. Tant que ce n'était qu'un projet, ils étaient d'accord, mais maintenant qu'il faut passer à l'action, ils n'ont plus le courage.

– Tu leur as rappelé les prédictions de Spartaca nous promettant la victoire ?

– Je l'ai fait. Je n'en ai convaincu qu'un petit nombre. Les autres ont juré qu'ils ne diraient rien, mais j'ai peur qu'ils parlent. Il faut avancer la date.

Caius Battiatus vient vers eux, l'air furieux. Il est interdit aux gladiateurs de se parler pendant l'entraînement. Spartacus répond brièvement au Gaulois :

– Ce soir...

Le soir venu, environ la moitié des deux cents pensionnaires de la caserne se retrouvent dans les cuisines. Ils y sont venus sans bruit, dans le plus grand secret. Spartacus prend la parole à voix basse, pour convaincre les derniers indécis :

– Vous avez tous été des hommes libres. Vous avez un pays, une famille. Certains ont une femme et des enfants. Voulez-vous les revoir ?

Beaucoup acquiescent, d'autres restent silencieux.

– Ou bien préférez-vous mourir d'une manière infamante, vous égorger entre vous pour le plaisir des Romains ?

Encore une fois, les réactions sont partagées. Mais une voix s'élève en sourdine :

– Spartaca ! Que dis-tu, Spartaca ?

La prêtresse de Dionysos va chercher une cruche de vin et en renverse un peu dans une écuelle. Il y a un silence impressionnant. Tous ces combattants redoutables, aux pectoraux et aux bras puissants, certains couverts de cicatrices, sont suspendus à ses lèvres. Enfin, elle parle d'une voix solennelle :

– Je vous vois devenir une armée innombrable. Rome tremblera devant vous.

– Aurons-nous la victoire ?

– Oui, beaucoup de victoires.

– Rentrerons-nous chez nous ?

– Je ne sais pas. Les dieux ne le disent pas...

Spartacus interrompt ce dialogue.

– Il faut faire vite ! Nous risquons d'être surpris. Que ceux qui veulent venir me suivent, que les autres regagnent leur chambre et se taisent !

Aussitôt deux groupes se forment. Les uns vont s'emparer de couteaux et de broches, les autres rejoignent en silence leurs logements. Bientôt les révoltés se retrouvent à l'extérieur, car – c'est extraordinaire, mais c'est ainsi – la caserne n'est ni fermée ni gardée. Leur premier souci est de se compter : avec Spartacus, Spartaca et Crixos, ils sont en tout soixante-treize à tenter la grande aventure.

Comment peuvent-ils réussir avec pour seules armes des ustensiles de cuisine ? Ils ne le savent sans doute pas eux-mêmes, mais c'est à ce moment que la chance intervient de la manière la plus inespérée. Pendant toute la nuit, Spartacus et les siens se cachent dans Capoue. Ils se mettent en route au matin et ils tombent nez à nez avec un convoi d'armes destiné à leur caserne.

Les soldats qui assurent le transport sont rapidement neutralisés et chaque gladiateur n'a qu'à se servir dans la spécialité qui est la sienne. Car tous ne combattent pas de la même manière : certains ont un trident et un filet, d'autres, un bouclier rond et une épée recourbée, d'autres encore, un armement proche de celui de l'armée romaine. L'opération n'a pas duré plus de quelques minutes, et c'est une troupe puissamment armée qui quitte la ville.

Là, une discussion a lieu entre Crixos et Spartacus. À la caserne, il était très difficile et très dangereux de se parler. Ils avaient limité leurs échanges aux questions purement matérielles : comment procéder pour s'enfuir, quelle date choisir, comment convaincre le plus de compagnons possible. Ils n'avaient pas évoqué ce qu'ils feraient une fois dehors. Crixos énonce son point de vue, qui semble celui de la sagesse.

– Si nous restons ensemble, nous allons attirer l'attention. Il faut nous séparer en petits groupes et tenter notre chance chacun de notre côté.

Mais Spartacus n'est pas de cet avis.

– Il faut rester unis. C'est ainsi que nous vaincrons.

– Que racontes-tu ? Nous sommes soixante-treize, ils vont envoyer des centaines d'hommes à notre poursuite. Nous ne tiendrons pas une semaine.

– Nous serons bientôt des milliers. Les esclaves qui travaillent dans les grands domaines de Campanie sont misérables. Ils se joindront à nous.

– Pourquoi le feraient-ils ? Pourquoi aideraient-ils des gladiateurs révoltés ?

– Parce que nous allons leur apporter la liberté...

Crixos ouvre de grands yeux. Jamais il n'avait soupçonné de pareilles intentions chez son compagnon. Il poursuit pourtant ses objections.

– Ils ne viendront pas, Spartacus. Ils auront trop peur, ils ne savent pas se battre.

– Nous, nous savons. Nous serons leurs instructeurs.

– Et quelles armes leur donneras-tu ?

– Je les forgerai avec leurs anciennes chaînes... Me suivras-tu, Crixos ?

Cette fois, le Gaulois est subjugué. Il considère son compagnon avec une admiration stupéfaite.

– Oui, Spartacus, je te suivrai.

La petite troupe lui fait écho par un cri unanime et, tous ensemble, ils se mettent en marche sur les routes de Campanie.

Les gladiateurs de Capoue sont partis pour leur aventure. Et s'ils vont connaître les incroyables succès qui seront les leurs, c'est bien grâce à Spartacus. Des révoltes d'esclaves, il y en a eu des centaines auparavant, à Rome et dans le reste du monde antique. Certaines ont pris une grande ampleur, mais toutes ont été rapidement écrasées.

C'est qu'il ne s'agissait jusque-là que de mouvements isolés, de malheureux qui ne supportaient plus la dureté de leur existence. Spartacus, lui, se dresse au nom d'une idée. Il ne se révolte pas contre son sort à la caserne de Battiatus, il se révolte contre l'esclavage en général et, plus radicalement encore, contre tout ce qu'il y a d'injuste dans l'ordre social romain. Il combat au nom des opprimés contre les oppresseurs. Il est porteur d'un message universel et l'effet va être foudroyant !

De Capoue, Spartacus et les siens vont vers la baie de Naples. La région est occupée par des exploitations agricoles de grandes dimensions, les latifundia, où travaille une main-d'œuvre servile nombreuse, dans des conditions très dures. L'arrivée du chef thrace et ses discours produisent un effet magique. Ils sont des dizaines, des centaines, des milliers à se soulever. La campagne autour de Naples s'allume du brasier des riches fermes qui flambent. En quelques jours, la poignée de gladiateurs de Capoue est devenue une petite troupe. Il faut maintenant gérer les opérations militaires et Spartacus va se révéler un général hors pair.

Son autorité est indiscutable et indiscutée. Au cours des pillages qui viennent de se produire, il s'est emparé d'un butin énorme, et au lieu d'en réserver la plus grande part à lui-même et à ses lieutenants, il le répartit également entre tous, ce qui lui vaut une immense popularité. C'est à un tel point qu'il n'a pas que d'anciens esclaves avec lui. Des paysans pauvres, des hommes libres mais misérables des villes, se rallient au mouvement.

Bien entendu, les propriétaires réagissent. Mais ils se heurtent à un obstacle de taille. Selon la loi romaine, la fuite et la révolte d'un esclave sont une affaire privée, qui concerne son maître et lui seul. Les autorités sont sourdes à leurs demandes : s'ils veulent agir, ils doivent le faire par eux-mêmes. C'est donc après avoir perdu beaucoup de temps que les riches Campaniens s'unissent pour mettre sur pied une milice armée. Celle-ci n'est pas de taille contre les révoltés. Elle est exterminée à la première rencontre.

Après ces débuts fulgurants, Spartacus éprouve le besoin de faire une pause et d'organiser ses troupes. Pour cela, il doit se réfugier dans un endroit où il puisse facilement se défendre et il n'y en a qu'un dans la région : le Vésuve. Les pentes du volcan sont alors inhabitées, recouvertes de vigne sauvage et parcourues par des hordes de chevaux en liberté. Là, les insurgés se retranchent solidement et ils peuvent se compter : ils sont plus de dix mille. Il y a tout juste un mois qu'a débuté le mouvement.

Un seul homme a pris pleinement conscience de la gravité de la situation : Aulus Nigidius, le patricien de Capoue qui devait organiser les jeux. Après l'échec des milices campaniennes, il a compris qu'aucune force locale ne viendrait à bout de la révolte. Il n'y a que l'armée qui puisse intervenir efficacement. C'est pourquoi il va à Rome demander de l'aide.

Là, il ne rencontre que de l'indifférence. Comme toujours, Rome, en perpétuelle expansion, est engagée dans plusieurs conflits et ses soldats sont occupés ailleurs. En Espagne, Pompée est aux prises avec Sertorius, un général révolté. Lucullus se bat en Bithynie contre le roi Mithridate. Et surtout le mépris qui entoure les esclaves fait sous-estimer la situation. Le consul Gellius éconduit presque Aulus Nigidius.

– Ces gens-là sont des vauriens, des va-nu-pieds ! Ils sont incapables de se battre correctement. Ils vont se disputer entre eux et s'exterminer eux-mêmes.

– Détrompe-toi, ils sont très bien organisés, au contraire. Il faut intervenir avant qu'il soit trop tard. Leur mouvement n'a cessé de faire tache d'huile. Un vent de rébellion souffle sur toute la région.

Le consul Gellius finit par se décider à contrecœur.

– Soit ! Je vais t'envoyer le préteur Clodius Glaber, avec vingt mille hommes. Mais des auxiliaires, pas des soldats. Cette tâche est indigne d'un Romain !

Des auxiliaires, c'est-à-dire ce qu'était Spartacus lui-même avant de déserter ; ils sont moins aguerris et moins motivés que les citoyens, mais leur nombre devrait être suffisant pour l'emporter. Arrivé rapidement sur les lieux, Clodius Glaber met le siège devant le Vésuve. Son plan est d'avoir raison des assiégés par la faim. Il entoure le volcan de solides retranchements à l'exception d'un côté où les parois abruptes, presque verticales, sont infranchissables et il attend.

C'est à cette occasion que Spartacus démontre son génie de la ruse. Il fait couper les sarments de vigne qui recouvrent les pentes. Il les fait tresser entre eux pour confectionner des cordes solides et, grâce à ce moyen, ses hommes peuvent passer par la paroi à pic. Après quoi, ils attaquent les Romains par surprise sur leurs arrières.

S'il s'était agi de citoyens, ceux-ci auraient peut-être résisté, mais les auxiliaires étrangers se jettent dans une fuite éperdue. C'est un massacre, un carnage, et, ce qui est le plus important, Spartacus et les siens peuvent récupérer sur les cadavres cet équipement qui fait la force des armées romaines. À l'issue de l'affrontement, les casques, les glaives, les cuirasses, les boucliers et même les chaussures passent d'un camp à l'autre. Les dix mille esclaves révoltés sont maintenant équipés comme des légionnaires. Ils peuvent quitter le Vésuve et reprendre leurs razzias en Campanie.

Après la déroute de Clodius Glaber, Rome réagit mollement et de manière brouillonne. Elle envoie d'autres armées, toujours composées d'auxiliaires, mal commandées et insuffisamment nombreuses, qui affrontent les insurgés en ordre dispersé et se font battre les unes après les autres. Pendant tout l'automne 73, c'est pour elles une succession de défaites humiliantes.

Ainsi le préteur Cossinius perd trois mille hommes, lorsque Spartacus l'attaque à l'improviste dans son campement. Au moment de la bataille, il était dans son bain et il n'échappe à ses ennemis qu'en sautant à moitié nu sur son cheval. Le préteur Varinius n'est pas plus heureux. Il a établi son camp en face de celui des insurgés et il fait surveiller celui-ci par ses sentinelles. Seulement, Spartacus imagine une autre ruse. Il fait attacher des cadavres à des poteaux pour faire croire que son armée est toujours là, quitte les lieux en cachette et attaque les Romains par surprise. Là encore, c'est une déroute.

L'hiver 73 arrive. Pendant la mauvaise saison, on ne se bat pas. Les deux adversaires reprendront leur affrontement au printemps. Les victoires des révoltés leur ont valu des ralliements en masse. Spartacus a maintenant soixante-dix mille hommes sous ses ordres. Il est toujours basé en Campanie et, loin de rester dans l'oisiveté, il profite de cette inaction pour se renforcer. Il se constitue une cavalerie, en capturant et domptant les nombreux chevaux sauvages de la région ; il poursuit l'instruction militaire de ses troupes.

Spartaca est toujours à ses côtés et, si elle n'intervient pas dans la conduite des opérations, son rôle n'en est pas moins important. Pour ces hommes engagés dans une aventure sans précédent et forcément désorientés, elle est une sorte d'autorité morale. Elle leur assure que les dieux sont avec eux, que leur cause est juste et qu'ils auront la victoire.

Au printemps 72, les opérations reprennent. Les insurgés séparent leur troupe en deux armées. La première, forte de trente mille hommes, sous le commandement de Crixos, parcourt le sud de l'Italie pour continuer les pillages. La seconde, dirigée par Spartacus, prend la direction du nord.

On ne sait pas la raison de cette division des forces : peut-être une divergence entre les deux hommes ou bien agissent-ils de concert, l'un faisant diversion pour permettre à l'autre de quitter le pays. En tout cas, il semble bien que Spartacus ait eu alors l'intention d'emmener ses hommes au-delà des Alpes, dans des régions non soumises à Rome, pour qu'ils s'y installent et vivent une existence d'hommes libres.

Chez les autorités romaines, on a enfin pris conscience de la gravité de la situation. Puisque les révoltés ont deux armées, les deux consuls se répartissent la tâche. Gellius part à la poursuite de Crixos, tandis que le second, Lentullus, va tenter de barrer la route à Spartacus.

Crixos est en train de piller l'Apulie, la région actuelle des Pouilles, lorsque surgissent les troupes de Gellius. C'est la première fois que le Gaulois commande en chef et il n'a manifestement pas le talent de Spartacus : il subit une déroute. Il est tué avec les deux tiers de son armée. Les survivants s'enfuient, ils seront vite capturés et mis à mort. Après quoi, Gellius fait route à marche forcée vers le nord, pour rattraper le chef thrace.

Ce dernier est à ce moment dans les Apennins. L'itinéraire qu'il a choisi emprunte une vallée étroite. Lentullus s'est installé un peu plus au nord et lui barre la route, Gellius se rapproche rapidement sur ses arrières. Il va être pris en tenaille. Les Romains savourent déjà leur victoire.

C'est compter sans le génie militaire de Spartacus. Comprenant qu'il doit faire vite pour ne pas être anéanti, il fond sur Lentullus de manière foudroyante, l'écrase et se retourne contre Gellius, qu'il bat à son tour. Et c'est là que se situe, pour les Romains, le moment le plus terrible de la révolte.

Spartacus n'a pas pardonné à l'armée de Gellius la mort de Crixos. Au cours de la bataille, il a fait trois cents prisonniers et il va se venger sur eux de la manière la plus impitoyable. Il décide d'organiser des jeux funèbres en l'honneur de son compagnon disparu et il oblige ses prisonniers à se battre entre eux à la manière des gladiateurs. Cette fois, il ne s'agit pas d'auxiliaires, il s'agit de citoyens romains, d'hommes libres, soldats de cette armée qui est en train de conquérir le monde. C'est une humiliation sans précédent qui leur est infligée et qui, à travers eux, est faite à Rome. Mais à moins de se suicider, ils n'ont pas le choix. Certains préfèrent retourner leur arme contre eux, les autres sont obligés de se battre.

L'armée des anciens esclaves tout entière s'est installée sur des gradins improvisés pour assister au spectacle et jouir d'une revanche sauvage. Tandis que les légionnaires s'affrontent, ce sont eux qui les encouragent ou qui les invectivent s'ils ne montrent pas assez d'ardeur. Et ce sont eux qui baissent le pouce lorsque le vainqueur demande s'il doit laisser la vie au vaincu. Il n'y aura d'ailleurs pas de vainqueur, le dernier survivant est exécuté à son tour.

À partir de ce moment, Spartacus fait régner la terreur. Ses succès lui valent des ralliements en masse. Il a bientôt cent mille hommes sous ses ordres et continue vers le nord, dévastant tout sur son passage. Lentullus, qui a réuni une nouvelle armée, tente de l'arrêter à Modène : il est de nouveau battu.

L'armée du chef thrace compte maintenant cent vingt mille hommes. Les Romains n'ont plus aucune force à lui opposer. Il est le maître de l'Italie. Va-t-il choisir d'aller en Gaule pour s'y installer ? C'est ce que la population romaine souhaite de toutes ses forces. Non, il fait brusquement demi-tour et se dirige à marche forcée vers le sud.

En ce chaud été 72, c'est la panique dans la ville de Rome. Jamais une telle situation ne s'était produite depuis l'équipée d'Hannibal, deux siècles plus tôt. Le conquérant carthaginois, lui aussi, avait battu toutes les armées romaines et aurait pu prendre la capitale s'il l'avait voulu. Inexplicablement, il ne l'avait pas fait. Il avait continué sa route et s'était installé plus au sud, à Capoue précisément, où il avait fini par être battu.

Spartacus va-t-il faire de même ? Va-t-il épargner la ville et s'en retourner à Capoue d'où il est parti ? Dans tous les temples de Rome, les prêtres font des sacrifices et le peuple lance au ciel ses prières pour qu'il en soit ainsi. Et ils sont exaucés ! De la manière la plus surprenante, Spartacus ignore la ville sans défense et continue son chemin.

Il revient presque à son point de départ et s'installe à Thurium, en Campanie. Là, il se comporte en chef d'État. Thurium est un port et l'ancien esclave communique par lui avec le reste du monde : il passe des commandes aux marchands de diverses régions de la Méditerranée, il achète notamment des armes, qu'il paye sans mal avec son énorme butin. Spartacus ne reste à Thurium que quelques semaines, le temps de réorganiser son armement, mais cette halte a sans doute contribué à affaiblir la combativité de ses hommes.

À Rome, pendant ce temps, la contre-attaque s'organise enfin. Elle est le fait d'un homme singulier, Licinius Crassus. Crassus, âgé alors de quarante-trois ans, est l'homme le plus riche du pays. Il a acquis sa fortune en rachetant à bas prix les biens des citoyens proscrits par le dictateur Sylla. Il est ainsi devenu le plus grand propriétaire foncier romain. Il possède notamment une partie de la capitale et on dit qu'il fait incendier ses immeubles pour les reconstruire en augmentant les loyers.

Crassus possédait aussi de nombreuses exploitations agricoles en Campanie qui ont été ravagées par la révolte, ce qui lui a fait perdre beaucoup d'argent. Il est, d'autre part, habité par une ambition dévorante. C'est pourquoi, alors que les autres hommes politiques répugnent à combattre des esclaves, ce qui dans la mentalité romaine est dégradant, lui n'hésite pas. Il se fait remettre les pleins pouvoirs et des crédits pour lever une armée.

Nous sommes alors à l'automne 72. Le temps des opérations militaires est normalement passé, mais Crassus engage quand même les hostilités. À la tête de dix légions, il prend la direction du sud de l'Italie. Son plan n'est pas d'affronter directement Spartacus, mais de neutraliser d'abord les nombreuses bandes plus ou moins organisées qui écument la région. À cet effet, il envoie en avant l'un de ses lieutenants, Mummius, avec deux légions. Mummius a pour consigne formelle de ne pas attaquer Spartacus, mais il ne résiste pas à la tentation d'obtenir un succès personnel et il engage la bataille. C'est un désastre : ses troupes s'enfuient, abandonnant leurs armes.

Face à ce nouvel et humiliant échec, Crassus réagit de manière impitoyable. Il remet en vigueur l'ancienne pratique de la décimation, abandonnée depuis longtemps comme trop barbare. Il fait sortir des rangs les cinq cents hommes de l'avant-garde, responsables du mouvement de panique à la bataille, et en fait exécuter cinquante, un sur dix, selon le sens originel du mot

« décimer ». Le reste de l'armée, terrorisé, ne risquera plus de fuir.

Continuant vers le sud, Crassus rencontre une bande de dix mille esclaves et la bat, en tuant les deux tiers. Peu de temps après, il affronte pour la première fois toute l'armée de Spartacus. Ce dernier manque de remporter la victoire, mais le résultat est égal. Le chef thrace comprend qu'il a désormais un adversaire de son niveau et décide de ne pas courir davantage de risques et de passer en Sicile. Il s'entend avec des pirates et leur donne de l'or pour qu'ils les fassent traverser. Ceux-ci gardent les sommes qu'ils ont reçues et disparaissent. Il tente alors d'embarquer ses hommes sur des radeaux, l'opération échoue, il renonce à la Sicile.

Pour passer le reste de l'hiver, Spartacus choisit d'aller dans l'endroit le plus reculé d'Italie, le Bruttium, qui constitue le talon de la botte. Crassus les poursuit et les bloque dans cette impasse. Si l'armée romaine peut être considérée comme la plus puissante de tous les temps, c'est parce qu'elle possédait une force de travail inimaginable. Pour mieux enfermer Spartacus, Crassus fait creuser en une semaine par ses hommes un fossé de quatre mètres cinquante de largeur sur quatre mètres cinquante de profondeur, qui ferme toute la péninsule. Et celle-ci fait à cet endroit quarante kilomètres de long !

Nous sommes en janvier 71. Spartacus et ses hommes sont prisonniers et la situation est grave, car il fait très froid cette année-là, les vivres commencent à manquer et la famine menace. Pour faire attaquer les Romains, le chef rebelle fait crucifier l'un des leurs sous leurs yeux. C'est une provocation terrible, car ce supplice est réservé aux esclaves, mais ils ne bougent pas. Heureusement pour lui, un peu plus tard, à la faveur d'une tempête de neige épouvantable, qui empêche toute visibilité, il arrive à faire passer le fossé à son armée, dans des conditions très risquées.

Il est à nouveau maître de ses mouvements, mais il a laissé des forces dans l'aventure. Beaucoup de ses hommes sont morts à cause de la faim et du froid. D'autre part, des dissensions sont apparues dans la troupe, certains veulent tenter leur chance séparément. Spartacus n'est pas en état de s'y opposer. Il se résout à les laisser partir.

Crassus n'attendait que cela. Il attaque, avec toute son armée, les esclaves dissidents, au nombre de douze mille trois cents. Il les défait et les massacre jusqu'au dernier. C'est un coup terrible pour Spartacus. Il sait qu'il ne peut pas aller en Sicile et il n'a plus les forces suffisantes pour espérer quitter l'Italie par le nord. Alors, il retourne en Campanie, où sa situation matérielle devient précaire : les campagnes, qu'il a ravagées les deux années précédentes, n'ont plus de ressources et les villes se ferment à lui. Il sent que l'affrontement suprême est pour bientôt.

Crassus le sent aussi. Il le suit à distance. Alors que Spartacus se trouve dans les montagnes de Petelia, non loin de Thurium, il envoie en avant deux de ses lieutenants, Quinctius et Scrofa, qui commettent l'imprudence de suivre le chef thrace de trop près, alors qu'il est engagé dans un défilé montagneux. Celui-ci fait demi-tour et les écrase. Crassus est trop loin pour leur porter secours et ne peut que constater le désastre. Tous les succès remportés par les Romains pendant l'hiver semblent annulés. De nouveau, c'est l'angoisse dans leurs rangs.

Rien n'est pourtant joué. Ces deux dernières victoires ont donné aux soldats de Spartacus la sensation qu'ils étaient invincibles. Ils pressent leur chef d'affronter Crassus en bataille rangée. Crassus le souhaite également. Pompée, son grand rival en politique, va rentrer d'Espagne, et il veut absolument terminer la guerre avant son arrivée. Il déploie son armée non loin de Thurium et offre le combat. Spartacus ne tarde pas à arriver et installe son camp à proximité. Cette fois, c'est bien le dernier acte qui va avoir lieu.

La veille de la bataille, Spartacus égorge son cheval. Il dit à ses hommes que, s'il est vaincu, il n'en aura plus besoin et que, s'il est vainqueur, il en trouvera de plus beaux chez ses ennemis. Il demande aussi que, s'il est tué, on enterre ou on brûle son corps, pour que les Romains ne l'outragent pas.

Le combat s'engage avec une exceptionnelle violence. Rarement, de part et d'autre, on s'est battu avec une telle sauvagerie. Les esclaves attaquent avec furie, ils prennent tous les risques, sachant que de toute manière, s'ils sont battus, c'est la mort qui les attend. Les Romains, de leur côté, ne font pas preuve d'un moindre acharnement. Ils veulent venger toutes les humiliations qu'ils ont subies. Tandis qu'ils ferraillent, ils pensent à leurs compagnons qu'on a forcés de se battre comme gladiateurs, ils revoient celui qui a été crucifié sous leurs yeux.

Spartacus se trouve au premier rang. Il veut à tout prix rejoindre Crassus et l'affronter en combat singulier, mais le chef romain est trop avisé pour courir un pareil risque et se dérobe. Les heures passent. À la fin, l'expérience et la discipline des légionnaires emportent la décision. Les pertes sont très lourdes du côté romain et chez les esclaves il y a soixante mille morts et six mille prisonniers. Les autres sont en fuite et seront exterminés durant les jours suivants.

Spartacus a été tué dans la bataille. Ses adversaires l'ont vu tomber, tandis qu'il chargeait. Ils ne retrouveront pas son corps : ses hommes ont été fidèles à leur promesse, ils l'ont fait disparaître. Spartaca non plus n'est pas retrouvée. Ainsi ni l'un ni l'autre ne connaîtront le sort terrible qui va être réservé à leurs derniers compagnons.

Pour tirer une vengeance exemplaire de la révolte et frapper à jamais les imaginations, Crassus a imaginé une mise en scène terrifiante. Il fait crucifier ses prisonniers le long de la via Appia, de Capoue à Rome. Ils sont plus de six mille sur les cent quatre-vingt-quinze kilomètres du parcours, c'est-à-dire une croix tous les trente mètres.

Pompée arrive sur ces entrefaites, écrase avec sa puissante armée une bande de cinq mille esclaves en fuite et, grâce à une habile propagande, se fait reconnaître comme coauteur de la victoire, à égalité avec Crassus. Ce dernier proteste et en appelle à ses amis politiques. Le temps de la terreur est passé, le soulèvement qui avait failli emporter Rome est devenu une querelle politicienne.

Par la suite, les Romains ont tout fait pour effacer de leur mémoire la peur et la honte qu'ils avaient subies. La grande révolte de 73-71 était nommée pudiquement le « tumulte servile », le nom de Spartacus n'était jamais prononcé ou, s'il l'était, c'était comme injure.

Mais la postérité a accordé une éclatante revanche au gladiateur de Capoue. Peu de personnages historiques ont bénéficié et bénéficient encore d'une telle faveur. Il suffit pour s'en convaincre de constater le nombre de films et d'œuvres littéraires qui lui ont été consacrés dans le monde entier.

Car Spartacus est plus qu'un héros, c'est un symbole. Ce déraciné qu'aucune nation, aucune culture ne peuvent revendiquer est devenu universel et parle au cœur de tous les hommes. Il est l'espoir et la fierté des opprimés. Il leur adresse à jamais un message aussi simple que grand : mieux vaut mourir libre que vivre dans la servitude.

La flèche du diable

Le père missionnaire André Dupeyrat se repose dans sa chambre, après une épuisante tournée dans les villages indigènes de la forêt. Nous sommes en octobre 1947. À cette époque, le temps des explorations et des missions est pourtant révolu, c'est, au contraire, celui de la décolonisation qui se prépare. Mais pas en Nouvelle-Guinée, qui est restée l'endroit le plus ignoré et le plus dangereux du monde. Cette grande île équatoriale au nord de l'Australie, couverte d'une forêt impénétrable, n'a pas encore été atteinte par la civilisation et les tribus anthropophages y sont nombreuses. C'est dire que les missionnaires y ont encore du travail. Le père Dupeyrat n'est rebuté ni par la tâche ni par le danger. Ce robuste Belge de trente-cinq ans, aux cheveux blonds et aux yeux bleus, a demandé de lui-même à être envoyé dans ce pays. Et depuis six mois qu'il est là, il obtient des résultats remarquables. Il faut dire qu'il n'hésite pas à aller là où aucun religieux ne s'est aventuré avant lui, dans des villages réputés hostiles à toute civilisation.

Il n'est pas sûr que le père Dupeyrat parvienne à des conversions au sens strict du terme, mais il a réussi à se faire admettre et respecter. Les Papous, qui forment la totalité de la population de l'île, commencent à avoir des échanges avec lui, car le religieux a pris soin d'acquérir les rudiments de leur langue. Bref, par son courage, son énergie et son sens des contacts humains, André Dupeyrat est en train d'obtenir des résultats remarquables.

Pour l'instant, le missionnaire s'est octroyé quelques jours de repos dans la bourgade de Fané, occupée uniquement par des Blancs, européens et australiens, au bord du fleuve Mamberamo. La cité, qui est ravitaillée par bateaux à moteur, ressemble à une oasis au cœur de la jungle. Elle est habitée par une centaine de personnes et protégée par quelques militaires anglais. Le père vient s'y reposer de temps en temps, dans les bâtiments attenants à l'église.

André Dupeyrat goûte un repos bien mérité et dans des conditions confortables, pour la première fois depuis des semaines, lorsqu'il est tiré de son sommeil par Aitapé, un Papou qui lui sert de domestique.

– Père, père, réveille-toi ! C'est très grave !

Le religieux reprend ses esprits avec peine.

– Tu entends le tambour ?

Effectivement, au loin, quelque part dans la forêt vierge qui entoure Fané, retentissent des coups sourds frappés avec lenteur. L'effet produit est passablement inquiétant. C'est la première fois que le père Dupeyrat entend une chose pareille.

– C'est étrange ! Qu'est-ce que c'est ?

– C'est l'appel des sorciers. Ils te lancent un défi. Il faut partir !

– Qu'est-ce que tu racontes ?

– Les sorciers se sont réunis. Ils veulent ta mort. Tu détournes les Papous du culte des ancêtres, alors ils te lancent un défi.

Aitapé, que le père a toujours vu jusque-là calme et souriant, semble bouleversé.

– Quel défi ? Je n'y comprends rien !

– Quand le tambour s'arrêtera, les gens vont venir des villages pour avoir ta réponse. Il faudra leur dire « non », mon père. Il faudra leur dire que tu pars, sinon tu es mort !

– Il n'est pas question que je parte. Je suis certain qu'ils n'oseront pas m'assassiner.

– Si, mais pas avec les flèches ou les sagaies : ça, c'est des armes de guerriers. Ils vont utiliser l'arme des sorciers...

Aitapé a l'air totalement terrorisé. Il baisse la voix :

– La flèche du diable...

Au loin, le tambour vient brusquement de cesser. D'après ce qu'a dit Aitapé, les Papous vont maintenant converger vers Fané, pour lui demander sa réponse au défi des sorciers. André Dupeyrat a la tête solidement posée sur les épaules. Il n'est pas du genre à s'émouvoir facilement. Pourtant, il se rend bien compte que la situation est grave.

– Qu'est-ce que la flèche du diable, Aitapé ?

– C'est terrible, père, terrible !

Et le Papou raconte une histoire effectivement terrible, plus que cela même : terrifiante.

Quand un sorcier de Nouvelle-Guinée a décidé la mort de quelqu'un, il commence par lui voler un morceau de son pagne. Il place ce bout de tissu dans un tube de bambou et y introduit un serpent. Les sorciers sont des experts dans le maniement des serpents, même les plus venimeux. Leur savoir-faire est ancestral ; ils se le transmettent de bouche à oreille.

Une fois le reptile enfermé dans le tube de bambou, il commence à s'agiter et à s'attaquer au morceau d'étoffe, qui est sa seule compagnie dans le noir. À ce moment, le sorcier frappe de manière répétée sur le tube. Le serpent n'a pas d'ouïe mais il est très sensible aux vibrations, et les coups produisent dans ce milieu clos un véritable cataclysme.

Au bout d'un moment, le sorcier arrête de frapper et passe à plusieurs reprises le bambou au-dessus du feu. Pour le reptile prisonnier, c'est une torture atroce et, dans les profondeurs de son instinct, il associe cette souffrance avec l'odeur du tissu qui est enfermé avec lui. La machine infernale est au point. Le sorcier n'a plus qu'à s'embusquer près de l'endroit où il sait que sa victime passera. Lorsqu'elle approche, il enlève le bouchon. Le serpent jaillit comme une flèche et plante ses crocs dans la chair de l'homme.

Aitapé a terminé son récit. Il tremble de tous ses membres. Le père Dupeyrat a écouté avec attention et il ajoute en lui-même une information que le Papou n'a pas dite : la Nouvelle-Guinée est l'endroit du monde où on trouve le plus de serpents mortels. Ils sont de toutes tailles, de toutes couleurs, de tous habitats, mais ils ont un point commun : il n'y a aucun antidote à leur poison.

Au cours de ses déplacements en forêt, le missionnaire a déjà rencontré plusieurs d'entre eux. Il a même été attaqué à deux reprises et il s'en est sorti grâce à la canne ferrée qui ne le quitte jamais, ainsi qu'à son sang-froid et à ses excellents réflexes. Alors pourquoi n'en serait-il pas de même par la suite ? André Dupeyrat n'a pas peur des serpents. Bien sûr, il n'est pas inconscient, il sait le danger qu'ils représentent. Mais ils ne provoquent chez lui ni crainte irraisonnée ni répulsion. Et puis, il se sent protégé par le bon Dieu et la Providence. Dès cet instant, sa décision est prise.

– Tu as dit que les Papous vont venir à Fané ?

– Oui, père. Ils doivent être là.

– Alors, je vais leur donner ma réponse.

Suivi de son domestique tremblant, le religieux se

dirige vers l'extrémité de la bourgade. Effectivement, les Papous sont là, des dizaines de Papous, des jeunes, des vieux, des guerriers en armes, des femmes portant leurs enfants dans les bras. Tous le regardent avec attention, l'air grave. Il prend la parole d'une voix forte, réunissant toutes les connaissances qu'il a dans leur langue.

– Je vais aller dans vos villages et je dirai la messe. Si les sorciers réussissent à me faire mourir, c'est que je ne suis pas le représentant de Dieu et les sorciers auront raison. S'ils ne parviennent pas à me tuer, c'est qu'ils ont tort et vous ne les écouterez plus jamais... Maintenant, rentrez chez vous !

Les Papous ont écouté le discours dans le plus grand silence et c'est dans le même silence qu'ils font demi-tour. Le père André Dupeyrat, lui aussi, rentre chez lui. Il a décidé de partir sans plus attendre, dès le lendemain. Il s'occupe de réunir les quelques affaires dont il aura besoin, et c'est alors qu'il fait cette découverte. La chemise qu'il avait lors de sa tournée précédente, qu'il avait portée pendant plusieurs semaines sans pouvoir en changer et qu'il n'avait pas encore eu le temps de laver, a disparu. Le bon Dieu et la Providence vont avoir beaucoup de travail !

Le lendemain matin, André Dupeyrat, sa canne ferrée à la main, quitte Fané d'un bon pas. Sa tournée, comme les autres, va durer plusieurs semaines. Enfin, s'il arrive au bout. Car tel est l'enjeu du véritable combat qu'il a engagé. De sa vie ou de sa mort, dépend la réussite de sa mission. Il garde espoir, non seulement parce qu'il est d'un naturel optimiste, mais parce qu'il possède une arme, une arme secrète, qu'il emporte avec lui.

Ou plutôt, c'est Aitapé qui la porte, dans le sac qu'il a sur l'épaule. Le missionnaire lui a dit qu'il n'avait aucune obligation de l'accompagner, et le Papou, malgré sa peur visible, a tenu à venir quand même.

Le premier village est tout proche. Un groupe d'habitants vient à sa rencontre pour lui souhaiter la bienvenue. Tout à coup, ils se mettent à pousser des cris et se jettent dans les fourrés. C'est quand ils ont disparu que le père Dupeyrat voit ce qu'ils cachaient par leur présence : devant lui, en plein milieu du chemin, frétille un long ruban argenté. Le serpent, très mince et très clair, presque blanc, doit mesurer un mètre cinquante ; sa tête pointue est si fine qu'elle se distingue à peine de son corps. André Dupeyrat ne sait pas son nom. Il ne sait qu'une chose : son poison est foudroyant, il tue en moins d'une minute.

Le reptile s'avance lentement. La partie supérieure de son corps est dressée, le reste suit en ondulant doucement. C'est la posture d'attaque. Il va frapper, mais il ne semble pas pressé. À présent, il ouvre sa gueule et lance en avant sa langue à deux pointes, en sifflant.

Le père Dupeyrat ne bouge pas. Il tient fermement sa canne dans sa main droite, à la manière d'un gourdin. L'animal semble hésiter, alors il en profite ; il se lance en avant et écrase sa canne sur lui avec tant de violence qu'il le sectionne en deux. Puis il va prendre les morceaux mutilés et les brandit dans ses mains, tout en appelant les villageois :

– J'ai vaincu la flèche du diable ! J'ai vaincu les sorciers !

Effectivement, il constate que les regards qu'on lui lance sont à la fois craintifs et admiratifs. Le respect dont il bénéficie s'est certainement accru grâce à cet exploit. Il sait bien aussi que ce n'est pas terminé.

D'ailleurs, au même moment, il entend dans le groupe une voix anonyme lui lancer, en langue papoue :

– Il y en aura d'autres !

Quelques jours plus tard, André Dupeyrat se trouve dans un village beaucoup plus loin dans la forêt. L'accueil a été favorable. Les villageois se sont pressés pour assister à la messe. Mais le père ne se fait pas trop d'illusions sur leurs sentiments. Il s'agit moins de ferveur que de crainte. Les Papous assistent au duel qu'il livre aux sorciers et ils le redoutent tout comme ils redoutent ces derniers. Pour rien au monde, ils ne voudraient le contrarier.

À présent, le religieux se repose dans la case qu'on a mise à sa disposition. Il est allongé sur son hamac. Il demande à Aitapé, qui se trouve à ses côtés, de lui passer sa pipe et son tabac, lorsque celui-ci s'immobilise et se met à chuchoter :

– Attention, père, ne bouge pas ! Deux petits serpents noirs montent sur le piquet de ton hamac, près de ta tête.

Le père Dupeyrat a cessé de faire le moindre mouvement, mais il constate avec angoisse que son hamac continue de se balancer. Il n'y a rien à faire pour l'arrêter. Son domestique reprend la parole :

– Ils s'entremêlent. Maintenant ils se séparent. C'est sans doute un mâle et une femelle. Il y a un espoir...

Aitapé s'est éloigné. Il revient avec un couteau à la main. Il s'approche insensiblement du piquet. Il parle dans un souffle :

– Ils montent vers toi. S'ils mêlent leurs têtes, je peux frapper...

Il n'en dit pas plus. Au même instant, il y a un éclair

et la lame du couteau s'abat. Le mâle et la femelle ont enlacé leurs têtes et il les a coupées toutes les deux d'un coup. Ainsi qu'il l'a dit, s'il ne s'était pas agi d'un couple, tout était perdu. Il n'aurait pu tuer qu'un seul des reptiles et l'autre aurait mordu.

Peu après, André Dupeyrat sort de sa case en tenant les serpents dans chaque main. Les regards impressionnés des Papous lui montrent qu'il vient encore de remporter son combat, mais, même si aucune voix anonyme ne s'élève, il sait qu'il y en aura d'autres.

Les jours et les semaines passent. Le père Dupeyrat n'est maintenant plus très loin de terminer sa tournée. Des serpents, il en a rencontré effectivement beaucoup d'autres, de toutes tailles, de toutes couleurs, mais tous aussi mortels les uns que les autres. Chaque fois, il s'en est sorti : il a réussi à en tuer plusieurs, les autres ont renoncé à l'attaquer et se sont enfuis.

Le village où se trouve en ce moment le père n'est plus très loin de Fané. Curieusement, il ne s'y était jamais rendu. Il y a pourtant reçu bon accueil et toute la population sans exception est venue assister à la messe, ce qui est maintenant le cas, depuis que ses victoires sur les reptiles s'accumulent. La chaleur est étouffante ce jour-là et le religieux s'accorde une sieste dans la case qu'on a mise à sa disposition. Elle est minuscule : le plafond de feuillage tressé n'est guère plus qu'à un mètre cinquante du sol. Cela ne l'empêche pas de trouver rapidement le sommeil.

C'est un sifflement qui le réveille. Il ouvre les yeux. La tête d'un serpent se balance vingt centimètres au-dessus de son visage. Il est passé par un trou du feuillage et descend lentement vers lui. C'est la première fois qu'il en rencontre un de cette espèce, la plus grande de Nouvelle-Guinée. Il est gros comme le bras, d'une couleur gris fer et fait deux mètres de long. Sa morsure n'est pas foudroyante, comme celle du premier qu'il a rencontré, elle tue au contraire lentement dans d'effroyables souffrances. Le père le sait pour avoir donné les derniers sacrements à un malheureux Papou, dans un village.

Le reptile descend lentement, inexorablement. Sa tête est juste au-dessus de la sienne. Il a la gueule ouverte, les crocs dégagés, il siffle doucement. André Dupeyrat sait qu'il est perdu : Aitapé n'est pas là. Il est seul dans la case, il n'a de secours à espérer de personne. Alors, tout en s'efforçant de rester parfaitement immobile, il fait ses prières.

Il y a un contact effrayant : l'énorme reptile glisse maintenant sur son cou. Même si la situation semble désespérée, il faut continuer à ne pas bouger. Le religieux s'efforce de rester aussi raide qu'un morceau de bois, mais il ne peut empêcher son cœur de battre et, avec l'angoisse qu'il éprouve en cet instant, c'est un véritable vacarme qui part de sa poitrine.

Le serpent est justement sur sa poitrine et continue son chemin sans se presser. Le père est frappé par sa grosseur, presque celle d'un boa. Et, étonnamment, au lieu de le remplir d'horreur, cette vision lui apporte pour la première fois un espoir. Il se demande, en effet, comment les sorciers ont pu faire entrer un animal de cette taille et de cette puissance dans un bambou. Leur art de manipuler les serpents a beau être sans pareil, il a tout de même des limites.

Et si pour une fois les sorciers n'étaient pour rien dans tout cela ? Les serpents peuvent attaquer d'eux-mêmes, c'est même une des plaies de la Nouvelle-Guinée, une des principales causes de mortalité. En tout cas, celui avec lequel il est actuellement aux prises ne semble pas agressif. Il descend lentement le long de son corps, arrive sur le sol de la case et se prépare à la quitter, d'une manière indifférente, presque dédaigneuse.

Brusquement, le père Dupeyrat décide d'agir. Il vient d'échapper miraculeusement à la mort, mais cela ne lui suffit pas. Il comprend qu'il a la possibilité de l'emporter définitivement. Alors que le reptile a déjà la tête à l'extérieur, il s'empare de sa canne et frappe de toutes ses forces. Le coup est si violent qu'il brise la colonne vertébrale de l'animal qui est agité de soubresauts convulsifs. Le père le prend par la queue et sort de la case en criant :

– Venez ! Venez tous !

Les Papous arrivent et s'immobilisent devant lui. Il prend la parole d'une voix éclatante :

– Regardez ! J'ai vaincu les sorciers ! Je suis plus fort que tous les serpents car mon Dieu est le plus fort !

André Dupeyrat voit alors un spectacle extraordinaire : tous les habitants du village se mettent à genoux dans un même mouvement. À cet instant, il comprend qu'il vient de l'emporter définitivement.

Quelques jours plus tard, il est de retour à Fané. La population du village l'entoure et lui fait fête, car elle était au courant du combat d'une nature si particulière qui l'opposait à ses adversaires. Le chef de la petite garnison anglaise le félicite au nom de tout le monde et l'interroge :

– À quoi attribuez-vous d'être sorti vivant de cette épreuve ? À l'aide de Dieu ?

Le père Dupeyrat sourit.

– Je pense que les missionnaires ont la protection

du Seigneur, mais, comme on dit : « Aide-toi, le ciel t'aidera. » J'ai mis le proverbe en application et j'ai emporté une arme avec moi.

– Une arme ?

– C'est Aitapé qui l'a avec lui. Veux-tu la montrer, Aitapé ?

Le domestique s'exécute et sort du sac qu'il portait un petit morceau de matière jaune. Le père André Dupeyrat le prend en main.

– C'est sans doute grâce à cela que je suis en vie : du savon ! Les Papous que les sorciers voulaient éliminer n'en avaient pas et ils gardaient leur odeur sur eux. Moi, j'ai pris soin de me laver pendant toute mon expédition. Et, alors que les serpents normalement attaquaient comme une flèche, devant moi, ils hésitaient, ce qui m'a permis de frapper le premier. Je pense qu'ils reconnaissaient mon odeur mais, comme elle était atténuée et qu'il y avait en plus celle du savon, ils étaient désorientés.

Ainsi s'est terminée l'aventure du père André Dupeyrat en Nouvelle-Guinée, une aventure dont il est sorti vainqueur grâce à sa foi, à son courage et à un morceau de savon.

Le faux Monty

Les deux brancardiers descendent comme ils peuvent l'escalier étroit d'un petit immeuble triste de Worthing, station balnéaire anglaise non loin de Brighton. Le malade qu'ils transportent a l'air bien mal en point. Il vivait seul. C'est la concierge qui a appelé l'hôpital. Elle était venue faire son ménage et elle l'a trouvé inconscient.

Comme les brancardiers heurtent la rampe, le malade se redresse et crie d'une voix tonnante :

– Par Jupiter, faites attention ! Je suis le maréchal Montgomery, vicomte d'El-Alamein !

Cet effort l'ayant épuisé, il retombe inanimé sur la civière. Les brancardiers échangent des commentaires apitoyés :

– Le pauvre vieux ! C'est à l'asile qu'il aurait fallu le conduire.

– Grâce à Dieu, Monty est bien vivant. Je l'ai vu hier à la télé.

Oui, en ce mois d'août 1964, Bernard Law Montgomery, maréchal d'Angleterre, vainqueur de Rommel à El-Alamein, commandant en chef des troupes du Débarquement de Normandie, que tous les Anglais appellent affectueusement Monty, est bien vivant. Mais si le moribond qu'emportent les brancardiers a sa raison qui se trouble, ce qu'il dit n'est pas totalement insensé. C'est le souvenir de l'extraordinaire aventure qu'il a vécue, une des plus étonnantes de la Seconde Guerre mondiale.

Clifton James est né soixante-sept ans plus tôt, en 1897, en Tasmanie, la grande île au sud de l'Australie. Il est originaire d'un milieu aisé, son père est président du tribunal de Hobart, mais ses parents meurent dans un accident de voiture. Orphelin très jeune, Clifton James est élevé par deux vieilles demoiselles, dans la terreur de son tuteur, le colonel James, retraité de l'armée des Indes, qui le déteste pour son corps chétif et son âme peureuse.

La guerre l'amène en Europe. Gazé et blessé dans les Flandres, il est réformé, il s'installe à Londres et commence à vivoter. Il trouve une place de commis voyageur, mais il renonce vite à ce métier ingrat. En fait, il a une passion secrète et, maintenant qu'il n'a plus ni les vieilles demoiselles ni le colonel de l'armée des Indes pour lui dicter sa conduite, il va enfin y céder. Il a toujours rêvé d'être comédien. Lui, le frêle, le timide Clifton James, que ses blessures de guerre ont rendu plus fragile encore, quelle revanche il pourrait prendre ! Il se voit déjà interprétant les grands héros du répertoire shakespearien, devant une salle croulant sous les bravos.

Malheureusement, s'il devient effectivement comédien, sa vie n'en est pas plus brillante pour cela. Certes il n'est pas dénué de talent, c'est la personnalité qui lui manque. Il se voit confiné à des petits rôles de quelques répliques ; parfois même, pour vivre, il doit accepter de faire de la figuration. Et, à la place des prestigieuses scènes londoniennes qu'il espérait, ce sont des tournées en province, dans des théâtres de second ordre. Sa vie de commis voyageur se poursuit d'une autre manière.

1939 : c'est de nouveau la guerre et elle le tire un peu du bas de l'échelle où il se trouvait. Ses états de service lui ont, en effet, valu d'être officier. Mais à quarante-deux ans, il n'est pas versé dans une unité combattante, il est lieutenant trésorier-payeur. Il reste donc en Angleterre pendant la campagne de France et il assiste en témoin à la bataille d'Angleterre. Par la suite, tandis que les combats se déroulent sur les terres et les mers du monde entier, il est toujours à Londres dans les bureaux de l'administration militaire, à faire des calculs et des comptes.

Mars 1944. Alors que jusqu'à présent Clifton James était un des rares militaires stationnés en Angleterre, il est maintenant rejoint par toute une multitude. Des troupes considérables sont concentrées dans l'île : Anglais, Américains, soldats de tous les dominions britanniques, soldats alliés. C'est qu'un grand événement se prépare : le débarquement en France. Et, pour occuper tous ces militaires forcés à l'inaction, il y a, entre autres, des représentations théâtrales.

Dans son service, Clifton James est populaire pour une étonnante raison : il possède une ressemblance frappante avec le maréchal Montgomery. Même plus que cela, il est son véritable sosie. Bien entendu, tout le monde ne l'appelle plus que Monty, et c'est devenu l'objet de plaisanteries perpétuelles. Ce jour-là, le colonel chef de son service vient le trouver :

– Dites-moi, James, vous êtes bien acteur dans le civil ? Cela vous plairait de remonter sur les planches ?

– Certainement, colonel !

– Il y a une représentation du théâtre aux armées,

au Nottingham Hall. J'ai pensé que vous pourriez faire une imitation de Monty. Cela amuserait la troupe.

Clifton James accepte sans se faire prier. La représentation a lieu, et ce n'est pas un succès, c'est un triomphe ! Clifton James apparaît en uniforme de général de cavalerie, celui de Montgomery, avec sur la tête son fameux béret noir. Il prononce quelques mots en imitant sa voix, telle qu'il a pu l'entendre aux actualités, et toute la salle se dresse en hurlant :

– Salut, Monty ! Sacré vieux haricot !

Il y a même des journalistes qui sont là. Tandis que Clifton James poursuit son numéro, des flashs crépitent et le lendemain, 14 mars 1944, il a droit à un article sur quatre colonnes dans le *News Chronicle*. On y voit, entre autres, sa photo avec la légende : « Non, ce n'est pas lui. Son nom est James. »

Cet article, le capitaine Stephen Wattes le considère avec attention. Il tire plusieurs bouffées de sa pipe et se ressert une tasse de thé, car l'idée qui lui est venue mérite d'être sérieusement examinée. Le capitaine Wattes est l'un des plus brillants éléments du MI 5, le service d'espionnage anglais. En cette période, la majeure partie de son activité concerne le Débarquement, et il y a peut-être quelque chose à tirer de cela.

Quelques minutes plus tard, le capitaineWattes est dans le bureau de son chef, le colonel Lester. Il lui montre l'exemplaire du *News Chronicle*, avec la photo de Clifton James. Le colonel Lester hoche la tête.

– Je vois... Qu'est-ce que vous suggérez au juste ?

– Le maréchal Montgomery est en ce moment à Portsmouth, en compagnie du général Eisenhower.

– Je le sais parfaitement. Il dirige l'entraînement des troupes du Débarquement.

– Oui, mais les Allemands le savent aussi. Nous venons de capter un message radio en faisant état...

Le colonel Lester fait une grimace. Le camp de Portsmouth où est concentrée l'armée du Débarquement est l'endroit le plus secret et le mieux protégé d'Angleterre et pourtant les Allemands y ont des informateurs sur place ! C'est évidemment une mauvaise nouvelle, mais ce que vient de dire le capitaine pourrait transformer ce point marqué par l'ennemi en avantage. Son subordonné poursuit son idée :

– Imaginez que Monty quitte Portsmouth pour aller très loin : qu'en concluraient les Allemands ? Que le débarquement n'est pas pour tout de suite. Ils relâcheraient leur garde des côtes.

– Effectivement : c'est ingénieux. Mais il reste un obstacle.

– Lequel ?

– Ce Clifton James. Nous ne savons pas qui il est. Pour lui confier un rôle d'une telle importance, nous devons être absolument sûrs de son entourage et de lui-même.

– C'est exact, colonel. Je m'en charge...

À partir de ce moment, le MI 5 enquête discrètement sur Clifton James, et les résultats sont satisfaisants à tous points de vue. L'entourage de l'acteur est absolument sûr, pour la meilleure raison qui soit : il n'existe pas. Il n'a pas de famille, il a laissé quelques cousins éloignés en Tasmanie avec lesquels il ne correspond pas. Il vit seul, c'est un célibataire endurci et il n'a pas d'amis, seulement quelques relations dans son service à l'armée. Quant à lui-même, il mérite une totale confiance : son patriotisme, en particulier, est digne de tous les éloges.

Et la médiocrité de sa carrière d'acteur est un avantage supplémentaire. S'il avait été connu, sa ressemblance avec Montgomery aurait déjà frappé de nombreuses personnes, mais ce ne sont pas ses brèves apparitions dans des pièces de troisième ordre qui ont pu lui attirer ce genre de renommée. À tous points de vue, Clifton James est l'homme de la situation !

Quelques jours plus tard, le capitaine Wattes est dans son bureau. Il se présente. Clifton James l'écoute, très intrigué d'avoir en face de lui un homme du MI 5.

– Cela vous dirait de continuer à jouer les Montgomery ?

– Pour le théâtre aux armées ?

– Non, pas au théâtre, dans la vie...

Et Stephen Wattes lui explique le projet qu'il a en tête : il s'agirait de monter une mise en scène à l'attention des Allemands, au cours de laquelle il se comporterait réellement comme le général.

Tout en écoutant son interlocuteur, Clifton James a du mal à modérer son enthousiasme. Lui, l'obscur, va entrer dans le personnage du plus grand chef militaire britannique. Et pour quelle pièce : la plus grandiose, la plus exaltante ! Il va peut-être, par son action, jouer un rôle décisif dans la guerre. Des objections lui viennent pourtant à l'esprit.

– Je ressemble physiquement à Monty, mais je ne sais pas quel est son comportement. Pour cela il faudrait que je l'approche. Est-ce qu'il sera d'accord ?

Le capitaine Wattes sourit.

– Nous lui avons tout expliqué. Non seulement il est d'accord, mais il vous attend...

Et, quelques instants plus tard, Clifton James part à bord de la voiture du capitaine Wattes rencontrer le chef des armées britanniques. Le véhicule franchit aisément tous les barrages de ce véritable camp retranché de Portsmouth et arrive au grand quartier général allié.

Montgomery est logé dans une imposante bâtisse aux allures de château. La confrontation avec son sosie est impressionnante. Les deux hommes se ressemblent d'une manière hallucinante, même de près il est impossible de les distinguer. Ils se regardent aussi stupéfaits l'un que l'autre. Mais la similitude s'arrête là. Intérieurement, ils sont aussi différents qu'il est possible. Montgomery toise son vis-à-vis avec impatience, tandis que ce dernier est si ému qu'il vacille presque sur ses jambes. Le vrai Montgomery s'adresse à Wattes :

– Qu'est-ce que vous attendez précisément de moi, capitaine ?

– Que vous permettiez au lieutenant James de rester en votre compagnie pour qu'il vous étudie et calque son comportement sur le vôtre. Si vous pouviez aussi le renseigner sur vos habitudes.

– Par exemple ?

Clifton James prend pour la première fois la parole. Il le fait timidement, en ayant presque l'air de s'excuser.

– Par exemple, monsieur le maréchal, quels sont vos goûts alimentaires ?

– Je ne mange jamais de poisson, je ne bois que de l'eau. Cela vous ira ?

Clifton James fait « oui » de la tête, plus impressionné que jamais. Il se rend compte de toute la difficulté de l'entreprise. Cette attitude de meneur d'hommes, ce ton cassant, ces gestes autoritaires : c'est cela qu'il va devoir acquérir. Bien sûr, cela fait partie du métier d'acteur, mais un acteur joue sur une scène et s'adresse à d'autres acteurs. Tandis que lui, il va devoir commander à des colonels, des généraux, parler d'égal à égal avec les puissants de ce monde.

Et il y parvient. Jour après jour, il fait des progrès, il copie la démarche du chef suprême des armées britanniques, il adopte ses tics de langage, ses manies. Il s'applique tant qu'il peut, car on lui a dit que le temps était compté. Le Débarquement est imminent, et il est prévu qu'il quitte l'Angleterre sous l'apparence de Monty quelques jours avant la date fixée.

Et, le 26 mai 1944, les trois coups sont frappés pour cette pièce sans précédent. Clifton James a pris place, en uniforme de général de la cavalerie, dans une limousine portant le fanion du commandement en chef des forces armées. Sur sa poitrine, resplendissent quatre rangées de décorations.

La puissante voiture prend la direction de l'aérodrome de Northolt. Celui-ci a pour particularité d'être à la fois civil et militaire. Le MI 5 sait que les Allemands y ont des espions et il compte bien qu'ils feront leur rapport. La voiture s'arrête à proximité du terrain. Un détachement est là pour rendre les honneurs. Monty s'extrait du véhicule et fait quelques pas de sa démarche caractéristique, à la fois raide et un peu traînante.

Le général Herwood, son aide de camp, se présente à lui. Montgomery répond rapidement à son salut et se dirige vers l'appareil. Le commandant vient le saluer à son tour.

– Mes respects, sir. C'est un honneur pour moi de vous avoir à bord.

– Bonsoir, commandant. J'espère que nous avons une bonne météo.

– Excellente, sir.

– Alors, en route ! Ne traînons pas.

Et le maréchal Montgomery, vicomte d'El-Alamein, s'engouffre dans la carlingue. Les déplacements d'une personnalité de son importance sont, bien entendu, couverts par le secret. Il aurait été invraisemblable que sa destination soit connue. Le MI 5 fait répandre, par plusieurs employés de l'aéroport à son service, le bruit que Monty part pour Gibraltar. Et les services secrets allemands tombent dans le piège ! Après la guerre, leurs archives montreront qu'ils ont suivi de bout en bout le voyage du faux Monty.

À Gibraltar, le maréchal, accueilli par le gouverneur, le major Foles, traverse la ville sous les acclamations de la population, aussi heureuse que surprise de le voir. Au palais du gouverneur, il est salué par son camarade à l'école de guerre, sir Ralph Eastwood, qui lui lance un jovial :

– Hello, Monty ! Sacré vieux haricot !

Ce dernier lui serre vigoureusement la main et lui lance à son tour :

– Salut, Rusty ! Cela fait rudement plaisir de te revoir !

Au palais du gouverneur a lieu une réception à laquelle sont conviées plusieurs personnalités espagnoles connues pour être favorables aux Allemands. Durant une bonne partie de celle-ci, le maréchal Montgomery a une longue conversation avec son vieil ami Eastwood et, bien qu'ils parlent à voix basse, on peut entendre qu'il est question plusieurs fois d'un certain « plan 303 ».

De Gibraltar, l'avion de Montgomery part pour Alger. Là, il est accueilli par le général Wilson, chef des armées américaines dans le pays. Monty le salue sur l'aéroport d'un sonore « Hello, Jumbo ! » utilisant le sobriquet par lequel il a l'habitude de le nommer.

Puis tous deux montent dans une Cadillac blanche escortée par quatorze motards de l'armée américaine et vont s'enfermer dans une villa sur les hauteurs d'Alger, protégée par une véritable petite armée.

Ainsi qu'on a pu l'établir plus tard par leurs archives, les services secrets allemands se sont interrogés sur la signification de cette entrevue. Est-ce que cela ne signifiait pas que le débarquement d'Angleterre allait être précédé par un autre venant d'Afrique ?

Ils n'auront en tout cas pas longtemps à se poser la question. Nous sommes alors le 5 juin 1944. Le lendemain à l'aube, c'est le Jour le plus long qui commence sur les plages de Normandie. Sans qu'on puisse établir avec certitude que la chose était liée avec l'opération du faux Monty, les historiens ont été frappés par la surprise qui a été celle des Allemands. Rommel, chef des troupes du mur de l'Atlantique, était à Berlin pour l'anniversaire de sa femme, l'état-major de la VIIe armée, qui défendait la Normandie, était en permission à Rennes et une division de panzers avait été envoyée dans le Midi.

En tout cas, pour Clifton James, le rideau est tombé. Habillé de son uniforme de lieutenant, il revient en Angleterre en compagnie du général Herwood, l'aide de camp de Montgomery, qui doit retrouver son chef au plus vite. Ce dernier le complimente pour sa performance.

– Vous avez été à la hauteur, James ! Vos nerfs n'ont pas flanché.

Les nerfs de Clifton James n'ont pas flanché, mais il est épuisé. Il n'a pas encore retrouvé ses esprits. Entendant s'exprimer cet homme qu'il a rudoyé depuis des jours, il réplique d'une voix bourrue :

– Mes nerfs ! Qu'est-ce que c'est que cette ânerie, par Jupiter ?

Puis il se rend compte qu'il est en train de s'adresser à un maréchal et qu'il est en uniforme de lieutenant. Il se répand en excuses.

Ainsi s'est terminé le fait d'armes de Clifton James, qui a peut-être changé le cours de l'histoire. Il a en tout cas changé le cours de son existence car, à partir de là, rien pour lui n'a été comme avant. Après la démobilisation, il a bien tenté d'exploiter son aventure. Il a tenu le rôle de Monty dans un film médiocre consacré au maréchal Montgomery, qui n'a eu aucun succès.

Et cela s'est arrêté là. Car non seulement son numéro d'imitation n'a pas servi sa carrière, mais il lui a porté un coup fatal. Chaque fois qu'il apparaissait sur scène il était salué dans le public par des cris :

– Salut, Monty ! Sacré vieux haricot !

Alors Clifton James a cessé de jouer. Un cirque de Blackpool l'a exhibé pendant un moment, et puis il en a eu assez, il a arrêté toute activité. Il s'est retiré à Worthing, vivotant de sa pension de blessé de la guerre de 14. Jusqu'à ce jour de 1964 où les brancardiers sont venus le chercher et où il a lancé sa dernière réplique.

Les quarantièmes rugissants

Cela commence par une scène conjugale tout ce qu'il y a d'anodine. Ramón Carlin fête, en cette année 1970, les quarante-cinq ans de sa femme Paquita. Ramón Carlin a lui-même quarante-sept ans, il en paraît un peu plus, avec son physique rondouillard, sa petite moustache et son crâne déjà bien dégarni. Paquita, elle, est une brunette pimpante, ravissante et menue aux allures de petit bibelot.

Tous deux se trouvent dans l'élégante salle à manger de leur villa d'un quartier résidentiel de Mexico. Il faut dire que les Carlin sont riches, très riches même. Ramón est à la tête d'une entreprise de machines à laver dont l'activité est florissante et sa fortune se compte en millions de pesos. Il a un grand sourire en direction de sa femme, tout en lui tendant un paquet plat entouré de papier cadeau.

– Bon anniversaire, ma chérie ! C'est une surprise !

Intriguée, Paquita ouvre fébrilement le paquet. Qu'est-ce que cela peut bien être ? L'instant d'après, elle découvre un catalogue en papier glacé, sur lequel sont représentés toutes sortes de bateaux. Elle se tourne, étonnée, vers son mari :

– C'est cela la surprise : un bateau ?

– Non, la surprise, c'est autre chose. Regarde à l'intérieur.

Paquita Carlin feuillette le dépliant et découvre, entourée à l'encre rouge, la photo d'un beau voilier, avec une grande voile blanche. Ramón Carlin sourit.

– Il ne te plaît pas ? Tu ne le trouves pas beau ?

Paquita est un peu décontenancée, elle n'a jamais mis le pied sur un bateau.

– Si, il est très joli, et qu'est-ce qu'on va en faire ?

– Eh bien, on va se promener en mer.

– Mais tu n'auras jamais le temps, avec ton travail.

– Justement, c'est ça la surprise : j'arrête de travailler !

Paquita regarde son mari avec des yeux ronds. Effectivement, pour une surprise, c'est une surprise ! Ramón, ce bourreau de travail qui fait des journées de dix heures ou plus, qui ne vit que pour son entreprise, s'arrêterait comme cela, du jour au lendemain ? Une inquiétude la traverse :

– Qu'est-ce qui se passe ? Tu es malade ?

– Non, je ne me suis jamais mieux porté. Et justement, j'ai envie de profiter un peu de la vie. Les enfants sont grands, ils n'ont plus besoin de nous.

– Et ton affaire, qui va s'en occuper ?

– J'en ai parlé à mon frère. Il accepte d'être directeur et il se débrouillera très bien.

Paquita Carlin enregistre comme elle peut toutes ces informations qui signifient un bouleversement complet de son existence. Elle ne sait que penser. Elle serait plutôt du genre casanier et tranquille. Jamais elle n'aurait imaginé que Ramón lui proposerait un jour une vie si trépidante. Mais elle lui a toujours fait confiance. Elle demande :

– Où est-il ce bateau ?

– En Floride. C'est là-bas qu'il a été construit. Nous allons le chercher. Nous partons demain. J'ai pris nos billets d'avion.

– Et comment est-ce qu'on va revenir ? Avec le bateau ?

– Bien sûr. Je me débrouillerai très bien, tu verras.

– Mais tu ne sais pas naviguer !

– J'apprendrai. Cela ne doit pas être si difficile...

Et Paquita Carlin, qui a toujours été une épouse soumise, suit son mari. Dès qu'elle monte sur le bateau, que Ramón a baptisé pour lui faire plaisir *Sayula*, du nom de la province dont elle est originaire, elle s'aperçoit d'une chose : elle a le mal de mer. Une fois qu'ils ont quitté les côtes de Floride, elle fait une autre constatation : il n'est pas si facile que cela d'apprendre à naviguer. Et malgré la bonne volonté de son mari pour tirer les cordages, manœuvrer les voiles, ils manquent plusieurs fois de chavirer. Enfin, ils arrivent quand même indemnes à Veracruz, le grand port mexicain.

À partir de là, c'est une nouvelle vie qui commence pour les époux Carlin. Ils ne sont pas toujours en bateau, mais durant les années qui suivent, ils font quelques promenades à la belle saison et même deux ou trois régates d'amateurs car, effectivement, Ramón Carlin se révèle un assez bon marin. Et puis, un jour de 1973, celui-ci annonce à son épouse :

– Chérie, j'ai une surprise !

Paquita est un peu craintive. Elle n'a pas oublié l'anniversaire de ses quarante-cinq ans et elle s'attend à un nouveau bouleversement dans son existence. Elle ne se trompe pas.

– J'ai décidé d'acheter un nouveau bateau. Il s'appellera le *Sayula II*.

Et Ramón tend à sa femme la photographie d'un

superbe voilier à deux mâts. Paquita le contemple avec étonnement.

– Mais il est très grand !

– Il fait dix-neuf mètres soixante, avec une coque tout en plastique. C'est le dernier cri de la technique.

– Tu ne pourras jamais le faire marcher tout seul.

– Effectivement. J'en ai déjà parlé aux enfants et ils sont d'accord.

– Qu'est-ce que tu dis ?

– J'en ai parlé aussi à nos neveux, car le *Sayula II* a besoin d'un équipage de dix hommes. Ils sont d'accord aussi. J'ai pris les billets d'avion pour tout le monde. Nous partons la semaine prochaine.

Paquita pense être au bout de ses surprises, mais elle est loin d'avoir tout entendu. Elle demande :

– Il est en Floride, comme l'autre ?

– Non, au nord de la Finlande. C'est là qu'on fabrique les meilleurs...

Ramón Carlin marque un temps. Il a beau savoir que sa femme l'a toujours suivi aveuglément, il a quand même un moment d'hésitation.

– De là, on ira à Portsmouth en Angleterre. C'est de là que part... la Course autour du monde.

– Tu ne parles pas sérieusement ?

– Si. Je me suis déjà engagé.

– Et tu ne veux tout de même pas que je vienne avec toi ?

– Bien sûr que si.

– Mais je ne sais rien faire !

– Tu t'occuperas de la cuisine. Ta présence nous fera beaucoup de bien au moral, aux enfants et à moi.

Paquita Carlin est décidément une épouse modèle et soumise, car, encore une fois, elle accepte. Par malchance pour elle, le *Sayula II* essuie une terrible tempête entre la Finlande et l'Angleterre. Elle croit mourir tant elle est malade et elle se demande ce que va être le tour du monde. Mais elle ne dit rien et, début septembre 1973, elle se retrouve à Portsmouth. Jusqu'à présent elle avait trouvé que le *Sayula II* était un voilier gigantesque, en voyant les autres concurrents amarrés à quai, elle découvre que c'est de loin le plus petit.

Il y a là, en effet, la fine fleur de la voile mondiale, des navires mis au point selon les techniques les plus sophistiquées et sponsorisés à prix d'or : *Pen Duick VI*, d'Éric Tabarly, *Adventure* et *Great Britain II*, qui réunissent l'élite de la voile britannique, *Kriter*, d'Alain Gliksman, *33 Export*, de Dominique Guillet, et tant d'autres encore. À chaque escale, ils seront attendus par toute une équipe de techniciens et un équipage de rechange sera là pour embarquer si nécessaire. Ramón Carlin, lui, courra avec son bateau acheté sur un catalogue, ses quatre fils, ses six neveux et Paquita, qui se demande ce qu'elle fait là.

Les journalistes le demandent aussi à son mari, mi-admiratifs mi-ironiques. Mais l'optimisme du Mexicain est vraiment à toute épreuve. Il déclare sans se démonter :

– Nous sommes là pour gagner !

Et le 8 septembre, c'est le grand jour, le *Sayula II*, toutes voiles dehors, quitte Portsmouth avec le reste de la flotte. La première escale est Le Cap, en Afrique du Sud. Normalement ce n'est pas l'étape la plus difficile, mais le *Sayula II*, ainsi que les autres concurrents, rencontre une nouvelle tempête. Cette fois-ci, Paquita est malade, vraiment malade. Elle dit à son mari :

– Je ne tiendrai pas. Il n'y a pas moyen d'éviter cette tempête ?

– Si, mais pour cela, il faudrait faire un détour. On perdrait beaucoup de temps

– Fais-le, Ramón. S'il te plaît. Je ne t'ai jamais rien demandé...

Ramón Carlin pousse un soupir. Effectivement, Paquita l'a suivi sans mot dire depuis le début de cette aventure, et cela mérite de faire un geste. Tant pis pour la course !... Le *Sayula II* se détourne donc vers l'ouest, ce qui lui permet de contourner le mauvais temps, et lui fait perdre deux jours et demi.

C'est dommage, car il arrive au Cap précisément avec deux jours et demi de retard sur le premier, *Adventure*. Ramón Carlin est très content de lui, et il y a de quoi : avec son équipage familial composé à la va-vite et son bateau de série, il a fait jeu égal avec les meilleurs marins du monde sur leurs prototypes. Il y a pourtant un problème : c'est Paquita. Il semble évident qu'elle n'a rien à faire dans une compétition aussi dure.

Au départ, malgré ses affirmations péremptoires, Ramón Carlin ne pensait pas disputer sérieusement la course, dans son esprit il s'agissait de faire en famille une croisière un peu sportive. Mais le remarquable résultat qu'il a obtenu à la première étape a tout changé. Cette fois, il a réellement une chance. Alors, à contrecœur, il se résout à se séparer de sa femme.

– Paquita, je crois qu'il vaut mieux que tu rentres au Mexique, d'autant que la suite risque d'être un peu difficile.

Paquita, elle aussi, ne demande qu'à rentrer. Elle est tout de même inquiète. Avant de prendre l'avion, elle fait promettre à son mari d'être prudent. Celui-ci lui jure que ce sera le cas, pourtant telle n'est pas du tout son intention. Tout de suite après son départ, il réunit ses neveux et fils.

– La prochaine étape, jusqu'en Australie, sera la plus dure. Nous allons affronter les quarantièmes rugissants. Vous savez ce que c'est ?

Oui, tous savent de quoi il s'agit. Cette route très au sud, au-delà du quarantième parallèle, se situe plus bas que toutes les terres émergées. Ce qui fait que les vents, qui ne rencontrent aucun obstacle, font le tour de la terre à une vitesse folle, souvent supérieure à 100 km/h et déclenchant des vagues en proportion avec eux.

Ramón Carlin poursuit :

– À ce moment-là, si on garde la voilure, on pourra aller très vite, peut-être quinze nœuds ou plus, et on aura une chance de gagner. Évidemment cela risque d'être dangereux. Est-ce que vous êtes d'accord ?

Un « oui » unanime lui répond. L'équipage du *Sayula II* veut tout faire pour tenter sa chance et cette aventure, qui avait commencé de manière plutôt amusante, risque désormais de s'achever dans le drame.

Trois semaines ont passé. Cela fait maintenant dix-neuf jours que le *Sayula II* a quitté Le Cap, direction Sydney, avec son skipper rondouillard de cinquante ans et son équipage de novices. Il a atteint les quarantièmes rugissants tout en gardant sa voilure et, effectivement, il file à toute allure. Seulement, dans quelles conditions ! Poussé par un vent arrière de plus de 100 km/h, il va au-devant de vagues de vingt à trente mètres. Ce sont constamment des montagnes russes vertigineuses. Mais ce n'est pas cela le pire. Le pire, ce serait de rencontrer la déferlante, le rouleau qui, au lieu de soulever le bateau, se brise dessus et l'engloutit.

Ramón Carlin est à la barre. En plus du vent, il fait

un temps épouvantable : les nuages gris et la grêle donnent l'impression d'être au milieu de la nuit, alors qu'il est aux environs de midi. C'est à peine si on voit arriver les vagues hautes comme des immeubles qu'il faut prendre bien en face, sous peine d'être basculé par le côté.

Ramón Carlin aperçoit un filin qui ballotte à la voile principale. Il doit absolument la fixer, sinon celle-ci risque de se déchirer. Pour un court instant, il décroche son harnais de sécurité. Geste fatal : un paquet de mer arrive précisément à ce moment et le jette par-dessus bord, dans une eau à 6°.

Il a heureusement deux réflexes : il hurle et il s'accroche au filin. Tout de suite après, il se trouve tiré par le bateau, qui fonce à une vitesse folle. Le câble de nylon lui scie la main, qui se gèle déjà. Il sent qu'il tiendra dans ces conditions extrêmes quelques minutes, pas plus. Après, il lâchera et tout sera fini.

Mais son cri a été entendu. Ses fils et neveux se précipitent et lui lancent un autre filin. Avec l'énergie du désespoir, de sa main libre, il passe celui-ci autour de sa taille. Les garçons, giflés par la grêle et les paquets de mer, tirent de toutes leurs forces, risquant de passer eux-mêmes par-dessus bord. À cause de la vitesse avec laquelle il est traîné, Ramón Carlin leur semble peser des tonnes.

Enfin, il arrive au contact de la coque. Il est hissé sur le pont où il s'effondre. Il est si frigorifié qu'il croit qu'il va mourir quand on lui glisse le goulot d'une bouteille de rhum dans la bouche, et il renaît à la vie. Enrique, son plus jeune fils, dix-neuf ans, lui hurle :

– Va te reposer dans ta cabine, papa, je prends la barre.

Ramón Carlin ne proteste pas. Dans l'état où il est,

il a absolument besoin de récupérer. Il descend donc à l'intérieur du voilier, suivi du reste de l'équipage, sauf Enrique, attaché à la barre avec son harnais de sécurité, car par un temps pareil il n'y a qu'un homme sur le pont. Une fois dans sa cabine, Ramón Carlin s'affale sur sa couchette, conscient d'avoir échappé à la pire épreuve de son existence. Il se trompe : le pire est à venir !

À peine est-il allongé, sans avoir eu le temps de se changer, que c'est le cataclysme. Une déferlante vient s'abattre sur le *Sayula II*, qui se retrouve la quille en l'air et les mâts dans l'eau. Dans sa cabine, Ramón Carlin est projeté au plafond où il a manqué de s'assommer. En même temps, la mer arrache le hublot et l'eau glacée entre comme une cataracte.

Ramón Carlin sait qu'il va peut-être mourir, mais ce n'est pas à lui qu'il pense en cet instant. Il pense à Enrique qui se retrouve sous l'eau, attaché à la barre par son harnais. Lorsqu'il a acheté le *Sayula II* au constructeur finlandais, celui-ci lui a certifié que la quille avait été lestée de manière à faire se retourner le bateau au bout de quelques instants, s'il chavirait. Il faut espérer que ce soit vrai, sinon Enrique va être noyé et, lui-même, avec l'eau qui s'engouffre dans la cabine, ne va pas tarder à l'être à son tour.

Le constructeur n'avait pas menti : dans un puissant et majestueux mouvement, la quille bascule et le *Sayula II* se retrouve à l'endroit. Ramón Carlin bondit sur le pont. Enrique est à son poste, grelottant, toussant, crachant, mais vivant. Il cesse de s'intéresser à lui car il y a plus urgent. Est-ce que la mâture a tenu ? Si ce n'est pas le cas, le bateau ne sera plus qu'une épave incapable d'affronter les vagues et il ne tiendra pas longtemps.

À tâtons, aveuglé par la grêle, assourdi par le hurlement des quarantièmes rugissants, risquant de se faire de nouveau emporter par-dessus bord, Ramón Carlin examine le pont du *Sayula II*. Les mâts sont toujours là mais la grand-voile a été arrachée. Elle pend derrière le bateau, retenue par ses câbles. Elle attendra. Ce n'est pas le plus important pour le moment.

La cale du voilier est inondée et le pont est à peine au-dessus des flots. S'il y a une voie d'eau, tout est perdu. Avec son équipage, Ramon inspecte la coque en tous sens : il n'y a heureusement rien. Tout est arrivé par le hublot qui, maintenant que le bateau est à l'endroit, n'embarque plus d'eau, mais il faut pomper. Il serait nécessaire d'appeler pour demander du secours, malheureusement la radio, qui a été inondée elle aussi, est hors d'usage.

Et c'est le cas des deux pompes électriques, qui rendent l'âme après avoir fonctionné quelques minutes seulement. On découvrira plus tard que, parmi les provisions qui se sont répandues dans l'eau, il y avait deux boîtes de spaghettis qui ont bloqué le mécanisme. Heureusement, le *Sayula II* avait embarqué une pompe de secours à main et celle-là fonctionne. Pendant trois heures, l'équipage se relaie à ce travail épuisant, tandis que Ramón Carlin, qui a repris la barre, guide de son mieux le voilier sans voile dans des rouleaux hauts comme dix étages.

Le *Sayula II* finit par être à sec, le travail n'est pas terminé pour autant. Il faut maintenant ramener la voile. Tandis que Ramón reste à la barre, les dix garçons s'épuisent dans cet effort gigantesque, car mouillée comme elle est, elle pèse des tonnes. Enfin, ils réussissent et, cette fois, ils sont enfin sauvés !

Ils arrivent sans autre drame à Sydney et, à leur grande surprise, ils se voient assaillis par une foule de journalistes. La raison en est simple : ils sont les premiers ! Seul Tabarly, sur *Pen Duick VI*, peut encore les inquiéter, les autres sont irrémédiablement distancés.

Aux journalistes, Ramón Carlin apprend la catastrophe qui a failli leur arriver, ce qu'ils ignoraient, en l'absence de radio. Et les journalistes lui apprennent à leur tour de dramatiques nouvelles. Cette étape a été la plus dure de toutes les courses de voile organisées jusqu'à présent et trois marins des équipages concurrents sont morts en mer. L'exploit réalisé par Ramón Carlin, ses fils et ses neveux n'en est que plus retentissant.

Et l'exploit se poursuit jusqu'au bout. Lors des deux dernières étapes : Sydney-Rio et Rio-Portsmouth, le *Sayula II* conserve son avance. Il l'accroît même, puisque le second, Tabarly, brise ses mâts, et c'est avec une avance considérable qu'il termine en tête, le 12 avril 1974, après 27 000 milles de course.

De nouveau assaillis par les journalistes, Ramón Carlin et son équipage ont laissé éclater leur joie. Paquita était là et elle aussi s'est exprimée devant la presse :

– Je suis très fière que mon mari ait gagné, mais je vous jure que ce sera la dernière fois ! Je ne veux pas le perdre.

Et, effectivement, jamais on n'a revu de *Sayula II* ou de *Sayula III* dans une course de voiliers. Cette fois, c'était Paquita qui avait gagné.

Les évasions du baron de Trenck

Le baron Frédéric de Trenck a vraiment belle allure lorsqu'il est engagé comme lieutenant de la garde du roi de Prusse Frédéric II, au début de l'année 1745. Parmi tous les officiers royaux, il est assurément le plus fringant. Il n'est pas encore âgé de vingt ans, mais sa personnalité est telle qu'on ne peut pas faire autrement que de le remarquer. Avec sa haute stature et ses yeux bleus presque gris, sa manière si naturelle de porter l'uniforme, il a tout pour s'attirer les bonnes fortunes féminines.

Pourtant, inexplicablement, Frédéric de Trenck reste seul à la cour, ignorant les jolies femmes, même de haute condition, qui tournent autour de lui. C'est si étonnant que cela devient un sujet de conversation dans l'entourage du souverain. On pense d'abord qu'il a des mœurs contre nature. Des jeunes gens tentent leur chance sans plus de succès. Alors, quelle est donc la raison secrète qui voue le si séduisant baron de Trenck à la chasteté ?

Ce secret existe bel et bien, et il a même un nom : Amélie. Elle a le même âge que lui, elle est aussi jolie fille qu'il est beau garçon, elle est, de plus, spirituelle et cultivée, et il en est tombé amoureux fou dès qu'il l'a vue. Oui, Amélie a tout pour elle. Elle a même trop de choses pour elle, la naissance, en particulier. Elle s'appelle Amélie de Prusse et elle est la propre sœur du roi.

Frédéric de Trenck sait bien que tenter sa chance est de la folie, l'amour est trop fort, et il est d'une nature à n'avoir absolument peur de rien. Les circonstances le favorisent. Une nuit de juillet 1745, un grand bal est donné dans les jardins du palais. Les couples dansent au son de la musique et peuvent ensuite s'éclipser dans les jardins. Inviter la princesse est hardi, mais Amélie ne lui oppose aucun refus lorsqu'il s'incline devant elle et les voilà tous les deux partis.

Frédéric devrait s'estimer heureux de cette faveur et s'en tenir là, mais encore une fois, ses sentiments et sa nature intrépide lui font franchir un pas supplémentaire. À peine les derniers accords se sont-ils tus qu'il prend sa cavalière par la main et l'entraîne dans un bosquet. Miracle, elle n'oppose pas de résistance et elle ne pousse pas de hauts cris lorsqu'il met un genou en terre pour lui déclarer sa flamme. Au contraire, elle rougit, se trouble. Elle lui dit que c'est de la folie, que rien n'est possible entre eux, mais elle le laisse parler.

Les jours suivants, il continue sa cour et la princesse Amélie ne tarde pas à avouer ses sentiments : elle aussi est tombée amoureuse de lui dès qu'elle l'a vu. Il est l'homme de sa vie. Et comme elle a un caractère tout aussi entier que le sien, elle n'hésite pas. Elle va trouver sans attendre son frère le roi de Prusse et lui déclare :

– Le baron de Trenck et moi, nous nous aimons. Je veux l'épouser !

Frédéric II ne l'entend évidemment pas ainsi. Même si les Trenck sont de bonne noblesse, ce serait une mésalliance, et puis il y a la politique : afin de resserrer les liens avec la Suède, il envisage de marier sa sœur à un prince de ce pays. C'est un non catégorique et définitif. Frédéric II ajoute même :

– Je vous interdis de vous voir, sinon prenez garde !

Bien que baron et princesse, Frédéric et Amélie sont d'abord deux jeunes gens amoureux l'un de l'autre, la raison et la prudence sont les dernières choses qu'ils connaissent et ils continuent quand même à se rencontrer. Ils le font en cachette, en prenant le plus de précautions possible, mais c'est compter sans les nombreux espions dont Frédéric II dispose à sa cour. Un jour de septembre 1745, le baron de Trenck voit son capitaine s'approcher de lui et lui demander de lui remettre son épée. Il s'étonne :

– Que se passe-t-il ?

– Vous êtes en état d'arrestation.

– Qu'ai-je fait ?

– Je ne sais pas, mais suivez-moi.

Quelques minutes plus tard, Frédéric de Trenck se retrouve dans une salle du palais et découvre, avec stupeur, des juges qui sont là à l'attendre, assis sur une estrade. Leur président lui déclare de but en blanc :

– Vous êtes accusé d'entretenir une correspondance secrète avec la cour de Vienne...

Le baron de Trenck proteste, s'insurge, crie au scandale, demande un avocat. Déjà les juges se retirent pour délibérer. Ils reviennent presque aussitôt et le président lui annonce :

– Frédéric de Trenck, vous êtes condamné à la prison à vie.

Il n'a pas plus tôt prononcé ces paroles que des soldats surgissent et s'emparent du condamné. Quelques instants plus tard, celui-ci est installé dans une calèche, qui quitte Berlin sous bonne escorte, en direction de l'est.

Elle roule longtemps, pendant plusieurs jours, car sa destination est la partie la plus orientale du royaume de Prusse, la Silésie. Là, le baron de Trenck découvre enfin le but de son voyage : la forteresse de Glatz, un château médiéval bâti sur un piton rocheux, qui a été transformé en prison, en raison de l'épaisseur de sa triple enceinte. Sans rien lui dire, on le conduit dans une cellule tout en haut du donjon et il attend.

Normalement, il n'a rien à attendre, puisqu'il est enfermé pour la vie, pourtant, il refuse de se laisser aller au découragement. La princesse Amélie ne peut l'abandonner, elle va sûrement intervenir en sa faveur. Et non, les jours, les semaines passent sans qu'il se produise rien. Au bout de six mois, il comprend qu'il n'a pas d'espoir à attendre de ce côté et qu'il ne peut compter que sur lui-même.

Frédéric de Trenck décide donc de s'évader. Ses geôliers ont commis l'imprudence de lui laisser un canif. Il entreprend de denteler la lame et, avec cet instrument de fortune, il s'attaque aux barreaux. Il a également dans ses affaires une malle de cuir pour ranger ses vêtements. Il la découpe en longues lanières, qu'il attache bout à bout, ce qui finit par constituer une corde solide et assez longue pour descendre jusqu'en bas du donjon.

Et, une nuit, il tente la grande aventure. Il arrache les barreaux descellés depuis longtemps et se laisse glisser le long du filin de cuir. Les conditions sont on ne peut plus favorables : il tombe une pluie épouvantable, c'est un temps à ne pas mettre une sentinelle dehors. Il parvient au sol sans encombre. Il lui faut alors traverser à gué un égout. Surmontant sa répulsion, il s'y engage hardiment, mais il est bientôt pris jusqu'à la ceinture. Il ne peut plus avancer ni reculer. La mort dans l'âme, il doit se résoudre à appeler au secours.

Les sentinelles finissent par arriver. Le commandant de la forteresse est prévenu à son tour. Il ne peut s'empêcher d'éclater de rire en voyant le spectacle de son prisonnier englué dans les immondices sous une pluie battante.

– Vous êtes très bien là où vous êtes ! Vous y resterez jusqu'à midi.

Le lendemain, le baron de Trenck est ramené dans une autre cellule aux barreaux intacts. Il aurait pu attraper quelque méchante maladie, tant en raison de l'averse que des miasmes de l'égout, mais il est de santé solide et, quelques jours plus tard, il est de nouveau en pleine forme.

Il est même si bien rétabli qu'il décide de passer immédiatement à l'action. Et il change de tactique. Il n'a pas réussi à s'évader en employant la patience et l'adresse, il va employer la force. Il faut dire qu'il est d'une constitution peu commune. Il dépasse d'une bonne tête la plupart de ses contemporains et il est bâti en athlète. Lorsque le commandant de la place, courtois malgré tout, vient prendre de ses nouvelles dans sa cellule, il bondit sur lui et lui arrache son épée.

La suite est digne des meilleurs films de cape et d'épée. Son arme à la main, il dévale les escaliers. En bas des marches, un groupe de soldats, alertés par les cris du commandant, lui barre la route. À coups d'épée, à coups de pied et de poing, il en blesse quatre, puis il franchit un premier rempart, se débarrassant de nouveaux assaillants. Il doit à présent escalader une palissade. Son pied se trouve pris entre deux piquets et, le temps qu'il se dégage, il est rattrapé. Il est roué de coups et reconduit dans sa cellule.

Cette fois, il est soumis à un régime d'exception. Il y a un factionnaire en permanence devant sa porte. Des fouilles sont effectuées quotidiennement et par trois gardiens, ce qui rend impossible toute agression de sa part. Dans ces conditions, toute évasion semble irréalisable ; le condamné à perpétuité qu'il est semble promis à passer sa vie derrière les barreaux.

Pourtant, dès cet instant, Frédéric de Trenck met au point un nouveau plan. Très différent des deux premiers, il ne nécessite ni couteau taillé en lime, ni corde en lanières de cuir, ni épée, mais un instrument peut-être plus efficace encore...

Si la princesse Amélie n'a pas pu obtenir la libération de l'élu de son cœur, elle ne l'a pas oublié, loin de là. Et, au bout d'un moment, son frère finit par lui donner l'autorisation de correspondre avec lui. Elle lui écrit, bien sûr, et elle lui envoie aussi des colis et de l'or, beaucoup d'or. Le commandant a laissé remettre au prisonnier ces envois, après les avoir fait fouiller, pensant qu'ils ne présentaient pas de danger. C'est une erreur.

Être affecté à la garnison d'une forteresse n'est pas précisément une faveur pour un militaire. Les officiers, en particulier, sont de pauvres diables sans relations, mal notés, qui s'ennuient à mourir dans cette solitude. C'est dire l'appât que l'argent peut représenter pour eux. Le baron de Trenck ne tarde pas à se faire un complice du lieutenant Schell en garnison à

Glatz depuis des années et qui ne rêve que d'une chose : s'enfuir, déserter.

Leur plan est bientôt mis au point : ils vont s'évader la veille de Noël 1746, au moment où toute la garnison est occupée à festoyer. Schell s'est procuré un uniforme de soldat pour le prisonnier. Lui-même ira devant et celui-ci le suivra, comme s'ils faisaient une ronde.

Tout se passe ainsi qu'ils l'ont imaginé. L'un derrière l'autre, ils se présentent sans incident devant le poste de garde des deux premières enceintes. Lorsqu'ils arrivent à la dernière muraille, que nul n'a le droit de franchir, la situation se complique : il n'y a pas d'autre moyen de passer que de sauter du haut du chemin de ronde dans le fossé. Le baron de Trenck saute le premier et se reçoit sans mal. Le lieutenant Schell l'imite, mais chute maladroitement et se démet le pied. Il est incapable de marcher, il va être repris et fusillé. Il tend son épée au prisonnier :

– Tuez-moi et sauvez-vous.

Encore une fois tout comme dans les films, le héros de l'histoire refuse d'abandonner son compagnon. Courageusement, il le charge sur ses épaules et se met en marche avec son fardeau, dans la nuit de Noël. Elle est sans lune et le brouillard est tombé, ce qui n'est pas inutile car ils peuvent entendre le canon tonner aux remparts de la citadelle : leur fuite a été découverte et des patrouilles à cheval s'élancent dans toutes les directions.

Mais la chance est avec eux. Ils tombent sur une barque, qui leur permet de traverser la rivière. De l'autre côté, ils parviennent à s'emparer de deux chevaux dans l'écurie d'une ferme. Ils galopent ainsi toute la nuit en direction de la Bohême. Le lendemain matin, ils franchissent la frontière : ils sont sauvés.

À partir de ce moment, c'est une nouvelle vie qui commence pour le baron Frédéric de Trenck, une vie d'homme libre, d'homme comme les autres. L'Autriche et la Prusse sont alors dans les plus mauvais termes. Les démêlés du baron avec Frédéric II sont parvenus aux oreilles de l'impératrice d'Autriche Marie-Thérèse, qui le prend sous sa protection et lui offre un poste de capitaine dans ses armées.

Avec l'énergie et le courage qui sont les siens, Frédéric de Trenck fait une brillante carrière. Il aurait pu ainsi gravir tous les grades de l'armée autrichienne, mais, au bout de sept ans, il veut rentrer en Prusse. C'est qu'il lui est parvenu de Berlin une nouvelle extraordinaire : Amélie a refusé d'épouser le prince suédois que voulait lui imposer son frère. Elle a tenu tête au roi et n'a pas cédé. Elle l'aime toujours, lui, Frédéric, elle n'épousera que lui.

Alors, il n'y tient plus. Au printemps 1753, il quitte l'Autriche, non pas pour la Prusse, ce qui serait trop risqué, mais pour la Pologne. Il s'arrête à Dantzig, non loin de la frontière, et là, il met au point un plan pour s'introduire clandestinement dans le pays de sa belle. Hélas pour lui, c'est d'une tout autre manière qu'il va entrer en Prusse ! Frédéric II ne l'a pas oublié et il est moins bien disposé que jamais envers lui, depuis le refus de sa sœur. Par ses réseaux d'espionnage, qui sont remarquablement organisés, il est au courant de tous ses déplacements et, le sachant à Dantzig, il décide d'agir en toute illégalité.

Un soir que le baron se promène dans les rues de la ville, des agents secrets prussiens se jettent sur lui, le ligotent avant qu'il ait pu faire un geste, l'enroulent dans une couverture et le jettent dans une voiture qui part à fond de train en direction de Berlin. Elle ne s'arrête d'ailleurs pas dans la capitale, elle continue plus loin, jusqu'à Magdebourg, la grande ville sur l'Elbe, dans la partie occidentale du pays.

Vu de loin, le château de Magdebourg est d'aspect plaisant. Sa haute et élégante silhouette domine la cité, ses tours aux toits pentus sont typiques de la fin du Moyen Âge et du début de la Renaissance. Une fois à l'intérieur, c'est tout différent. Rien n'est plus sinistre que ses murailles grises, ses toutes petites fenêtres qui laissent à peine passer la lumière.

Le baron de Trenck se retrouve dans l'une des pires cellules de la place : une salle voûtée, humide comme une cave, avec pour seule ouverture un soupirail aux barreaux si serrés qu'on peut à peine voir le jour. Le sol est en briques recouvertes de mousse et de moisissure et la lourde porte de chêne est fermée par de multiples serrures. Il est prévu, d'ailleurs, que le prisonnier ne la verra jamais s'ouvrir. Frédéric II a mis au point pour lui un régime particulier : une fois par semaine, on lui passera, par un guichet percé en son milieu, un morceau de pain et une cruche d'eau. C'est tout : il n'entendra plus, désormais, le son de la voix humaine.

Mais ces conditions effrayantes de réclusion et de solitude ne le rebutent pas, bien au contraire. Il ne voit qu'une chose : il n'aura de contact avec ses geôliers qu'un jour par semaine, ce qui lui laisse six jours pour agir en toute tranquillité.

Le seul mobilier de son cachot est un lit de

planches, rivé au mur par des barres de fer. Il voit aussitôt en elles les outils dont il a besoin. Il les arrache de sa poigne puissante. Il en fait un pic et un levier, il entreprend de desceller les briques du sol, puis de creuser un tunnel qui doit déboucher à l'extérieur de la forteresse.

C'est un travail gigantesque, insensé, mais Frédéric de Trenck n'a jamais douté de rien. Mètre après mètre, son tunnel avance. Le plus difficile est d'évacuer la terre. Il doit le faire pincée après pincée, à travers les interstices étroits du soupirail haut perché. Et, une fois par semaine, il doit tout remettre en place car le geôlier jette un coup d'œil dans sa cellule en même temps qu'il lui apporte sa pitance.

La progression est malgré tout beaucoup plus rapide qu'il ne l'imaginait, quand au bout de onze mois survient l'imprévisible. Des soldats font irruption et l'emmènent. On a décidé, par précaution, de le changer de cellule. Et celle où il est conduit est plus horrible encore que la première : un cul-de-basse-fosse tout au fond de la forteresse, un véritable tombeau où il peut tout juste se tenir debout.

Ce n'est pas tout. Peu après, les soldats reviennent. Son tunnel a été découvert et de nouvelles mesures ont été décidées contre lui. Il se retrouve bientôt enchaîné à la taille par une ceinture de fer reliée au mur ; ses mains et ses pieds sont également chargés de chaînes. L'ensemble ne pèse pas moins de soixante-huit livres, c'est à peine s'il peut faire un geste.

Tout autre aurait sombré dans le désespoir et la folie, mais pas le baron de Trenck. Il se remet courageusement au travail avec l'instrument dont il dispose, car ses geôliers ont commis l'imprudence de lui laisser un couteau. Tout comme à Glatz, il a tôt fait de le transformer en une lime, avec laquelle il s'attaque à ses chaînes. Il ne lui faut pas moins d'un an pour venir à bout de celles-ci.

Une fois qu'il a retrouvé la liberté de ses mouvements, il recommence à creuser. Ce coup-ci, on ne le change pas de cellule. Il a donc tout le temps de mener sa tâche à bien. Et il lui en faut : il mettra dix ans pour achever son tunnel. D'après ses calculs, il doit déboucher à l'extérieur du château. Il est en train de réfléchir au moment le plus propice pour tenter son évasion lorsque la clé tourne dans la serrure. À cette heure tout à fait inhabituelle, il ne s'y attendait pas. Il a juste le temps de remettre ses chaînes sur lui.

Le commandant de la forteresse apparaît, encadré de plusieurs soldats. C'est la première fois qu'il lui rend visite.

– Monsieur, j'ai une nouvelle à vous annoncer.

Frédéric de Trenck se lève, et c'est la catastrophe ! Les chaînes, qu'il a mal réajustées dans sa précipitation, glissent au sol avec un bruit de ferraille. Les soldats se précipitent pour le maîtriser. Le commandant est éberlué.

– Comment avez-vous pu réussir une chose pareille ?

Perdu pour perdu, Frédéric tient à montrer ce dont il est capable. Il désigne un endroit dans le sol.

– J'ai fait bien mieux. Regardez là !

On soulève la dalle et le tunnel apparaît. On découvrira par la suite qu'il ne s'était pas trompé dans son tracé : il débouchait juste à l'extérieur du château. Pour l'instant, cette vision ne déclenche qu'un sourire sur le visage du commandant.

– Vous vous êtes donné une peine bien inutile, monsieur. Je venais vous annoncer que Sa Majesté vous a rendu votre liberté.

L'officier marque un temps et ajoute :

– Évidemment, dans ces conditions, c'est différent. Je dois vous garder et prendre des instructions. Vous allez retourner dans votre ancienne cellule. Mais n'ayez pas de faux espoir : votre tunnel a été rebouché.

Le baron Frédéric de Trenck se retrouve donc dans les lieux où il a passé onze mois, derrière la porte de chêne dont le guichet ne s'ouvrait qu'une fois par semaine. On ne lui a pas remis ses chaînes et, cette fois, son régime est plus libéral. Il est correctement nourri et il peut recevoir des nouvelles de l'extérieur. Mais le temps passe et on ne le libère toujours pas.

Sa seule consolation est d'apprendre les raisons de la grâce royale. Un traité devant être signé entre l'Autriche et la Prusse, Amélie a demandé à l'impératrice Marie-Thérèse que la libération du prisonnier figure dans les clauses de l'accord. Sa princesse ne l'a pas oublié, elle l'aime toujours.

C'est seulement en 1765, après un an de détention supplémentaire et douze ans d'internement en tout, que le baron Frédéric de Trenck quitte la sinistre prison de Magdebourg. Il vient d'avoir quarante ans.

Et tout recommence comme après le séjour à Glatz. Le baron se rend en Autriche, se met au service de l'impératrice et redevient un brillant officier de l'armée. Cette fois, il ne commet pas l'imprudence de vouloir rentrer en Prusse, ni même de s'approcher de ses frontières. Il ne lui vient pas à l'esprit non plus de fonder une famille. Il est fidèle à Amélie, il n'épousera qu'elle, il le lui a promis et il sait que de son côté, elle fera de même. Le jour viendra peut-être où ils pourront se revoir.

Pendant plus de vingt ans, Frédéric de Trenck sert dans les armées autrichiennes et le grand moment arrive enfin. Le 17 août 1786, Frédéric II rend le dernier soupir. Son neveu Frédéric-Guillaume II lui succède. Il n'a pas la moindre raison d'en vouloir au baron de Trenck et il l'autorise à rentrer en Prusse quand il voudra. Quarante ans après, il va pouvoir revoir Amélie !

Il court à Berlin et se précipite au palais. Elle est là, qui l'attend. Elle lui a été fidèle, leur amour a su triompher du temps et de tous les obstacles, ce jour devrait être le plus beau de leur vie et, pourtant, il va être le plus triste.

Ils se reconnaissent à peine. Amélie est presque aveugle. Elle a, depuis quelque temps, une maladie qui l'a fait terriblement maigrir. Lui, de son côté, est encore fringant, mais ses années de détention l'ont fait vieillir prématurément. À soixante ans, il en paraît dix de plus.

De se voir ainsi l'un et l'autre les fait trop souffrir. Ils se disent une dernière fois qu'ils s'aiment et décident de ne plus se revoir. Amélie mourra quelques mois plus tard. Frédéric apprendra la nouvelle en France où il a choisi de s'installer.

C'est là que l'attend le dernier épisode de son étonnante destinée. Trois ans plus tard, il est dans la foule parisienne qui prend la Bastille. On imagine l'émotion que peut ressentir l'ancien prisonnier devant la destruction de ce lieu de détention, de surcroît symbole de l'arbitraire royal, dont il a souffert lui-même plus que quiconque.

Du coup, bien que sexagénaire, il se lance dans la politique. Il retrouve tout l'enthousiasme de ses vingt ans. Il participe activement à la Révolution. Il milite dans les clubs patriotiques et écrit dans les journaux. Il raconte sa propre histoire de victime de la tyrannie.

Le baron de Trenck ne rencontre que de la sympathie autour de lui. Il a malheureusement oublié deux choses : il est noble et prussien. Tant que ce sont des révolutionnaires modérés qui sont au pouvoir, on ne lui en tient pas rigueur, mais lorsque commence la Terreur et lorsque la France entre en guerre contre la Prusse, il est rangé au nombre des suspects.

Arrêté au printemps 1794, il passe en jugement sous l'inculpation d'entretenir des relations secrètes avec son pays d'origine et, malgré ses protestations d'innocence, il est condamné à la guillotine.

Après Glatz et Magdebourg, les portes d'une troisième prison s'ouvrent devant le baron Frédéric de Trenck, celles de la Conciergerie. Parmi ses compagnons de détention, plusieurs le connaissent de réputation, ce qui suscite chez eux un fol espoir. Ils l'entourent.

– Monsieur de Trenck, vous vous êtes évadé de partout où vous étiez. Vous allez nous sauver, n'est-ce pas ?

Mais l'intéressé secoue sa tête aux cheveux blancs.

– J'ai près de soixante-dix ans, ce temps-là est révolu. Si je m'évade, ce sera de la vie.

À partir de ce moment, Frédéric de Trenck emploie le plus clair de son temps à discuter astronomie et mathématiques avec l'un de ses compagnons de cellule, le savant Bochart de Saron. Les jours passent, les charrettes se succèdent, et ils parlent tous deux de planètes, de courbes et d'équations.

Enfin, les soldats viennent le chercher pour l'emmener à la guillotine. Une chaude journée d'été se termine, celle du 8 thermidor. Le lendemain, ce sera la chute de Robespierre. La charrette de Frédéric de Trenck a été la dernière de la Terreur, comme si son destin avait voulu jusqu'au bout en faire un homme hors du commun.

La muette du téléphone

– SOS Amitié. Je vous écoute...

Chacun d'entre nous connaît cette organisation formée de bénévoles, hommes et femmes, qui répondent par téléphone aux messages de détresse. Depuis une pièce et un film célèbres des années 1980, on aurait même tendance à en rire. Pourtant, s'il y a effectivement des plaisantins qui appellent SOS Amitié et même, ainsi qu'il est montré dans le film et la pièce, un bon nombre de détraqués sexuels, il y a, bien sûr, aussi des cas graves et souvent dramatiques. Et certains sortent vraiment de l'ordinaire.

Nous sommes en octobre 1971, il est 11 heures du soir. Madeleine Béraud est de permanence au standard. Le téléphone sonne. Elle décroche.

– SOS Amitié. Je vous écoute...

Au bout du fil, il n'y a rien, seulement le silence. Madeleine Béraud n'en est pas autrement surprise : cela se produit assez souvent. Il y a d'abord des curieux, qui forment le numéro pour voir ce qui se passera. Il y a aussi ceux que les gens de SOS appellent dans leur jargon les « muets ». Ceux-là ont vraiment besoin d'aide. Ils ont appelé, souvent au prix d'un grand effort. Et une fois qu'on leur répond, ils n'osent pas parler. Ils ont honte ou, tout simplement, ils se rendent compte brusquement que leur problème est inexprimable, qu'ils ne possèdent pas les mots pour le dire.

Ces correspondants-là, Madeleine Béraud le sait, ont peut-être plus encore que les autres besoin de paroles. Il faut meubler leur silence, les inviter avec douceur et persuasion à s'exprimer.

– Vous pouvez parler, nous sommes des amis...

Pas de réponse. Madeleine entend distinctement dans l'écouteur, la respiration de son correspondant ou de sa correspondante. Elle poursuit :

– Écoutez, je vais vous raconter ce que j'ai fait aujourd'hui. Vous voulez bien ?

Il n'y a toujours pas de réponse, mais la respiration s'est modifiée : elle est à la fois plus rapide et plus forte. Cela ressemble à un assentiment.

Alors Madeleine Béraud raconte sa journée. Le matin elle a conduit les enfants à l'école, ensuite elle est allée à son bureau : elle travaille dans une administration. Le soir elle est allée reprendre les enfants, etc.

Tandis qu'elle débite ces banalités, Madeleine s'interroge. L'inconnu est toujours muré dans son silence, ce n'est pas bon signe. Pourtant, en lui parlant d'elle-même, elle devrait le mettre à l'aise. L'autre doit se rendre compte qu'elle est une femme comme les autres, avec des problèmes qu'ont tous les êtres humains.

Pendant les silences qu'elle ménage volontairement, Madeleine Béraud écoute. Il n'y a pas de doute, l'inconnu est attentif. Sa respiration est toute proche, il a la bouche collée contre le récepteur, mais il ne parle pas et puis, brusquement, au bout de dix minutes, il raccroche.

Madeleine s'adresse des reproches : elle n'a pas su

trouver les mots qu'il fallait, elle aurait dû être plus chaleureuse, et puis il y a cette angoisse qu'elle a chaque fois que les coups de téléphone ne se sont pas bien terminés : pourvu que l'autre n'ait pas fait une bêtise !

Le lendemain, à 11 heures du soir, Madeleine Béraud est de garde. Le téléphone sonne.

– SOS Amitié. Je vous écoute...

Pas de réponse. Madeleine se tait. Il n'y a pas de doute, c'est la même respiration, elle la reconnaît. Intérieurement, elle est soulagée. L'inconnu n'a pas commis l'irréparable. Elle ne doit pas laisser s'éterniser le silence.

– J'ai vu un bon film, cette semaine. Voulez-vous que je vous le raconte ?

Toujours pas de réponse, mais la même accélération et le même renforcement de la respiration, qui ressemble à un assentiment. Alors Madeleine raconte. Entre deux phrases, elle tend l'oreille. La respiration est là, toujours présente.

Et, quand elle a fini, son correspondant raccroche.

Cette fois, Madeleine Béraud ne s'adresse pas de reproche. Elle a fait son devoir. Elle est même un peu irritée. Elle craint qu'il ne s'agisse d'un jeu, que le muet de 11 heures du soir ne fasse partie de ces plaisantins qui encombrent la ligne et empêchent les êtres qui souffrent vraiment de s'exprimer.

Aussi, le lendemain, Madeleine décroche sans surprise le téléphone à 11 heures précises. Ne pouvant être absolument certaine qu'il s'agit du même correspondant, elle répond comme à l'habitude :

– SOS Amitié. Je vous écoute...

Mais oui, c'est bien cela. Au bout du fil il y a le même silence et la même respiration qu'elle reconnaît parfaitement. Alors brusquement, elle s'emporte :

– Vous ne pouvez pas parler comme tout le monde, non ! Vous êtes muet ?

Et cette fois, il y a une réaction. Un coup est frappé contre le combiné. Madeleine Béraud s'énerve franchement.

– Vous vous êtes assez payé ma tête comme cela. Je raccroche et, demain, si vous remettez cela, je raccrocherai aussi.

Madeleine s'apprête à mettre sa menace à exécution, mais on frappe encore un coup, avec force, avec violence, une violence presque désespérée. Elle arrête sa main qui s'apprêtait à reposer le combiné. Elle hésite. Elle a l'impression que ce coup a une signification. Brusquement, elle a une idée. Elle pense aux tables tournantes. Elle demande :

– Un coup, ça veut dire oui ?

De nouveau un coup est frappé. C'est donc une réponse, pourtant elle ne se souvient pas d'avoir posé une question. Mais si, elle en a posé une ! Elle répète :

– Vous êtes muet ?

Un coup.

– Vous voulez dire vraiment muet ?

Un coup.

– Vous êtes un homme ?

Deux coups. C'est non.

– Quel âge avez-vous ?

Dix-huit coups. Et le dialogue se poursuit. Un dialogue tâtonnant où un seul des correspondants parle, mais où les deux s'expriment.

– Vous êtes muette de naissance ?

Deux coups.

– À la suite d'un accident ?

Deux coups.

– D'une maladie ?

Un coup.

Madeleine Béraud n'est pas médecin. Elle n'a pas une idée bien claire des maladies qui peuvent rendre muette. Après bien des détours, elle finit par apprendre que sa jeune correspondante a perdu la voix à la suite d'une méningite. Elle demande :

– C'est grave ?

Un coup plus fort que les autres, et la correspondante raccroche.

Mais le lendemain elle rappelle. Et les mois suivants, tous les trois ou quatre jours, Madeleine Béraud reçoit, à 11 heures du soir, un coup de fil de sa petite muette. Le plus souvent, c'est elle qui parle seule, racontant sa vie quotidienne, les problèmes de ses enfants, leurs résultats scolaires. De temps en temps, au contraire, elles entament leur étrange et émouvant dialogue à la manière des tables tournantes. Madeleine apprend ainsi que sa correspondante faisait des études pour être secrétaire trilingue et que, malheureusement... C'est à peu près tout ce qu'elle peut apprendre d'elle. Car, à toutes les autres questions, elle se heurte à un silence obstiné.

Bien entendu, entre-temps, Madeleine s'est renseignée sur la méningite et elle sait que cette grave affection du cerveau peut entraîner un mutisme définitif, ainsi que toutes sortes de troubles mentaux et nerveux. Elle n'en est que d'autant plus attentive et affectueuse avec sa jeune malade. Sans négliger les autres correspondants qu'elle a quotidiennement, elle pense d'abord à elle.

C'est dire l'émotion qu'elle ressent en février 1971 : une semaine se passe sans l'appel traditionnel, puis une autre, puis le mois entier...

Madeleine Béraud essaie de se rassurer. La jeune muette est peut-être en vacances de neige, vu la saison. Car, même si elle se refuse à s'exprimer sur ce sujet, elle ne doit pas être seule. Elle doit avoir des parents, des gens qui s'occupent d'elle. Mais au fond d'elle-même, Madeleine est morte d'inquiétude. Est-ce que l'irréparable se serait produit, est-ce que la jeune fille n'aurait pas supporté son infirmité, est-ce qu'elle aurait commis un geste désespéré ? Comment le savoir ? Elle ne sait ni son nom ni son adresse.

Rongée de remords, Madeleine essaie de se souvenir de ce qu'elle lui a dit la dernière fois. Aurait-elle dit quelque chose qui lui aurait déplu ? Elle a beau chercher, elle ne voit pas.

Elle continue sa permanence à SOS Amitié. Chaque fois qu'un correspondant tarde à prendre la parole, elle espère... Mais non, ils parlent au bout d'un moment et, même s'ils restent silencieux, ce n'est pas la respiration qu'elle connaît bien.

Un mois a passé. Nous sommes au début mars. Il est 11 heures du soir. Le téléphone sonne à SOS Amitié. C'est l'heure de la petite muette. Madeleine Béraud a, comme chaque fois, un vague espoir, bien qu'il s'amenuise au fil du temps.

– SOS Amitié. Je vous écoute...

L'attente de Madeleine est aussitôt déçue. C'est une jeune femme qui prend la parole :

– Je m'appelle Michèle.

– Je vous écoute, Michèle. Quel est votre problème ? Vous pouvez parler sans crainte. Je suis une amie.

– Je sais que vous êtes mon amie, Madeleine.
– Vous connaissez mon nom ?
Au bout du fil, il y a un rire léger.
– Pas seulement le vôtre. Je connais celui de vos enfants, leurs résultats à l'école, tous les films que vous avez vus.
– C'est vous ? Mais comment... ?
– Je reviens de l'hôpital où on m'a opérée du cerveau. C'est pour cela que je ne vous ai pas appelée pendant un mois. L'opération était délicate, elle avait même très peu de chances de réussir, mais elle a été un succès complet.
Il y a un silence. Le premier silence volontaire de la part de la jeune Michèle.
– Maintenant, il faut que je vous fasse une confidence. Lorsque je vous ai appelée la première fois, je ne savais pas encore que l'opération serait possible. Je pensais vraiment que je serais muette pour la vie et j'allais faire une bêtise. Machinalement, j'ai décroché le téléphone pour demander du secours. Je me suis rendu compte aussitôt de l'absurdité de mon geste. Et puis je me suis souvenue de SOS Amitié dont j'avais lu le numéro quelque part. Je suis tombée sur vous et j'ai eu de la chance...
Elles ont conversé encore un moment et puis Madeleine, pour la première et la dernière fois de sa vie, a dérogé au règlement : elle lui a donné son numéro personnel. Pour ne pas encombrer plus longtemps le standard, elle a demandé à Michèle de la rappeler chez elle. Et là, elles ont parlé enfin toutes les deux aussi longtemps qu'elles voulaient. Madeleine a dû répondre à toutes les questions que lui posait la jeune fille. C'est inimaginable ce qu'elle pouvait être bavarde ! Il est vrai qu'elle avait du retard à rattraper.

Un savant à la dérive

Alfred Wegener contemple les côtes du Groenland, qui se rapprochent lentement. Nous sommes en juin 1930. À cette époque de l'année, les conditions climatiques sont encore supportables et quelques rares touffes de verdure sont visibles ici et là. Il n'empêche qu'il ne fait pas 10 °C et que, dès le mois de septembre, les températures passeront au-dessous de zéro.

Malgré ses cinquante ans et sa constitution pas spécialement robuste, Alfred Wegener s'est lancé dans cette expédition, qui doit se poursuivre une année entière. On lui a dit que ce n'était pas raisonnable, mais rien n'y a fait. Il voulait effectuer ces observations qui lui paraissaient capitales. La curiosité scientifique était la plus forte.

Car Alfred Wegener est un savant, un grand savant. Docteur en astronomie et en météorologie à l'université de Marburg, puis professeur extraordinaire à l'université de Hambourg, il est l'un des plus éminents esprits de son siècle. Il est surtout l'auteur d'une théorie révolutionnaire : la dérive des continents. Selon lui, à l'origine, toutes les terres ne formaient qu'une seule masse. Elles se sont séparées et, depuis, elles ne cessent de s'éloigner les unes des autres. Cette théorie a, entre autres, le mérite d'expliquer les tremblements de terre, qui sont causés par le déplacement des plaques continentales, ainsi que la formation des chaînes de montagnes. Mais elle est beaucoup trop novatrice et, à cette époque, la majeure partie du corps scientifique la rejette avec véhémence. Elle sera pourtant prouvée de manière irréfutable quelques dizaines d'années plus tard.

Le capitaine Hansen s'approche d'Alfred Wegener, toujours absorbé dans sa contemplation du Groenland. La barbe poivre et sel, le teint buriné, le capitaine a tout du vieux loup de mer. Pendant toute la traversée, il a observé avec curiosité cet être original, la plupart du temps perdu dans sa rêverie scientifique et il s'est pris de sympathie pour lui. Il lui montre le paysage désolé où ils vont accoster.

– Voici le théâtre de vos exploits, professeur. Vous n'êtes pas inquiet ?

Alfred Wegener le considère avec surprise :

– Inquiet, pourquoi ? Mon procédé de sondage de la calotte glaciaire par le son est parfaitement au point. Grâce à lui, je pourrai déterminer son épaisseur, ce qui sera décisif pour comprendre les évolutions du climat. Bien sûr, pour cela il faut se rendre à l'endroit où la glace est la plus épaisse, c'est-à-dire au centre du Groenland.

– Et c'est loin de la côte ?

– Trois cent cinquante kilomètres. À cet endroit, l'altitude est de trois mille mètres, c'est vous dire l'importance de la couche glaciaire !

– Et qui va y aller ? Vous-même ?

– Non, je resterai sur la station côtière, pour coordonner les opérations. Ce seront les docteurs Georgi et Sorge qui se chargeront de cette mission.

Alfred Wegener désigne à son interlocuteur deux personnages d'une cinquantaine d'années comme lui, qui sont en ce moment lancés dans une discussion véhémente. Le capitaine Hansen les considère avec quelque scepticisme.

– Vous pensez qu'ils vont s'en sortir ?

– Comment pouvez-vous me poser la question ? Ce sont les plus éminents dans cette spécialité. Leurs travaux font autorité. Ils sont docteurs *honoris causa* de nombreuses universités.

– Ce n'est pas cela que je voulais dire. Je parlais sur le plan physique.

Alfred Wegener réfléchit un instant, comme si c'était la première fois qu'il se posait ce problème, et conclut :

– Il faudra bien...

Le capitaine Hansen tire une bouffée de sa pipe.

– Voyez-vous, professeur, ce qu'il aurait fallu dans votre expédition, c'est un ouvrier, un brave ouvrier totalement ignorant en science mais ayant l'esprit pratique.

Et, comme l'inventeur de la dérive des continents fait une moue dubitative, il ajoute :

– J'espère que tout se terminera bien.

Le bateau a accosté depuis déjà quelque temps. C'est maintenant le débarquement de l'énorme matériel de l'expédition : plus de cent vingt tonnes d'équipements divers. Alfred Wegener surveille les opérations. Outre les professeurs Georgi et Sorge, il y a avec lui le docteur Loewe, médecin de l'expédition, et une dizaine de techniciens. Ceux-ci donnent un coup de main aux porteurs esquimaux qui ont été recrutés sur place et qui, c'est le moins qu'on puisse dire, ne font guère preuve d'énergie. Tout cela s'effectue dans la pagaille, chacun tenant visiblement à en faire le moins possible.

Le capitaine Hansen, qui assiste au manège avec quelque irritation, se permet d'intervenir auprès d'Alfred Wegener :

– Vous voyez bien qu'ils se traînent. Secouez-les un peu !

Mais faire preuve d'autorité n'est pas dans le caractère d'Alfred Wegener. Il s'adresse au contraire aux deux professeurs et au médecin :

– Venez, mes amis ! Nous allons les aider.

Le capitaine Hansen voit les trois savants et le médecin se mettre à coltiner de lourdes charges au risque de s'épuiser et, bien que cela ne fasse pas partie de ses attributions, il va les aider à son tour.

Le débarquement se poursuit. Alfred Wegener montre avec fierté au capitaine les deux véhicules à moteur de son expédition. Il faut dire que ce sont des engins totalement révolutionnaires, propulsés sur skis par une hélice d'avion située à l'arrière.

– Ils peuvent atteindre la vitesse de 30 km/h et les moteurs sont conçus pour résister à une température de – 40 °C.

– Et s'ils tombent en panne quand même ?

Le savant lui désigne les passagers à quatre pattes qui sont en train de sortir de la cale.

– Tout est prévu : nous avons de nombreux attelages avec chiens et vingt-cinq poneys islandais. Ce sont des bêtes spécialement entraînées à marcher sur les glaciers.

Le capitaine voit passer devant lui des petites bêtes robustes au poil très long, certainement adaptées à ces climats.

– Et le fourrage, vous y avez pensé ?

Il voit son interlocuteur pâlir.

– Le fourrage, vous dites ?... Non, je crois bien qu'on l'a oublié.

Wegener a juste terminé sa phrase qu'un des membres de l'expédition vient le trouver :

– Tout a été débarqué, professeur, mais il manque l'installation téléphonique...

Il s'agit de la ligne qui devait relier la station centrale où les professeurs Georgi et Sorge vont faire leurs observations à la station côtière, avec Alfred Wegener lui-même. Son absence multiplie les risques, mais il est trop tard, il faudra s'en passer.

Ce dont on ne peut pas se passer, en revanche, c'est le fourrage pour les poneys. Voilà donc Alfred Wegener obligé d'aller visiter les quelques villages esquimaux disséminés le long de la côte pour leur acheter le foin indispensable. Cela prend plus d'une semaine et ce sont des jours précieux qui sont perdus, car il faut absolument être prêts avant l'arrivée du froid.

Il y a d'autant moins de temps à perdre que les efforts restant à faire sont considérables. Le Groenland se présente comme une sorte de plateau de mille mètres d'altitude, dont le début se situe tout près des côtes. Il va donc falloir hisser les cent vingt tonnes de matériel à cette hauteur et y installer la station côtière. Ensuite, on ira mettre en place la station centrale, à trois cent cinquante kilomètres de là.

Pour ce trajet, les différents moyens de transport ne servent à rien et, le plus souvent, ils sont même un fardeau supplémentaire. Si les chiens peuvent se débrouiller par eux-mêmes sur ces pentes très abruptes, il faut porter les traîneaux. Les poneys, eux aussi, ont les plus grandes difficultés à faire l'escalade et, par endroits, il faut les hisser avec des sangles. Quant aux deux véhicules à moteur, on doit les tirer avec des treuils. Les jours où tout va bien, on parvient à progresser d'à peine cinquante mètres et il faut six semaines d'efforts inouïs pour accomplir le trajet.

Devant l'importance du travail à fournir, les savants doivent porter et tirer avec les autres, et c'est épuisés qu'ils parviennent en haut.

Mais il n'est pas question de s'arrêter, du moins pour les professeurs Georgi et Sorge : ils doivent immédiatement se rendre au centre de l'île pour y installer leur station d'observation. C'est à ce moment que, en ouvrant les caisses, on se rend compte que l'habitation qui leur était destinée est manquante. Ils devront se débrouiller sans elle. Tout comme Alfred Wegener lui-même, ils ont l'enthousiasme des savants et ils assurent que ce n'est pas grave.

Les voici donc partis, à la tête d'un convoi de plusieurs traîneaux qui emportent, outre la sonde perfectionnée pour explorer la calotte glaciaire, de la nourriture pour plusieurs mois. Il y a également plusieurs Esquimaux, avec l'outillage approprié, car ceux-ci vont creuser un logement dans la glace pour remplacer le baraquement manquant.

La progression est très lente, non seulement en raison de l'état du terrain, parsemé de nombreuses crevasses, mais du fait qu'on s'arrête à intervalles réguliers pour planter de petits piquets destinés à baliser le chemin. C'est indispensable pour le retour et pour d'éventuelles expéditions de secours plus tard. Enfin, les deux savants parviennent à la station centrale, au cœur du Groenland, à trois mille mètres d'altitude. Bien qu'on soit au mois d'août, il gèle.

Les Esquimaux qui les ont accompagnés montrent tout leur savoir-faire. Le sol est parsemé d'énormes blocs de glace hauts comme des maisons, qui ne dégèlent jamais. Dans le plus grand d'entre eux, ils creusent une habitation spacieuse, un igloo, comme ils ont l'habitude d'en faire pour eux-mêmes, mais de grandes dimensions. Il se compose d'une pièce de cinq mètres de long sur trois de large, qui sert à la fois de salle à manger, de chambre à coucher et de cabinet de travail, plus deux magasins de plus petites dimensions, pour la nourriture et le matériel.

Dans la pièce principale, la température est de – 14 °C au sol et de 0 °C au plafond. Les deux professeurs ne disposent pour se chauffer que d'un peu plus d'un litre de pétrole par jour, ce qui risque de faire peu en hiver, lorsque le thermomètre descend jusqu'à – 65 °C. Pour l'instant ils n'y pensent pas et, tandis que les Esquimaux repartent sur leurs traîneaux, en direction de la station côtière, ils installent leur sonde et se mettent au travail. Ils ont oublié le froid, la fatigue et toutes les contrariétés. C'est la première fois qu'on va faire ces mesures et leur intérêt scientifique mérite bien d'endurer ces petits désagréments.

Les jours passent. Le 21 septembre, qui marque officiellement le début de l'automne, les conditions climatiques dépassent largement, à la station côtière, les hivers les plus rigoureux qu'on peut connaître en France, et Alfred Wegener s'inquiète pour les professeurs Georgi et Sorge. Tout va peut-être bien pour eux, mais il est sans nouvelles à cause de l'absence de téléphone et il n'y tient plus. Il décide de prendre la tête d'une expédition qui va leur apporter du ravitaillement et du matériel supplémentaire, notamment du pétrole pour le chauffage.

Il demande au docteur Loewe de l'accompagner, précaution indispensable, au cas où l'un des professeurs aurait des ennuis de santé. Tous deux prennent place à bord d'un des curieux véhicules propulsés par une hélice arrière. Pour l'assister, il a également avec lui douze Groenlandais, sur six traîneaux à chiens. Et les voilà en route pour ce trajet de trois cent cinquante kilomètres dans une des régions les plus inhospitalières du globe.

Tout de suite, les conditions climatiques deviennent épouvantables : le blizzard se met à souffler et la température tombe à – 25 °C. L'hélice du véhicule à moteur ne tarde pas à être bloquée par la neige et celui-ci se retrouve de surcroît coincé dans une crevasse. Malgré l'effort des chiens, il est impossible de le dégager. Force est de conclure que cet engin ultramoderne n'est adapté ni au blizzard ni aux crevasses, ce qui est ennuyeux quand on explore le Groenland.

Alfred Wegener prend donc place sur l'un des traîneaux en compagnie du docteur Loewe. Son enthousiasme scientifique lui fait surmonter sa déception et il repart de l'avant avec confiance, quand un grave problème se présente. Rasmus, le chef des Esquimaux, vient le trouver, l'air très contrarié :

– Les hommes ne veulent pas aller plus loin. Ils rentrent.

– Il faut leur dire de continuer. C'est très important !

– J'ai essayé, mais ils répondent que c'est de la folie. Jamais leurs pères ni les pères de leurs pères ne sont allés à l'intérieur des terres à cette saison. Ils disent que c'est risquer la mort et qu'ils ne veulent pas mourir.

– Et ils sont nombreux à être de cet avis ?

– Tous sauf moi. Moi je reste...

Alfred Wegener, le docteur Loewe et l'Esquimau Rasmus continuent donc sur trois traîneaux, en direction du cœur du Groenland. Plus ils progressent et plus le temps devient épouvantable. Épuisés, les chiens avancent de plus en plus lentement. Pour les soulager, Wegener fait abandonner d'abord une partie de l'approvisionnement, puis l'approvisionnement tout entier. Les trois hommes n'apportent plus rien à la station centrale. Dans ces conditions, il serait logique de faire demi-tour, mais Wegener décide de poursuivre quand même. Si Georgi et Sorge étaient blessés ou malades, le docteur Loewe pourrait leur porter secours.

En attendant, c'est le docteur Loewe lui-même qui se trouve dans un état critique. Il est atteint de graves gelures aux pieds. Dès qu'il sera arrivé à la station, il faudra l'amputer. Et il faut espérer qu'on y arrive rapidement, car si la gangrène se déclare avant, il est perdu.

Mais c'est seulement le 30 octobre 1930 que les trois hommes parviennent à la station centrale, après quarante jours de traversée dans des conditions inhumaines. Aux deux savants, ils n'apportent strictement aucune aide, bien au contraire. Ils sont pour eux un fardeau supplémentaire.

Une fois dans l'igloo, le docteur Loewe examine ses pieds gelés et conclut qu'il faut amputer sur-le-champ tous les orteils. Il n'y a ni anesthésique ni matériel chirurgical, et c'est Rasmus qui doit se charger de l'opération avec un canif. Seulement, dans l'état où il est, le médecin ne peut plus partir. Il est obligé de rester avec les deux savants, et cela fera une bouche de plus à nourrir sur leurs maigres provisions.

Alfred Wegener décide alors de repartir dès le lendemain, pour ne pas aggraver la pénurie de vivres. Ses deux collègues tentent de l'en dissuader :

– Ce n'est pas prudent. Vous devez d'abord prendre un peu de repos. Nous avons largement de quoi nous nourrir.

– N'insistez pas. Ma décision est prise. Parlez-moi plutôt de vos expériences.

Du coup, Georgi et Sorge oublient la situation présente, si dramatique qu'elle soit, pour faire part de leurs découvertes.

– Les résultats dépassent les espérances. D'après les premières constatations, la couche de glace atteindrait deux mille sept cents mètres !

– Deux mille sept cents mètres ? C'est extraordinaire !

– Ce n'est pas tout. Les prélèvements ont apporté des résultats remarquables.

Et, dans cette maison de glace au cœur du Groenland et de l'hiver austral, les trois savants discutent avec passion. Leur fatigue et leurs craintes ont disparu. Seule compte pour eux la science, même s'ils doivent en être les victimes.

Le lendemain, 31 octobre, Alfred Wegener repart en traîneau, avec Rasmus, après un dernier salut à ses collègues. La tempête s'est arrêtée. Il fait très froid, mais le temps est superbe et ils peuvent parcourir une assez longue distance jusqu'à la nuit.

Là, comme il a l'habitude de le faire, Rasmus bricole un igloo de fortune pour les abriter. Mais le lendemain matin, lorsqu'il se lève, il découvre que le chef de l'expédition ne bouge plus. Il n'y a rien à faire pour le ranimer. Alfred Wegener est mort, sans doute d'une crise cardiaque consécutive aux trop grands efforts qu'il a fournis. Il avait juste cinquante ans.

Pieusement, Rasmus ensevelit son corps dans la glace. Pour qu'on puisse le retrouver, il plante au-dessus une croix faite de deux piquets entrelacés, puis il reprend sa route en traîneau, tandis que le blizzard se déchaîne de nouveau. On ne le retrouvera jamais. Il disparaîtra quelque part dans les terres gelées du Groenland. Par dévouement à un homme qu'il admirait, il avait fait ce que ni ses pères ni les pères de ses pères n'avaient fait, et il l'avait payé de sa vie.

Le temps passe. Dans les deux stations de l'expédition, les occupants n'éprouvent pas d'inquiétude particulière. Ceux de la station côtière pensent que Wegener est allé apporter le ravitaillement aux deux professeurs et qu'il est resté avec eux. Ceux-ci, de leur côté, s'imaginent qu'il est rentré à bon port. De toute manière, ni les uns ni les autres n'ont la possibilité de sortir. C'est l'hiver, avec des températures inférieures à – 60 °C et des vents soufflant à plus de 100 km/h.

Ce n'est qu'au printemps que les membres de l'expédition peuvent parcourir le chemin emprunté par le savant, et ils découvrent la croix sommaire faite de deux piquets. Plutôt que de rapatrier son corps ils décident de le laisser sur place. Au-dessus, ils installent une haute croix aux formes très pures, qui domine le paysage désert et uniformément plat à cet endroit.

Lorsque l'expédition rentre en Allemagne, le monde apprend à la fois la disparition du grand météorologue et les résultats remarquables des expériences effectuées par les professeurs Georgi et Sorge. Car, si elle a été un désastre sur le plan humain, l'expédition a été une réussite scientifique incontestable. On a découvert que les glaces des pôles apportaient une quantité de renseignements sur les événements climatiques et météorologiques des siècles passés.

La veuve d'Alfred Wegener n'a pas souhaité qu'on ramène son corps. Elle a jugé qu'il était plus noble pour lui qu'il repose là où sa passion scientifique l'avait fait s'aventurer au mépris de la prudence.

Et le capitaine Hansen, le vieux loup de mer qui avait tenté de le mettre en garde au début de l'expédition, n'a pas dit autre chose, lorsqu'il a fait à un journaliste cette déclaration, qui est en même temps un bel éloge funèbre :

« Il existe deux espèces de vagabonds : les malheureux qui errent par les chemins et finissent par succomber sous le poids de la misère, puis les explorateurs. Ceux-ci pourraient mener une vie heureuse dans une douce quiétude si, entraînés par leur passion, ils ne se lançaient dans des entreprises périlleuses où ils tombent victimes de leur idéal. »

Mademoiselle Phileas Fogg

Elizabeth Cochrane repose avec rage l'exemplaire du *Dispatch,* le plus grand quotidien de Pittsburgh, qu'elle était en train de lire.

– Ce n'est pas possible d'écrire des choses pareilles !

Sa mère, une femme d'une cinquantaine d'années, à l'austère robe noire et aux allures effacées, lui répond, sans quitter des yeux sa couture :

– Eh bien, tu n'as qu'à ne pas les lire. Quelle idée, pour une jeune fille, d'être abonnée à un journal !

Il faut préciser que nous sommes en 1887 et qu'à cette époque, aux États-Unis comme en Europe, la condition féminine est au plus bas. En fait, il existe deux sortes de femmes : celles du peuple qui sont envoyées allègrement à la manufacture où elles s'épuisent à la tâche douze heures par jour et les bourgeoises, qui n'ont pas le droit, moralement s'entend, de travailler ; seuls les métiers d'institutrice et d'infirmière sont tolérés. Le destin d'une jeune fille de bonne famille est de se marier et de fonder un foyer.

Mais cela, Elizabeth Cochrane ne veut pas en entendre parler. Elle est jolie pourtant, avec sa haute taille, ses cheveux bruns et ses yeux bleus, et ce ne sont pas les prétendants qui lui ont manqué, mais elle les a tous repoussés et elle est toujours célibataire. Elle a préféré rester auprès de sa mère. Elle est la dernière de sept enfants, tous des garçons, qui sont à présent mariés. Son père, magistrat à la cour d'assises, est mort il y a dix ans. Mme Cochrane vit de sa pension de veuve et Elizabeth l'aide en donnant des leçons d'anglais. Ce n'est pas la misère, mais c'est la gêne. Elles habitent un tout petit appartement, dans un quartier pauvre de Pittsburgh.

Mme Cochrane soupire :

– Ma pauvre Elizabeth, quand seras-tu comme les autres ? Quand songeras-tu enfin à te marier ?

– Je ne suis pas comme les autres, maman, et, quand je lis des choses pareilles, j'ai honte d'être une femme !

La chose en question est un article du *Dispatch* intitulé « À quoi servent les filles ? » et qui fait preuve de l'antiféminisme le plus primaire. Elizabeth le lit à sa mère, qui n'a pas de réaction particulière, et elle conclut :

– Cela ne se passera pas comme cela ! Je vais écrire au journal. Ils vont m'entendre !

Et, tandis que sa mère soupire de plus belle, Elizabeth prend sa plume et se met à la tâche. Ce qu'elle écrit n'est pas une lettre, c'est un véritable contre-article, un petit pamphlet, violent, et plein d'esprit. Et elle envoie le tout au rédacteur en chef.

La réponse ne tarde pas. Trois jours seulement plus tard, elle reçoit un courrier signé de George Madden, rédacteur en chef du *Dispatch* :

Monsieur,

J'ai beaucoup apprécié le style de votre article. L'idée de signer d'un pseudonyme féminin était amusante. Je serais ravi de vous rencontrer au journal. Vous n'aurez qu'à vous annoncer sous le nom d'Elizabeth Cochrane...

À la lecture de cette lettre, Elizabeth ne peut s'empêcher d'éclater de rire. Le rédacteur en chef la prend pour un homme. Les préjugés sont tels que, pas un instant, il n'a pu supposer qu'une femme écrive un article. Et pourtant, il ne s'agit pas d'un arriéré, bien au contraire. Le *Dispatch* est un journal libéral et intellectuel dont elle apprécie beaucoup de contenu. Elle n'ose imaginer ce que doit être la mentalité des classes conservatrices de la société. Il y a de quoi frémir !

Mais Elizabeth Cochrane ne frémit pas. Le courage est sa qualité dominante. Elle n'a même absolument peur de rien. Elle décide de se rendre le jour même au journal. Et elle ne veut pas avoir l'air d'un garçon manqué. Elle s'habille de sa seule jolie robe, celle que sa mère lui a offerte dans l'espoir qu'elle attire les prétendants. Elle lui demande aussi de lui prêter sa broche en or, car elle-même n'a aucun bijou, et c'est dans cette toilette qu'elle se rend au *Dispatch*.

Son arrivée dans les locaux du journal fait sensation. Les rédacteurs posent leurs porte-plume, les typographes laissent tomber leurs caractères d'imprimerie. C'est la première fois qu'ils voient une femme ici, à part bien entendu les femmes de ménage, avec leur blouse et leur chiffon. Cela ne peut être que l'épouse d'un des collaborateurs et, si elle a osé venir, c'est pour une raison urgente. Un journaliste se précipite :

– Vous cherchez quelqu'un, madame ?

– Mademoiselle... J'ai rendez-vous avec George Madden.

– Vraiment ?

– Il m'attend. Annoncez-moi : Elizabeth Cochrane.

Le journaliste la conduit sans ajouter un mot et, lorsqu'il revient trouver ses collègues, c'est un bel échange de commentaires égrillards. Madden fait venir sa maîtresse au bureau. Il y en a qui ne manquent pas de culot !

La surprise du rédacteur en chef est tout aussi grande que celle de ses collaborateurs. Devant la ravissante apparition qui lui fait face, il cherche ses mots.

– Mademoiselle Cochrane... J'avoue que je n'imaginais pas...

– Vous ne m'appelez plus « monsieur » ?

George Madden bredouille encore quelques phrases. Elle prend place en face de lui.

– Quelle était votre intention en me demandant de venir ?

– Étant donné le talent qui semble être le vôtre, j'avais envisagé une collaboration. Mais, évidemment, dans ces conditions....

– Quelles conditions ? J'ai toujours rêvé d'être journaliste. J'ai même un article à vous proposer.

– Après tout pourquoi pas ? Dites toujours.

George Madden s'attendait à une rubrique sur la mode, l'éducation des jeunes filles ou quelque chose de ce genre, mais il tombe de haut.

– Le divorce.

Madden manque de s'étrangler. Jamais son journal n'a publié la moindre ligne sur ce sujet. Le divorce existe bien dans la constitution, mais il n'est pas du tout entré dans les mœurs. La puritaine Amérique le considère comme une abomination. Le mot « divorce » n'est pas loin d'être un gros mot.

– Pardonnez-moi, mais quelle expérience pouvez-vous en avoir à votre âge ?

– Aucune, bien entendu. Cela ne m'empêche pas d'avoir des idées. Est-ce que la chose vous ferait reculer ?

Le rédacteur en chef du *Dispatch* considère avec attention la personne qu'il a en face de lui. Il a une grande expérience professionnelle et il est certain qu'Elizabeth Cochrane possède un véritable tempérament de journaliste. Bien sûr, c'est une femme, mais il doit quand même tenter l'expérience. Il conclut :

– Envoyez-moi votre article. S'il est bon, je le publierai.

Elizabeth Cochrane y passe toute la nuit. Par prévenance pour sa mère, elle ne le signe pas de son nom ; elle choisit un pseudonyme, féminin, bien entendu, qui est le titre d'une chanson à la mode : Nellie Bly. Et, deux jours plus tard, George Madden fait paraître l'article, sans en changer une virgule.

Dans tout Pittsburgh, c'est la sensation. L'article du *Dispatch* est commenté avec passion. Le débat sur le divorce, qui était jusque-là passé sous silence, s'ouvre enfin. On s'interroge aussi sur l'identité de celui qui se cache sous le nom de Nellie Bly. Car, une fois encore, personne ne s'imagine un instant qu'il s'agisse vraiment d'une femme.

Après ce coup d'éclat, George Madden est bien décidé à aller de l'avant. Il fait d'Elizabeth Cochrane, qui s'appelle pour tout le monde désormais Nellie Bly, une collaboratrice attitrée du journal, avec des appointements importants. Quant aux sujets de ses prochains articles, il ne se fait pas de souci : il est certain qu'elle déborde d'idées. C'est effectivement le cas.

– J'ai pensé à une rubrique dénonçant la misère qui règne à Pittsburgh. J'irai dans les quartiers pauvres, je décrirai les conditions de travail dans les usines, les logements insalubres.

Le rédacteur en chef du *Dispatch* s'enthousiasme. Il y a longtemps qu'il voulait faire une campagne contre la municipalité conservatrice de Pittsburgh, ce qu'aucun de ses collaborateurs n'avait osé.

– Excellente idée ! Je vais vous adjoindre un dessinateur, qui fera des croquis sur tout ce que vous écrirez : la misère des ouvriers, des chômeurs, des sans-logis...

– Et des femmes.

– Oui, bien sûr, des femmes... Mettez-vous tout de suite à l'ouvrage !

Le succès des articles est plus retentissant encore que celui sur le divorce. Chaque jour, dans le *Dispatch*, paraissent les descriptions saisissantes de Nellie Bly accompagnées de croquis montrant des lieux de travail insalubres, des rues encombrées d'immondices, des visages émaciés, des murs lépreux. L'opinion publique est révoltée. La municipalité, ébranlée, doit, pour la première fois, prendre des mesures pour soulager les plus malheureux.

En quelques semaines seulement, Nellie Bly est devenue la personnalité la plus populaire de la ville. Des centaines de lettres de remerciements pour son action affluent au journal. Beaucoup lui prédisent une grande carrière politique s'il voulait se faire connaître. « Il », bien sûr, car c'est toujours un homme dont on cherche à découvrir l'identité.

À Pittsburgh, à part les collaborateurs du *Dispatch*, il y a une personne, une seule, qui sait que Nellie Bly est bel et bien une femme : c'est Mme Cochrane, sa mère. Elle a accepté la chose avec fatalisme. Elle savait depuis toujours que son Elizabeth n'était pas comme les autres, alors autant en prendre son parti. D'autant qu'elle n'a rien à lui reprocher : son action est généreuse, elle aide les malheureux. Mme Cochrane espère seulement que cela ne l'empêchera pas de trouver un jour un mari.

Juin 1888. Il y a un peu plus de six mois que Nellie Bly travaille au *Dispatch* et, malgré les efforts de George Madden, qui fait tout pour retenir celle qui a fait doubler le tirage de son journal, elle ne veut plus rester davantage. Elle en a assez de la ville de province étriquée qu'est Pittsburgh. Elle est irrésistiblement attirée par la grande métropole cosmopolite et intellectuelle, là où se trouve tout ce qui compte vraiment aux États-Unis : New York.

Ce qu'elle veut précisément, c'est travailler dans le plus grand quotidien de l'époque : le *World*. C'est ainsi qu'elle écrit à son directeur, Joseph Pulitzer, auquel elle raconte toute son histoire. Et elle attend un bon moment, car Pulitzer n'est pas n'importe qui. C'est plus qu'un nom, une légende, l'inventeur du journalisme moderne. Il est assailli de toutes sortes de demandes et il ne se presse pas pour répondre. Enfin, il lui accorde un rendez-vous. Nellie Bly part le jour même pour New York et se précipite dans les bureaux du *World*.

Là, elle ne cause pas la même sensation que lorsqu'elle était entrée au *Dispatch*. Dans la véritable fourmilière qu'est la plus importante rédaction du pays, des originaux et même des originales, on a l'habitude d'en voir. Lorsqu'elle demande à voir Joseph Pulitzer, elle ne suscite pas de réaction particulière. On lui indique la direction et elle se retrouve devant lui.

Le grand patron de presse est occupé à trier les dépêches dont son bureau est encombré. Il lève un œil vers elle et la salue froidement.

– Ainsi vous souhaitez travailler avec nous ?

– Oui, monsieur.

– Vous savez qu'il y a des centaines de personnes qui voudraient collaborer au *World* ?

– Je le sais, mais je pense avoir quelque chose d'intéressant à vous proposer.

– Je vous écoute...

– Je veux faire un reportage sur l'île de Blackwell.

La réaction de Joseph Pulitzer n'est guère encourageante. Il se contente de hausser les épaules.

– C'est impossible. Plusieurs de mes collaborateurs ont essayé. Il n'y a que les malades qui peuvent y entrer.

Il faut préciser que l'île de Blackwell, qu'on surnomme aussi l'« île aux fous », est le plus grand asile des États-Unis, situé sur un îlot de la baie de New York. Dans ce bâtiment aux allures de forteresse, seize cents aliénés sont enfermés. Il se dit partout que les conditions d'internement y sont épouvantables, mais personne n'a jamais pu le vérifier. La jeune fille répond calmement :

– Je sais que seuls les malades peuvent entrer. C'est pourquoi je vais simuler la folie et me faire interner.

Pour la première fois, le directeur du *World* la regarde vraiment avec attention.

– Et, une fois à l'intérieur, que ferez-vous ?

– Je décrirai ce que j'ai vu. Je pense que cela fera un bon article.

– Ce n'est pas cela que je veux dire. Comment vous y prendrez-vous pour sortir ?

– Pour cela, je compte sur vous...

Joseph Pulitzer a changé d'attitude. Il regarde la jolie brune assise en face de lui avec une attention professionnelle. Tout comme George Madden, il sent en elle des qualités exceptionnelles de journaliste. Mais lui, il va plus loin que le directeur du *Dispatch*. Le fait qu'elle soit une femme ne lui apparaît pas comme un handicap, plutôt un avantage : cela peut constituer une première, un scoop !

– Je suis certain de vous sortir de là. Mais quand ? Je ne peux pas vous le dire. Est-ce que vous êtes sûre de tenir le coup ?

– Il n'y a pas de problème.

– Quand comptez-vous vous y mettre ?

– Ce soir.

Pulitzer se lève, la main tendue.

– Alors, bonne chance, Nellie. Vous faites partie du *World* !

Quelques heures plus tard le réceptionniste du Madison Hotel, une pension de famille tranquille de Manhattan, voit arriver une jeune femme assez jolie, mais échevelée et aux allures agitées. Elle s'exprime avec un fort accent espagnol.

– Je viens de Cuba. Est-ce que vous avez une chambre ?

Sur la réponse affirmative de l'homme, elle remplit une fiche au nom de Nelly Brown et monte se coucher. Aux environs de 2 heures du matin, elle fait irruption dans les couloirs en chemise de nuit.

– Je veux mes chevaux ! On m'a volé mes chevaux !

Réveillés, les clients de la pension tentent de la calmer. Il n'y a rien à faire, elle hurle, elle se roule par terre, elle tient des propos de plus en plus incohérents. Il faut appeler la police et elle se retrouve au poste. Là, elle continue à se déchaîner toute la nuit et, le lendemain matin, elle est conduite en ambulance à l'hôpital.

Ce n'est pas encore l'île de Blackwell, comme elle l'espérait. On n'envoie pas les gens aussi facilement dans cette forteresse. Elle est dans le service psychiatrique d'un établissement de la ville. C'est du diagnostic des docteurs qui vont l'examiner que va dépendre son internement. Elle continue donc à jouer le jeu. Elle se déchaîne tant qu'elle peut, ce qui, au bout d'un moment, finit par lui donner effectivement des allures de folle. Elle a les yeux hagards, les traits tirés, le teint blafard.

Et elle réussit ! Quatre praticiens l'examinent tour à tour, et leur verdict est concordant : démence avec délire de persécution. Quelques heures plus tard, elle se retrouve dans une petite embarcation qui traverse la baie de New York. La silhouette de Blackwell, l'île aux fous, se rapproche. Le grand moment est arrivé.

Ce qu'elle découvre à l'intérieur de l'asile dépasse tout ce qu'elle pouvait imaginer. Ce n'est pas un établissement médical, c'est une prison pire que tous les bagnes, avec des murs noirs, des barreaux garnis de pointes, des gardes et des chiens. On l'enferme dans le pavillon des femmes. Là, elle cesse de simuler la folie. Ce n'est plus la peine : des malades qui se disent normales, elle en voit d'autres autour d'elle. Peut-être, d'ailleurs, sont-elles effectivement guéries ou enfermées à tort, mais elles ne sortiront pas. On ne sort pas de l'île aux fous.

Elle enregistre tout dans sa mémoire, car, bien sûr, elle n'a pas de quoi prendre des notes. La nourriture est infecte : de l'eau, du pain sec et une bouillie infâme d'origine indistincte. Le traitement consiste en des bains glacés auxquels toutes sont soumises, même celles qui grelottent de fièvre. Les infirmières sont violentes, grossières et sadiques. Elles s'amusent à martyriser celles qu'elles prennent comme souffre-douleur.

Et puis il y a le pire, il y a la section 6 où on menace d'envoyer celles qui se rebellent. Prenant les plus grands risques, elle réussit à s'y rendre. Là, ce n'est plus de prison qu'il faut parler, c'est de salle de tortures. Les démentes sont fouettées et maintenues sous une douche glacée jusqu'à ce qu'elles s'évanouissent.

Les jours passent. Dans cet univers coupé du monde, Nellie Bly n'a aucune nouvelle de l'extérieur. Bien sûr, elle fait confiance à Joseph Pulitzer, elle imagine qu'il a beaucoup de relations et qu'il va la faire sortir. Mais si, malgré tout, ce n'était pas possible ? Si elle allait avoir le même sort que celles qui, autour d'elle, se disent saines d'esprit et qui ne sortiront jamais ?

Un jour qu'elle est à la promenade, c'est-à-dire en train de tourner avec les autres dans une cour aveugle, pieds nus, avec une méchante robe en drap pour tout vêtement, elle entend une infirmière lui dire :

– Nelly Brown, sortez des rangs !

Elle a pâli. Est-ce pour lui infliger une punition quelconque, en vertu de l'arbitraire qui règne dans l'asile, voire pour l'envoyer à la section 6 ? Sans un mot, l'infirmière lui fait signe de la suivre, et elle se retrouve devant un homme en costume élégant, qui lui dit simplement :

– Je viens vous sortir d'ici...

Le reportage que tire Nellie Bly de son séjour à l'île de Blackwell a un retentissement extraordinaire. Pour la première fois, l'opinion est informée de ce qui se passe dans les établissements psychiatriques du pays. Le scandale est énorme. Des enquêtes officielles suivent la sienne et des réformes énergiques sont ordonnées. Grâce à son courage – on peut même dire son héroïsme – Nellie Bly a sauvé, après les miséreux de Pittsburgh, des milliers de malades mentaux dans tout le pays.

Pour elle, c'est la gloire ! Plus question de pseudonyme féminin cachant en réalité un homme. Sa photo, parue dans le *World*, est reproduite dans tous les journaux. Elle est devenue une héroïne nationale. Les États-Unis sont le pays de la démesure. On inscrit son nom sur des casquettes, des foulards, on baptise « Nellie Bly » une marque de chewing-gum, de machines à écrire et de stylos.

Tout cela lui rapporte une fortune. Il est loin le temps où elle partageait avec sa mère un misérable appartement de Pittsburgh. Elle offre à celle-ci une villa à la campagne et elle-même fréquente la plus haute société de New York. Elle est la journaliste la mieux payée du *World*, ce qui n'est pas peu dire. Pulitzer lui a fait un pont d'or, persuadé qu'elle ne va pas tarder à lui proposer une autre idée sensationnelle. Il ne se trompe pas.

C'est début novembre 1889 que Nellie Bly vient trouver son patron. Elle a beau avoir les nerfs solides, l'univers des fous succédant à celui des miséreux de Pittsburgh l'a tout de même éprouvée. Elle a envie de changer d'air, de découvrir de nouveaux horizons et, comme toujours, elle voit les choses en grand.

– Alors, Nellie, vous avez trouvé quelque chose de nouveau ?

– Oui, faire le tour du monde.

– Je vois : une sorte de grand reportage.

– Non, une course. Je veux réaliser l'exploit de Jules Verne et même le battre !

Jules Verne, *Le Tour du monde en quatre-vingts jours* : aux États-Unis comme dans le monde entier, chacun connaît. Mais le livre est considéré comme un récit d'anticipation. De l'avis général, l'exploit de son héros, Phileas Fogg, est irréalisable. C'est dire que le projet de Nellie Bly est d'une folle audace et cela ne refroidit pas Joseph Pulitzer. Lui aussi est l'homme des défis. Il en a relevé beaucoup avec succès au cours de son existence.

– Extraordinaire ! Tous nos moyens sont à votre disposition. Quand comptez-vous partir ?

– Le plus tôt possible. Le temps de faire mes préparatifs.

L'équipe du *World* se mobilise autour d'elle pour tout mettre au point et, le 14 novembre 1889, c'est le grand jour. Une foule de journalistes accompagnent Nellie Bly sur les quais de New York où elle va prendre le transatlantique. Elle est vêtue d'un élégant manteau à carreaux noirs et blancs, coiffée d'une casquette d'allure sportive et porte à la main une mallette à soufflet dans laquelle elle n'emporte que le strict nécessaire : du linge, trois voilettes – car elle reste coquette –, son passeport et deux cents livres or, avec lesquelles elle achètera le reste en route. Elle a aussi un objet que Joseph Pulitzer a fait fabriquer spécialement pour elle : une montre affichant vingt-quatre heures au lieu de douze. Elle n'aura pas droit à plus de quatre-vingts tours de cadran.

L'édition spéciale du *World*, qui s'est arrachée dans tout le pays, décrit en détail le trajet prévu : Londres, Paris, Brindisi, Suez, Ceylan, Singapour, Hong-Kong, Yokohama, San Francisco, New York. Dans cet itinéraire est prévue une étape insolite entre Londres et Paris, qui va lui occuper une journée entière : Amiens. Pourquoi Amiens ? Parce que c'est là qu'habite Jules Verne et que Nellie a tenu à lui rendre cet hommage, quitte à perdre du temps.

Enfin, la sirène de l'*Augusta Victoria*, qui va l'emmener à Londres, retentit. Elle prend la pose sur la passerelle, pour les photographes et la postérité.

L'huissier chargé de contrôler officiellement la course, déclenche son chronomètre : il est 9 heures 40 minutes et 6 secondes.

La traversée se passe sans incident, de même que le trajet de Londres au Havre. Là, Nellie Bly prend le train d'Amiens et c'est pour elle le moment le plus émouvant de son voyage : la rencontre avec Jules Verne. Le grand homme est allé l'attendre sur le quai. Il a soixante ans, mais il en paraît un peu plus, avec sa barbe et ses cheveux blancs.

Lui aussi est ému en la voyant. Il l'embrasse gauchement sur les joues. Ce qu'il avait imaginé se réalise. Son rêve est en train de prendre corps. Mais quel corps ! Celui d'une jeune fille de vingt-deux ans. La réalité, comme toujours, dépasse la fiction : Phileas Fogg est une demoiselle.

Tous les deux partent pour la demeure de l'écrivain. Elle lui raconte ses projets, ses espoirs. Il lui montre la formidable documentation qu'il avait amassée pour écrire son livre. Bien sûr, une bonne partie est dépassée, car *Le Tour du monde en quatre-vingts jours* date de 1873, mais Nellie Bly y puise plusieurs idées qui lui seront utiles et, lorsque le lendemain elle quitte l'écrivain, celui-ci lui lance :

– Vous réussirez, j'en suis sûr !

La suite ressemble à un film en accéléré. Le principal problème de Nellie est de donner des nouvelles à son journal. Par lettres, il n'en est pas question : elles sont acheminées en bateau, dans des conditions incertaines et elles arriveraient peut-être après elle. Il n'y a que le télégraphe qu'elle peut utiliser, et plus elle s'éloigne, plus la chose devient difficile. Par exemple, à Brindisi, elle court à la poste centrale.

– Je voudrais envoyer un câble à New York.

Mais l'employé lui répond :

– New York ? Où diable cela se trouve-t-il ?

Nellie Bly parvient quand même à envoyer son câble, mais ce sont les dernières nouvelles qu'elle expédie au *World*. Pour elle, tout se passe bien : en bateau et en train, elle parcourt les étapes prévues. Elle est même en avance sur ses prévisions. Le problème est que personne ne le sait. Dans les colonnes du *World*, les articles ne sont pas optimistes et la même question revient : « Où est Nellie Bly ? »

Où elle est ? À la mi-décembre, à Colombo, dans l'île de Ceylan, où elle est retenue cinq jours par l'arrivée tardive du navire qu'elle doit prendre. Alors, elle fait un peu de tourisme forcé. Elle découvre les beautés de l'île et note dans son journal : « Quel merveilleux endroit ce serait, si partir n'avait pas pour moi plus d'importance que la vie ! »

Elle est à Hong-Kong le jour de Noël, et c'est là que se produit le drame. Un officier britannique lui déclare, sur la foi d'une dépêche erronée :

– Votre course n'a plus d'importance. Le *World* a envoyé un autre journaliste.

Nellie Bly en pleure de rage et d'humiliation. Pulitzer ne lui a pas fait confiance ! Toute la fatigue qui s'était accumulée en elle, et qu'elle ne ressentait pas jusque-là, la saisit brusquement. Là encore, il y a un retard de cinq jours pour le prochain bateau. Elle a de la fièvre. Elle doit s'aliter. Va-t-elle renoncer ?

Non. Son tempérament combatif reprend le dessus. Il y a un autre journaliste : et alors ? Elle sera quand même la première. Elle montrera à son patron et au monde entier qu'elle est la meilleure. L'étape suivante est Yokohama. Là, nouveau retard, mais c'est presque sans importance, car elle apprend une merveilleuse nouvelle : la dépêche était fausse, il n'y a jamais eu d'autre concurrent. Pulitzer n'a pas cessé de la soutenir.

Le bateau qui doit lui faire traverser le Pacifique et la conduire à San Francisco s'appelle l'*Oceanic*. C'est un paquebot américain et elle se rend compte, bouleversée, que non seulement Pulitzer, mais tout le pays est avec elle. Le commandant et l'équipage sont là pour l'accueillir. Quand elle monte à bord, l'orchestre entonne la chanson « Nellie Bly » à laquelle elle doit son nom. Le commandant lui annonce :

– J'ai donné l'ordre de pousser les machines au maximum. Nous allons battre des records !

Et il fait placer à la proue du navire une pancarte avec l'inscription : « Pour Nellie Bly, nous vaincrons ou nous mourrons ! »

L'*Oceanic* arrive dans la baie de San Francisco le 23 janvier 1890. Il y a exactement soixante-dix jours que la jeune fille a quitté New York. Il ne lui reste plus maintenant que la traversée des États-Unis en train. Rien ne semble pouvoir la priver de son succès.

Et pourtant si ! Par signaux optiques, une vedette ordonne au transatlantique de stopper ses machines. Le commandant vient trouver Nellie, catastrophé :

– Ce sont les autorités sanitaires. Un des passagers a été en contact avec des personnes ayant eu la variole à Yokohama. On nous impose une quarantaine de deux semaines.

La réplique de la jeune fille est immédiate :

– Moi, je n'ai pas la variole. Je vais le prouver en sautant à l'eau et en nageant jusqu'au rivage !

Elle n'a pas besoin de le faire. Le commandant fait descendre un canot de sauvetage. Les autorités n'osent pas s'opposer à son débarquement et elle prend pied sur les quais de San Francisco où l'attend une foule immense, qui lui réserve une ovation indescriptible.

Le voyage en train jusqu'à New York est en apparence la partie de son voyage qui devrait comporter le moins de péripéties, et pourtant il va lui apporter sa plus grande surprise depuis le départ.

Dans son compartiment, un homme lui adresse galamment la parole. Des hommages masculins, Nellie Bly n'a cessé d'en recevoir depuis qu'elle a conquis la célébrité et la fortune, et elle les a repoussés avec énergie. Mais son compagnon de voyage lui plaît. Il s'appelle Robert Seaman, il a un peu moins de quarante ans. Un vrai gentleman, qui a l'air d'un diplomate ou d'un ministre. En réalité c'est un milliardaire qui a fait fortune dans les aciéries.

Auprès de lui, après toutes les aventures qu'elle a vécues, tous les dangers qu'elle a traversés, elle se laisse enfin aller. Elle se confie, elle s'épanche. Entre eux, c'est le coup de foudre et ils se marieront peu après. Tout comme d'ailleurs Phileas Fogg, Nellie Bly a rapporté de son aventure l'amour et le bonheur.

Et, peu après, c'est l'apothéose, le jour de gloire ! Elle arrive à New York le 25 janvier, au milieu d'une foule si dense qu'elle fait penser à l'accueil que reçoivent les grands chefs d'État. Sa voiture atteint le *World* à 16 h 30 précises. Au même moment, dix canons tonnent du fort de Greenpark, à Brooklyn. Elle a réalisé le tour du monde en 72 jours, 6 heures, 10 minutes et 11 secondes.

Dans son bureau, Joseph Pulitzer lui tend un télégramme qu'il a reçu peu avant et qu'il avait pour instruction de lui remettre après son succès :

« Je n'ai jamais douté de la réussite de Nellie Bly. Elle a prouvé son intrépidité et son courage. Hourra pour elle ! Signé : Jules Verne. »

Après son mariage avec Robert Seaman, Nellie Bly a décidé d'abandonner le journalisme, pour se consacrer à son ménage et à ses enfants. Elle, la féministe acharnée, avait fini par se comporter comme toutes les femmes de son temps. On a cessé de parler d'elle et elle était tout à fait oubliée lorsqu'elle est morte prématurément, en 1922, à l'âge de cinquante-quatre ans. À cette époque, rien ne la distinguait plus des autres mères de famille, à part ses souvenirs. Mais quels souvenirs !

Le général boiteux

À un peu plus de trente ans, Étienne Pellot a, en cette année 1797, plus d'un exploit militaire à son actif. En mer le plus souvent, car ce Basque natif d'Hendaye appartient à une vieille famille de marins. L'un de ses ancêtres n'a-t-il pas été distingué par Louis XIII pour avoir remporté un combat naval ?

Étienne lui-même a connu le baptême du feu à treize ans, aux Amériques, sur la *Marquise de Lafayette*, une frégate ainsi nommée parce qu'elle avait été affrétée avec l'argent des dames de la cour, pour aider les insurgés américains. Après la Révolution, il a servi la République avec autant de bravoure que le roi. Pour la première fois, il a reçu une mission sur terre et cela a failli mal se terminer. Chargé d'espionner les Vendéens, il a été pris et à deux doigts d'être fusillé. Il a eu la vie sauve, mais l'événement lui a valu d'avoir, du jour au lendemain, les cheveux tout blancs.

Pourtant, ce 8 août 1797, c'est bien en mer que se trouve Étienne Pellot. Il est capitaine du *Flibustier*, un navire corsaire de huit canons, avec quarante hommes d'équipage. *Le Flibustier* n'est pas bien gros, mais il est maniable et rapide, et Pellot adore cela. Il n'a pas son pareil pour attaquer à l'improviste là où son adversaire l'attend le moins ou pour filer comme une anguille lorsque le navire en face est trop puissant pour lui.

Oui, Étienne Pellot n'est nulle part plus à son aise qu'en mer. La preuve : il n'est pas grand, mais à terre on remarque sa petite taille, tandis que sur un bateau on ne voit que sa forte carrure. Il est adoré par ses hommes, qu'il a l'habitude d'appeler tous « mon vieux », ce qui lui a valu le surnom affectueux de « Monvieux ». « Hé, les gars, voilà Monvieux qui monte à bord ! », « Remue-toi un peu, sinon gare à Monvieux ! »

Mais Étienne Pellot a une qualité plus étonnante chez un corsaire : il est drôle ! Si, lors des abordages, il part à l'assaut comme un fou furieux, en dehors des combats, c'est un boute-en-train comme il en existe peu. Il a toujours une histoire cocasse à raconter ou bien alors il se livre à un numéro de mime ou à quelque autre pitrerie et, dans tous les cas, il est absolument irrésistible.

– Navire à bâbord !

C'est le hunier qui vient de lancer ce cri. Étienne Pellot, qui était dans sa minuscule cabine, se précipite sur sa longue vue. Bonne ou mauvaise rencontre ? On va tout de suite être fixé. Et Étienne est effectivement fixé : il s'agit de la plus formidable frégate anglaise qu'il ait jamais rencontrée, un monstre hérissé de canons. Il donne des ordres, espérant malgré tout lui échapper grâce à son habileté légendaire, mais celle-ci est beaucoup trop rapide. Elle fonce sur lui et envoie une terrible bordée dans sa direction.

Étienne Pellot fait jeter l'ancre. Il n'a pas le choix, s'il ne veut pas que tout le monde périsse. Peu après, il voit arriver, la mort dans l'âme, la frégate anglaise. C'est la captivité pour ses hommes et lui. Et pourtant, malgré tous ses combats passés, c'est lors de cette captivité qu'il va signer son plus bel exploit.

Pellot et ses hommes ont de la chance. Au lieu d'être conduits vers un ponton, ces sinistres embarcations à quai où les Anglais enferment les corsaires dans des conditions inhumaines, tous sont dirigés vers le château fort de Folkestone. Il s'agit d'un authentique château du Moyen Âge, avec douves, pont-levis et donjon. L'endroit n'a rien d'agréable mais au moins il y a de la place.

Le plus éprouvant, ce sont paradoxalement les promenades. Elles ont lieu dans une cour entourée de murs si élevés qu'elle ressemble à un puits. On ne peut apercevoir qu'un bout de ciel, qui, en raison du climat anglais, est bien plus souvent gris que bleu.

Heureusement, il y a Pellot, qui pour réconforter son équipage déploie tous ses talents. Il a une façon de gesticuler qu'on ne voit que dans les meilleurs numéros de cirque. Il est capable de se donner à lui-même des coups de pied dans le derrière, de pleurer et de ricaner en même temps, et il agrémente ses contorsions de plaisanteries, tant en français qu'en anglais, qui sont absolument inénarrables. À un tel point qu'il fait rire non seulement son équipage, qui, grâce à lui, trouve le temps moins long, mais aussi ses geôliers, qui s'ennuient presque autant que les prisonniers dans ce décor sinistre. Les soldats chargés de le surveiller rient à gorge déployée de ses facéties et, plus d'une fois, d'autres factionnaires quittent leur poste pour profiter de son numéro.

Un jour, il se met à sauter devant les murs comme un forcené. Un Anglais lui demande la raison de son manège :

– C'est que, lui répond-il, en lui désignant le chemin de ronde, j'aimerais aller là-haut pour voir si les Anglaises sont aussi jolies que les Françaises.

Un éclat de rire général salue sa réplique. Et, justement, il lui semble discerner, à mi-hauteur de la muraille derrière une meurtrière, un visage de femme, un beau visage, autant que la distance lui permette d'en juger. Il s'adresse à la sentinelle :

– Qui est-ce ?

– Lady Wanley, la femme de sir Thomas Wanley, le gouverneur de la forteresse.

– Elle a l'air de s'ennuyer.

– Dame...

Que lady Wanley s'ennuie, Étienne Pellot le comprend parfaitement. Il ne l'avait jamais vue, mais il a croisé plus d'une fois son mari. Sans doute pour oublier la tristesse des lieux, il est ivre du matin au soir. Chaque fois qu'il l'a rencontré, l'Anglais titubait et empestait l'alcool à trois pas. Dans ces conditions, sa malheureuse épouse doit littéralement dépérir. Et, avec ses pitreries, il est peut-être sa seule distraction.

À partir de ce moment Étienne Pellot comprend qu'il a peut-être une chance de sortir de ces lieux. Les jours suivants, il continue son numéro, en tenant compte de ce nouveau public féminin et aristocratique. Il y ajoute des chansons anglaises, qu'il chante d'ailleurs d'une fort belle voix. Et, chaque jour, il peut constater que le beau visage est là, attentif, derrière la meurtrière.

Tant et si bien qu'un jour la sentinelle vient le chercher dans sa cellule.

– Suivez-moi dans les appartements du gouverneur.

– Le gouverneur veut me voir ?

– Non, lady Wanley...

Lady Wanley est effectivement là, dans la grande

salle du château à l'immense cheminée qui lui sert de salon. Elle n'est pas seule. D'autres dames et messieurs, des militaires comme des civils sont assis sur des fauteuils. Il doit s'agir des officiers de la garnison et d'une partie des notables de Folkestone. Lady Wanley prend la parole avec un charmant accent :

– Cher monsieur Pellot, je vous remercie d'être venu.

– Que puis-je faire pour vous, madame ?

– Faites-nous rire...

Inutile de dire qu'Étienne Pellot se surpasse. Il débite tout son répertoire et il en rajoute encore. Il est plus que drôle, il est impayable. Il fait un triomphe. Il n'y a, en fait, qu'une seule fausse note lors de cette représentation. Tandis qu'éclatent les bravos, on voit arriver sir Thomas Wanley, la démarche titubante et la perruque de travers, qui devait cuver son vin dans une pièce à côté. Il s'adresse à lui en butant sur les mots :

– Attention, monsieur le corsaire ! Je veux bien que vous veniez distraire ma femme et ses amis, mais je ne serai jamais bien loin. Le moindre faux pas et vous vous retrouverez dans une oubliette, avec des fers aux chevilles et aux poignets...

Des faux pas, Étienne Pellot se garde bien d'en faire. Il est toujours disponible pour faire sa représentation quand on le lui demande et, le reste du temps, il se montre un prisonnier modèle. Bientôt, il est un habitué des Anglais de la prison. Entre deux cabrioles, il s'entretient avec les uns et les autres, et tout le monde le trouve charmant.

C'est ainsi qu'on lui présente un notable de Folkestone, M. Durfort. Pellot s'étonne.

– Vous avez un nom français, monsieur !

– C'est vrai. Mes ancêtres étaient français. Ils ont

émigré en Angleterre à la révocation de l'édit de Nantes.

– Alors, nous sommes compatriotes...

L'homme ne répond rien, il se contente de sourire. Le corsaire ne peut s'empêcher de penser qu'un courant de sympathie est passé entre eux.

– Et que faites-vous dans la vie, monsieur Durfort ?

– Ma foi, je possède le plus grand hôtel de Folkestone.

Étienne Pellot n'ajoute rien, il se contente d'enregistrer l'information. Cela pourra peut-être être utile. Sait-on jamais ?

En attendant, il continue ses représentations devant un public chaque fois plus nombreux. On vient de tout Folkestone aux soirées de lady Wanley : les distractions ne sont pas si nombreuses dans la petite ville de province. Le corsaire français se rend bien compte que tous ces gens le méprisent un peu, mais il continue à faire le pitre. Rira bien qui rira le dernier !

Trois mois après le début de sa première représentation, Étienne Pellot se décide à passer à l'action. Alors qu'il vient de recevoir un nouveau triomphe, la femme du gouverneur lui demande :

– Quel sera votre prochain spectacle, cher monsieur Pellot ?

– Une petite pièce que j'ai écrite moi-même.

– Cela doit être ravissant. Quel en est le titre ?

– *Le Général boiteux*.

– Comme c'est passionnant ! De quoi cela parle-t-il ?

– C'est un général américain, un de ces ridicules généraux américains, qui est abandonné avec ses soldats dans une forêt vierge du Nouveau Monde.

– Et ensuite ?

– Ensuite, vous verrez. Je crois que vous serez surprise.

– S'il vous plaît, jouez-nous votre pièce !

– Non, la prochaine fois. Je regrette.

Mais la femme du gouverneur insiste et toute l'assistance se joint à elle. Tant et si bien que le corsaire finit par déclarer :

– Je ne peux pas jouer sans costume. Il me faudrait un uniforme.

– Si je vous donnais un de ceux de mon mari, cela vous irait-il ?

– Dans ce cas-là, oui. Je jouerais tout de suite.

Peu après, Étienne Pellot revêt l'uniforme de sir Thomas Wanley, gouverneur de la forteresse. Il est habillé en colonel de l'armée anglaise pour jouer un général américain, il s'en moque bien et toute l'assistance s'en moque aussi. Lorsqu'il revient dans la pièce en boitant et en se déhanchant de la manière la plus cocasse, chacun éclate de rire.

Et le voilà qui interprète cette pièce qu'il invente en même temps qu'il la joue. Il le fait avec beaucoup d'esprit, il trouve des situations plaisantes, il a des mots d'esprit inattendus et, lorsqu'il termine le premier acte, en entonnant l'hymne américain, il obtient un véritable triomphe. Il s'incline bien bas.

– Merci, ladies et gentlemen. Je vous laisse vous reposer le temps de l'entracte. Je reviens pour le deuxième acte et vous verrez qu'il est bien plus fort encore que le premier !

Là-dessus, Étienne Pellot s'empare du bicorne de sir Thomas, le met sur sa tête, salue encore une fois et disparaît.

Bien sûr, au lieu d'enchaîner sur le deuxième acte, dont il n'a aucune idée, il se hâte de gagner la sortie du château. Par chance, il ne fait pas chaud, ce qui lui permet de relever son col et de se dissimuler en partie le visage. En même temps, il cesse de boiter pour imiter la démarche du gouverneur, c'est-à-dire tituber tant et plus. Durant son trajet il croise plusieurs soldats qui lui adressent un salut réglementaire, et c'est enfin le moment décisif : il arrive devant le pont-levis. Il s'avance toujours en titubant et la sentinelle claque des talons en lui présentant les armes. Il a réussi !

Le voici dans la rue. Il croise un passant qui a la malchance d'avoir la même taille que lui, l'assomme et s'empare de ses vêtements, moins voyants que son uniforme rouge de colonel anglais. Ensuite, il se rend dans les rues de Folkestone, à la recherche de l'hôtel de son « compatriote » Durfort. Là, il est pris d'une appréhension. Ce dernier, malgré ses origines françaises, ne va-t-il pas le dénoncer ? Mais la sympathie qu'il avait sentie chez lui est bel et bien réelle. L'apercevant, celui-ci lui déclare :

– Vous êtes ici chez vous !

Et il le conduit dans une chambre.

Une fois installé, Étienne Pellot n'a qu'une idée : reprendre des forces, mais le destin en décide autrement. Il est en train de dormir profondément lorsque des cris le réveillent. Ils proviennent de la chambre à côté de la sienne. Ce sont ceux d'une femme et elle s'exprime en français :

– Oh ! mon Dieu, au secours !

Dans sa situation d'évadé, Pellot devrait se faire aussi discret que possible, mais comment le Français et le galant homme qu'il est pourrait-il rester indifférent ? Il se précipite, fait sauter la porte d'un coup d'épaule et se trouve en face d'un homme en petite tenue frappant à coups de canne une dame ravissante et tout aussi dénudée.

Il se rue vers l'individu, lui arrache sa canne et le tient en respect. Le concierge de l'hôtel arrive sur ces entrefaites et s'adresse à Pellot, horrifié :

– Malheureux, que faites-vous ? Vous levez la main sur un général d'armée !

L'identité de son adversaire n'impressionne pas le corsaire, qui lui intime de déguerpir. Ce dernier s'enfuit sans demander son reste, tandis que la jeune femme se jette à ses genoux :

– Merci, vous m'avez sauvé la vie !

Et, en pleurant, elle lui raconte sa mésaventure. Elle est liégeoise. Cet homme, le général Hope, l'a enlevée de chez son oncle en lui promettant de l'épouser. Quand elle a découvert qu'il a une femme et des enfants, elle a voulu le quitter, ce qui a déclenché sa fureur. Elle conclut :

– Faites-moi passer en Belgique.

– Hélas, madame, je suis moi-même prisonnier.

– Vous vous êtes évadé ?

– Il y a juste quelques heures.

– Alors, je veux fuir avec vous ! Je veux partager vos dangers.

Durfort survient à ce moment. Mis au courant de la situation, il donne à la jeune femme des vêtements masculins, précaution indispensable au cas où le général la ferait rechercher, et il conseille à Pellot d'aller essayer d'embarquer sur le port.

Les voici donc, la Liégeoise et lui, déambulant sur les quais. Le corsaire ne tarde pas à remarquer quatre marins passablement ivres se plaignant, avec un fort accent irlandais, qu'un capitaine a refusé de les prendre à son bord. Un peu plus loin, il avise les quatre hommes d'équipage d'une petite embarcation à une voile qui quittent leur bateau pour se rendre dans un cabaret. Dès qu'ils ont disparu, il revient vers les Irlandais :

– Cela vous plairait de m'accompagner sur le continent ?

Et il ajoute en tapant la main sur sa poche :

– J'ai de l'or !

Les Irlandais semblent convaincus. En tout cas, ils l'aident à lever l'ancre et ils sont bientôt tous les six en mer, en comptant la belle Liégeoise. Au même moment, le canon tonne : l'évasion a été découverte. Peu après, deux puissants navires de guerre, une frégate et une corvette, se mettent à leur poursuite. Les marins irlandais, subitement dégrisés, comprennent, au propre comme au figuré, dans quelle galère ils se sont mis. Ils n'ont plus le choix, ils doivent partager les risques de celui qui les a recrutés et ils participent à la manœuvre.

Étienne Pellot n'a jamais eu son pareil pour échapper à ses poursuivants, mais deux navires de cette taille, c'est tout de même beaucoup ! La frégate et la corvette se rapprochent inexorablement et elles se mettent à tirer. Plusieurs boulets soulèvent des gerbes d'écume autour de la petite embarcation et l'un d'eux perce sa voile.

Heureusement, le corsaire connaît les environs de Dunkerque, pourtant bien éloigné de son Pays basque natal. Il sait qu'aux approches du port se trouvent deux bancs de sable particulièrement redoutables pour les navires. Il s'engage résolument entre eux, au risque de s'échouer, et parvient à rester dans l'étroit passage. Et les Anglais, après avoir lâché une dernière salve de dépit, sont obligés de faire demi-tour.

À la suite de son exploit, Étienne Pellot n'a pas épousé la belle Liégeoise. Peut-être lui a-t-elle accordé ses faveurs, ce qui n'aurait pas été immérité après ce qu'il avait fait pour elle, peut-être pas. En tout cas, elle s'est retirée dans un couvent.

Quant à Pellot lui-même, il a, bien sûr, repris la mer où il a accompli d'autres actions d'éclat, et il est mort longtemps, longtemps après, en 1856, âgé de quatre-vingt-onze ans. Parmi tous ses souvenirs, c'était toujours le même qui avait sa préférence. Et l'histoire qu'il racontait à ses petits-enfants commençait invariablement par :

– Le jour où je suis arrivé dans la forteresse de Folkestone, dont le gouverneur était sir Thomas Wanley...

Un mètre soixante, cinquante-cinq kilos

Les essuie-glaces de la 403 Peugeot fonctionnent sans arrêt depuis Paris, c'est-à-dire depuis plus de deux heures. Au volant, Gérard Rousseau, trente-neuf ans, ingénieur dans une entreprise de travaux publics, a ralenti l'allure. Bien qu'il ne soit que 6 heures du soir, il a déjà allumé les phares. Il est vrai qu'il fait un temps absolument détestable, ce 28 octobre 1961, et qu'on n'y voit pas à vingt mètres.

Gérard Rousseau soupire. Il n'avait aucune envie de partir en week-end chez ces amis qui ont une propriété au bord du lac des Settons, au cœur du Morvan. Quand il fait beau, l'endroit est ravissant, mais avec un temps pareil ! Et puis, ce n'est pas le moment. Il a bien d'autres soucis en tête.

Gérard Rousseau soupire de nouveau. Logiquement, il ne devrait pas se plaindre. À près de quarante ans, il est le type même de la brillante réussite professionnelle. Cela se lit sur son visage sérieux qui reflète à la fois la santé et l'assurance : l'homme a de la carrure au physique comme au moral. Mais cela n'empêche pas les problèmes.

Sans détourner le regard, à cause de la difficulté de la conduite, Gérard Rousseau s'adresse à sa femme, assise à côté de lui :

– Il faut que je te parle d'hier soir, Agnès...

– D'hier soir ? Tu veux dire à propos du cocktail ?

La voix qui vient de lui répondre est charmante : légère et mélodieuse, un petit peu enfantine, peut-être. Gérard Rousseau poursuit avec calme :

– Oui, c'est cela : à propos du cocktail.

La voix mélodieuse prend un ton impatient :

– C'était trop beau ! Tu vas évidemment me faire encore des reproches. Chaque fois que je m'amuse, c'est la même chose !

– Agnès, tu es inconsciente ou quoi ?

Agnès ne répond pas. Elle le regarde de ses yeux bleus. Son front et le bord de ses lèvres sont barrés de petites rides, comme chaque fois qu'elle est en colère. Cela ne l'empêche pas d'être ravissante. Avec ses cheveux blonds, son visage un peu rond, son teint rose, son corps bien fait de femme qui n'a pas encore atteint la trentaine, elle est tout à fait charmante : une vraie poupée.

Oui, ravissante et inconsciente, c'est ce qui caractérise le mieux Agnès Rousseau. Avec un dernier détail cependant : elle mesure un mètre soixante et pèse cinquante-cinq kilos. Un détail ? Non. C'est, d'une certaine manière, tout le sujet de cette histoire.

Gérard Rousseau s'exprime d'une voix volontairement patiente :

– Écoute, sur le coup je ne voulais pas t'en parler. Je me suis dit : cela ne sert à rien, elle recommence toujours, quoi que je lui dise. J'ai repensé à cela toute la nuit, mais c'est trop grave...

– Eh bien, je t'écoute. Je me suis amusée hier et cela ne t'a pas plu.

– Ce n'est pas que tu te sois amusée, c'est la manière.

– Parce qu'il y a plusieurs manières de s'amuser ? J'ai beaucoup ri, voilà tout.

– Tu as trop ri.
– C'est défendu ?

Gérard Rousseau prend le ton d'un professeur expliquant pour la dixième fois sa leçon à un élève peu doué.

– Ce n'est pas défendu, ce n'est pas recommandé non plus. Tu es trop libre. Quand un homme que tu n'as jamais vu fait une plaisanterie, tu éclates de rire. On n'entend que toi.

– Et alors ? C'est ma nature.

– Oui, mais cela crée une équivoque. Les gens s'imaginent que... enfin, qu'ils ont leur chance et certains ne se privent pas d'essayer. Cela a encore été le cas hier.

– Parce que tu crois que j'ai envie de te tromper ?

– Non, ce sont les gens qui y voient du mal. Tu comprends cela ?

Pas de réponse.

– Les gens ont tort, d'accord ; ils se trompent sur ton compte, d'accord, le fait est qu'ils te jugent mal. Tu imagines ce que cela représente pour moi ? Tu veux me faire de la peine ?

Pas de réponse.

– Hier soir, mon patron était là...

Agnès Rousseau sursaute :

– Ah, celui-là ! Un vrai bonnet de nuit !

– Il m'a pris à part et tu sais ce qu'il m'a dit ? Il m'a dit : « Rousseau, vous avez une femme charmante, mais vous devriez la surveiller un peu plus. Je dis cela dans votre intérêt... » Tu crois que cela fait plaisir à entendre, des choses pareilles ?

Agnès Rousseau ne répond pas, et le silence revient dans la 403, à part le bruit du moteur, celui de la pluie et le ronronnement des essuie-glaces. Gérard Rousseau se tait. À quoi bon épiloguer davantage ? Agnès est ainsi et, dans une certaine mesure, c'est ainsi qu'il l'aime, sinon il ne l'aurait pas épousée. Agnès est la spontanéité même, la vie même. Sans aucun doute, elle l'aime vraiment, seulement c'est à sa manière à elle. Pour rien au monde, elle ne renoncerait à goûter toutes les satisfactions de la vie, sans souci du qu'en-dira-t-on.

Gérard Rousseau sent un flottement dans la direction. Il pousse un juron.

– Bon Dieu ! Ce n'est pas vrai ?

C'est vrai ! La 403 vient de crever, alors qu'ils étaient presque arrivés. À quelle distance sont-ils de chez leurs amis ? Entre cinq et dix kilomètres, pas plus. Comme un fait exprès, c'est l'endroit où la route est la plus mauvaise : un chemin communal qui passe dans une région escarpée où deux voitures se croisent tout juste. Il n'y a pas de bas-côté, juste un léger talus. Gérard Rousseau arrête la voiture, profitant d'une courte ligne droite. Agnès demande, surprise :

– Qu'est-ce qui se passe ?

– On a crevé !

– C'est gai !

Gérard Rousseau ouvre sa portière. La pluie battante entre dans la voiture.

– Cela ne m'amuse pas plus que toi. Tu vas sortir et me tenir le parapluie.

Agnès s'exécute sans discuter. Elle va ouvrir le coffre pour chercher le parapluie et le cric. L'incident lui a fait oublier totalement sa bouderie. En bonne épouse, elle ne pense plus qu'à se rendre utile à son mari. Elle est ainsi. Avec elle, rien n'est réfléchi.

Gérard Rousseau examine les dégâts. Le pneu avant droit est à plat. C'est particulièrement ennuyeux. De ce côté-là de la voiture, c'est le vide. Pas un ravin, un précipice, mais un fossé à hauteur d'homme. Il va devoir y descendre et introduire le cric en contrebas, en gardant le mieux possible son équilibre. Par temps sec, cela ne poserait pas de difficulté majeure, mais la pluie a transformé le talus en bourbier. Il va être dans un bel état quand il arrivera chez leurs amis !

Agnès revient. Sous le parapluie ouvert, elle tient le cric et une lampe de poche allumée. Elle a une exclamation en considérant la situation :

– Mon pauvre chéri !

Gérard Rousseau prend le cric en main. Une première tentative pour le mettre en place se solde par un échec. Il glisse dans la boue et se retrouve à quatre pattes en bas du talus. Agnès est horrifiée.

– Mais c'est affreux !

Gérard s'essuie sommairement les mains dans l'herbe.

– Je t'en prie, pas de drame. Éclaire-moi et abrite-moi avec le parapluie.

Agnès Rousseau, qui est restée sur la route à côté de la voiture, s'acquitte de son mieux de sa tâche. Son mari pousse un grognement et se relance à l'assaut du talus. Cette fois, il parvient à placer le cric. Se tenant de la main gauche, il tourne la manivelle avec la main droite jusqu'à ce qu'il tienne en place. Ensuite vient le plus difficile : dévisser les boulons de la roue qui n'est pas encore soulevée du sol. D'habitude, il place la clé à pipe sur le boulon et donne un vigoureux coup de pied. Impossible dans la position où se trouve la voiture. C'est d'en bas et à la main qu'il doit effectuer ce travail.

Sous la pluie battante, Gérard Rousseau s'escrime tandis que sa femme le protège de son mieux en répétant à plusieurs reprises :

– Mon pauvre chéri !

Ce qui contribue à l'énerver plus encore. Enfin,

après dix minutes d'effort dans la boue, le dernier boulon cède. Gérard revient à la manivelle et la tourne vivement. Le côté droit de la 403 s'élève et la roue crevée tourne dans le vide. Il crie à sa femme :

– Va me chercher la roue de secours !

Agnès disparaît dans la nuit. Gérard se retrouve seul dans l'obscurité et sous la pluie. Il entend un choc sourd à l'arrière, puis un autre. Qu'est-ce qu'elle fait ? Ah oui, c'est vrai. Elle est obligée d'enlever les valises pour prendre le pneu. Il devrait y aller lui-même, ça irait plus vite.

Gérard Rousseau est sur le point de quitter son poste lorsque le drame se produit. Il y a un bruit de tonnerre et une souffrance atroce, puis une certitude, même s'il ne comprend pas encore ce qui s'est passé : « Je vais mourir... »

Agnès Rousseau met, elle aussi, quelques secondes pour comprendre. Elle a entendu le bruit de tonnerre et reste toute bête avec sa roue dans les bras. Puis elle la pose par terre et prend la lampe électrique. La voiture n'est plus là. Elle pousse un cri :

– Gérard !

Effectivement, la voiture n'est plus là. L'averse vient de provoquer un glissement de terrain et elle se trouve à présent, le nez en avant, dans le fossé avec Gérard Rousseau en dessous.

Horrifiée, Agnès Rousseau a sauté en contrebas et découvre le tragique spectacle dans la lumière tremblante de sa lampe de poche : Gérard est couché sur le dos, le pare-chocs sur sa poitrine. Il a les yeux fermés. Elle pousse un cri déchirant : il est mort !

Non, Gérard n'est pas mort. Il ouvre les yeux, la voit, lui parle.

– Agnès, j'étouffe...

Agnès ne répond pas. Elle agite fébrilement les mains, prise de panique.

– Agnès, j'étouffe... Fais quelque chose !

Cette fois, Agnès Rousseau a retrouvé ses esprits. Elle lâche sa lampe de poche et agrippe à deux mains le dessous de la voiture du côté droit, là précisément où se trouvait le pneu crevé responsable de tout. Elle n'arrive qu'à s'écorcher les mains. Combien peut peser la voiture ? Une tonne peut-être. Elle a un gémissement désespéré :

– C'est trop dur ! Je ne peux pas !

À ses pieds, dans la boue, la voix de Gérard se fait de nouveau entendre. Elle est implorante et mourante.

– Agnès, Agnès...

Faire quelque chose, n'importe quoi, sinon il sera trop tard. Chercher du secours. Oui, c'est cela : chercher du secours.

Avec une agilité extraordinaire malgré la boue, Agnès Rousseau se retrouve en haut du talus et elle se met à courir comme une folle. Ses chaussures à talons hauts la font tomber, elle les envoie promener et continue. Et puis elle s'arrête.

« Comme une folle » était l'expression juste. Elle avait pris la direction de chez leurs amis, mais leur maison est à cinq bons kilomètres et, même en courant à perdre haleine, elle arrivera trop tard. Gérard sera mort avant. Attendre une voiture ? Bien sûr, s'il en passait une, ce serait le salut. Mais sur cette route déserte et par ce temps de cauchemar, il peut fort bien ne pas en passer avant le lendemain matin. Alors ?

Alors, il arrive quelque chose d'extraordinaire, de prodigieux. Agnès, qui n'a jamais suivi que son instinct, se met à agir, une fois encore, de manière instinctive. Et ce que lui dit, ce que lui crie son instinct, c'est qu'elle doit sauver Gérard. Il ne faut pas qu'il meure !

Sans s'en rendre compte, elle a couru sur la route en sens inverse et plongé, les pieds en avant, dans le fossé. Sans s'en rendre compte, elle s'est placée contre la voiture. Et son instinct lui a fait faire le geste nécessaire : elle s'est accroupie, le dos à la carrosserie. Or c'est dans cette position et cette position seule qu'on peut soulever un objet lourd. Elle serre les dents et elle tire de toutes ses forces sur ses bras, tout en essayant de déplier ses jambes.

Si Agnès Rousseau n'était pas la jeune écervelée qu'elle est, la femme-enfant qui fait ce que lui dicte son cœur, elle n'aurait jamais entrepris cette tentative absurde. Pour soulever dans ces conditions un objet du poids de la 403, il faudrait deux hommes vigoureux, et elle mesure en tout et pour tout un mètre soixante pour cinquante-cinq kilos.

Agnès n'a pas la force de gémir tant la crispation est violente, absolue. Une seule pensée traverse sa tête : il faut sauver Gérard, il le faut, il le faut !

Et le miracle se produit : la voiture a bougé. Elle se soulève de quelques centimètres seulement, mais elle ne repose plus sur la poitrine de Gérard. Il respire de nouveau. Agnès l'entend émettre un sifflement, puis un râle. À présent, s'il est capable de bouger, il peut se dégager lui-même. Il y a quelques secondes interminables d'attente et... rien ne se produit. Soit qu'il ait perdu conscience, soit qu'il ait quelque chose de cassé. Gérard Rousseau n'a pas bougé. Agnès sent ses forces l'abandonner. Elle va laisser retomber la voiture et tout sera perdu. Elle a fait tout cela pour rien !

Alors elle recommence, elle s'arc-boute de nouveau, et l'incroyable lutte reprend. La lutte de près d'une tonne d'acier contre cinquante-cinq kilos de fragilité, cinquante-cinq kilos d'amour, cinquante-cinq kilos de refus, cinquante-cinq kilos de désespoir. Et la 403 s'élève, lentement, centimètre après centimètre.

Agnès se relève. Elle arrive presque à déplier les genoux. C'est l'instant crucial. Elle donne une brusque impulsion avec toutes les forces qui lui restent et fait passer la charge de ses mains à son dos. Elle ressent une douleur fulgurante, mais elle y parvient. À présent, le dernier effort : se relever, se mettre debout sous le poids, comme les haltérophiles. Elle pousse un cri. La voiture, propulsée sur son côté gauche, se met en position d'équilibre sur le côté opposé. Son mari est sauvé. Alors Agnès Rousseau s'évanouit.

Une grande lueur blanche et la vision d'un homme, en blanc lui aussi.

– Où suis-je ?

– À l'hôpital, madame Rousseau.

Tous les souvenirs reviennent en même temps dans l'esprit de la jeune femme.

– Et mon mari ?

– Il va bien, rassurez-vous. Il n'a eu que des côtes cassées. Il est sauvé grâce à vous.

Curieusement, le médecin n'a pas l'air heureux en annonçant cette nouvelle. Agnès a déjà compris : elle ne sent plus ses jambes.

– Et moi ?

– Il va vous falloir beaucoup de courage, madame. Mais je sais que vous en avez.

Oui, Agnès Rousseau, qui avait eu deux vertèbres lombaires brisées, est restée paralysée à vie des deux jambes. Mais jamais, par la suite, elle n'a perdu son sourire. Et ceux-là qui la jugeaient parfois si mal quand elle se comportait avec trop de liberté ont compris ce qui se cachait dans cette jolie tête blonde et ce joli corps de cinquante-cinq kilos : des sentiments si simples qu'ils étaient plus forts que tout, absolument que tout.

Il faut sauver le *Jean Bart* !

Le capitaine de vaisseau Pierre-Jean Ronarc'h est soucieux en cette matinée du 10 mai 1940. Ce n'est pas tant en raison de la situation militaire. Si la France est en guerre depuis septembre 1939, les choses ne se passent pas trop mal ou, pour être plus précis, il ne se passe strictement rien. Ce qu'on a pris pour habitude de nommer la « drôle de guerre » s'éternise et on ne voit pas pourquoi cela ne continuerait pas ainsi.

C'est d'ailleurs indispensable pour que le capitaine de vaisseau Ronarc'h puisse mener à bien la mission délicate et capitale qui lui a été confiée : assurer la mise en service du *Jean Bart*, qui sera le plus grand cuirassé de la marine française et qui est actuellement en construction à Saint-Nazaire.

Il y a près de quatre ans que ce géant des mers de trente-cinq mille tonnes est en chantier. Précisément, c'est le 12 décembre 1936 que le ministre de la Marine Garnier-Duparc a posé le premier rivet. À l'époque, la mise en service du navire était prévue pour la mi-1941. Avec la guerre, le délai a été avancé à la fin de l'année 1940. Pour ce faire, le nombre des ouvriers a été porté à trois mille et ils travaillent dix heures par jour.

Le téléphone sonne dans le bureau qui sert de quartier général du capitaine de vaisseau Ronarc'h et qui domine les installations portuaires de Saint-Nazaire.

Celui-ci reconnaît la voix de son aide de camp. Il a l'air très inquiet.

– Capitaine, les Allemands ont attaqué dans les Ardennes.

– Et cela se passe comment ?

– Mal, très mal. Leur avance semble irrésistible !

Le capitaine de vaisseau raccroche. Il ne veut pas céder à un pessimisme excessif, il ne peut pourtant s'empêcher d'avoir une terrible pensée : et si les Allemands arrivaient à Saint-Nazaire avant que le navire soit fini ? Pour empêcher qu'ils s'en emparent, il serait obligé de donner l'ordre de le saborder. Il ferait détruire cette merveille qu'il voit s'élever sous ses yeux jour après jour. Et cela, il se refuse à l'envisager. Quoi qu'il arrive, le *Jean Bart* prendra la mer !

15 mai 1940. Pierre-Jean Ronarc'h ne se voulait pas trop pessimiste, malheureusement la situation dépasse les pires appréhensions. La veille, les Allemands ont enfoncé les lignes françaises et, à présent, ils foncent vers le sud. Nos troupes sont partout en pleine débandade, la guerre semble dès à présent perdue.

Plus que jamais, Ronarc'h s'accroche à ce qui lui apparaît maintenant comme sa mission sacrée : sauver le *Jean Bart*. C'est pourquoi il a convoqué l'ingénieur chef du chantier. L'atmosphère est grave. Tous deux sont conscients de l'importance de l'enjeu. Le capitaine de vaisseau prend la parole :

– En augmentant les cadences et le nombre des ouvriers, quand pensez-vous terminer les travaux ?

– En mettant les choses au mieux, fin juillet.

– Les Allemands risquent d'être là bien avant. J'ai décidé que le *Jean Bart* appareillerait le 19 juin.

– C'est impossible ! Cela fait plus de cent jours d'avance sur le programme.

– Vous porterez les effectifs à trois mille cinq cents ouvriers et la durée de travail à douze heures par jour.

– Même dans ces conditions, cela ne suffira pas.

– Nous limiterons l'équipement au minimum : le moteur, trois chaudières, deux pompes, l'armement et les moyens de transmission. Vous laisserez de côté tout ce qui est logement.

L'ingénieur chef regarde avec perplexité son interlocuteur.

– En admettant que par miracle ce soit possible, comment le *Jean Bart* pourra-t-il prendre la mer ? Le chenal n'est pas dégagé.

– Je sais. C'est pour cela que j'ai convoqué aussi l'ingénieur des ponts et chaussées.

Il faut en effet préciser que le cuirassé est en construction dans une forme de radoub, c'est-à-dire un immense bassin de béton fermé par des écluses donnant sur la mer, qui seront ouvertes au moment de la mise en eau. Le bassin communique avec l'extérieur par un chenal qui n'est pas encore achevé. Il était prévu de débuter les travaux plus tard. Maintenant, évidemment, tout est changé.

À son tour, l'ingénieur des ponts et chaussées se présente devant le capitaine de vaisseau Ronarc'h, qui lui annonce comme date ultime le 19 juin. Sa réaction est la même que celle de son collègue :

– C'est de la folie !

– Le *Jean Bart* n'aura qu'une partie de ses équipements. Vous gagnerez un mètre de tirant d'eau.

– Même dans ces conditions, nous n'aurons pas le temps de creuser à la profondeur nécessaire.

– Je vous demande de laisser dix centimètres en

dessous de la quille et, pour la largeur, dix mètres de chaque côté.

– Dans ce cas, le *Jean Bart* ne passera jamais.

– Il passera !

Ce n'est pas tout. Une fois l'ingénieur des ponts et chaussées parti, Pierre-Jean Ronarc'h appelle au téléphone le ministère de l'Armement. Il a un autre problème à résoudre. Les Allemands ont la maîtrise totale du ciel et leurs avions effectuent un peu partout des raids destructeurs. S'ils arrivaient jusqu'à Saint-Nazaire, le *Jean Bart*, avec sa masse énorme, serait une cible immanquable.

Au ministère de l'Armement, Pierre-Jean Ronarc'h tombe sur un responsable affolé et totalement dépassé par les événements.

– J'ai besoin des défenses antiaériennes du *Jean Bart*. Quand pouvez-vous me les livrer ?

– Savez-vous où elles sont ?

– À la fonderie de Ruelle. Il faut accélérer leur construction. Il y a douze batteries de 90 mm.

– On va voir ce qu'on peut faire, mais on ne vous promet rien. On est débordés.

Lorsqu'il raccroche, le capitaine de vaisseau Pierre-Jean Ronarc'h est sans illusion. Il n'a rien à espérer des autorités. La DCA du *Jean Bart* ne sera jamais là à temps. Il faudra faire comme si les avions ennemis n'existaient pas.

Le mois de mai 1940 se passe. Partout en France, les catastrophes s'accumulent. À Saint-Nazaire, c'est une atmosphère de fourmilière qui règne. On travaille jour et nuit, tant à l'assemblage du navire qu'au creusement du chenal. Les horaires réclamés par le capitaine de vaisseau Ronarc'h sont largement dépassés.

Par fierté, par patriotisme, les hommes travaillent jusqu'à complet épuisement. Et cet acharnement porte ses fruits : le 3 juin, une première hélice est mise en place ; le 7, la deuxième est à son poste ; le 10, c'est au tour du moteur et des chaudières. Mais si tout va relativement bien du côté du chantier naval, un problème surgit avec le creusement du chenal. Le 10 juin, l'ingénieur des ponts et chaussées vient trouver Ronarc'h :

– Nous ne serons pas prêts pour le 19.

– Que se passe-t-il ?

– Il y a un imprévu : nous sommes tombés sur de la roche. Nous n'aurons pas la largeur voulue.

– Laquelle pouvez-vous me donner ?

– Cinquante mètres, pas plus.

– Le *Jean Bart* en fait trente-cinq. Il reste sept mètres cinquante de chaque côté.

– Il y a un coude. Pour tourner, ce ne sera pas suffisant.

– On verra...

Si, à Saint-Nazaire, on met les bouchées doubles, les Allemands ne perdent pas de temps non plus. Le 13 juin, ils sont à Paris ; le 15, ils franchissent la Seine vers Melun et atteignent Avallon ; le 16 juin, les habitants de Saint-Nazaire, consternés, assistent au rembarquement des troupes anglaises.

Le 18, très tôt au matin, le téléphone retentit dans la chambre de Pierre-Jean Ronarc'h. C'est l'amiral Michelier, son supérieur direct.

– Les Allemands sont à Nantes. Ils seront à Saint-Nazaire dans la journée. Il faut appareiller à la marée de cet après-midi.

– C'est impossible, la tranchée n'est pas terminée.

– Alors cette nuit, mais pas plus tard.

Et l'amiral a raccroché. Il était prévu que le *Jean Bart* appareille l'après-midi du 19. Ce nouvel horaire avance le départ de douze heures. Est-ce que ce sera possible ? Pierre-Jean Ronarc'h se fait conduire auprès de l'ingénieur des ponts et chaussées. Il est sur son chantier où il surveille les travaux qui n'ont pas cessé un seul instant.

– L'amiral m'a appelé : nous partons cette nuit.

– Nous ne serons pas prêts. Il fallait demander un délai.

– Les Allemands ne nous en laissent pas le temps. C'est cette nuit ou jamais.

L'ingénieur hoche la tête. Il ne sert à rien de discuter. Il prend ses plans en main, les examine et conclut :

– Pour la profondeur, cela ira : vous aurez dix centimètres au-dessous de la quille, mais pour la largeur, je ne peux vous promettre que quarante-cinq mètres au lieu de cinquante...

Le capitaine de vaisseau ne discute pas non plus. Il a autre chose à faire de toute urgence. Il retourne au chantier et fait venir l'officier en second du *Jean Bart*, pour lui donner ses ordres.

– Nous allons peut-être combattre. Que tous les marins montent à bord et prennent place à leurs pièces. Que les ouvriers qui ne sont pas indispensables à la construction débarquent. Prenez dès maintenant les dispositions en vue du sabordage.

L'officier en second a écouté, l'air grave, sans mot dire. Le capitaine de vaisseau ajoute enfin :

– Hissez les couleurs !

En effet, selon l'usage de la marine, un navire ne peut combattre que s'il arbore son pavillon. Le *Jean Bart* risque fort de livrer son premier et dernier combat à sec, prisonnier dans sa forme de radoub, non contre d'autres navires, mais contre des chars et des fantassins.

Le soleil est maintenant tout à fait levé. La journée du 18 juin 1940 commence à Saint-Nazaire. Les chantiers navals sont dominés par le drapeau tricolore qui flotte sur la plus haute tourelle du *Jean Bart*. Outre les marins à leur poste sur le pont, les installations sont protégées par quatre blockhaus. Les militaires ayant disparu, ce sont également des hommes du *Jean Bart* qui les défendent.

À l'intérieur du navire, les ouvriers travaillent de toutes les forces dont ils sont capables. Conformément aux dispositions de sabordage, les postes ont été doublés. Derrière chaque homme qui travaille, un autre se tient prêt, avec une masse. Sur ordre de Ronarc'h, les installations vitales du cuirassé peuvent être détruites en quelques minutes.

Pour l'instant, on n'en est pas encore là. Les préparatifs de départ se déroulent comme si de rien n'était. Les trois plus puissants remorqueurs du port, le *Minotaure*, le *Titan* et l'*Ursus*, ont pris place dans le chenal. Ils repèrent les lieux de leur mieux, sachant que la manœuvre qu'ils vont devoir effectuer cette nuit, sans visibilité ou presque, est à la limite de l'impossible.

15 heures. Le téléphone retentit dans le PC que Ronarc'h a installé à l'intérieur même du *Jean Bart*. Au bout du fil, une voix affolée :

– Une colonne allemande est en vue de Saint-Nazaire !

– Quand sera-t-elle ici ?

– Il n'y a aucune défense dans la ville. Une demi-heure au plus.

Le capitaine de vaisseau Ronarc'h sait qu'il est seul

à décider. Que faire ? Poursuivre les travaux quand même ou alors faire ouvrir les vannes du bassin de radoub et tenter de sortir tout de suite avec la marée haute ? Ronarc'h préfère d'abord se rendre compte par lui-même de la situation. Il monte au sommet de la plus haute tourelle du navire, colle ses yeux aux puissantes lunettes périscopiques et il pousse aussitôt un cri de joie : la colonne motorisée est anglaise !

16 heures, 18 heures. Les heures s'écoulent inexorablement. Si dans les entrailles du *Jean Bart* règne une activité fébrile, aux abords des chantiers navals, c'est toujours le calme plat : il n'y a pas un avion dans le ciel, pas un fantassin ennemi signalé. 19 heures. Les énormes portes de la forme de radoub s'ouvrent lentement, l'eau jaillit et la coque du cuirassé s'élève, sans qu'à l'intérieur les ouvriers cessent de travailler.

21 heures. Les chaudières sont mises en marche mais elles s'éteignent aussitôt. Il y a un défaut dans l'installation. Les ouvriers, exténués, travaillant à une cadence folle, ont dû faire une erreur quelconque. On n'a pas le temps de chercher l'origine de la panne. Heureusement, le moteur Diesel de secours a été monté. Il est mis en marche et il fonctionne. C'est avec lui que tout va se jouer.

Minuit. La journée du 19 juin commence. Le bassin de radoub est maintenant plein et chacun peut constater que le *Jean Bart* est incliné de plusieurs degrés sur bâbord. Dans des conditions normales, cela n'aurait pas d'importance, mais étant donné qu'il n'aura que dix centimètres d'eau sous la quille, la moindre inclinaison d'un côté ou de l'autre le ferait s'échouer immanquablement.

Remettre le navire en équilibre est la tâche de l'ingénieur des constructions navales. Entre les liquides dans les différents réservoirs, les munitions et les équipements mobiles, il y a environ deux cents tonnes qu'on peut déplacer, sur les trente-cinq mille tonnes du bâtiment. Il va falloir les répartir au kilogramme près. L'ingénieur fait ses calculs, donne ses ordres.

Pendant ce temps, une petite embarcation circule autour du bateau. Ses occupants examinent avec une lampe électrique les échelles de tirant d'eau peintes de part et d'autre de la coque. Elles doivent être exactement au même niveau. À 2 heures du matin, ils annoncent enfin que tout est parfait. Le grand moment est arrivé !

Les remorqueurs s'approchent. Comble de malchance, l'un d'eux, le *Minotaure*, s'échoue. Il faut plus d'une heure aux deux autres pour le dégager. Enfin, à 3 h 20, tous les trois sont amarrés au *Jean Bart* et commencent à le tirer dans le chenal. Des bouées indiquent l'étroit passage où la profondeur est suffisante. On les verrait mieux de jour, mais il n'y a pas le choix.

C'est peu après que ce que tout le monde redoutait se produit : le *Jean Bart* s'échoue. Pour se dégager, il doit impérativement reculer et les remorqueurs, qui sont placés devant lui, ne peuvent lui être d'aucun secours. Les machines sont mises en marche arrière. Plusieurs fois, la manœuvre rate. La cinquième tentative est la bonne.

Il est 4 heures du matin. La nuit est l'une des plus courtes de l'année et le soleil est presque levé. Il fait suffisamment clair, en tout cas, pour qu'on voie parfaitement les bouées dans le chenal. Le *Jean Bart* s'y engage franchement. Il avance lentement, avec une totale précision, sur les dix centimètres d'eau qu'il a au-dessous de sa quille, gardant ses marges de cinq mètres à chaque bord. À l'endroit délicat où il faut virer, il conserve le même alignement impeccable, et c'est la victoire, il arrive en mer !

Il était temps, car précisément à ce moment surgit l'aviation ennemie. Trois bombardiers apparaissent et foncent sur le cuirassé qui, à peine à flot, va livrer son premier combat. Une partie de sa DCA a pu quand même lui être livrée et elle se déchaîne. Les appareils font demi-tour. Ils n'ont pourtant pas abandonné. Ils reviennent en rase-mottes et l'un d'eux largue trois bombes, dont l'une tombe sur le pont, entre les deux tourelles avant. Par chance, il n'y a aucune victime et les dégâts sont insignifiants, le blindage étant particulièrement épais à cet endroit. Les avions n'insistent pas. Ils disparaissent définitivement. C'est une victoire que le *Jean Bart* vient de remporter, saluée par un cri de joie de tout son équipage.

Cette fois, il n'y aura plus de nouvel incident. Sous le commandement du capitaine de vaisseau Ronarc'h, le *Jean Bart* atteindra Casablanca, où les autorités ont décidé qu'il se mettrait à l'abri, le 22 juin à 17 heures, signant ainsi l'un des rares exploits d'une période bien sombre de notre histoire.

Le voyage de Carlos

Nous sommes en 1956 et Carlos Restelli a quarante-deux ans. Il végète avec sa femme et ses trois enfants dans une petite maison des environs de la capitale chilienne. Le mot « maison » est d'ailleurs impropre, « baraque » conviendrait mieux. Les Restelli sont pauvres. Ils vivent seulement du salaire d'ouvrière de Rosita, l'épouse de Carlos. Lui, ne travaille pas. Ce n'est pas qu'il soit paresseux, il en est tout simplement incapable. Carlos Restelli est gravement handicapé. Paralysé d'une jambe depuis sa petite enfance, à six ans, à la suite d'un coup de sang, il s'est trouvé paralysé de l'autre jambe et du bras droit. Ce cas douloureux n'a malheureusement rien d'extraordinaire. Ce qui fait l'originalité de Carlos Restelli est ailleurs : c'est son caractère.

Il faut dire que Carlos est d'un optimisme à toute épreuve et qu'il est en outre obstiné, on peut même dire acharné. Il a beau avoir consulté tous les médecins que ses moyens lui permettaient et ceux-ci ont beau lui avoir affirmé qu'il n'y avait aucun espoir d'amélioration, il reste persuadé du contraire. Il sait qu'il marchera et qu'il se servira de ses deux bras comme tout le monde, il le jurerait à la terre entière !

Et voilà qu'un jour, un de ses voisins vient avec une revue à la main.

– Tiens, lis, Carlos. Ça va t'intéresser !

Carlos Restelli prend la revue. Sous le titre « L'homme qui fait marcher les paralytiques » figure un long reportage à propos des miracles que réalise un médecin de New York, le docteur Rusk. La réaction de Carlos Restelli est celle qu'on pouvait attendre :

– Puisque c'est comme ça, je vais à New York !

– Et tu as une idée de la manière de t'y prendre ?

– Je vais à la cathédrale.

– Je ne vois pas bien.

– Je vais prier la Madone. Elle, elle verra et elle me dira comment faire.

Nul ne sait si c'est sur les conseils explicites de la Sainte Vierge, toujours est-il que Carlos Restelli a bientôt tout un plan au point. Il peut obtenir un chauffeur en la personne d'un ami, un autre ami lui prête une guimbarde ou plutôt la lui donne, car elle a peu de chance de revenir du voyage. Avant de quitter Santiago, il repasse par la cathédrale et il demande à l'évêque de bénir la voiture. Celui-ci accepte sans se faire prier et, avec une telle protection, Carlos part, sûr de réussir.

Pourtant, la Madone n'est pas assez riche pour lui faire passer le canal de Panama. Jusque-là, lui et son chauffeur improvisé avaient vécu tant bien que mal des dons des uns et des autres, mais le péage du canal est au-dessus de leurs ressources. Il n'y a rien à faire. Le paralytique rentre donc à Santiago, après des milliers de kilomètres parcourus en pure perte. Il en faudrait plus pour entamer son moral. Il n'a qu'une idée en tête : recommencer. Seulement, il a compris que la clé de tout était l'argent et, pendant six ans, il fait des économies.

En 1962, il estime qu'il en a assez et il repart avec son fils, qui âgé de dix-sept ans n'a pas l'âge de conduire et n'a, évidemment, pas son permis. Quant à la voiture, c'est celle-là même qui est revenue indemne de son aller et retour jusqu'à Panama et qui a maintenant quelques dizaines de milliers de kilomètres et six ans de plus. L'entreprise est en apparence insensée : parcourir tout un continent, en empruntant des passages de montagnes très difficiles et dangereux, en traversant une partie de la forêt vierge amazonienne, sans compter tous les obstacles légaux dus à l'absence de permis.

Mais c'est ainsi : un adolescent et un infirme s'engagent sur une guimbarde hors d'usage, pour ce qui s'apparente aux plus difficiles des raids automobiles. À tous ceux qui le dissuadent de partir, Carlos Restelli répond :

– Je serai protégé par la Madone.

Le mieux, c'est qu'il n'a pas tout à fait tort. Qu'est-ce que la Madone, sinon le cœur des braves gens ? Et, tout au long du parcours, la générosité à son égard ne se dément pas. Son entreprise touche, émeut. On les nourrit, son fils et lui, on les aide, on pousse la vieille Ford crachant et toussant pour lui faire passer les côtes. Mais l'argent s'épuise et il faut toujours plus pour payer l'essence. Carlos Restelli a inscrit à la peinture sur la voiture le but de son voyage et, chaque fois qu'un donateur se présente, il ajoute son nom sur la carrosserie.

Le problème le plus grave n'est pourtant ni le manque d'argent, ni les difficultés liées à son infirmité ou à l'absence de permis de conduire du fils, ce sont les visas. Il y a sept pays à traverser qui se montrent très méfiants vis-à-vis des étrangers. En cette année

1962, la situation n'est pas spécialement calme en Amérique du Sud. La révolution cubaine vient d'éclater, il y a des débuts de guérillas un peu partout.

Il faut croire que Carlos Restelli sait se montrer convaincant, car il obtient toutes les autorisations et parvient ainsi jusqu'aux États-Unis. Mais là, c'est « non », un non ferme et sans appel. Toutes les ressources de son éloquence se heurtent à la rigueur de l'Administration :

– Pas question d'accorder un visa à un gosse et à un infirme sans ressource. Je regrette.

Carlos, bien entendu, ne s'avoue pas vaincu. Il écrit au professeur Rusk lui-même pour lui expliquer son histoire : « S'il vous plaît, docteur, aidez-moi ! J'ai lu dans une revue chilienne l'aide que votre institut accorde aux paralysés. J'ai parcouru plus de douze mille kilomètres pour me faire soigner par vous. Les Américains me refusent un visa. Au nom de la Madone, aidez-moi ! »

Et cela marche ! Le docteur Rusk, l'important médecin à la clientèle richissime, est touché par le cas de ce malheureux. En homme consciencieux, il prend des renseignements médicaux. Il demande à un de ses confrères exerçant sur place d'examiner Restelli. Ce dernier confirme que l'homme est bien atteint des handicaps mentionnés, mais il conclut par un rapport très pessimiste. À son avis, il n'y a aucune possibilité d'amélioration.

Qu'à cela ne tienne ! Pour Rusk, c'est devenu un défi et il le relèvera. Il télégraphie aux autorités qu'il soignera le malade à ses frais et le visa est accordé. Carlos Restelli croit avoir triomphé. Erreur : c'est maintenant que le pire se produit. La guimbarde recouverte d'inscriptions avance poussivement sur les routes du Texas lorsque deux motards l'obligent à s'arrêter.

– Dites, vous comptez aller loin comme cela ?

– Jusqu'à New York.

– Eh bien, en attendant, vous allez nous suivre jusqu'au premier centre de contrôle !

Et là, ce qui devait arriver arrive. Le véhicule est jugé hors d'état de rouler : il ne présente aucune des normes de sécurité, tant pour les freins que l'éclairage et les pneus. Cette fois, il n'y a rien à faire et toutes les interventions du docteur Rusk n'y pourront rien : la vaillante voiture qui avait traversé deux fois l'Amérique est enfermée dans un garage texan, en attendant d'être envoyée à la casse.

Tout n'est pourtant pas perdu. Les États-Unis sont le pays des médias et l'affaire a commencé à faire grand bruit. Une campagne est organisée, tant dans les journaux qu'à la télévision, des dons sont réunis et, bientôt, il y a assez d'argent pour payer deux billets d'avion pour New York. C'est ainsi que Carlos Restelli et son fils font à l'aéroport une arrivée de vedettes.

Ils sont immédiatement dirigés vers la clinique du docteur Rusk et celui-ci prend le Chilien en main. Le docteur est quelqu'un de sérieux. C'est surtout dans l'orthopédie qu'il est spécialisé. Il ne prétend pas faire marcher les paralytiques, être une succursale de Lourdes, il a simplement mis au point des appareils très perfectionnés pour tirer le maximum des malades, compte tenu de leur handicap.

Avec Carlos Restelli, aidé par tout son personnel, il a à cœur de se surpasser. Mais son confrère qui l'avait examiné à la frontière avait raison : le handicap du

Chilien est beaucoup trop lourd ; les deux jambes et un bras, c'est trop et, de plus, il est trop frêle de constitution. On lui construit une chaise roulante dernier modèle qu'il peut manœuvrer avec sa main valide, et c'est tout.

Le miracle espéré ne s'est pas produit. Carlos Restelli est reparti dans le même état physique, même si, grâce à une souscription, c'était en avion, et s'il a mis quelques heures pour faire en sens inverse le trajet qui lui avait pris des mois. Son interminable et épuisante odyssée n'aura quand même pas été inutile : il l'a dit dans la lettre de remerciement qu'il a envoyée une fois chez lui.

Il ne l'a pas écrite lui-même et pas seulement à cause de son bras droit défaillant. Il voulait que ce soit une belle lettre, comme en envoient les gens qui ont fait des études et puis aussi qu'elle soit en anglais, dans la langue du docteur, par politesse. Là encore, c'est à la cathédrale qu'il a trouvé l'aide nécessaire. Un prêtre bilingue l'a rédigée pour lui. La voici, sans autre commentaire. C'est la conclusion de cette histoire, une belle conclusion :

Cher Docteur,

Merci de tout cœur. Certes, j'avais beaucoup espéré. Quand on a fait des milliers de kilomètres sur les routes, risqué à chaque instant de tomber dans un précipice, abandonné sa famille, entraîné son fils dans le plus périlleux des voyages, on a le droit de tout espérer. Mais j'ai vu à l'hôpital que d'autres avaient été tout aussi cruellement frappés par le sort, que des Américains très riches étaient parmi eux et qu'ils étaient tout aussi à plaindre que moi. J'ai appris ainsi à mieux vivre avec mon malheur. Je sais aussi que la science humaine a tout fait pour m'aider et qu'il n'y a rien d'autre de possible pour moi. Je peux maintenant m'occuper de ma famille la conscience tranquille, car j'ai tout tenté. Et, Docteur, en définitive, je crois que c'est cela, le miracle.

Le député des éléphants

On a du mal aujourd'hui, avec l'importance qu'ont prise l'écologie et la protection de la nature, à imaginer l'état d'esprit qui régnait dans les années 1950. Il s'agissait alors, après les destructions consécutives à la Seconde Guerre mondiale, de produire le plus possible et par tous les moyens. Les usines tournaient à plein rendement, rejetant leurs fumées dans l'atmosphère sans que cela inquiète qui que ce soit. Le béton surgissait partout et les sites naturels étaient saccagés dans la même indifférence.

Les premières victimes de cet état d'esprit étaient les animaux. Le XIXe siècle industriel avait exterminé quelque cent dix espèces de mammifères ; en dix ans, de 1950 à 1960, quarante ont été rayées de la surface du globe. Chacune avait de bonnes raisons pour être victime du massacre. La panthère était chassée pour sa fourrure, le rhinocéros pour une légende stupide, selon laquelle sa corne avait des vertus aphrodisiaques. Même les animaux dont on ne faisait rien après leur mort étaient chassés pour le sport, comme le tigre, qu'on traquait à dos d'éléphant, comme les antilopes et autres bêtes à cornes, dont on exhibait les trophées sur les murs de sa demeure, après s'être fait photographier le pied sur la dépouille et la carabine à la main.

Mais l'espèce la plus convoitée était sans conteste

l'éléphant, en raison de sa valeur marchande considérable. De tout temps, les hommes ont apprécié l'ivoire, matière incomparable, dont ils ont fait les objets d'art les plus divers. Tant que les moyens de chasse sont restés limités, les prélèvements l'ont été également. Avec le développement et le perfectionnement des armes à feu, tout a changé. Dans les années 1950, on tire l'éléphant à l'arme automatique, voire à la roquette, et le carnage ne cesse de s'amplifier.

Bien sûr, quelques voix s'élèvent, chez les savants, chez les amis de la nature, pour dénoncer ce massacre. Mais on ne les écoute pas. On ne se soucie pas du sort des animaux et cela, tout autant pour des raisons culturelles que pour des raisons économiques. L'humanité sort du plus grand conflit de son histoire, avec des horreurs qu'on n'avait jamais vues jusque-là, sans compter que l'apparition de la bombe atomique risque de provoquer ni plus ni moins que la fin du monde. Alors, que pèsent, à côté de cela, les éléphants, les tigres et les panthères ? Leur sort n'émeut personne. Les chasseurs professionnels ou amateurs, les braconniers et trafiquants de toutes sortes peuvent s'en donner à cœur joie, on ne viendra pas les inquiéter.

On ne sait pas exactement quand Raphaël Matta s'est pris de passion pour les éléphants, mais on peut en deviner la raison. Parisien, né au début des années 1920, il connaît tout jeune de nombreux problèmes de santé. Arrivé à l'âge adulte, il est petit, malingre, il pèse quarante-huit kilos pour un mètre soixante-trois, surtout il est terriblement sourd, au point d'être obligé de lire sur les lèvres pour suivre une conversation.

Comme tous les enfants de l'époque, il a dû voir ses premiers éléphants au cirque ou au zoo, et il s'est alors passé quelque chose d'extraordinaire : il les a entendus ! Leur barrissement puissant a été la seule voix capable de franchir sa surdité. Il a eu l'impression d'un appel et il ne l'a jamais oublié. Là où les autres ne voyaient qu'une réserve d'ivoire ou le plus imposant des trophées de chasse, il a vu dans l'éléphant le symbole de la liberté, le seul animal capable de poursuivre sa route sans qu'aucune force puisse l'arrêter.

Avec son handicap, son enfance est difficile et sa scolarité l'est plus encore. Il réussit tout de même son certificat d'études, puis entre dans une école d'agronomie. Son désir serait d'avoir une activité proche de la nature, mais il se marie, il a des enfants et il faut faire bouillir la marmite : il accepte un emploi dans un cabinet d'import-export. Le dimanche, malgré tout, pour se faire un peu d'argent et surtout pour rester proche de sa passion, il est guide intérimaire au zoo de Vincennes.

Il rédige aussi des articles où il fait part des sentiments qui l'animent, dont aucun journal, aucune revue ne veut. Il écrit ainsi : « La destruction volontaire d'une relique vivante, d'une girafe africaine ou d'un kagou de Nouvelle-Calédonie, dans la mesure où elle compromet la survivance de telles espèces, est aussi grave peut-être que le meurtre d'un homme et aussi irrémédiable que la lacération d'un tableau de Raphaël. Elle tarit à tout jamais un morceau du passé. » Peine perdue, il est le seul ou presque de son avis.

C'est au début de l'année 1953 qu'a lieu le grand tournant de sa vie. Il apprend qu'une nouvelle réserve va être créée en Afrique Occidentale française, dans la région de Bouna, aux confins de ce qui est actuellement la Côte d'Ivoire et le Burkina. Un poste de responsable est à pourvoir. Si cela ne tenait qu'à lui, il postulerait tout de suite, mais il lui faut l'accord de sa femme. Il essaye de lui communiquer son enthousiasme.

– Tu te rends compte ? Un territoire aussi grand que la Corse, rempli de bêtes qu'il faut protéger, l'espace et la liberté.

En ce qui la concerne, sa femme ne demanderait qu'à le suivre. Ce n'est pas son métier de vendeuse dans une boutique de confection qui la retient à Paris. Seulement il y a les enfants. Ils ont sept et huit ans. Après avoir beaucoup hésité, elle accepte qu'ils restent pensionnaires en attendant qu'ils viennent les rejoindre si tout va bien.

Raphaël Matta pose donc sa candidature. En dépit de son infirmité, il est accepté. Sa formation dans une école d'agronomie a sans doute joué en sa faveur – il faut dire aussi qu'il est le seul postulant. Et, quelques semaines plus tard, il débarque à Abidjan, en compagnie de sa femme. Là, il se rend au siège de l'Administration coloniale et rencontre son supérieur hiérarchique, qui l'accueille aimablement :

– Bienvenue, mon cher, et bon séjour à Bouna. Là-bas vous aurez tous les pouvoirs.

– Que devrai-je faire exactement ?

– Tout : construire des postes, recruter des gardes, tracer des pistes, planter des panneaux, recenser tous les animaux.

– Et les protéger...

Le responsable de l'Administration fronce les sourcils.

– Comment cela : les protéger ?

– Il faut arrêter leur massacre, celui des éléphants, surtout.

– En cas d'excès, bien entendu. Mais rappelez-vous ce qui doit être votre ligne de conduite : pas d'histoires. Vous m'avez bien compris ? Pas d'histoires !

Raphaël Matta a-t-il compris ? Rien n'est moins certain. Il n'est pire sourd, dit le proverbe, que celui qui ne veut entendre et comme il est sourd de naissance...

Toujours est-il que, le lendemain, c'est la route en direction du nord, puis la piste à peine praticable, les marécages, la jungle. La civilisation n'est bientôt plus qu'un souvenir. Lorsque les Matta arrivent à Bouna, une bourgade dont toutes les maisons sont en terre battue, ils constatent que la leur n'est qu'une case au toit de chaume, inhabitée depuis longtemps. Sur le sol, grouillent les scorpions et les serpents, tandis que le plafond est le domaine des chauves-souris. Mme Matta est au bord de la crise de nerfs.

– Tu as vu où on veut nous faire vivre ? Tu crois vraiment que les éléphants valent la peine qu'on supporte cela ?

Mais elle se reprend et, avec l'aide des habitants de Bouna, la case devient à peu près habitable. Le lendemain, Raphaël Matta recrute un assistant. C'est un Noir de haute taille aussi puissant que malin, Rémi Sogli, un ancien adjudant de l'armée française. Il connaît le pays mieux que quiconque et il le renseigne sur la situation, notamment en ce qui concerne les éléphants.

– Ce sont les hommes des tribus qui les tuent. Ils sont là depuis toujours. C'est le pays de leurs ancêtres, c'est leur pays. Il faut les comprendre...

– Mais ils ne tuent pas pour se nourrir. Ils vendent l'ivoire à des trafiquants.

– C'est vrai. C'est leur seule ressource. Tu auras du mal à les faire arrêter.

– Je leur dirai qu'ils doivent cesser, s'ils veulent que leurs enfants aient plus tard la chance de voir encore un éléphant.

Sogli garde prudemment le silence et, en sa compagnie, Raphaël Matta se met en devoir d'explorer sa réserve, grande comme la Corse. Il stupéfie le Noir par sa témérité. Il n'a, en particulier, aucune peur des animaux. Il s'approche des éléphants et même des lions à quelques mètres et, s'il porte une carabine en bandoulière, jamais il ne tire un coup de feu. Sogli lui en fait la remarque :

– Pourquoi avoir une arme, si c'est pour ne pas t'en servir ?

Raphaël Matta lui répond ce qui constitue sa philosophie :

– Je suis armé pour me défendre éventuellement contre les hommes. Mais je ne tirerai pas contre les animaux. Ce serait une trahison. Ils ne me le pardonneraient pas et le charme serait rompu.

Le temps passe. La vie s'est organisée à Bouna. La maison a été retapée. Elle possède à présent un toit neuf et quelques pièces. Elle est même si confortable que les Matta ont fait venir leurs enfants. Mme Matta leur fait la classe en même temps qu'aux petits du village.

Dans le même temps, le travail de Raphaël Matta a progressé d'une manière remarquable : il a amélioré les voies de communication, nommé des agents de l'Administration dans les principaux villages. Il a surtout fait ce qui lui tient le plus à cœur : le recensement de la faune qui vit sur son territoire. Au cours de marches harassantes, il a dénombré environ cinquante mille antilopes, dix mille bubales, deux mille hippopotames, un nombre indéterminé mais important de crocodiles, trois cents lions et un millier de panthères.

Quant aux éléphants, ils ne sont malheureusement pas plus d'une centaine, répartis en huit troupeaux. Ce sont eux qui sont les plus menacés, en raison de leur ivoire. Depuis le début du séjour de Raphaël Matta, leur nombre a décru d'une dizaine d'unités. Ce sont eux qu'il faut protéger en premier, et il jure de s'y employer.

Ce ne sera pas facile, car, en même temps que les bêtes, Raphaël Matta a recensé les chasseurs. Huit mille membres des diverses tribus possèdent un fusil qu'ils ont déclaré aux autorités et avec lequel il leur est permis de chasser pour se nourrir. À ceux-là, il a tenu le petit discours qu'il avait mis au point à son arrivée et il a été plutôt bien écouté, sans doute en raison du prestige qu'il s'est acquis. Son courage, sa familiarité avec les animaux sont tels qu'ils lui ont valu auprès des populations indigènes le surnom de « Congo Massa », c'est-à-dire le « roi de la forêt ».

Mais il y a les autres, les autres chasseurs qu'il a également recensés. Ils sont plusieurs milliers, c'est tout ce qu'il peut dire. Eux, ils n'ont pas entendu ses discours, ils fuient dès qu'ils l'aperçoivent et ils massacrent quand il n'est pas là. Ce ne sont pas de méchants Blancs, comme on le montre dans les films ou les bandes dessinées, ce sont des Noirs, de pauvres Noirs qui font cela pour gagner un peu d'argent, mais Raphaël Matta décide de ne pas leur accorder de répit. Entre eux et lui, désormais, ce sera la guerre.

Il continue donc. Toujours suivi par son fidèle Sogli, il parcourt en tous sens sa réserve. Escaladant des hauteurs, parfois des arbres, il scrute sans cesse l'horizon avec ses jumelles et, dès qu'une fumée suspecte apparaît, dès qu'un vol de vautours signale une carcasse, il se précipite. Il tient le coup physiquement, malgré la dysenterie qui lui tord le ventre, malgré le paludisme, qu'il a contracté dès son arrivée et qui lui inflige des crises de plus en plus graves. Son sens de l'orientation, dans cette forêt touffue où on ne peut se repérer que sur le soleil en permanence voilé par les feuilles, est particulièrement remarquable. Plus que jamais, il est Congo Massa, le roi de la forêt.

Malgré cela, il n'est pas le plus fort. En 1957, il doit demander à l'Administration de modifier son estimation de la faune. Il a constaté que quarante éléphants, cent cinquante hippopotames et cinq mille bovidés sauvages avaient été abattus dans la réserve de Bouna. Et il conclut son rapport en annonçant son intention d'intensifier la lutte.

La réponse de son supérieur à Abidjan ne se fait pas tarder. Elle est sèche et péremptoire : « Vous pourrez vous considérer comme démis de vos fonctions, si des victimes étaient à déplorer du côté des braconniers. »

Raphaël Matta va-t-il se laisser intimider par cette menace ? C'est mal connaître le caractère entier et passionné qui a toujours été le sien. Mais sans doute aussi le paludisme, qui ne cesse de faire des progrès chez lui, a-t-il altéré quelque peu son jugement, car voici la lettre qu'il envoie à son supérieur :

« Monsieur, tout le monde sait qu'aujourd'hui il n'est plus possible de m'expulser de Bouna sans le secours des baïonnettes et qu'alors les conséquences seraient imprévisibles. Je suis tout-puissant parce que ma foi soulève des montagnes et parce que je suis honnête. Bouna, c'est moi. Malheur à ceux qui essaieront de me barrer la route ! »

Et Raphaël Matta prend l'opinion à témoin. Il adresse à des dizaines de journalistes des lettres où il résume ses idées de manière pathétique : « Auschwitz,

Oradour, Hiroshima : partout rien que des hommes ! Les éléphants n'y étaient pas. Ils sont innocents. Et maintenant, c'est ici que se poursuit le massacre... »

Il préconise la création d'un Parlement mondial pour la défense de la nature. Il propose que chaque espèce menacée ait son député et il revendique pour lui-même la représentation des éléphants. Raphaël Matta veut devenir le député des éléphants ! En réponse, il reçoit, dans le meilleur des cas, quelques paroles prudentes et, le reste du temps, c'est le silence.

Alors il part en guerre, seul avec Sogli et un petit groupe de Noirs. Il multiplie les commandos. Il traque les braconniers, surgit en plein milieu de leurs camps, éteint leurs feux, détruit leurs tentes, confisque les défenses et les fait prisonniers. Mais il n'a pas les moyens matériels de les surveiller, ils s'enfuient et recommencent.

Depuis un bon moment déjà la personnalité de Raphaël Matta indisposait l'Administration d'Abidjan, cette fois elle est décidée à ne plus tolérer sa façon de faire. Car la politique s'en mêle. Nous sommes en septembre 1958. Un référendum va avoir lieu sur la Constitution de la Ve République et il importe que le résultat soit positif, même dans les endroits les plus reculés d'Afrique. Or les braconniers que traque Matta appartiennent aux tribus de sa réserve. Ils sont électeurs et il ne faut surtout pas les mécontenter. La nouvelle mise en garde de l'Administration est particulièrement nette : « Cessez d'indisposer les tribus indigènes sous peine de révocation. »

Encore une fois, Raphaël Matta n'en tient aucun compte. Il monte même une expédition éclair particulièrement audacieuse. Il saisit des défenses, des armes, fait des prisonniers. Il s'est constitué autour de lui une véritable troupe qui lui obéit aveuglément. Pour ces hommes, il est Congo Massa, le roi de la forêt, dont l'entente avec les animaux tient de la magie, et ils le suivront jusqu'au bout.

Il écrit au journaliste Dominique Lapierre, qui était déjà venu l'interroger sur place : « J'ai deux camions bâchés remplis d'hommes et d'armes dans la forêt. Ils se mettent à ma disposition pour défendre les éléphants quelles qu'en soient les conséquences... Peut-être comparaîtrez-vous bientôt devant le tribunal de votre conscience, quand mes amis et moi monterons sur l'échafaud. Vivent les éléphants ! » Et il signe : « Raphaël Matta, député des éléphants devant le Parlement mondial... »

Quelques jours plus tard il se trouve dans un village lorsqu'il assiste à une cérémonie bizarre, sorte d'affrontement rituel avec des jeunes gens d'un village voisin. L'atmosphère est si tendue, l'excitation est si grande qu'il craint un incident. Il veut intervenir. Sogli essaye de l'en empêcher.

– N'y va pas, ils ont bu du dodo. Ils ne savent pas ce qu'ils font !

Le dodo est cet alcool de mil couleur de caramel que préparent les sorciers et qui fait perdre la tête, mais Raphaël Matta n'en tient pas compte.

– Je ne risque rien. Je suis Congo Massa.

Cette fois, son prestige ne le protège pas. Il y a une mêlée confuse et, quand elle se dissipe, Matta est à terre, percé de flèches empoisonnées.

Ainsi est mort, dans des circonstances obscures, Raphaël Matta, le « député des éléphants », qui a passé aux yeux de ses contemporains pour un original, voire un illuminé, mais dont l'action et les propos nous paraissent aujourd'hui singulièrement prophétiques.

L'homme-oiseau

– Saute, Guy !

La scène se passe en 1948, à Saint-Rémy-lès-Chevreuse, près de Paris, dans un pavillon de banlieue comme il y en a des milliers. Deux gamins, Guy et Gérard Masselin, douze et onze ans, se livrent à leur jeu favori en l'absence de leurs parents. Dire que ce sont des casse-cou est bien au-dessous de la vérité. Ils n'ont absolument peur de rien, ils inventent des activités toujours plus dangereuses et, malgré les plaies et les bosses, ils continuent.

Mais la dernière en date de leurs trouvailles est assurément la plus risquée. Il s'agit, en s'armant du parapluie paternel, de se jeter dans le vide depuis le deuxième étage du pavillon, soit d'une hauteur d'environ quatre mètres cinquante. C'est Guy, l'aîné, qui a voulu tenter l'expérience le premier. Il se tient sur la barre d'appui de la fenêtre et, à l'injonction de son frère, il s'élance sans la moindre hésitation.

La trajectoire n'est pas longue. Après un vol plané de quelques secondes, le parapluie se retourne brutalement et l'enfant tombe lourdement dans la haie de troènes. Il se relève couvert d'écorchures et boitillant, apparemment sans rien de cassé. Gérard accourt vers lui.

– Ça va ?

– Oui, mais le parapluie n'est pas assez résistant. Il faut le consolider.

– C'est sûr. Et, ce coup-ci, c'est moi qui saute. Tu as raté, mais je réussirai.

Avec des bouts de bois et de la ficelle, Guy et Gérard Masselin bricolent de leur mieux le parapluie, et Gérard, comme il l'avait dit, accomplit la deuxième tentative. Cette fois, c'est une réussite. Peut-être parce qu'il est plus léger, il se balance doucement et se reçoit en souplesse sur la pelouse. Il exulte :

– Formidable ! C'est décidé : je serai parachutiste.

Guy n'est pas en reste :

– Moi aussi. Et cette fois, c'est moi qui serai le meilleur !

Les deux gamins se congratulent, mais leur triomphe est de courte durée. Mme Masselin arrive à ce moment. Quand elle voit dans quel état est l'aîné ainsi que le parapluie rafistolé qui gît par terre, elle comprend à quel jeu se sont livrés ses intenables garnements. Une gifle pour chacun et la privation de sortie pour le dimanche suivant. Le soir, lorsqu'elle relate l'événement à son mari, elle lui fait part de son inquiétude et conclut quand même :

– Ça leur passera !

Non, cela ne leur passe pas. Devenir parachutiste est leur vocation à tous les deux. À dix-huit ans, Guy Masselin part pour son service militaire. C'est la guerre d'Algérie mais ce n'est pas le plus important pour lui. Il ne voit qu'une chose, il va pouvoir sauter. Il demande à être affecté dans les paras, son vœu est exaucé et il envoie à ses parents et à son frère des lettres enthousiastes : « Je vais sauter, j'ai sauté, c'est formidable ! »

Cela ne fait que renforcer l'impatience de Gérard, qui attend d'avoir dix-huit ans pour partir à son tour et, le moment venu, il s'engage dans les troupes aéroportées. Son enthousiasme égale celui de son frère. À l'issue de son service, il songe, tout comme lui, à rester et à choisir la carrière militaire. Mais ni l'un ni l'autre ne vont jusqu'au bout de leur idée. M. Masselin père veut qu'ils soient représentants et le fait d'être casse-cou ne les empêche pas d'être obéissants.

Les voici donc tous deux en train de faire du porte-à-porte dans la région parisienne. Mais ils se retrouvent le dimanche chez leurs parents, dans le pavillon de Saint-Rémy-lès-Chevreuse, et ils discutent de leur passion. Leur héros est Théo Valentin, l'homme-oiseau, dont les apparitions attirent les foules. S'élançant dans sa combinaison blanche, tel un ange, avec ses deux grandes ailes de bois léger, il multiplie les évolutions avant d'ouvrir son parachute au tout dernier moment.

Tous deux rêvent de l'imiter. Et puis, un jour, c'est le drame. Lors d'un meeting à Liverpool, Théo Valentin s'élance malgré le temps nuageux. Le plafond trop bas ne lui permet pas de voir le sol et d'ouvrir son parachute au bon moment. Il s'écrase au sol et il est tué sur le coup. À Saint-Rémy-lès-Chevreuse, les deux frères sont bouleversés. Ils n'ont pas besoin de parler longtemps entre eux pour s'apercevoir qu'ils pensent exactement la même chose : Théo Valentin était l'unique homme-oiseau. À présent, il faudrait que quelqu'un prenne la relève. C'est Guy, l'aîné, qui est le plus déterminé.

– Moi, je vais le faire ! Je n'en peux plus d'être représentant. Il faudrait que tu m'aides.

– Comment cela ?

– Pour l'équipement. Tu as toujours été meilleur

que moi en technique. Comment verrais-tu la voilure, toi ?

– À mon avis, l'erreur de Valentin, c'était d'avoir des ailes rigides. Il faudrait qu'elles soient en toile.

– Comme celles d'une chauve-souris ?

– Oui... ou comme le parapluie avec lequel nous avons sauté.

À partir de ce moment, les frères Masselin se lancent dans la grande aventure. Il est vrai qu'un seul va l'affronter vraiment : Guy. Gérard, lui, l'assiste. Il est le technicien indispensable. Il conçoit une combinaison volante, qui ressemble effectivement un peu à la silhouette d'une chauve-souris. Il accompagne son frère le dimanche à l'aéroclub. Il assiste à ses sauts.

Au début, cela ne se passe pas trop bien : la voilure soutient insuffisamment le corps. Une fois même, elle se déchire. Guy Masselin s'en sort toujours en ouvrant son parachute à temps. Il ne commet pas l'imprudence qui avait été fatale à Théo Valentin : il ne saute que quand le ciel est dégagé.

Gérard effectue les corrections techniques nécessaires, Guy multiplie les sauts d'entraînement et puis, un jour, à Cabourg, il donne sa première exhibition publique. Il fait un temps radieux. Mais avant de monter dans le petit avion qui va l'emmener, Guy tient à demander quelque chose à son frère :

– Si un jour j'échouais, est-ce que tu prendrais la relève, au moins une fois, pour l'honneur de la famille ?

Gérard n'hésite pas une seconde :

– Je le ferai. Comme à Saint-Rémy, avec le parapluie.

Les deux frères se donnent l'accolade. L'avion

emporte Guy, qui, après un vol vertigineux, atterrit de manière impeccable sous des acclamations. Un nouvel homme-oiseau est né !

4 juin 1961. L'aéroclub du bassin de Briey, en Meurthe-et-Moselle, organise un meeting aérien, dont le clou est le numéro de Guy Masselin, le successeur de Théo Valentin. Ce dimanche, six mille personnes l'attendent sous une pluie fine. Guy est arrivé le matin, avec Gérard et la fiancée de ce dernier, Odette, qui l'accompagne pour la première fois à une démonstration aérienne. Elle n'aime pas cela. Elle a peur. Elle a fait une exception, mais c'est la dernière.

En bout de piste, auprès de l'avion, les deux frères échangent leurs impressions. Gérard est catégorique :

– Le plafond nuageux est à deux cents mètres. Tu ne peux pas y aller.

– Mais tu as vu tous ces gens ? Ils n'ont jamais été aussi nombreux. Je ne peux pas les décevoir.

– Souviens-toi de Théo Valentin. Il y avait exactement le même temps le jour où il s'est tué. Il n'aurait pas dû sauter et il a sauté.

Guy Masselin finit par se ranger aux raisons de son frère et, peu après, le speaker annonce dans le haut-parleur : « En raison du mauvais temps et de la faible visibilité, le numéro de l'homme-oiseau ne pourra être exécuté. Veuillez nous excuser. »

La réaction du public est immédiate : ce sont des sifflets, des huées. Guy, qui était en train d'enlever sa combinaison, les entend. Il s'adresse à son frère :

– Ce n'est pas possible. Ils vont croire que je me dégonfle.

– C'est trop dangereux. N'y va pas !

Mais Guy Masselin ne l'écoute plus. Il est déjà en

train de remettre sa combinaison et, l'instant d'après, il monte dans l'avion, qui s'élance aussitôt. La suite, son frère Gérard ne peut que la contempler avec les autres spectateurs. Dans ses bras, il sent Odette qui tremble.

Au-dessus des nuages, le ronronnement du moteur de l'avion se fait vaguement entendre. On ne voit strictement rien des évolutions de l'homme-oiseau. Et puis soudain, tout au bout du terrain, une masse s'abat dans l'herbe. Odette pousse un cri, comme la foule des spectateurs. La voix du speaker retentit aussitôt : « Comme d'habitude, nous avons procédé au lâcher préalable d'un mannequin. Les conditions sont trop mauvaises, le numéro de l'homme-oiseau est définitivement annulé. »

Odette a un soupir de soulagement, mais Gérard ne l'écoute pas. Il se précipite vers le point de chute. Il sait bien, lui, qu'on ne fait jamais de lâcher de mannequin. Les organisateurs ont dit cela pour éviter un mouvement de panique. C'est Guy qu'il vient de voir tomber, qui s'est tué sous ses yeux !

Arrivé sur place, il ne découvre qu'une grande tache bleu-blanc-rouge : le parachute. Il n'a pas été ouvert suffisamment tôt, en raison de la couverture nuageuse, mais il s'est déployé quand même et il recouvre Guy comme un linceul. Gérard le retire et découvre l'homme-oiseau brisé dans son vol. Le choc a été si violent qu'il s'est enfoncé d'au moins dix centimètres dans la terre. Au loin, on accourt avec de grands cris, Gérard s'immobilise devant le corps de son frère et prononce :

– Je tiendrai parole !

1er juin 1962. Cette fois ce ne sont plus six mille personnes qui sont présentes au meeting aérien de Briey, en Meurthe-et-Moselle, mais quinze mille. On est venu de toute la région pour assister à cet incroyable défi : Gérard Masselin va sauter à l'endroit même où son frère s'est tué et dans la même combinaison d'homme-oiseau.

Rien n'a pu le faire changer d'avis, ni les avertissements de son entourage, lui disant que c'était provoquer le destin, ni les supplications d'Odette, avec qui il s'était marié depuis. Celle-ci, à bout d'arguments, a fini par lui lancer :

– Si tu sautes, je te quitte !

Gérard Masselin lui a répliqué :

– Quitte-moi !

Odette n'a pas mis sa menace à exécution, puisqu'elle est là, parmi le public, ce 1er juin 1962. Elle voit le petit avion emporter son mari très haut dans le ciel. Il fait un temps admirable. Gérard lui a dit que, dans des conditions pareilles, il ne risquait rien, que c'était uniquement à cause du manque de visibilité que les deux hommes-oiseaux, Théo Valentin et son frère Guy, s'étaient tués. Alors elle se raccroche à cet espoir et elle ferme les yeux.

Là-haut, à trois mille mètres d'altitude, Gérard Masselin, lui, ne ferme pas les yeux. Il contemple le petit aérodrome en dessous de lui. La foule est si importante que malgré la hauteur il la voit parfaitement. Mais c'est une autre image qu'il aperçoit, une image vieille de treize ans.

C'était en 1948, dans le pavillon de Saint-Rémy-lès-Chevreuse. Il y avait alors quatre mètres cinquante de hauteur et non trois mille. Son frère Guy venait de sauter. Il l'avait vu tomber, et il n'avait pas hésité à prendre le relais. Alors, pour la deuxième fois, se fiant à ses ailes de toile comme il s'en était remis au parapluie paternel, il s'élance.

Afin d'être vu de tout le monde au sol, il a emporté un sac de talc. Il l'ouvre et celui-ci laisse dans son sillage une grande traînée blanche. On peut suivre ainsi à la trace ses évolutions. Emporté par sa voilure, Gérard Masselin décrit des arabesques d'une audace folle. Il flotte dans les airs comme une plume ou une bulle de savon. Jamais le public n'a assisté à un tel numéro aérien, jamais l'expression d'homme-oiseau n'a autant mérité son nom.

Enfin, très près, tout près du sol, il ouvre son parachute. Gérard a voulu qu'il soit des mêmes couleurs que celui de son frère Guy : c'est une grande corolle bleu-blanc-rouge qui s'ouvre dans le ciel bleu. À présent, il descend lentement, pour se poser juste au milieu de la piste. La foule pousse une immense ovation et Odette se précipite. Gérard, lui, retire calmement sa combinaison d'homme-oiseau qu'il a mise pour la première et la dernière fois. Il a tenu son serment. Son frère peut reposer en paix et lui recommencer à vivre comme avant.

Un héros pas comme les autres

La Basse-Californie est cette presqu'île qui prolonge la Californie tout court. La nature et le climat y sont exactement les mêmes ; la seule différence est qu'elle appartient au Mexique au lieu d'être américaine et qu'elle est aussi pauvre que l'autre est riche. Et c'est là, dans le petit port de San Felipe, que commence notre histoire, par une chaude journée de juin 1959.

Ils sont cinq, cinq enfants : Franco, cinq ans, Cecilia, quatre ans, Yolanda, trois ans, Emilio, deux ans, et Juan, dix mois, que leurs parents ont laissés seuls dans leur appartement, au premier étage d'une vieille maison. Ils font cela tous les jours parce qu'ils n'ont pas le choix. Ils travaillent tous les deux et ils ne peuvent les emmener. Alors ils demandent à la voisine du rez-de-chaussée de les surveiller.

Seulement voilà, la femme a voulu faire griller des épis de maïs, elle s'est absentée un instant et le feu a pris instantanément. La maison est en partie en bois. L'escalier s'est tout entier embrasé et, au premier étage, les cinq enfants se sont mis à hurler. Dans la rue, on accourt. Les flammes sont trop violentes pour qu'on puisse approcher. Les pompiers ont été prévenus, mais il est évident qu'ils n'arriveront pas à temps.

Trois hommes se promènent non loin de là, dans les

rues de San Felipe. Larry, Mike et Charlie sont arrivés la veille dans le port, à bord d'un bateau équipé pour la pêche au gros, battant pavillon panaméen, à la silhouette agressive et aux moteurs énormes. De riches Américains venus tout droit de l'autre Californie, c'est un spectacle courant à San Felipe.

Larry, Mike et Charlie ont débarqué avec leurs chemises hawaïennes, leurs chapeaux de paille, leurs lunettes de soleil. Ils ont montré aux autorités du port leurs passeports frappés du sceau des États-Unis et, depuis, ils se promènent, leurs traveller's cheques et leurs billets de 100 dollars plein les poches. Ils font des achats, tandis qu'on s'occupe du plein et du ravitaillement de leur navire. Ils passent quelques heures à terre avant de reprendre la mer.

En réalité, Larry, Mike et Charlie n'ont de commun avec les milliardaires que la richesse. Car, s'ils ont effectivement beaucoup d'argent, ils l'ont acquis d'une manière bien peu recommandable. Ils appartiennent tous trois à un gang faisant le trafic de l'héroïne. Jusqu'à présent, tout allait bien pour eux, mais ils ont été vus, aux environs de Los Angeles, en train de mitrailler deux hommes d'une bande rivale, pendant que ceux-ci réparaient un pneu crevé.

Il n'y avait pas à hésiter. Le FBI allait se mettre à leurs trousses, sans compter ceux de la bande adverse, qui représentaient un danger tout aussi grand. Larry, le chef, leur a dit qu'ils partaient immédiatement. Ils avaient de faux passeports en cas de besoin et un bateau puissant pour quitter les États-Unis. Leur projet était de se rendre à Panama. Là, ils disposaient de contacts et ils parviendraient à se mettre à l'abri, le temps de se faire oublier.

Seulement, il n'y avait pas assez de fuel pour aller jusqu'à Panama, d'où cette escale à San Felipe. Ils auraient pu repartir immédiatement après avoir fait le plein, mais Larry leur a imposé de rester quelque temps. Ils ne devaient pas avoir l'air pressés. Un milliardaire en vacances, cela prend son temps. Voilà pourquoi ils flânent dans la petite ville de Basse-Californie, l'air décontracté, alors qu'ils n'ont qu'une hâte : partir au plus vite.

Ils avancent sans se presser, feignant de s'intéresser aux étals des marchands, lorsqu'ils entendent des cris un peu plus loin. Larry, toujours sur ses gardes, demande aux deux autres :

– Qu'est-ce qui se passe ? Je n'aime pas cela !

Mike, qui comprend l'espagnol, lui répond :

– Il doit y avoir un incendie. Ils disent : « Les enfants ! Ils vont brûler ! »

Qu'est-ce qui se passe alors dans l'esprit de Larry ? C'est un des pires gangsters qui soient. L'exécution des deux membres de la bande rivale est loin d'être son premier meurtre. Il a bien d'autres morts sur la conscience, sans compter tous ceux qui ont perdu la vie à cause de son héroïne. Mais entendre : « Les enfants vont brûler ! », c'est quelque chose qu'il ne supporte pas. Il se met à courir et crie aux deux autres :

– Venez avec moi !

Lorsqu'ils arrivent devant la maison en flammes, tout le rez-de-chaussée n'est plus qu'un brasier. Au premier étage, de petites silhouettes poussent des cris, au milieu d'une fumée âcre. Larry désigne à ses deux compagnons une boutique de souvenirs mexicains.

– Prenez une couverture et attendez-moi en dessous !

Après quoi, il s'engouffre dans la maison voisine. Quelques instants plus tard, on le voit déboucher sur le toit. De là, il passe sur le toit mitoyen, que les flammes atteignent déjà et casse un vasistas pour disparaître dans le brasier du premier étage. Il y a une attente interminable. En bas, obéissant à leur chef, les deux Américains tiennent leur couverture à bout de bras. Voyant cela, des Mexicains accourent leur prêter main-forte.

Enfin, Larry apparaît à une fenêtre, tenant la petite Cecilia, quatre ans, dont les cheveux et la robe sont en feu. Il la jette en bas. Elle atterrit juste au milieu de la couverture et il redisparaît dans les flammes. C'est au tour de la deuxième petite fille, celle de trois ans. Elle est sauvée. Puis l'aîné, Franco, cinq ans, tombe lui aussi dans la couverture.

Les flammes sont de plus en plus violentes. La maison semble sur le point de s'effondrer à chaque instant. Cela n'empêche pas Larry de redisparaître dans le brasier. En bas, tandis que les pompiers, enfin arrivés, donnent les premiers soins aux petits rescapés, dont les brûlures sont heureusement superficielles, l'émotion est à son comble. Les pompiers n'osent pas s'aventurer à leur tour dans l'incendie. Pour eux, il n'y a rien à faire. Les deux derniers enfants et l'héroïque sauveteur sont perdus.

Mais non ! Dans ce qui avait été une fenêtre et qui n'est plus qu'un rideau de flammes, on voit apparaître la silhouette athlétique de l'Américain. Renonce-t-il, veut-il sauver sa vie, après avoir fait tout ce qui était humainement possible ? Pas du tout ! Chacun peut voir qu'il tient serrés dans ses bras les deux derniers garçons : Emilio, deux ans, et Juan, dix mois. Cette fois il n'a pas le temps de les lancer, il doit sauter : il est environné par les flammes. Alors il se jette dans le vide avec eux, et, malgré ses quatre-vingts kilos, la couverture tient !

Dans la foule, ce sont des clameurs indescriptibles. Tout le monde entoure les trois sauveurs. On leur donne l'accolade, on les embrasse. Depuis le début de l'incendie, les habitants de San Felipe n'avaient cessé d'affluer et c'est une véritable cohue qui se presse en tous sens. Larry a repris ses esprits. Il lance aux deux autres :

– Tous au bateau ! On fiche le camp.

Mais l'ordre est plus facile à donner qu'à exécuter. Leurs trois héros, les Mexicains ne veulent pas les lâcher. Larry tente de se mettre à courir, au lieu de cela il se sent projeté en l'air et, l'instant d'après, il se retrouve juché sur deux solides épaules. Il continue à s'égosiller.

– Au bateau ! Au bateau !

L'homme qui le porte en triomphe lui demande :

– On va vous y conduire. Comment s'appelle-t-il votre bateau ?

– Le *Santa Rosalia*. Mais faites vite !

Faire vite, il n'en est pas question, car la foule grossit encore, dans les rues étroites de San Felipe, autour des trois Américains portés en triomphe. On crie, on les ovationne, on leur jette des fleurs. Il faut un bon quart d'heure pour arriver au port, pourtant tout proche. Larry et ses compagnons, qui dominent la situation, peuvent apercevoir la silhouette agressive et les chromes étincelants de leur embarcation. L'espoir d'en finir bientôt s'empare d'eux. Larry crie à son porteur :

– Descendez-moi. Nous sommes arrivés. Il faut que nous partions tout de suite !

Mais l'homme n'en fait rien.

– Non, non. Il faut attendre, señor...

– Attendre quoi, bon sang ?

– Les parents des petits. On est allé les chercher. Il faut absolument qu'ils vous remercient.

– Les chercher... les chercher où ça ?

– Ils travaillent à la conserverie de Gallego. C'est tout près d'ici. Ce ne sera pas long.

C'est peut-être tout près, mais en attendant les minutes passent. Les trois Américains, qu'on a enfin redescendus à terre, se concertent, ils sont du même avis : il n'y a rien à faire. On ne les laissera pas passer. La seule manière de regagner le bateau serait de se frayer un chemin à coups de poing et encore ce ne serait pas certain.

De toute manière, ce serait beaucoup trop dangereux. Un tel comportement paraîtrait suspect. Pour l'instant, on prend leur hâte de partir pour de la modestie, il n'est pas possible d'en faire plus. D'autant qu'il y a des policiers parmi la foule qui les acclame. Les douaniers du port sont venus, eux aussi, les congratuler chaleureusement. Enfin les voilà, voilà les parents : un homme et une femme en larmes, qui arrivent en courant.

En les voyant, ils se jettent à genoux, ils leur serrent les jambes, ils leur embrassent les pieds.

– Soyez bénis par la Sainte Vierge et tous les saints !

Larry, Mike et Charlie parviennent avec beaucoup de mal à s'extraire de ces embrassades. Bousculant les gens qui les entourent, ils courent vers leur bateau. Ils croient être enfin au bout de leurs épreuves, c'est au contraire le pire qui les attend. Sur le quai, deux hommes sont là, un avec un carnet et un crayon, l'autre avec un appareil photo.

– S'il vous plaît, señores, une interview pour notre journal, *Les Nouvelles de Californie*...

Larry les repousse sans ménagement.

– Pas question ! Nous n'avons pas le temps.

– Alors, une photo, rien qu'une photo !

Mais les trois Américains ont déjà sauté sur leur embarcation. Le photographe s'approche.

– Oui, sur le bateau... C'est très bien ! Ne bougez plus.

Il y a un éclair de flash et Larry, Mike et Charlie se retrouvent immortalisés sur le pont de leur navire dont on lit parfaitement le nom : « Santa Rosalia – Panama »... L'instant d'après, celui-ci démarre dans le rugissement de ses moteurs. Mike et Charlie interrogent leur chef :

– Qu'est-ce qu'on fait ? On va quand même à Panama ?

– On n'a pas le choix. Mais à mon avis, c'est cuit !

Oui, c'est cuit. Le FBI, qui les avait parfaitement reconnus sur la photo du journal, avait prévenu ses collègues panaméens qui les attendaient au débarquement. L'arrestation s'est mal passée. Charlie a tiré son revolver et a été abattu. Larry et Mike ont préféré se rendre sans résistance. Extradés, ils se sont retrouvés un an plus tard devant la cour criminelle de Los Angeles. Les jurés ont tenu compte du geste héroïque de Larry et ne l'ont condamné qu'à dix-huit ans de prison. Mike, qui n'avait pourtant fait que tenir un bout de la couverture, a bénéficié de la même indulgence.

Bien sûr, les circonstances extraordinaires de leur arrestation ont été connues aussi aux États-Unis et ont passionné l'opinion. De nombreux journalistes sont venus interviewer Larry pour lui demander s'il regrettait son geste, qui lui avait coûté la liberté. Il n'a jamais voulu répondre.

La famille mexicaine qu'il avait sauvée, elle, ne s'est pas posé de question. Elle lui a écrit régulièrement dans sa prison. Il en était à sa sixième année de détention lorsqu'il a reçu pour la première fois un courrier du petit Juan, le plus jeune des enfants, celui qui avait dix mois quand il a sauté avec lui dans la couverture. Il savait juste écrire et il avait tracé avec application un seul mot : « Merci. »

La Pierre du Couronnement

L'histoire a pour particularité de commencer... en 1296. Cette année-là, Édouard Ier d'Angleterre, dit le Confesseur, opère un raid dévastateur contre les Écossais et s'empare de la Pierre du Couronnement, un socle cubique remontant à des temps immémoriaux, sur laquelle les rois du pays se font sacrer et qui est le symbole de leur souveraineté. Les Écossais ne tardent pas à prendre une éclatante revanche. Dix-huit ans plus tard, en 1314, ils écrasent les Anglais à la bataille de Bannockburn. Dans le traité de paix qui s'ensuit figure en bonne place la restitution de la Pierre du Couronnement. Mais jamais la clause ne sera respectée. Au contraire, la Pierre sera incorporée au trône sur lequel les rois d'Angleterre se font eux-mêmes sacrer, ce qui est affirmer brutalement et définitivement la servitude de l'Écosse.

Et cela, six siècles et demi après, en 1950, il y a des Écossais qui ne l'admettent toujours pas ! En particulier, Ian Hamilton, jeune étudiant à l'université de Glasgow. Le nationalisme écossais est en recrudescence après la Seconde Guerre mondiale et ils sont plusieurs jeunes gens idéalistes comme lui à vouloir, non pas l'indépendance, mais une certaine autonomie et davantage de considération au sein du Royaume-Uni.

Leur mouvement est confus, un peu timide, il n'est guère pris au sérieux. Pour lui donner du retentissement, il faudrait réaliser une action d'éclat. Et c'est ainsi que, peu à peu, l'idée s'impose à Ian Hamilton : il va voler la Pierre du Couronnement, qui se trouve dans l'abbaye de Westminster, à Londres, et la rapporter en Écosse. Six siècles et demi plus tard, il va venger l'affront fait aux siens par Édouard le Confesseur !

Pour cela, en étudiant consciencieux, Ian Hamilton commence par se rendre à la bibliothèque principale de Glasgow où il lit tout ce qu'il peut trouver sur la question. Ensuite, comme il n'a pas le sou, il va expliquer son projet à un homme politique qu'il a toujours admiré, Robert Gray, ardent nationaliste, conseiller municipal de Glasgow, qui est aussi un homme d'affaires important. Ce dernier est tout de suite conquis par la fougue du jeune homme et il adhère sans restriction à son projet. Il lui donne soixante-dix livres, une somme relativement importante à l'époque. C'est ainsi que, un jour de novembre 1950, Ian Hamilton se lance dans une aventure rocambolesque, dont on va parler dans toute l'Angleterre et même au-delà !

Son premier soin est d'aller faire une reconnaissance sur place. Il éprouve un délicieux frisson en débarquant à Londres, non pas en touriste, mais en conspirateur. Il se mêle à un petit groupe de gens qui visitent l'abbaye de Westminster et il ne tarde pas à se trouver, non sans émotion, en face de la fameuse Pierre.

Elle est encastrée dans une ouverture en forme de boîte, pratiquée sous le trône du couronnement, placé dans la chapelle d'Édouard le Confesseur. C'est un bloc de grès grossièrement taillé de manière cubique, d'environ quarante centimètres de large sur soixante-dix de long. Ian Hamilton sait, pour l'avoir lu dans des livres, qu'elle pèse près de deux cents kilos. Deux courtes chaînes fixées à chacun de ses côtés servent à la déplacer.

Le jeune étudiant note soigneusement tous ces détails dans sa mémoire. Il parvient aussi à faire parler l'un des gardiens.

– C'est étonnant la propreté qu'il y a dans l'abbaye ! Il doit y avoir toute une armée de nettoyeurs qui viennent dès qu'on ferme les portes.

– Pensez donc ! Il n'y a que le veilleur de nuit.

Il n'y a donc qu'un seul veilleur de nuit et pas de service d'entretien : c'est muni de ces deux informations encourageantes que Ian Hamilton rentre à Glasgow. Il va pouvoir maintenant passer à la deuxième étape de son projet : la constitution de son équipe.

Il recrute comme adjoint Herbert McGregor, un de ses condisciples à l'université, qui a toujours partagé ses idées. Ensemble, ils précisent leur plan d'action, qui ne tarde pas à être au point. Ian Hamilton, qui a réclamé cet honneur en qualité d'instigateur de l'affaire, jouera un rôle principal. Il se fera enfermer à l'intérieur de l'abbaye. Il se cachera dans une des parties en restauration et sortira après la ronde du veilleur de nuit. Il ira alors ouvrir la porte à McGregor, qui attendra à l'extérieur, et tous les deux tireront la pierre dehors, pour la mettre dans une voiture, que conduira un troisième complice encore à recruter.

Leur plan semble excellent, malheureusement, une difficulté surgit lorsqu'ils abordent la question de la date. Ian Hamilton est catégorique : le vol doit absolument avoir lieu dans la nuit du 24 au 25 décembre.

– C'est le meilleur moment ! La police est occupée avec tous les fêtards et puis si notre action a lieu précisément à Noël, elle aura plus de retentissement encore.

Herbert McGregor est d'accord avec ces raisons, sauf qu'en ce qui le concerne ce n'est pas possible.

– Je regrette, j'ai toujours passé Noël en famille. Je ne pourrai pas y aller.

Et Ian Hamilton a beau insister, il n'y a rien à faire. Il va falloir qu'il se trouve un autre équipier, et d'autant plus rapidement qu'on est début décembre.

C'est peu après, lors d'une soirée entre étudiants, que Ian Hamilton trouve de la manière la plus inattendue la solution de son problème. Il a dansé plusieurs fois avec Kay Mathieson, une de ses condisciples, dont il sait qu'elle partage ses idées. Elle est absolument ravissante : rousse aux yeux verts, avec une plastique parfaite. Elle possède aussi la particularité d'avoir une voiture et de conduire, ce qui alors est loin d'être fréquent à l'université, même chez les garçons.

Jusqu'ici, il n'avait pas pensé avoir une femme dans son équipe, mais elle pourrait parfaitement tenir le rôle de chauffeur. Une fille, surtout une jolie fille, attire beaucoup moins la méfiance qu'un homme. Il décide d'aborder la question sans préambule :

– Qu'est-ce que tu fais à Noël, Kay ?

– Je n'ai pas encore décidé.

– Cela te plairait de venir à Londres avec moi ?

– À Londres ? Quelle idée ! Pour quoi faire ?

– Pour voler la Pierre du Couronnement !

Bien entendu, la jeune fille croit à une plaisanterie et elle éclate de rire. Mais quand elle comprend que c'est sérieux, son attitude change du tout au tout. Elle n'a jamais eu froid aux yeux et elle est une nationaliste écossaise ardente : elle dit « oui » avec enthousiasme. C'est même elle qui fournit à Ian Hamilton le nom du troisième membre de l'équipe : Gavin Vernon, qui partage leurs idées et qui joue dans l'équipe universitaire de Glasgow au poste de pilier. Il est doué d'une force physique prodigieuse, ce qui ne sera pas inutile lorsqu'il s'agira de déplacer la Pierre.

Et, la nuit du 22 décembre, les voilà partis, à bord de la voiture de Kay. À eux trois, une jolie rousse, un pilier de rugby et un jeune intellectuel idéaliste, ils vont venger l'affront infligé aux Écossais par Édouard le Confesseur, en 1296 !

Ils arrivent à Londres dans l'après-midi. Pendant le voyage, Ian Hamilton a sorti l'outillage dont il s'est équipé : une énorme pince-monseigneur longue de cinquante-cinq centimètres, une scie à métaux, des limes, des pinces, du fil d'acier. Tous les instruments tiennent dans ses diverses poches, à l'exception de la pince-monseigneur. Pour elle, il s'est confectionné une sorte d'étui accroché sous l'aisselle, comme pour le pistolet des gangsters. Avec un gros manteau, qu'il est normal de porter en cette saison, on ne devrait rien remarquer. Ou du moins, il l'espère.

Il est prévu d'un commun accord qu'il fera une répétition générale, ce 22 décembre. Il se laissera enfermer dans l'abbaye de Westminster, mais il ne passera pas à l'action : il n'est pas question de voler la Pierre du Couronnement à un autre moment que la nuit de Noël.

Le fameux carillon de Big Ben, la grosse horloge de Westminster, sonne juste le quart de 5 heures lorsqu'il pénètre, en compagnie de ses deux acolytes, dans le plus célèbre lieu de culte d'Angleterre. Engoncé dans l'épais manteau qui dissimule tout son attirail métallique, il se mêle à un groupe des touristes entourant un guide. Il a l'impression d'être le centre de tous les regards, en réalité, personne ne fait attention à lui. Un peu plus loin, Kay et Gavin lui font signe que tout va bien.

C'est ainsi que Ian Hamilton parvient, avec le reste du groupe, devant une chapelle d'un bas-côté en réfection. Il se laisse distancer par les autres et s'allonge derrière une pile de matériaux divers. L'endroit est particulièrement sombre. Il est pratiquement invisible. Maintenant, il n'a plus qu'à attendre la fermeture, qui a lieu à 18 heures. Conformément au plan, Kay et Gavin sortent sans plus attendre. Ils se retrouveront dehors.

C'est une attente aussi inconfortable qu'anxieuse qui commence pour le jeune homme. À 6 heures du soir, il entend le public se retirer et les lourds battants se refermer avec un bruit sourd. Puis, c'est le silence, à part le bruit lointain des autos dans la ville. Il attend encore un quart d'heure et, jugeant qu'il est inutile de tarder davantage, il sort de sa cachette.

Mais il n'a pas fait trois pas qu'il reçoit la lumière d'une lampe en plein visage. Paralysé de frayeur, il voit surgir devant lui un énorme gardien barbu.

– Qu'est-ce que vous fichez là, vous ?

Ian Hamilton a le mérite de garder sa présence d'esprit. Il répond piteusement, comme un gamin pris en faute :

– J'ai été enfermé.

– Vous ne pouviez pas appeler ?

– J'avais peur que cela fasse toute une histoire...

Le gardien le considère, l'air bourru, pas vraiment hostile.

– Eh bien, vous avez de la chance ! Vous auriez pu recevoir un coup de matraque. Il y a des rondes tout le temps, vous savez... Allez, suivez-moi !

Avec soulagement, Ian Hamilton comprend que l'homme le conduit vers la sortie. Et c'est alors que la catastrophe manque de se produire : la pince-monseigneur sort de son étui. Il parvient quand même à la coincer entre son bras et son corps et à la maintenir dans cette position, tout en gardant une démarche à peu près naturelle. Arrivé devant l'une des portes, il pense être au bout de ses peines, mais le gardien s'arrête, le considère un moment d'un air attentif et lui demande :

– Vous savez où dormir, ce soir ?

Ian comprend qu'il le prend pour un sans-abri à la recherche d'un toit. Il est vrai que son pardessus n'est plus de la première fraîcheur. Il fait « oui » de la tête.

– J'ai ce qu'il faut. Ne vous inquiétez pas.

Cette fois, l'épreuve est enfin terminée. L'homme introduit la lourde clé dans la serrure et le congédie, avec un sonore :

– Joyeux Noël !

Dehors, il retrouve Kay et Gavin terrifiés, car s'ils sont trop loin pour avoir entendu, ils ont vu la scène. Ian les rassure, mais tous trois tiennent aussitôt conseil dans la voiture et ils doivent convenir que la situation n'est pas brillante. Il faut abandonner le plan initial : il n'est plus question que Ian Hamilton retourne à l'intérieur de l'abbaye en jouant les touristes. Le gardien risquerait de le reconnaître et, cette fois, il ne montrerait pas la même indulgence.

Alors que faire ? C'est Gavin Vernon qui propose la solution. Le pilier de rugby a toujours été un fonceur, un partisan de la manière forte. Il lance :

– On va entrer par effraction, ce sera plus glorieux. L'autre plan ne me plaisait pas. Je le trouvais trop sournois.

Les deux autres lui font remarquer que les portes ont l'air solides, Gavin balaie l'objection :

– Avec la pince-monseigneur et mes muscles, aucune ne résistera.

Tout est donc dit et, après avoir meublé comme ils pouvaient les deux jours d'attente, le trio se retrouve à bord de la voiture, le 25 décembre, à 4 heures du matin.

Il règne un brouillard dont Londres a le secret. De temps en temps, s'élève la voix avinée d'un pochard et, parfois, celle, bon enfant, d'un policeman. Toutes les conditions favorables semblent réunies.

La voiture est garée le long de l'abbaye, à un endroit théoriquement interdit, mais Kay reste au volant et, normalement, elle ne devrait pas être inquiétée. Les deux hommes sortent avec la pince-monseigneur, le reste de l'équipement de Ian n'ayant pas été jugé indispensable et ils s'attaquent sans tarder à la porte la plus proche.

Gavin ne s'était pas trompé : sa force, conjuguée à celle de Ian, est telle que, très rapidement, le lourd battant cède. Seulement le craquement est si fort que même Kay peut l'entendre depuis la voiture. Les deux Écossais battent précipitamment en retraite, s'attendant à voir quelqu'un sortir du bâtiment. Plusieurs minutes s'écoulent sans qu'il se passe rien. L'abbaye de Westminster est vide, le veilleur de nuit doit être allé fêter Noël en famille. Ian Hamilton et Gavin Vernon s'avancent. Le grand moment est arrivé.

Les voici dans l'abbaye, progressant à pas de loup, à la lumière d'une seule lampe de poche. L'obscurité est totale, à part une petite lueur rouge au fond de la nef. Ian Hamilton, qui connaît les lieux, marche devant. Il se dirige sans se tromper vers la chapelle d'Édouard le Confesseur et s'arrête : c'est là.

Tous deux peuvent contempler, dans le petit faisceau de la lampe, le trône anglais du Couronnement. Il est à hauteur d'homme, reposant sur un socle. Quant à la Pierre, elle est juste devant eux ; sa masse gris sombre est encastrée dans le bas du siège. Pour les deux Écossais, c'est comme un appel qu'elle leur lance. Fébrilement, furieusement, ils entreprennent de la dégager, de la délivrer de la prison où elle est enfermée depuis plus de six siècles.

Soudain, sur un coup de pince-monseigneur plus fort que les autres donné par Gavin, il y a un bruit de chute effrayant. Ian dirige sa lampe vers le sol et ne peut que constater la catastrophe. Un morceau de la Pierre du Couronnement, représentant environ un quart du cube, gît à terre. Gavin est accablé.

– J'ai brisé notre Pierre. Je suis un criminel !

Mais Ian, qui s'est baissé avec la lampe, pousse une exclamation :

– Ce n'est pas toi, regarde !

Gavin Vernon se penche à son tour. Effectivement à l'endroit de la cassure, le grès est aussi sombre qu'ailleurs. La Pierre du Couronnement était brisée depuis longtemps, et on avait réuni les morceaux comme si elle était intacte. Les deux jeunes gens viennent de découvrir un secret de l'Histoire. Qui a fait cela ? Sans doute les hommes d'Édouard le Confesseur eux-mêmes. En tout cas, il n'y a pas de temps à perdre. Tandis que Gavin Vernon continue à extraire la partie principale de la Pierre, Ian Hamilton s'empare du fragment détaché et quitte les lieux pour le mettre dans la voiture.

Il a la surprise de trouver celle-ci beaucoup plus près que prévu, presque juste devant la porte. Il ouvre la portière arrière et jette son fardeau sur le siège. En même temps, il s'adresse à Kay :

– Qu'est-ce qu'il t'a pris de venir jusqu'ici ? Tu es folle ?

– Un agent fait une ronde. Il m'a dit de circuler.

Elle jette un coup d'œil dans son rétroviseur.

– D'ailleurs, le voilà !

Prestement, Ian prend place à côté de la conductrice et l'enlace tendrement, non sans avoir jeté un coup d'œil du côté de la porte de l'abbaye, qu'il a heureusement pensé à refermer. Le policeman ne tarde pas à arriver.

– Eh bien, qu'est-ce qui se passe ici ?

Ian Hamilton se détache de sa compagne pour lui adresser un sourire entendu.

– Vous voyez bien. Soyez indulgent, c'est Noël.

– N'empêche que vous n'avez pas le droit de stationner ici. Il faut circuler.

Kay se dispose à obtempérer, quand le policier se ravise brusquement. Il enlève son casque, le pose sur le toit, s'assied familièrement sur le capot et allume une cigarette.

– Vous avez raison, c'est Noël. Je vais rester un instant avec vous. Vous m'êtes sympathiques.

Et les deux jeunes gens doivent bavarder avec lui, en ayant l'air d'être détendus et en tremblant qu'il ne découvre le morceau de la Pierre sur le siège arrière ou que Gavin ne sorte de l'abbaye pour voir ce qui se passe. Mais rien de tel ne se produit. L'agent termine sa cigarette et leur dit de partir, non sans leur avoir lancé un chaleureux : « Joyeux Noël ! »

Kay met en marche et revient après avoir laissé s'écouler un délai suffisant. Le policeman n'est heureusement plus là. Ian Hamilton se précipite dans l'abbaye, en se demandant ce qu'a pu faire Gavin pendant tout ce temps. Eh bien, il n'a pas perdu son temps ! Le colosse qu'il est a réussi à sortir seul la Pierre du

Couronnement de son logement et à la tirer sur près de la moitié du trajet. Ian le met au courant des événements et s'aperçoit qu'en traînant son fardeau Gavin a laissé une large trace derrière lui.

– On ne peut pas continuer à rayer comme cela. Il faut la mettre sur quelque chose. Prenons mon manteau.

Gavin a un petit rire.

– Tu as peur d'abîmer Westminster ?

– Non, la Pierre...

Les deux jeunes gens posent celle-ci sur le pardessus de Ian et tirent le lourd objet sans la moindre difficulté. Ils sortent et referment la porte de leur mieux. Kay, qui les a vus, arrive aussitôt. L'instant d'après, les deux morceaux de la Pierre du Couronnement sont dans le coffre de la voiture. Eux-mêmes sautent à l'intérieur. La jeune femme prend la direction de l'Écosse, ils ont gagné !

À bord du véhicule, c'est l'euphorie qu'on peut imaginer. Les rires, les plaisanteries se succèdent. Les trois jeunes gens entonnent tous les chants patriotiques et folkloriques qu'ils connaissent. Les faubourgs de Londres sont bientôt dépassés lorsque Ian Hamilton pousse un cri :

– Mon manteau !

Effectivement, dans leur précipitation, ils l'ont oublié par terre. Gavin demande :

– C'est ennuyeux si on le laisse ?

– Il y a mes papiers dedans...

Il faut faire demi-tour. Ils sont partis depuis près d'une heure, il leur en faudra autant pour revenir, mais ils n'ont pas le choix. Heureusement, tous les dieux de l'Écosse doivent être avec eux, car ils retrouvent le vêtement exactement à la même place. On n'y a pas touché. Le contenu des poches est intact, y compris les papiers. Après être passé plusieurs fois près de la catastrophe, le trio a réussi son exploit.

Dans le plan qu'a imaginé Ian Hamilton, il n'est pas question de rapporter la Pierre du Couronnement jusqu'en Écosse, du moins dans un premier temps. Dès que le vol aura été découvert, les contrôles vont se multiplier et ils auraient toute chance d'être pris. Il a donc été décidé de cacher l'objet quelque part durant le trajet et de venir le récupérer plus tard.

Le jour se lève et ils se trouvent aux environs de Rochester lorsque Ian Hamilton dit à Kay d'arrêter. Il y a là un croisement indiquant, d'un côté, la direction de Londres, de l'autre, celle de Rochester et, au bord de la route, une haie de peupliers. L'endroit est parfaitement reconnaissable ; il n'y aura aucun problème quand il s'agira de revenir rechercher la Pierre. Sortie avec précaution du coffre, celle-ci est enfouie au pied du premier peuplier. Évidemment, le trou n'est pas très profond, mais il n'y a aucune raison pour que quelqu'un aille creuser à cet endroit.

Vers midi, Ian Hamilton décide d'appeler d'une cabine Herbert McGregor, son ami qui n'avait pu le suivre dans l'expédition. Peut-être la nouvelle du vol est-elle déjà connue et peut-être celui-ci pourra-t-il lui donner des informations. Il ne se trompe pas. Herbert est euphorique, il exulte :

– C'est extraordinaire ! On ne parle que de vous à la radio. Toute l'Angleterre est en émoi. On diffuse deux signalements, mais ils ne sont pas exacts. La Pierre est toujours avec vous ?

– Non, on l'a cachée en chemin.

– Tant mieux parce qu'il va y avoir des contrôles à la frontière.

– Quelle frontière ?

– Celle entre l'Angleterre et l'Écosse. Elle est fermée pour la première fois depuis quatre cents ans. Tout cela grâce à vous !

Les trois jeunes gens arrivent le soir à la « frontière ». Il y a là tout un cordon de policiers. Leur fierté n'est pas mince en voyant ce spectacle dont ils sont les responsables. Grâce à eux, ne serait-ce que pour un moment, l'Écosse existe. La ligne jusque-là invisible qui la sépare de l'Angleterre est soudain matérialisée. Un agent s'approche d'eux. Il leur demande leurs papiers et s'adresse à Kay :

– D'où venez-vous ?

– De Londres. Qu'est-ce qui se passe ?

– On a volé cette sacrée Pierre du Couronnement. Vous ne l'auriez pas vue par hasard ?

La question est tellement stupide que les trois jeunes gens éclatent de rire. Ian Hamilton finit par déclarer :

– Non, on ne l'a pas vue mais c'est un bon tour que les Écossais vous ont joué là. Ils auraient dû le faire bien plus tôt.

Le policeman leur rend en maugréant leurs papiers et c'est ainsi que Ian Hamilton, Kay Mathieson et Gavin Vernon franchissent la frontière de l'Écosse, leur pays.

L'enquête commence maintenant. Tandis que les trois jeunes gens sont accueillis comme des héros par leurs familles et le petit cercle de leurs amis sûrs, la police se met à la recherche des voleurs. Elle fait, bien sûr, des investigations dans le milieu des étudiants nationalistes, où elle se heurte à un silence total et elle n'arrive à rien.

Ian Hamilton et les siens, de leur côté, sont ébahis par la tournure que prennent les événements. Leur action a eu un retentissement considérable, non seulement en Grande-Bretagne, mais bien au-delà. Ce vol, exécuté la nuit de Noël pour réparer une injustice vieille de plus de six cents ans, a frappé les esprits. Si les Écossais, bien entendu, exultent, le plus extraordinaire est peut-être la réaction des Anglais eux-mêmes. Contrairement à ce qu'on pourrait imaginer, ils ne manifestent aucune hostilité. Au contraire, ils comparent les audacieux voleurs à des Robin des Bois modernes.

Il n'y a qu'une exception à cette sympathie générale. La famille royale a très mal supporté cet affront fait à sa dignité et le roi George VI s'est exprimé publiquement pour dire sa contrariété. Or, s'ils sont farouchement écossais, Ian Hamilton et ses amis sont également respectueux de la monarchie. C'est pourquoi ils font parvenir le 29 décembre au *Glasgow Herald* une lettre ouverte, dont voici un extrait :

« Les intéressés, en enlevant la Pierre du Couronnement de l'abbaye de Westminster, n'ont eu nul désir de léser Sa Majesté dans ses biens ni de manquer de respect à l'Église dont il est le chef temporel. Néanmoins, la Pierre du Couronnement, le plus ancien symbole de la nationalité écossaise, a été enlevée par force et gardée en Angleterre, en violation de la parole donnée par le prédécesseur de Sa Majesté, le roi Édouard le Confesseur.

« En conséquence, les intéressés restitueront très volontiers la Pierre du Couronnement à la bonne garde des officiers de Sa Majesté, si Elle veut bien leur donner Sa gracieuse assurance qu'à l'avenir la Pierre restera en Écosse dans tout endroit qu'Elle jugera convenable... »

Suivent quelques détails permettant d'authentifier le message, notamment le fait que la Pierre du Couronnement a été brisée à une date inconnue.

Ce texte déférent et insolent à la fois ne fait que renforcer la popularité des voleurs et exaspérer davantage la police, dont l'inefficacité est totale depuis le début. Quelque temps passe encore. Les premiers jours de l'année 1951 arrivent et Ian Hamilton décide de passer à la dernière étape de son entreprise : aller reprendre la Pierre du Couronnement et la rapporter en Écosse.

La chose n'est pas sans danger : les fouilles continuent dans tout le pays. Mais il ne sert à rien d'attendre davantage. Il faut au contraire conclure l'action par un coup d'éclat. Kay Mathieson et Gavin Vernon, à qui il fait part de ses intentions, s'offrent immédiatement pour le suivre. Ils veulent partager jusqu'au bout les risques avec lui.

Les voici donc en sens inverse, sur la route, dans la voiture de Kay. Pour plus de discrétion, ils ont décidé d'arriver la nuit. À l'approche de Rochester, tous les trois reconnaissent immédiatement le croisement et la haie de peupliers. Ils s'arrêtent et ils découvrent une véritable catastrophe !

Une famille de gitans a élu domicile sur les lieux. Et pas à proximité, à l'endroit précis ! Ils campent juste sur la Pierre du Couronnement, autour d'un feu de camp qu'ils ont allumé. Deux roulottes sont stationnées un peu plus loin. Ne sachant que faire, Ian Hamilton et les deux autres finissent par s'approcher. Il y a là un homme âgé et un couple plus jeune. Ian prend la parole :

– Vous permettez que nous nous chauffions auprès du feu ?

Le vieillard ne relève pas ce que cette demande a d'étrange, de la part de personnes qui viennent de descendre de voiture. Il leur fait signe de s'installer avec un sourire. Un grand silence s'établit, personne ne trouvant rien à dire. Ian Hamilton finit par se décider. Il s'adresse au vieil homme :

– Vous avez une vie d'hommes libres, n'est-ce pas, et rien ne compte plus pour vous que votre liberté ?

– C'est vrai.

– Eh bien nous aussi nous appartenons à un peuple libre : l'Écosse. Et l'emblème de cette liberté, nous l'avons caché ici. Nous voudrions le reprendre.

Le vieux gitan hoche la tête. A-t-il entendu parler du vol de la Pierre du Couronnement ou non ? On ne le saura jamais. En tout cas, il répond :

– Nous allons vous aider.

Et, quelques minutes plus tard, les deux morceaux du cube de grès sont dans le coffre de la voiture. Ian Hamilton tire trois livres sterling de sa poche et veut les tendre à chacun des gitans, mais il se voit opposer un refus presque scandalisé et il regrette aussitôt son geste.

Pour la deuxième fois, la voiture reprend la route de l'Écosse. Arrivée à la « frontière », elle est de nouveau arrêtée par un policier. On ne leur demande pas s'ils ont vu la Pierre du Couronnement et on les laisse passer après un coup d'œil à leurs papiers. C'est maintenant que peut avoir lieu la dernière étape de leur expédition, la plus belle.

Ian Hamilton, Kay Mathieson et Gavin Vernon se rendent dans les ruines de l'abbaye d'Arbroath, un site majestueux, recouvert par les herbes folles, qui domine les Highlands. Dans ce lieu en 1320 les États d'Écosse se sont réunis pour proclamer une nouvelle fois leur indépendance et jurer de reprendre la Pierre du Couronnement. Celle-ci est déposée sur les restes du maître-autel. Alors Ian, Kay et Gavin vont chercher la bouteille de whisky et les trois verres qu'ils avaient emportés et, solennellement, ils trinquent à l'Écosse.

La suite appartient à la routine. La Pierre du Couronnement n'a pas tardé à être découverte et a été rapportée aussitôt dans l'abbaye de Westminster. L'enquête a continué longtemps sans apporter le moindre résultat. Enfin, parmi les inspecteurs de Scotland Yard, l'un d'eux, plus débrouillard que les autres, a eu l'idée de voir à la bibliothèque principale de Glasgow si quelqu'un n'aurait pas consulté les ouvrages relatifs à la Pierre.

C'est ainsi que Ian Hamilton a pu être confondu. Il a avoué mais il a refusé de révéler le nom de ses complices. Ceux-ci, toutefois, se sont spontanément dénoncés, afin de partager son sort. Les trois jeunes gens qui, théoriquement, risquaient de lourdes peines de prison, n'ont pourtant pas été inquiétés. Peu après leur arrestation, la justice britannique a fait savoir « qu'il n'était pas de l'intérêt de l'État que les conspirateurs fussent poursuivis ».

Ainsi s'est terminée cette aventure où le burlesque s'est mêlé à l'émotion, mais qui, si elle s'est passée dans l'illégalité, est restée jusqu'au bout inoffensive et symbolique. La preuve : un an plus tard exactement, en février 1952, la reine Élisabeth II a pu trôner sur la Pierre d'Écosse le jour de son couronnement.

Le premier homme-grenouille

En cette fin de l'année 1941, la guerre bat son plein en Méditerranée. Les Anglais d'un côté, les Allemands et les Italiens de l'autre, s'affrontent avec acharnement en Libye. Curieusement, la marine anglaise, qui est généralement sans rivale, se trouve alors en difficulté. Les sous-marins allemands la tiennent en échec et l'Amirauté britannique ne dispose dans la région que de deux bâtiments, les cuirassés *Valiant* et *Queen Elizabeth*, tous deux ancrés dans le port d'Alexandrie. S'ils venaient à être détruits, la voie serait libre pour les Italo-Allemands et la situation pourrait changer considérablement.

Seulement voilà : le port d'Alexandrie est protégé par des défenses infranchissables. Plusieurs filets auxquels sont mêlés des câbles électriques en interdisent l'entrée. Ils ne s'ouvrent que devant les navires amis, à l'audition d'un mot code transmis par radio et ils se ferment tout de suite après. La seule manière de pénétrer dans la rade serait de le faire pendant le court moment où le passage est ouvert et aucun sous-marin n'en est capable : ils sont beaucoup trop gros et se feraient tout de suite repérer. Les Anglais se sentent donc parfaitement en sécurité.

Ce qu'ils ignorent, c'est que les Italiens sont très avancés dans un domaine tout à fait nouveau : le scaphandre autonome. Jusque-là, les scaphandriers sont équipés d'un costume étanche avec des semelles de plomb et un casque métallique vissé sur la tête. Ils sont reliés à une embarcation par un tuyau qui leur envoie de l'air pompé manuellement. L'ensemble est à la fois peu maniable et limité dans son rayon d'action. Le scaphandre autonome, celui que nous connaissons actuellement, avec bouteilles, masque et palmes, apporte une véritable révolution par rapport au précédent. Le plongeur, beaucoup plus légèrement équipé, est capable de performances bien meilleures et surtout, il n'est plus dépendant de la surface ; il peut aller aussi loin qu'il veut, jusqu'à épuisement de son air comprimé.

Dans le plus grand secret les Italiens ont constitué des équipes de nageurs munis du nouveau scaphandre et ont mis au point une arme nouvelle, qu'ils ont baptisée le « cochon ». Elle ne ressemble d'ailleurs nullement à l'animal. C'est une sorte de grosse torpille, avec deux sièges sur lesquels prend place l'équipage : le pilote et son second. Comme dans une torpille classique, l'avant du cochon est constitué par une charge explosive. Seulement, celle-ci peut se détacher et être placée, par un système de ventouses, contre la coque du navire ennemi. Telle est l'arme avec laquelle les Italiens vont attaquer le port d'Alexandrie.

18 décembre 1941. Un commando de six plongeurs, placé sous le commandement du lieutenant de vaisseau Luigi Durand de la Penne, va passer à l'action, à bord de trois cochons. Tous sont des hommes d'élite, tous sont volontaires pour cette mission, qui est un véritable saut dans l'inconnu. Jamais on n'en a réalisé de

semblable auparavant. Personne ne peut dire ce qui va se passer.

Il fait nuit noire, une nuit sans lune. À quelque distance du port d'Alexandrie, le sous-marin *Scirè*, commandé par Valerio Borghese, fait surface. Dans le plus grand silence, les trois engins en forme de torpille sont apportés sur le pont, puis mis à l'eau. Les six hommes du commando arrivent à leur tour, avec leur combinaison noire, leur masque, leurs palmes et leurs bouteilles. Aujourd'hui cette vision nous est familière, mais à l'époque c'est un spectacle inédit. L'équipage du *Scirè* regarde passer Luigi Durand de la Penne et ses hommes avec stupeur, persuadé qu'il va se passer quelque chose d'extraordinaire. Il ne se trompe pas.

Sur un geste de Durand de la Penne, tout le monde prend place. À la tête du premier cochon, il appuie sur le bouton qui met en marche le moteur : l'hélice tourne doucement. Il s'empare du volant, vérifie que la direction fonctionne correctement et lance aux deux autres équipages :

– Suivez-moi. Bonne chance à tous !

Tandis que le sous-marin *Scirè* s'est mis en plongée, les trois engins font route en surface à petite vitesse. Chacun d'eux connaît parfaitement son objectif. Luigi Durand de la Penne et son second, Ettore Bianchi, ont pour mission de détruire le *Valiant*, le cuirassé amiral. La deuxième équipe doit se charger de l'autre cuirassé le *Queen Elizabeth*, la troisième doit faire sauter un pétrolier de seize mille tonnes. Si tout se passe comme prévu, c'est un sacré feu d'artifice qui va avoir lieu dans le port d'Alexandrie !

À petite vitesse, pour faire le moins de bruit possible, les trois étranges embarcations se suivent en direction de la rade. À un kilomètre au sud se trouve le phare de Ras el-Tit, qui ne s'éclaire que quelques minutes par nuit, lorsque approche un navire anglais. Durand de la Penne coupe son moteur, les deux autres pilotes en font autant. Maintenant il faut attendre.

À 3 h 30, le phare de Ras el-Tit s'allume. Au bout d'un moment, les Italiens peuvent distinguer la masse imposante, presque invisible, de trois torpilleurs anglais qui approchent, tous feux éteints. Luigi Durand de la Penne se met en plongée, les deux autres en font autant, et les trois cochons filent dans le sillage des Anglais. Le filet de protection s'ouvre et se referme derrière eux. À l'entraînement, chacun a appris où se trouvait sa proie et les trois grosses torpilles se dirigent sans hésitation vers leur objectif.

Durand de la Penne se trouve à une dizaine de mètres du *Valiant* lorsque, soudain, son engin s'arrête. Il allume sa lampe électrique et fait deux constatations : d'abord, Ettore Bianchi, son second, a disparu ; ensuite, un filin d'acier faisant partie du système de protection du *Valiant* s'est enroulé autour de l'hélice. Le lieutenant regarde de plus près : le câble est tellement entortillé qu'il est impossible de le défaire à la main.

Avant d'aller plus loin, Luigi Durand de la Penne veut savoir où est passé son coéquiper. Abandonnant momentanément l'engin, il remonte à la surface. Il retire son masque, mais il a beau regarder dans toutes les directions, Bianchi est introuvable. Ce qu'il voit parfaitement, en revanche, c'est la masse énorme du *Valiant* juste au-dessus de lui. Tous ses feux sont éteints, à part la lumière bleue du poste de veille. Il entend le ronronnement sourd des dynamos, des moteurs et des pompes. C'est là, au milieu, sous la tourelle, point névralgique du navire, qu'il faut placer la bombe.

Mais pour cela il est prévu d'être deux. Est-ce qu'il

pourra le faire tout seul ? Durand de la Penne regarde sa montre étanche : 4 h 05. Il est convenu de régler le mouvement d'horlogerie de l'ogive explosive à 6 h 05 : il reste exactement deux heures. L'Italien regarde une dernière fois autour de lui, décidément, son coéquipier est invisible. Il n'a pas le choix : il va falloir qu'il se débrouille sans son aide. Il remet son masque et plonge vers son cochon.

Commence alors, dans la vase, à la lumière vacillante de sa lampe électrique, un travail épuisant. Il faut d'abord desserrer les cinq vis de l'énorme ogive qui forme la tête du cochon. Cela, c'est relativement facile, c'est simplement deux fois plus long parce qu'il est seul. Mais la suite constitue un véritable exploit. Le poids de l'ogive est de trois cents kilos et il faut la faire rouler sur plusieurs mètres jusqu'à la coque du *Valiant*. À deux c'était déjà difficile, alors seul !

Pendant près d'une heure, s'arc-boutant, centimètre par centimètre, environné de vase, dans l'eau glacée, ne voyant rien, Luigi Durand de la Penne déplace l'énorme masse. Non seulement l'effort est épuisant, mais il sait qu'il va bientôt approcher de la fin de ses réserves d'oxygène. À 4 h 55, l'explosif est tout près de la coque et environ au milieu du navire. Normalement, il faudrait maintenant le fixer à l'aide des ventouses prévues à cet effet. Durand de la Penne sent qu'il n'en aura pas la force.

Il examine la situation du mieux qu'il peut, à la lueur de sa lampe. Placée comme elle est, l'ogive de trois cents kilos devrait quand même faire son travail de destruction. De toute manière, il sent que l'air lui arrive avec difficulté. Il a juste le temps de mettre en marche l'explosion, tant pis pour les ventouses ! Il règle la minuterie à 6 h 05 et enclenche le détonateur. Après quoi, au bord de l'asphyxie, il file vers la surface et arrache son masque. Il peut enfin s'emplir les poumons. Il était temps !

Mais la rapidité avec laquelle il a émergé l'a trahi. En arrivant à l'air libre, il a produit un clapotis suffisamment fort pour que le marin en faction sur le *Valiant* l'entende. Ce dernier se penche sur le bastingage. Il l'a vu. Il donne l'alerte. Luigi Durand de la Penne plonge, mais il n'a plus d'air dans sa bouteille et il est obligé de refaire surface. Sur le pont du *Valiant*, c'est le branle-bas de combat, il est accueilli par une grêle de balles. Alors il se dirige vers le quai, s'accroche d'une main à la bouée d'amarrage du cuirassé et lève l'autre main en signe de reddition.

C'est à ce moment qu'il s'aperçoit qu'il n'est pas seul : Ettore Bianchi est lui aussi accroché à la bouée. Il l'interroge :

– Qu'est-ce qui s'est passé ?

– J'ai reçu une pierre sur mon masque. Il s'est cassé. J'ai dû remonter à la surface.

De la passerelle du *Valiant*, on entend une cavalcade : des marins anglais courent dans leur direction. Ettore Bianchi interroge son chef :

– Et vous, vous avez réussi ?

– Oui...

Luigi Durand de la Penne consulte sa montre : il est exactement 5 h 01.

– Tout sautera dans soixante-quatre minutes.

Les Anglais arrivent. Il tend son masque intact à son coéquipier.

– Prenez-le et filez. Bonne chance !

– Bonne chance à vous aussi, lieutenant !

Capturé, Luigi Durand de la Penne est emmené sur le pont du *Valiant*. Tout comme l'équipage du *Scirè*, celui du cuirassé n'a jamais vu d'homme-grenouille. Ils le regardent avec étonnement, mais aussi avec une crainte visible. Pendant un moment, l'Italien attend, ruisselant d'eau, répondant dans sa langue, aux questions qu'on lui pose en anglais. Enfin, un homme vient le trouver. Il lui adresse la parole en italien :

– Suivez-moi dans le bureau du commandant.

Peu après, il se trouve devant le responsable du navire. Le commandant Charles Morgan, très inquiet de cette attaque d'un nouveau genre, en a perdu son flegme britannique. Il lui demande vivement :

– Qui êtes-vous ?

– Lieutenant de vaisseau Luigi Durand de la Penne.

Le commandant poursuit son interrogatoire :

– Quelle est votre mission ? De quels moyens disposez-vous ? Combien d'hommes êtes-vous ?

Mais à toutes les questions, traduites par un interprète, l'Italien répond invariablement :

– Lieutenant de vaisseau Luigi Durand de la Penne.

Après avoir insisté quelque temps encore, le commandant se tait. Selon la Convention de Genève, un prisonnier de guerre n'a rien d'autre à dire que son nom et son grade.

– En vous taisant, vous mettez peut-être en danger la vie de beaucoup d'hommes. Mais c'est votre droit. Dans ces conditions, je vais vous faire enfermer... au fond de la cale : vous n'y voyez pas d'objection ?

Luigi Durand de la Penne se tait. Un mot lui sauverait la vie, mais il ne le prononce pas. Peu après, deux marins viennent s'emparer de lui. Tout en les suivant, il regarde discrètement sa montre : il est 5 h 47. Dans dix-huit minutes, tout va sauter !

La cellule qu'on a aménagée pour lui se situe vraiment tout au fond et – Luigi Durand de la Penne le constate avec angoisse – à peu près au milieu du bâtiment. La porte se referme sur lui et il attend. Le temps s'écoule. Il est 5 h 55. Il ne reste plus que dix minutes avant l'explosion, ce qui est un délai insuffisant pour désamorcer la bombe. Alors le lieutenant prend sa décision. Maintenant il est certain que le *Valiant* sautera. Autant qu'il n'y ait pas de victimes. Il se met à tambouriner contre la porte en fer.

– Le commandant, vite ! Je veux parler au commandant !

Rapidement, la porte s'ouvre. Charles Morgan est en face de lui.

– Dans neuf minutes, le navire va sauter. Il vous reste neuf minutes pour évacuer l'équipage.

Le commandant ne réplique rien et la porte se referme sur Luigi. Celui-ci entend un bruit de cavalcade dans les coursives. Les Anglais quittent précipitamment le *Valiant*, ce qui ne sera malheureusement pas son cas. Il regarde sa montre : il lui reste huit minutes à vivre. Il imagine, derrière la cloison de sa cellule, l'énorme ogive dont il a allumé lui-même le mécanisme. Il espère que l'explosion sera assez forte pour le tuer sur le coup et qu'il ne mourra pas noyé ou écrasé sous les milliers de tonnes du cuirassé.

Avant de partir pour sa mission, il a écrit une lettre à sa femme Valeria et il a demandé à ses supérieurs de la lui remettre au cas où il ne reviendrait pas. Il entrevoit sa petite silhouette dans un grand bureau de l'amirauté, à Gênes. Un officier, l'air grave, lui tend sans mot dire la missive...

Il reste moins d'une minute. Il fait le compte à rebours des secondes : cinquante, quarante, trente... Une immense explosion retentit dans un autre endroit du port, puis, presque immédiatement après, une seconde ! Le *Queen Elizabeth* et le pétrolier ont sauté. Les deux autres équipes ont réussi leur mission. Lui aussi a réussi la sienne. La seule différence, c'est qu'il va y laisser la vie.

Un véritable cataclysme se produit. Projeté contre une paroi, il reste un instant hébété, puis se relève. À sa grande surprise, il est vivant, il n'a même pas une égratignure. C'est alors qu'il constate que non seulement l'explosion l'a épargné mais qu'elle a fait s'ouvrir la porte de sa cellule qui pend sur ses gonds, laissant pénétrer une fumée noire.

Il n'y a pas une seconde à perdre ! Il se met à courir, monte les escaliers à toute allure, crachant et toussant dans une odeur âcre. Il ne rencontre personne : l'évacuation a bien eu lieu. Sur le pont, il trouve le commandant Morgan, ses officiers et quelques hommes. Le reste de l'équipage a débarqué. Le commandant s'approche de lui :

– Lieutenant, jurez-moi que vous n'avez posé qu'une seule bombe.

Luigi Durand de la Penne refuse de répondre. Il voit le visage de l'Anglais se crisper et conclure :

– C'est bon. Qu'on évacue aussi cet homme !

À la différence du *Queen Elizabeth* et du pétrolier, le *Valiant* n'a pas coulé. Après avoir été longuement immobilisé pour réparations, il a repris le combat. Grâce à l'initiative de Luigi Durand de la Penne, il n'y a eu aucune victime parmi son équipage.

Lui-même, après avoir passé le reste de la guerre en captivité, rentrera au pays où il sera accueilli en héros et décoré. Mais le plus étonnant est l'attitude de l'Angleterre à son égard. S'exprimant à son sujet, Winston Churchill a parlé d'un « exemple extraordinaire de courage et de bienveillance ». Et, en 1945, Durand de la Penne a été le seul Italien décoré pour fait de guerre par les Anglais. Il a reçu la médaille d'or de la valeur militaire des mains de Charles Morgan, qui était devenu chef de la flotte de Sa Majesté en Méditerranée.

Luigi Durand de la Penne est mort en 1992. Aujourd'hui encore, un cuirassé de la marine italienne porte son nom.

La Rivière de Boue

C'est un triste jour de mai 1951. Vernon Pick, trente-trois ans, contemple une jolie petite maison de Garfield, dans l'État de Virginie, en train de brûler, la sienne. À ses côtés, sa femme Ruth assiste au désastre, aussi effondrée et impuissante que lui. Les pompiers s'activent, mais il est visible que, malgré tous leurs efforts, ils ne parviendront à rien sauver du tout. Le feu est trop fort : quand ils l'auront éteint, il ne restera plus que des pierres calcinées et des cendres.

Vernon Pick est d'autant plus affecté que, cette maison, il l'avait construite entièrement de ses mains ou presque. C'est, en effet, un bricoleur-né. Il est mécanicien dans un garage, et fait des petits travaux au noir pour arrondir les fins de mois. Il est aussi bon maçon que plombier, électricien ou chauffagiste. Il avait mis ses dons en pratique pour se loger et voilà que tout cela vient de partir en fumée ! Il essaye pourtant de faire contre mauvaise fortune bon cœur. Il prend sa femme dans ses bras.

– Il faut nous dire que nous sommes en vie. Il n'y a que cela qui compte.

Ruth essaye, elle aussi, d'être positive.

– Nous sommes assurés. L'assurance nous remboursera.

– Hélas non !

– Nous ne sommes pas assurés ?

– Si. Je ne te l'ai pas dit, mais pour payer moins, j'ai sous-estimé la valeur de la maison. Si nous touchons la moitié de ce qu'elle vaut, nous aurons de la chance.

Ruth pousse un profond soupir tandis que le crépitement des flammes se déchaîne.

– C'est peut-être un mal pour un bien...

– Qu'est-ce que tu veux dire ?

– Tu ne m'as pas dit plusieurs fois que tu en avais assez de vivoter, que tu voulais tenter la grande aventure ? Alors c'est peut-être un signe du destin !

Vernon Pick regarde sa femme avec admiration et conclut :

– Tu as raison, c'est un signe du destin !

Quatre mois ont passé. Vernon Pick ne s'était pas trompé dans ses calculs. L'assurance a remboursé 13 500 dollars, alors que la maison valait plus du double. Avec cet argent, sa femme et lui ont acheté, non pas un logement plus modeste, mais une roulotte du dernier modèle, pourvue de tous les raffinements de la technique moderne, notamment l'air conditionné, ce qui en 1951 n'est pas courant.

Pourquoi une roulotte ? Tout simplement pour être plus libre. Si Vernon Pick a décidé de tenter la grande aventure, il n'a toujours pas idée de ce que cela peut être. Avec une roulotte, il pourra répondre à l'appel de la fortune de quelque endroit qu'il vienne.

Or, ce 9 septembre 1951, en lisant le journal, Vernon Pick tombe sur une publicité peu banale. L'annonceur y proclame en grosses lettres : « POUR 500 DOLLARS, IL VOUS APPORTERA LA FORTUNE ! » Le produit en question n'est pas d'un usage courant : il s'agit d'un compteur Geiger, un appareil qui mesure la radioactivité.

Il faut dire qu'en ce début des années 1950 des milliers de prospecteurs amateurs parcourent l'Amérique à la recherche d'uranium. La guerre froide vient de commencer. L'URSS a fait exploser sa première bombe atomique et les États-Unis manquent cruellement de minerai radioactif. Pour construire ses propres bombes et pour les diverses applications civiles du nucléaire, l'État américain est obligé d'importer de l'uranium du Congo belge. Cette dépendance à un produit stratégique essentiel est difficilement supportable et une fortune est promise à celui qui trouvera un gisement sur le territoire national. Vernon Pick appelle sa femme.

– Ruth, j'ai trouvé !

Il lui montre l'annonce. Elle a un sourire.

– Eh bien, vas-y ! L'ennui, c'est que tu ne seras pas tout seul sur le coup. C'est la grande mode en ce moment la recherche de l'uranium.

– Je sais. C'est pour cela que je vais d'abord acheter des livres.

– Quels livres ?

– Des traités de géologie. Je n'ai pas pu faire des études, mais je sais que les minerais ne se trouvent pas n'importe où. Il y a des endroits où on a un maximum de chance de les découvrir. Et cela, c'est la géologie qui le dit.

Pendant des semaines et des semaines, Vernon Pick dévore donc des manuels de géologie et il parvient à la conclusion que la pechblende, le minerai d'uranium, a les plus grandes chances de se trouver dans les gorges montagneuses de l'Utah. Malheureusement, c'est l'une des régions les plus difficiles d'accès des États-Unis et il n'est pas question d'y aller avec la roulotte. Ruth ne considère pas cela comme un obstacle.

– Cela ne fait rien. Tu me laisseras quelque part pas trop loin et je t'attendrai.

Ainsi est fait. Vernon Pick laisse sa femme dans la roulotte au bord du Grand Lac Salé, non loin de Salt Lake City, la capitale de l'État, et lui-même, avec son compteur Geiger en bandoulière, prend la direction des gorges montagneuses de l'Utah. Pour s'y rendre, il n'y a pas de chemin de fer, juste quelques bus qui ne passent pas tous les jours. Enfin, il parvient à la destination qu'il s'était fixée : Hanksville, une bourgade perdue dans les montagnes.

Cet ancien village de trappeurs, comportant en tout et pour tout une trentaine de baraques en bois, avait été abandonné depuis des dizaines d'années, mais il a repris un peu d'animation avec les recherches d'uranium. Car Vernon Pick ne devait tout de même pas se faire trop d'illusions : il n'est pas le seul à lire les livres de géologie et il retrouve là-bas une dizaine d'autres prospecteurs. Tous sont logés à l'hôtel du vieux Billy, une grande bâtisse qui fait à la fois restaurant, épicerie et station-service. Ce dernier lui dit comme aux autres à son arrivée :

– Ici, on paye une semaine d'avance et, le jour où on part prospecter, on règle sa note et on libère la chambre.

Vernon Pick n'est pas découragé par cet accueil. Il fait connaissance avec le pays et les gens. Les autres prospecteurs sont assez distants, en raison de la concurrence, mais ils lui parlent tout de même. Ils sont là depuis plusieurs mois et ils n'ont rien trouvé. Ils ont l'habitude de partir pour quinze jours : une semaine d'exploration et une semaine pour rentrer. Vernon en conclut que, s'il veut avoir une chance, il doit aller plus loin. Il décide qu'il marchera pendant dix jours d'affilée avant de revenir.

Et, le 29 septembre 1951, c'est le grand jour ! Un sac de trente kilos sur le dos, son compteur Geiger en bandoulière, Vernon Pick part chasser la pechblende. Il va droit devant lui, n'ayant pas de raison d'aller dans une direction plutôt que dans une autre. Régulièrement, il jette un œil à l'écran de son compteur, qui reste malheureusement fixé sur zéro. Bien qu'on soit déjà en automne, la chaleur est accablante. Dans ce paysage nu et ocre, le soleil se reflète d'une manière aveuglante et le terrain ne cesse de monter et de descendre, ce qui rend la progression très éprouvante. Pour se forcer à aller de l'avant, Vernon se tient sans cesse des discours à lui-même :

« Si je marche une heure sans m'arrêter, j'aurai le droit de m'asseoir ou de boire un verre d'eau. Si je marche deux heures, je pourrai m'asseoir et boire en même temps. Alors il faut que je tienne deux heures... »

Les jours se succèdent. Le moins qu'on puisse dire, c'est que les lieux ne sont guère engageants. S'ils étaient déserts, on aurait une impression de solitude, c'est tout. Mais la vie est bien présente, une vie malsaine : des lézards, des scorpions, des serpents, des vautours qui planent à la recherche d'une carcasse et qui, quelquefois, semblent vous observer du coin de l'œil.

Des carcasses, Vernon Pick en croise d'autres : des dépouilles d'animaux, qui ont eu l'imprudence de s'aventurer dans ces contrées hostiles et même, une fois, un squelette d'homme dans un ruisseau asséché. Un autre jour, il découvre les débris d'un avion, un petit monomoteur de tourisme tout rouillé, qui doit être là depuis des années. Il cherche à l'intérieur et aux alentours une trace de ses occupants, mais il n'y a rien. Où sont-ils passés ? Mystère...

Ses expéditions se succèdent. Vernon Pick rentre chaque fois bredouille et épuisé à Hanksville. Le vieux Billy a fini par le prendre en sympathie. C'est lui le plus obstiné, c'est lui qui va le plus loin, qui prend le plus de risques. Aussi il lui donne un conseil :

– Vous n'arriverez à rien, parce que le compteur Geiger n'est pas assez sensible. Vous pouvez passer à côté d'un gisement sans vous en rendre compte. Si vous ne tombez pas exactement dessus, l'aiguille ne bougera pas.

– Et alors, quelle est la solution ?

– Il n'y a qu'un seul instrument qui fasse l'affaire, c'est le scintillomètre. Je tiens cela d'un ingénieur des mines qui est venu ici. Seulement, le problème, c'est que c'est cher.

Vernon Pick le remercie de l'information, mais que peut-il faire d'autre que continuer avec son malheureux compteur Geiger ? Il poursuit donc ses tournées de prospection : vingt jours de marche et trois jours de repos à Hanksville. L'hiver finit par arriver. La chaleur a disparu, et les conditions climatiques ne se sont pas améliorées. Toute la région est à plus de mille mètres d'altitude et, la nuit, le froid est glacial. Le seul avantage est que cela a fait disparaître les scorpions et les serpents.

C'est à sa sixième expédition que la chose se produit. Le soir, il campe dans un canyon. Il a allumé un feu pour se faire du thé. Après avoir grignoté un bout de viande séchée et deux biscuits, il s'allonge par terre à même le sable pour dormir, sans vérifier, comme il le faisait avant, s'il n'y a pas de bêtes.

Aussitôt, il ressent une douleur atroce entre les omoplates : c'est un scorpion qui vient de le piquer. Comment se fait-il qu'il soit encore en vie en cette saison ? Il est inutile de se poser la question : c'est ainsi, c'est tout. Vernon Pick essaye de se lever et il se rend compte qu'il est incapable de faire le moindre geste, pas même de bouger le petit doigt. Il reste étendu sur le dos contemplant le ciel étoilé. Il va mourir là, seul, et, un jour peut-être, un autre prospecteur découvrira son squelette.

Pourtant, il ne meurt pas. L'aube arrive, il est toujours immobilisé par le venin mais en vie. Il pense à Ruth, qui l'attend dans sa roulotte. La reverra-t-il ? Il ne le sait pas, il ne sait qu'une chose, c'est que le temps passe. Il reste trois jours ainsi, sans pouvoir ni boire ni manger, faute de bouger. Enfin, le quatrième jour, il retrouve l'usage de ses membres. Il n'est heureusement pas très loin de Hanksville, mais il est grelottant de fièvre et dans un état d'épuisement total. Il se rend compte qu'il est incapable de porter quoi que ce soit.

La mort dans l'âme, il laisse là son compteur Geiger. Il n'emporte qu'un peu d'eau et quelques biscuits. Son retour à Hanksville crée la sensation. Tout le monde, à commencer par le vieux Billy, le croyait mort. Ce dernier est plus étonné encore lorsqu'il apprend son aventure.

– Les scorpions d'ici ne pardonnent pas. Il n'y a pas un homme sur cent qui en a réchappé.

Dans sa chambre d'hôtel, Vernon Pick finit de guérir tout à fait, seul, car il n'y a pas de médecin. Il n'est pas question de nouvelle expédition : il n'a plus son compteur, il ne serait pas certain de retrouver l'endroit où il l'a laissé et, de toute manière, il n'est plus en état ni physiquement ni psychologiquement de continuer. Il renonce, du moins pour l'instant. Billy le salue chaleureusement à son départ.

– Je suis content de vous avoir connu. Vous auriez mérité de réussir !

– On se reverra peut-être, mais si je reviens, ce sera avec un scintillomètre.

– Ce serait drôlement courageux de votre part !

– On verra. En tout cas, ce ne sera pas moi qui prendrai la décision, ce sera ma femme.

Ruth était sans nouvelles de lui depuis son départ. À Hanksville, il n'y a pas de téléphone, pas de bureau de poste : il n'a pu lui envoyer aucun message. Une fois passée l'émotion des retrouvailles, elle retrouve son sang-froid. Elle écoute avec calme le récit qu'il lui fait, y compris le conseil donné par le vieux Billy. C'est elle qui l'a poussé à tenter cette aventure et, s'il est toujours partant, elle ne s'y opposera pas. Vernon l'interroge sur les finances du ménage :

– Combien nous reste-t-il ?

– Mille dollars.

– C'est juste le prix d'un scintillomètre. Si je l'achète, il ne restera plus rien.

– Ce n'est pas grave. On se débrouillera. Au moins, on aura tout tenté et on n'aura pas de regrets.

Vernon Pick décide tout de même de laisser passer la mauvaise saison et de partir au printemps suivant. Il met à profit cette inaction pour faire des petits travaux à droite et à gauche, afin d'accumuler le plus d'argent possible et, début mars 1952, il reprend la direction de Hanksville, avec son précieux scintillomètre, beaucoup plus perfectionné, mais beaucoup plus lourd que le compteur Geiger. Il ne pèse pas moins de huit kilos.

La joie du vieux Billy fait plaisir à voir. Et Vernon aura besoin de l'encouragement moral qu'il lui apporte, car il a décidé, cette fois, de prendre beaucoup plus de risques. Il va aller bien plus loin qu'il n'a jamais été, jusqu'à la Rivière de Boue, une gorge abrupte de trente kilomètres de long qui n'a jamais été explorée par quiconque. Cette nouvelle expédition doit durer plus d'un mois, peut-être un mois et demi.

C'est pourquoi il part avec quarante kilos de matériel, qu'il emporte sur son dos, en plus des huit kilos du scintillomètre. Et, au bout de dix jours, il arrive enfin devant la Rivière de Boue. Il s'y engage non sans appréhension. Il est au fond d'un lit de torrent et, en cette saison, juste après la fonte des glaces, il y a des crues soudaines. Il risque à tout instant de voir déferler des tonnes d'eau. Cela ne l'empêche pas d'avancer.

Deux jours passent encore. À mesure qu'il progresse dans la Rivière de Boue, celle-ci prend de l'importance. Elle court en bouillonnant, formant parfois de véritables cascades. En traversant un gué particulièrement difficile, il glisse et roule dans les eaux. Son sac s'ouvre : il perd la moitié de ses provisions. Il réussit quand même à se hisser sur la rive. Il fait l'inventaire de ce qui lui reste et c'est catastrophique : il n'a plus assez de vivres pour rejoindre Hanksville.

Pourtant il décide de continuer. Pourquoi ? Il ne le sait pas. Peut-être parce qu'il a conscience que c'est sa dernière chance. Et puis, en lui infligeant ce revers, la Rivière de Boue lui a en quelque sorte lancé un défi. Comme si elle voulait l'empêcher d'aller plus loin. Alors pourquoi, sinon parce qu'elle défend son trésor ? Et s'il touchait au but ?

Vernon Pick reprend sa route. Le soir, il s'arrête sur la rive pour bivouaquer. Il plonge son unique casserole dans l'eau de la rivière, qui a pris, depuis quelque temps, une coloration laiteuse. Il allume un feu et la fait bouillir avant de la boire, pour éviter toute maladie. Puis il grignote quelques fruits secs qu'il a pu sauver du naufrage.

Le lendemain matin, des douleurs atroces le réveillent. Toutes ses articulations lui font mal. Il vomit. Il a été empoisonné, et c'est sans nul doute par l'eau de la Rivière de Boue, qui défend plus que jamais son trésor. La faire bouillir permet, certes, de tuer les microbes, mais pas d'éliminer les substances toxiques et elle en contient sûrement. Il apprendra plus tard qu'elle renferme des doses massives d'arsenic. De toute manière, il n'a pas le choix : il n'a que cela à boire s'il veut continuer.

Et il continue. Il progresse jour après jour. Il boit cette eau qui lui tord le ventre, mais il résiste au poison de la rivière comme il a résisté à celui du scorpion. Le 22 mars 1952, il arrive à la fin du canyon. Pour continuer, il doit escalader un éboulis. Alors que jusque-là il s'était tiré sans mal de toutes les phases d'escalade, cette fois il trébuche, tombe et roule sur plusieurs mètres, entraînant avec lui une grêle de pierres.

Dans sa chute, il a lâché le sac contenant le reste de ses provisions. Il ne se soucie que du plus précieux, le scintillomètre, qu'il serre contre lui, indifférent à son propre sort. Il se cogne ainsi le front, les bras et les jambes et, lorsqu'il arrive en bas, il est en sang. Hélas, l'éboulement qu'il a provoqué se poursuit et une pierre frappe de plein fouet le scintillomètre. Il espère qu'il n'y a rien eu de grave. Mais l'appareil est irrémédiablement détérioré : l'aiguille est passée de zéro au maximum.

Le désespoir s'empare de lui. Le scintillomètre était son dernier espoir. Lorsqu'il a perdu son compteur Geiger, il s'était dit qu'il avait encore une chance. Maintenant il n'en a plus aucune et il n'a pas non plus assez de provisions pour revenir à Hanksville. Sa route s'arrête ici, dans un décor tout aussi solitaire et sinistre que quelques mois auparavant. Il aurait dû mourir de la piqûre du scorpion, cela lui aurait épargné des souffrances et des espoirs inutiles.

Son regard tombe de nouveau sur le cadran du scintillomètre : l'aiguille est revenue à zéro. Il est surpris, car il pensait que le choc l'avait fait se bloquer définitivement. Intrigué, il reprend la pierre qui l'avait frappé, un gros caillou de couleur jaune et il l'approche de l'instrument. Instantanément l'aiguille se met à s'affoler et, lorsqu'il pose la pierre contre l'appareil, elle se bloque de nouveau à l'autre bout du cadran.

Fébrilement il remonte la pente. Il n'ose pas encore comprendre ce qui vient de se produire. Mais si ! Le scintillomètre n'est en aucune manière endommagé. À mesure qu'il monte, l'aiguille monte également. Lorsqu'il arrive en haut de l'éboulis, il se trouve en face d'une cavité naturelle, une sorte de long couloir, dont les parois sont faites de pierres de couleur jaune, de cette teinte tirant sur le marron qui est celle de la pechblende. L'aiguille du scintillomètre est de nouveau bloquée au maximum et les parois de la cavité s'étendent à perte de vue. Il a découvert une gigantesque mine d'uranium !

Effectivement Vernon Pick a découvert la plus grande mine d'uranium connue à ce jour. Normalement, il n'avait pas les provisions suffisantes pour rentrer à Hanksville. Mais les forces morales l'emportent de loin sur les forces physiques. L'enthousiasme né de sa découverte lui donne des ailes et il arrive à l'hôtel du vieux Billy presque en bonne forme.

La suite ressemble à un conte de fées. Il se rend à Cedar City, la ville la plus proche, d'où dépend la région de la Rivière de Boue. Il a deux démarches à faire : d'abord enregistrer sa concession. Aux États-Unis, la terre appartient à celui qui l'occupe le premier. Or personne n'est jamais allé jusqu'à cet éboulis. Pour un dollar, Vernon Pick en devient propriétaire. Ensuite, il se rend à un cabinet de géologue, car il y en a un à Cedar City qui s'est ouvert pour les prospecteurs. Là, il apporte un gros caillou jaune, celui précisément qui a frappé son scintillomètre. La réponse lui parvient trois jours plus tard : il s'agit de pechblende radioactive à 3,5 %. C'est le plus riche minerai d'uranium jamais découvert dans le monde.

À partir de là, le conte de fées s'est poursuivi. Vernon Pick a vendu sa mine en octobre 1954 au banquier Floyd Olum, pour la somme astronomique de 10 millions de dollars. Et le plus extraordinaire, c'est que peu de temps après on lui aurait acheté sa découverte pour un prix bien inférieur, presque dérisoire. En effet, d'autres filons ayant été découverts, on est vite arrivé à une situation de surproduction d'uranium et, en 1967, la mine de la Rivière de Boue a été abandonnée, devenue trop peu rentable.

Mais cela, Vernon Pick s'en moquait bien ! Il était riche. Lui qui avait construit sa première maison de ses mains vivait dans une villa de rêve en Floride et il était peut-être plus célèbre encore. Son histoire avait fait le tour du pays, il était devenu l'exemple même du héros américain. Et aujourd'hui, s'il est oublié avec le temps, aux dernières nouvelles, il est toujours en vie. Quand on a résisté aux scorpions de l'Utah et à l'arsenic de la Rivière de Boue, on est bâti pour devenir centenaire !

Le yacht sans nom

– Je vous assure, capitaine, j'ai tiré sur lui alors qu'il sautait depuis un rocher. Je l'ai eu en plein vol, si je puis dire. Et pourtant, il s'agissait d'un chamois !

Dave Rogers est en train de raconter une histoire de chasse, comme il en a l'habitude. C'est dans son tempérament. Ce Néo-Zélandais de trente-quatre ans, habitant Christchurch, dans la partie méridionale du pays, est tout entier fait de faconde et de jovialité. Sa grande passion est de chasser dans les montagnes de Nouvelle-Zélande, qui s'appellent les Alpes du Sud, et il ne peut s'empêcher d'en faire profiter son entourage.

Son entourage, en l'occurrence, c'est le capitaine Anthony Scott, car la scène se passe à bord d'un bateau, le *Palmyre.* Ce cargo va d'Auckland à Bombay avec une cargaison de laine, mais il prend quelques passagers, dans des conditions d'ailleurs très confortables, et Dave Rogers est du nombre. Il se rend en Inde pour participer à un safari aux tigres.

Le capitaine Anthony Scott, un homme d'une quarantaine d'années à la peau basanée, tire sur sa pipe sans répondre. Visiblement, il ne croit pas trop aux exploits de son interlocuteur ou alors les histoires de chasse ne l'intéressent guère. C'est alors qu'un troisième personnage intervient :

– Vous pouvez le croire, capitaine. Dave est une

fine gâchette... Aussi bon que moi, peut-être un peu plus rapide.

C'est Ronald Reeves. Il approche de la cinquantaine et il paraît davantage posé. Dave Rogers et lui se connaissent bien. Ils partagent la même passion pour la chasse et ils partent ensemble pour ce safari en Inde. À ce moment, une voix retentit à l'avant du bateau :

– Capitaine, venez voir !

Pas mécontent de cette diversion, qui lui permet d'échapper à une conversation ennuyeuse, le capitaine Scott s'adresse aux deux hommes :

– Excusez-moi, messieurs, j'ai du travail.

Il rejoint le marin qui vient de l'appeler depuis la cabine de pilotage.

– Capitaine, regardez ce bateau.

Le capitaine Anthony Scott distingue à l'horizon une petite forme d'un blanc brillant, sans doute un grand yacht.

– Je ne vois pas ce qu'il y a d'extraordinaire.

– Je viens de l'observer aux jumelles : il n'a pas de pavillon.

– Vous êtes sûr ?

– Certain.

– Et quel est son cap ?

– Il semblerait que ce soit vers nous.

Les deux chasseurs ont suivi le capitaine Scott. Ils ont tout entendu et ils remarquent à quel point il semble contrarié. Dave Rogers, le plus jeune, s'adresse à lui :

– Il y a quelque chose qui ne va pas, capitaine ?

– Oui, je n'aime pas cela. J'ai peur que ce soit le yacht sans nom.

– Qu'est-ce que c'est que cette histoire ?

– Une sombre histoire de mer... Il y a trois mois, un yacht, le *Cythera*, a été porté disparu à peu près dans ces parages. Il n'y avait pourtant aucune tempête. Il faisait un temps superbe comme aujourd'hui et toutes les recherches n'ont rien donné. Et puis, il y a quinze jours un pétrolier français l'a aperçu. C'était exactement son signalement sauf qu'il n'avait plus ni pavillon ni nom. Il a essayé de lui porter secours, il lui a fait des signaux, mais l'autre s'est enfui.

– Pour quelle raison, à votre avis ?

– Il n'y a malheureusement pas de doute à avoir. Les marins français sont formels : les occupants du yacht étaient armés. C'étaient des Jaunes, Chinois ou autres. En tout cas, c'étaient des pirates !

– Des pirates en 1963 ? C'est impossible !

– Dans cette partie du monde, cela existe encore.

– Dans ce cas, pourquoi n'ont-ils pas attaqué le navire français ?

– Parce que c'était un pétrolier. Le pétrole ne les intéresse pas, ce qu'ils cherchent, ce sont les cargos.

– Comme le nôtre ?

– Oui, comme le nôtre...

Ronald Reeves intervient à son tour :

– Et les occupants du yacht, qui était-ce ?

– Une famille américaine qui faisait le tour du monde : le père, la mère et quatre enfants, plus deux marins.

– Ils les ont faits prisonniers ?

– Certainement pas. Il aurait été bien trop difficile de les surveiller, sans compter qu'il aurait fallu les nourrir. Ils les ont certainement passés par-dessus bord.

Le marin, qui n'avait cessé de suivre les évolutions du bateau blanc à la jumelle, intervient :

– Capitaine, je vois distinctement sa coque. Il n'a pas de nom !

– Et il vient toujours sur nous ?

– Droit sur nous. Il a l'air très rapide.

Il y a un moment de silence. Le capitaine Anthony Scott regarde les deux hommes en hochant la tête.

– Vous êtes chasseurs, m'avez-vous dit ?

Ronald Reeves et Dave Rogers sont devenus subitement graves.

– Oui, capitaine. Vous pouvez compter sur nous !

Dave Rogers ajoute :

– J'ai deux carabines. Voulez-vous vous joindre à nous ?

Le capitaine fait un signe d'assentiment.

– Je ne suis pas un spécialiste, mais je ferai de mon mieux.

C'est ainsi que, le 17 mai 1963, quelque part dans l'océan Pacifique au large de la Nouvelle-Zélande, va avoir lieu une histoire de pirates en plein XXe siècle.

Il n'y a maintenant plus aucun doute : le yacht sans nom se rue à l'abordage du *Palmyre*. Les passagers ont été consignés dans leurs cabines, à part évidemment Dave Rogers et Ronald Reeves. Sur le pont du yacht, on distingue des hommes de type asiatique armés de fusils et de mitraillettes. À l'avant, une bâche de couleur verte dissimule quelque chose. Les interrogations à son sujet ne durent pas longtemps, car deux pirates la retirent, découvrant une mitrailleuse.

Le capitaine Scott échange ses impressions avec les deux chasseurs, qui sont à présent munis chacun d'une carabine à lunette et qui lui en ont donné une troisième pour lui-même.

– Leur puissance de feu est bien supérieure à la nôtre. Ils sont sept avec une mitrailleuse et des mitraillettes.

– Oui, mais nous avons deux avantages : notre

position et l'effet de surprise. Nous sommes beaucoup plus hauts qu'eux et ils ne s'attendent pas à ce que nous soyons armés. Le tout sera de ne pas rater notre coup. Comment pensez-vous manœuvrer, capitaine ?

– Dès que le yacht sera à notre portée, j'ordonnerai un brusque changement de cap, de façon à leur présenter l'avant du cargo. Espérons qu'ils n'auront pas le temps de manœuvrer eux-mêmes pour nous prendre de travers.

– Alors il faut que nous nous installions à la proue ?

– Oui. Allez-y ! Je vous rejoins après la manœuvre.

Rapidement, les deux hommes prennent position en s'abritant derrière le bastingage. Ils ont l'habitude de l'affût et ils sont tout aussi invisibles que lorsqu'ils traquent un animal. De temps à autre, ils jettent un œil et observent l'évolution de la situation. À présent, les pirates s'emparent de cordes munies de grappins. Ronald Reeves, le plus âgé et sans doute aussi le plus réfléchi, expose son plan d'attaque :

– Il faut choisir chacun notre cible et ne pas la rater. Il faut abattre en priorité le mitrailleur et le chef. Je me charge du mitrailleur.

Dave Rogers désigne à son ami un petit homme gesticulant et criant plus fort que les autres :

– Le chef, c'est lui. À la distance où l'on sera, je ne pourrai pas le rater. Ce sera plus facile qu'un chamois.

– Ce sont des hommes, Dave.

– Ils sont pires que des bêtes sauvages. Vous oubliez ce qu'ils ont fait à cette malheureuse famille.

– Ce sont tout de même des hommes.

Brutalement, alors que le yacht sans nom était tout proche, le *Palmyre* pivote sur lui-même, avec une rapidité étonnante pour un navire de sa taille. Bientôt les deux chasseurs surplombent le pont de l'autre embarcation de plusieurs mètres. Ils épaulent juste au moment où le capitaine vient les rejoindre, sa propre carabine à la main.

Trois coups de feu claquent en même temps. L'instant d'après, le mitrailleur se tord de douleur à terre en se tenant la cuisse et le chef s'est écroulé, après que sa tête eut littéralement éclaté. Quant au coup de feu du capitaine Anthony Scott, il n'a atteint personne mais il a contribué à augmenter la panique chez les pirates. Dave Rogers lance à Reeves :

– Moi, j'ai eu le mien. Vous, vous ne l'avez que blessé !

Ce à quoi son compagnon répond :

– Qui vous dit que j'ai visé à la tête ?

Mais déjà les deux hommes tirent de nouveau, imités par le capitaine. Il y a encore un mort et un blessé.

Cette fois tout est fini. Les trois pirates encore indemnes lèvent les bras. Le capitaine Anthony Scott fait arrêter les machines et mettre un canot à la mer. Peu après, les morts, les blessés et les survivants sont à bord du *Palmyre*, tandis qu'un des marins a pris place sur le yacht pour le ramener au port le plus proche. Une rapide visite de celui-ci a permis de constater que les suppositions du capitaine étaient, hélas, exactes. Les premiers occupants ne sont plus à bord.

Ainsi s'est terminée cette histoire de pirates en plein XXe siècle. Mais à la différence de leurs coups de feu contre les chamois et autres gibiers, jamais Dave Rogers et Ronald Reeves ne se sont vantés par la suite de leur exploit, pourtant remarquable. Car, comme l'avait dit ce dernier, tuer des hommes, même s'ils sont plus féroces que des fauves, ce n'est pas la même chose.

Petit Coyote

Cela fait deux ans, en ce milieu de l'année 1996, que Maria Licona, la mère d'Elmer, a quitté leur petite maison de Las Tajeras, à deux cents kilomètres de Tegucigalpa, la capitale du Honduras. Il faut dire que ce n'était pas une vie ! Veuve, avec cinq enfants à charge, Maria ne pouvait plus continuer à habiter leur maison en terre battue. Alors, comme elle avait un frère émigré à Los Angeles, elle a été le rejoindre. Pas question de s'y rendre officiellement, bien entendu : elle a franchi la frontière clandestinement avec un passeur. Et elle a eu beaucoup de chance, elle a fait partie du tout petit nombre de ceux qui n'ont pas été pris.

Arrivée dans la grande ville californienne, Maria Licona a trouvé, toujours par l'intermédiaire de son frère, un emploi au noir de bonne à tout faire et un logement. La paye n'était pas bien lourde, mais sans commune mesure avec la misère du Honduras et, depuis deux ans, elle a réussi à envoyer chaque mois quelques dollars à ses enfants.

Tout cela, Elmer Licona et ses quatre sœurs aînées, âgées de treize à dix-huit ans, le savent. Si les sœurs admettent la situation, lui, Elmer, a bien du mal. Il faut le comprendre : il n'a que dix ans.

À part cela, c'est un débrouillard, Elmer, et il contribue presque autant que sa mère à faire vivre le foyer.

Dès que l'école est finie, il file dans la rue et il gagne des lempiras en cirant les chaussures ou en vendant des allumettes à la sauvette. Il est même tellement débrouillard que son instituteur lui a trouvé un surnom : « Petit Coyote ».

Mais voilà, Petit Coyote est sentimental, incorrigiblement sentimental. Il ne cesse de se plaindre auprès de ses sœurs :

– Pourquoi est-ce que maman ne nous écrit jamais ?

– Elle n'écrit pas, mais elle pense à nous. Elle nous envoie de l'argent.

– Ce n'est pas des dollars que je veux, c'est une lettre.

– Ce n'est pas possible. Ce serait dangereux. Elle pourrait se faire prendre.

– Et, moi, je peux lui écrire ? Lui envoyer un dessin ?

– Non. Ce serait trop dangereux aussi.

Il n'y a rien à faire, Elmer ne comprend pas ces histoires de grands. Il ne comprend qu'une chose : sa maman ne se manifestera pas auprès de lui. Alors, avec l'impulsivité des enfants, il décide d'aller la rejoindre là où elle vit, à Los Angeles, aux États-Unis.

Elmer a quelques notions de géographie. Entre les États-Unis et le Honduras, il y a deux autres pays qu'il doit d'abord traverser : le Guatemala et le Mexique. Il sait surtout une chose : sa direction, c'est le nord, et c'est avec ce seul mot magique, ce sésame, *el norte*, qu'il quitte sa petite maison de terre battue, le mercredi 12 juin 1996.

C'est le matin. Le jour n'est pas encore levé sur Las Tajeras et il s'en va à pas de loup, avec la ruse du petit coyote qu'il est, prenant bien soin de ne pas se faire voir dans ce village où tout le monde le connaît.

Après quelques heures de marche, il arrive dans le bourg voisin où on ne le connaît pas et il parvient à monter dans un car scolaire qui le conduit à La Esperanza, la grosse ville de la région.

Elle est située sur la Route Maya, la grande route qui traverse toute l'Amérique de l'extrême sud au nord. Là, il ne lui reste plus qu'à faire signe aux camions. Ce n'est pas trop difficile. Dans un pays pauvre comme le Honduras, les gens ne sont pas étonnés de voir un garçon de dix ans faire de l'autostop, d'autant qu'Elmer inspire tout de suite la sympathie. Le premier chauffeur qui s'arrête lui demande avec un sourire :

– C'est quoi ta direction, mon bonhomme ?

– Le nord.

– Et qu'est-ce que tu vas faire au nord ?

– Je vais rejoindre ma mère, qui travaille au Mexique. Je n'ai pas d'argent pour vous payer. Si vous voulez, je vous aiderai à décharger votre camion.

– Je ne vais pas jusqu'au Mexique, je m'arrête au Guatemala. Mais ça t'avancera. Et pour le déchargement, ne t'inquiète pas, je m'en chargerai tout seul.

La chance sourit à Elmer. Il franchit la première frontière de nuit et les douaniers ne font pas attention à cette petite forme qui fait semblant de dormir à côté du chauffeur. Une fois arrivé à destination, le routier lui remet quelques quetzals et lui souhaite bonne chance.

Et Elmer Licona, le petit coyote, fait preuve de la même débrouillardise au Guatemala. Il lève le pouce au passage des camions, répondant, quand on l'interroge :

– *El norte... El norte*.

Et cela marche ! Il arrive à la frontière qu'il franchit encore une fois sans encombre. Le Mexique a beau être bien plus grand que le Guatemala, ce n'est pas cela qui pose un problème à Petit Coyote. Le 19 juin, une semaine seulement après son départ, il est à Ciudad Juarez, la ville frontière en face d'El Paso, la cité jumelle aux États-Unis, de l'autre côté du fleuve, affluent du Rio Grande. Et, cette fois, les choses deviennent sérieuses.

C'est là, en effet, que se concentrent tous les candidats à l'émigration clandestine et aussi tous les passeurs, qui, moyennant des fortunes, font miroiter aux malheureux et aux naïfs la terre promise. Car pas question de franchir le fleuve à la nage. Il faut passer de l'autre côté caché dans une camionnette ou tenter sa chance à travers le désert de sable, avec un itinéraire qu'on vous indique.

Elmer n'a pas le moindre argent, alors il n'est pas tenté par ces marchands de rêve, qui, de leur côté, n'auraient pas l'idée de proposer leurs services à un gamin de dix ans. Qu'importe, d'ailleurs, puisque Elmer a son idée ! Il a appris à la télévision qu'on pouvait se glisser dans le train d'atterrissage d'un avion. Des émigrants vers les États-Unis l'ont déjà fait. Et le voilà qui prend le chemin de l'aéroport. Avec sa débrouillardise coutumière, il repère le premier vol en partance pour Los Angeles et parvient à se faufiler sur les pistes. Il ne lui reste plus qu'à grimper dans le train d'atterrissage de l'appareil.

Mais Petit Coyote n'a pas été attentif quand il a regardé la télévision. Il n'a pas été jusqu'au bout du reportage : tous ceux qui ont tenté ce moyen d'évasion sont morts. Il n'y a aucune chance de survie. Le froid de la haute altitude tue. Et si par hasard ce n'est pas le cas, à l'atterrissage il est impossible de ne pas être projeté au sol.

Il est 11 h 30 et le vol TRA à destination de Los Angeles s'apprête à décoller. Sur la piste, les mécaniciens procèdent aux dernières vérifications. Et, comme ils le font systématiquement, ils regardent le train d'atterrissage. C'est alors qu'à leur stupeur ils voient un enfant sous les roues. Ils le conduisent au poste de police. Le responsable de l'aéroport est abasourdi.

– Mais qu'est-ce que tu faisais là ?

Elmer éclate en sanglots.

– Je voulais aller à Los Angeles pour voir ma mère.

Le lendemain, la photo du « petit garçon qui voulait voir sa mère à Los Angeles » fait la une des journaux mexicains. Les autorités du pays, émues, alertent celles des États-Unis et les médias américains s'emparent à leur tour de l'affaire. Mais les autorités américaines refusent catégoriquement de se laisser fléchir. Il n'est même pas question d'accorder un visa touristique à Elmer. Ce serait encourager les autres candidats à l'immigration clandestine.

Les médias, eux, se sont mis à une autre tâche : retrouver la mère et l'interroger. Mais les jours passent et celle-ci ne donne pas le moindre signe de vie. Du coup, dans la presse et à la télévision, on la juge sévèrement. Comment ? Son fils a risqué sa vie pour la retrouver et elle ne le remercie même pas d'un mot, d'un signe. Et pourtant les médias ont tort. Préoccupés qu'ils sont par le chagrin de Petit Coyote, ils méconnaissent ce qu'il y a de plus émouvant dans cette histoire : le calvaire de sa mère.

Maria Licona, qui vit dans un faubourg de Los Angeles, a, bien sûr, été bouleversée en apprenant le geste de son fils. Elle voudrait tant lui donner de ses nouvelles, le récompenser de son courage ! Mais elle est clandestine et elle sait que, si elle se manifeste, elle sera automatiquement expulsée. Ce sera la fin de l'argent qu'elle envoie chaque mois à ses enfants, la misère, non seulement pour Elmer, mais pour ses quatre sœurs.

Les jours passant, pourtant, elle n'en peut plus de s'entendre traiter à longueur de journée de mauvaise mère, de mère indifférente, par la radio et la télévision, elle qui se tait par amour. Alors elle est prise d'une terrible tentation : se faire connaître quand même, pour Elmer, au risque de tout perdre et même de se retrouver en prison ! Avant, elle va demander l'avis de son frère, celui qui lui a trouvé son travail. Il est formel :

– Tu ne dois pas bouger. Tu n'aurais même jamais dû venir me voir. Je suis sûr qu'il n'y a pas que les journalistes qui te recherchent, il y a aussi la police.

– Mais Elmer est si malheureux !

– Tu vas lui écrire une lettre et je la lui ferai parvenir.

– Comment ?

– Je crois que j'ai mon idée.

C'est ainsi que Maria Licona a rédigé pour son Petit Coyote une belle lettre se terminant par : « Je t'aime. Je pense à toi et je reviendrai bientôt. » Son frère a pris contact avec une chaîne de télévision, en s'entourant de toutes les précautions nécessaires, et Elmer a pu découvrir, en même temps que le grand public, les vrais sentiments que lui portait sa mère.

Par la suite, une souscription a permis au frère de Maria de rejoindre son neveu et de le raccompagner au pays en avion. Rentré à Las Tajeras, Petit Coyote est devenu une gloire locale. Mais cela n'était rien à côté de la lettre de sa maman, un trésor plus précieux que tous les dollars du monde, fièrement épinglée au mur en terre de sa chambre.

L'homme au cœur de fer

27 mai 1942. Aux commandes de son bimoteur, Nelson Griffith distingue, dans les premières lueurs du jour, la banlieue de Prague. Il est 4 heures du matin et sa mission touche à sa fin. Ce n'est pas la première fois que ce lieutenant de l'armée anglaise effectue des vols au-dessus de la Tchécoslovaquie occupée. Jusqu'à présent, il s'agissait de livrer du matériel pour la Résistance. Là, c'est un peu différent : ce sont deux parachutistes qu'il va larguer. Il se retourne et leur lance :

– Ça va être à vous, boys ! Préparez-vous.

Sans dire un mot, les deux hommes s'équipent de leur parachute. Ils se saisissent en outre chacun d'un sac contenant un véritable arsenal : pistolets automatiques, mitraillettes, grenades, bombes explosives et fumigènes. Tous deux sont revêtus de l'uniforme anglais, mais ils font partie de l'Armée libre tchécoslovaque. L'un est tchèque, Jan Kubis, fermier en Moravie, et l'autre est slovaque, Josef Gabchik, serrurier à Bratislava.

Ils sont jeunes tous les deux, ils n'ont pas vingt-cinq ans. Ils ont déjà connu une existence mouvementée, à l'image des temps dramatiques que l'Europe est en train de vivre. Patriotes, ils n'ont pas accepté l'invasion de leur pays par Hitler, à la suite des accords de

Munich. Ils se sont exilés en France et, lorsque la guerre a été déclarée, ils se sont engagés dans la Légion étrangère.

Comme les autres, ils ont fui devant l'armée allemande, en mai 1940. Comme beaucoup d'autres, ils se sont retrouvés encerclés à Dunkerque et ils ont eu la chance de faire partie de ceux qui ont pu passer en Angleterre. Là, au sein de l'Armée libre tchécoslovaque, créée sur l'initiative de Churchill, Jan Kubis et Josef Gabchik ont subi un entraînement intensif et ce sont leurs qualités physiques et morales qui les ont fait désigner pour cette mission.

Nelson Griffith se retourne une nouvelle fois vers eux :

– C'est là, les gars. Bonne chance pour votre job !

Un autre Anglais ouvre la porte de l'avion. Les deux Tchécoslovaques sautent et le pilote peut voir peu après leurs parachutes s'ouvrir dans ce petit matin du mois de mai. Leur job, comme il dit, il ne le connaît pas : c'est le règlement, indispensable au cas où il serait capturé. Bien sûr, la Convention de Genève interdit d'interroger les prisonniers, mais on ne sait jamais.

Nelson Griffith fait demi-tour et met le cap sur l'Angleterre. Pour lui, ce vol aura fait partie de la routine de la guerre. Mais ce qui attend Jan Kubis et Josef Gabchik est loin d'être ordinaire ! Il leur est demandé d'accomplir un des plus grands exploits jamais réalisés par la Résistance d'un pays occupé. Il s'agit d'abattre Heydrich, le numéro trois du régime nazi, le chef de la Gestapo, le maître et le bourreau de la Tchécoslovaquie, que tout le monde dans le pays surnomme l'« homme au cœur de fer ».

Reinhardt Heydrich est né en 1904 à Leipzig, dans une famille de la haute bourgeoisie. Il fait de brillantes études et pourrait s'orienter vers une carrière de professeur ou de médecin, mais il choisit l'armée. Il fait partie de cette génération, trop jeune pour faire la guerre de 14-18, qui n'a pas accepté la défaite ni le traité de Versailles et qui rêve de revanche. Ses dons lui permettent d'entamer une brillante carrière. Il manifeste très tôt une vocation d'officier politique et, sur sa demande, il est affecté au service de renseignements. Il y fait preuve d'une grande activité et connaît un rapide avancement.

Il a également de nombreuses bonnes fortunes féminines. Il faut dire qu'il a tout pour plaire avec son physique typiquement germanique : une haute stature, les cheveux blonds, les yeux bleu clair, un visage fin et racé aux lèvres minces. C'est d'ailleurs l'une de ses aventures amoureuses qui est fatale à sa carrière militaire. Il a une liaison avec une jeune femme de l'aristocratie, mais il refuse de l'épouser et le père de sa maîtresse, un officier supérieur des arsenaux de Hambourg, obtient son renvoi de l'armée. Heydrich en gardera une haine pour l'aristocratie et une méfiance instinctive vis-à-vis de l'armée régulière.

Nous sommes alors en 1932. Il est sans ressources ni activité et il se lance dans la politique. Tout naturellement, il se dirige vers le Parti national-socialiste et y fait une rencontre qui va être décisive pour lui. Il s'agit d'un petit homme au visage rond et aux yeux impassibles derrière ses lunettes cerclées de fer, un vétérinaire raté mais qui se révèle un génie de l'organisation policière, Heinrich Himmler. En cette année 1932, Hitler l'a mis à la tête des SS, qui sont alors une organisation chargée d'espionner les membres du parti nazi.

Himmler éprouve tout de suite une vive sympathie pour Heydrich, en qui il discerne des dispositions exceptionnelles. Il en fait son adjoint et celui-ci va le suivre dans sa vertigineuse ascension. En 1936, trois ans après l'arrivée de Hitler au pouvoir, Himmler est nommé chef de toutes les polices du Reich et Heydrich est placé à la tête de l'une des branches les plus actives des services policiers : la Gestapo.

Grâce à ses soins, la Gestapo acquiert une importance considérable. Elle déploie ses activités non seulement contre les ennemis de l'Allemagne, mais contre les Allemands eux-mêmes. Personne n'est à l'abri de sa surveillance et de ses interventions brutales et surtout pas l'armée du Reich, sur laquelle Heydrich prend une éclatante revanche. À la tête de cette organisation au pouvoir illimité, Heydrich devient, après Hitler et Himmler, le personnage le plus puissant d'Allemagne. En septembre 1941, le Führer le nomme gouverneur de la Tchécoslovaquie occupée, fonction qu'il exerce sans perdre ses autres attributions. Arrivé à Prague, Heydrich applique son programme de gouvernement qui tient en un seul mot : la terreur. Tel est l'homme que Jan Kubis et Josef Gabchik ont pour mission d'abattre.

Bien entendu un projet de cette importance ne s'improvise pas. Au moment où les deux Tchécoslovaques débarquent aux environs de Prague, tout un travail préparatoire a été effectué par d'autres résistants, soit parachutés d'Angleterre comme eux, soit faisant partie des réseaux intérieurs. Leur tâche n'a pas été facile dans ce pays administré par le maître de la Gestapo. Beaucoup ont été pris, sont tombés les armes à la main ou ont été obligés de se suicider. Ceux qui n'ont pas pu le faire ont été arrêtés et torturés et certains ont parlé, ce qui a entraîné d'autres arrestations.

Ce 27 mai 1942, le plan d'action est au point. Normalement il était prévu d'agir un peu plus tard, la date a été avancée, car le bruit courait que Heydrich allait recevoir une nouvelle affectation. Le Führer voulait l'envoyer en France afin d'écraser la résistance de ce pays.

Différents projets ont été étudiés. Finalement, il a été décidé de commettre l'attentat sur le trajet que Heydrich emprunte chaque matin pour se rendre à son travail. Chaque jour, aux environs de 9 heures, il quitte son domicile, dans la banlieue résidentielle de Liben, pour se rendre au château de Prague, siège de son gouvernement. Depuis le début du mois, il est à bord d'une Mercedes gris-vert décapotée. Quelquefois il a des gardes du corps, quelquefois il est seul avec le chauffeur. Cette absence de précautions peut paraître surprenante, mais elle tient sans doute au caractère de Heydrich. Le nazi fanatique qu'il est a trop tendance à considérer les nations occupées comme des peuples dégénérés pour se croire vraiment menacé. N'appelle-t-il pas la population qu'il a sous ses ordres la « vermine tchèque » ? En tout cas, cet orgueil est un atout inespéré pour les résistants.

Dès qu'ils ont mis pied à terre, Jan Kubis et Josef Gabchik retirent leurs uniformes et les dissimulent de leur mieux, en même temps que leurs parachutes. En dessous ils sont vêtus de bleus de travail qui les font ressembler à de banals ouvriers. De leurs imposants sacs, ils sortent aussi une bicyclette démontée qu'ils remettent rapidement en état de fonctionnement et deux musettes qu'ils placent sur leur épaule, après y avoir mis leurs armes. Qui pourrait se douter qu'ils dissimulent tout un arsenal ? Ils ont l'air de Pragois inoffensifs se rendant à leur travail.

Pédalant avec énergie, ils gagnent l'endroit prévu, un tournant sur la route de Liben. Ils savent qu'ils vont y rencontrer d'autres résistants. L'un d'eux, posté un peu plus haut, doit les prévenir de l'arrivée de la voiture en leur faisant un signal avec un miroir. Une jeune fille blonde doit également passer devant eux, sur la banquette arrière d'une voiture de couleur bleue. Si elle porte un chapeau, cela voudra dire que Heydrich est accompagné de gardes du corps, si elle est tête nue, cela signifiera qu'il est seul.

Jan Kubis et Josef Gabchik arrivent à leur poste aux alentours de 8 heures et demie. Un peu avant 9 heures, ils voient un autre ouvrier en bleu de travail et à bicyclette mettre pied à terre un peu plus loin. De l'endroit où il est, sur une hauteur, il domine les lieux. C'est lui qui enverra le signal avec le miroir. Maintenant, il n'y a plus qu'à attendre.

Les minutes passent et même une heure tout entière s'écoule. À 10 heures, le chef de la Gestapo n'est toujours pas là. Qu'est-ce que cela signifie ? L'attentat aurait-il été découvert ? Les deux Tchécoslovaques ne se posent pas longtemps la question. À ce moment, une voiture passe devant eux. Elle est bleue et une jeune fille blonde est assise sur la banquette arrière. Elle n'a pas de chapeau sur la tête. Elle leur adresse un petit signe de la main, leur fait un sourire et disparaît. Ils ne savent pas son nom. Ils ont juste le temps de la trouver charmante et de s'étonner de sa jeunesse. C'est vrai qu'elle est jeune. Elle a seize ans, elle s'appelle Rela Fafkova, et elle sera fusillée avec toute sa famille dans la répression qui suivra.

À cet instant, un reflet de soleil s'agite plus haut sur la route. Les deux hommes ouvrent leur musette, le moment est arrivé. La Mercedes gris-vert apparaît. Heydrich est à l'arrière très droit, hautain, dans son uniforme noir de général SS. Josef Gabchik sort sa mitraillette et tire dans sa direction. Le chauffeur accélère. Jan Kubis lance une bombe sur le véhicule. Il y a une explosion effrayante. On peut voir Heydrich se dresser, tenter de sortir son revolver de son étui et s'effondrer d'un coup.

Une petite camionnette qui livrait du cirage et qui passait par là est arrêtée par le chauffeur, qui est indemne. Peu après, elle emporte le chef de la Gestapo vers l'hôpital voisin de Bulovka. Heydrich est criblé d'éclats d'obus, mais il vit encore. D'ailleurs, le communiqué officiel annonce qu'il n'a été que légèrement touché et qu'il se remet de ses blessures.

Cela n'empêche pas la répression de commencer. Le couvre-feu est décrété de 21 heures à 6 heures du matin, à Prague d'abord, puis dans tout le pays. La fureur des Allemands se manifeste par des descentes de police dans les maisons de la ville. Les hommes en uniforme contrôlent les papiers d'identité, ouvrent les armoires, les tiroirs, les valises, tournent les boutons de la radio pour voir si on a écouté des émissions étrangères.

Le lendemain de l'attentat, alors que les autorités diffusent toujours des nouvelles rassurantes, un grand magasin de la place Venceslas expose en vitrine différents objets trouvés sur les lieux de l'attentat : une bicyclette, une musette, un béret, une mitraillette Sten. Une récompense de 10 millions de couronnes est promise à ceux qui apporteront un renseignement. Au même moment, à l'hôpital, les médecins et chirurgiens les plus célèbres d'Allemagne tentent par tous les moyens de ramener le blessé à la vie. Contrairement à ce qu'a dit le communiqué officiel, son état est grave, il est même désespéré. Le 4 juin au matin, Heydrich décède sans avoir repris connaissance.

Et, tandis que le chef de la Gestapo reçoit des funérailles grandioses, les représailles allemandes se déchaînent. Le 9 juin 1942, à la suite d'une vague rumeur selon laquelle il aurait hébergé des résistants, le village de Lidice est investi par un détachement de la division SS Prince Eugène. Aussitôt, cent soixante-douze hommes et jeunes gens sont fusillés, tandis que les femmes sont envoyées au camp de Ravensbrück où elles mourront toutes. Les enfants seront adoptés par des familles, en Allemagne, pour qu'elles en fassent de « bons aryens ». Après quoi, le village est brûlé et les décombres dynamités afin qu'il ne reste plus rien. Lidice n'existe effectivement plus, mais son nom devient un symbole et va conduire beaucoup de Tchèques à se dresser contre l'occupant.

Pendant ce temps, où sont passés Jan Kubis et Josef Gabchik ? Eh bien, alors que la Gestapo et toutes les forces allemandes les cherchent à travers le pays entier, ils sont restés à Prague, là où le danger est le plus grand et où les organisateurs de l'attentat ont pensé qu'ils avaient, dans le fond, les meilleures chances de s'en sortir.

Ils ont trouvé refuge dans la crypte de l'église orthodoxe Saints-Cyrille-et-Méthode, une construction baroque au centre de la ville, tout près du château qui sert de quartier général aux nazis. Leur cachette est une cave froide, humide et sombre où on déposait autrefois les cercueils de religieux. Un seul escalier de bois y conduit. Il débouche sur une dalle située sous l'autel, qui a été rescellée et qui est parfaitement invisible.

Kubis et Gabchik y ont rejoint d'autres patriotes tchécoslovaques, eux aussi recherchés par les Allemands. Ils sont sept en tout. Le seul officier de carrière parmi eux, le capitaine Opalka, en a pris le commandement. Les prêtres leur ont donné des provisions, avant de refermer le passage derrière eux. Avec cela, ils peuvent tenir jusqu'à ce que la situation se soit un peu calmée.

En attendant, la répression continue de plus belle et, même, elle s'intensifie. Dans les rues de Prague et dans toutes les villes de Tchécoslovaquie, les affiches rouges annonçant des exécutions capitales se multiplient. Le 10 juin, Karl Hermann Frank, le successeur de Heydrich, annonce que si, dans huit jours, le 18 juin, les assassins de l'ancien maître de la Tchécoslovaquie n'ont pas été retrouvés, le pays connaîtra un bain de sang.

Dans la population, la menace a un effet inverse à celui escompté. Elle soude les gens contre l'occupant, elle renforce le patriotisme dans tous les foyers. Malheureusement, il suffit d'une exception sur des millions d'individus, il suffit d'un traître pour faire tout basculer.

Karel Curda fait, lui aussi, partie de l'Armée libre tchécoslovaque. Lui aussi s'est réfugié en France, puis en Angleterre, après l'invasion de son pays ; lui aussi a été chargé d'une mission et parachuté aux environs de Prague. Seulement, ses chefs ont négligé un détail : sa mère est d'origine allemande. Après avoir exécuté convenablement sa mission, qui consistait à faire sauter un dépôt de matériel, Karel Curda s'est réfugié chez elle. Or elle ne partage pas du tout ses sentiments, et, jour après jour, tandis que la répression se déchaîne, elle s'emploie à le convaincre.

– Tu vois tous ces malheureux qui sont fusillés à

cause de tes amis ? Et tu as entendu ce qu'a dit le successeur de Heydrich ? Si on ne les a pas retrouvés le 18 juin, ce sera un bain de sang. Tu dois les dénoncer !

Karel Curda n'a jamais eu des convictions bien solides, c'est un caractère faible. Il se laisse convaincre. Dans un premier temps, il se décide pour une demi-mesure. Il envoie une lettre anonyme à la police de son quartier :

« Arrêtez les recherches contre ceux qui ont commis l'attentat contre Heydrich. Arrêtez les assassinats de gens innocents, car les coupables sont Gabchik et Kubis. »

C'est tout ce qu'il dit. Il ne donne pas le lieu de leur cachette, que d'ailleurs il ne connaît pas. Seulement, son initiative ne donne aucun résultat. Les policiers ne transmettent pas sa lettre aux Allemands. Il n'y a pas que des patriotes parmi eux, mais ceux à qui il s'était adressé en font partie. Alors Karel Curda, qui a moralement déjà franchi le pas, le franchit réellement. Il se présente au château de Prague. Et la phrase qu'il prononce au factionnaire lui ouvre immédiatement les portes du bureau de Karl Hermann Frank :

– Je viens dénoncer les assassins de Heydrich.

Au chef des autorités d'occupation, Curda dit tout ce qu'il sait, principalement le nom des contacts qu'il a dans le pays : des familles pragoises, en apparence tout ce qu'il y a de paisible, qui l'ont caché au moment de sa mission. Immédiatement, la terrible machine de la Gestapo se met en marche. Des arrestations sont opérées séance tenante. Certains ont le temps de se suicider, mais pas tous. Ceux-là sont abominablement torturés et certains d'entre eux parlent. C'est ainsi que les Allemands apprennent la cachette de l'église

Saints-Cyrille-et-Méthode. Le dernier acte va commencer.

Le 18 juin 1942, à 4 heures du matin, un important détachement de SS prend position sur les lieux. L'attaque se fait prudemment, car les Allemands ne savent pas exactement où se cachent les hommes. À peine sont-ils entrés dans l'église qu'ils sont accueillis par un tir nourri et doivent se replier en laissant plusieurs morts. Les Tchèques, qui les avaient vus venir, disposent d'un véritable arsenal et se sont installés dans la galerie surplombant la nef, d'où ils les ont pris sous leur feu.

Il faut faire appel à des moyens plus importants. Les Allemands font venir un canon, avec lequel ils tirent sur l'église. Les Tchèques se replient dans la crypte, non sans avoir perdu trois des leurs, touchés par les obus. Parmi eux, il y a Kubis et le capitaine Opalka, qui, blessé, a avalé une capsule de cyanure pour ne pas être pris vivant. Le traître Curda, qui est avec les assaillants, est prié par eux d'identifier les victimes. Il n'avait jamais vu les deux autres, mais il reconnaît Opalka, son chef.

Les quatre derniers résistants se sont réfugiés dans la crypte. Les SS, qui n'en ont pas trouvé l'entrée, dissimulée sous l'autel, leur disent par haut-parleur de se rendre, promettant qu'ils seront traités comme des prisonniers de guerre. Il n'y a pas de réponse. Curda prend le haut-parleur à son tour, pour les exhorter à déposer les armes. Cette fois, une salve d'injures monte des profondeurs.

Il faut en finir. Les assaillants ont découvert le soupirail par lequel la crypte communique avec la rue. Ils y introduisent une lance d'incendie pour tenter de noyer les occupants. Ceux-ci ont une échelle, qui leur permet d'accéder jusqu'à l'ouverture, et ils parviennent à retourner la lance vers la rue.

Les combats se poursuivent de manière acharnée pendant des heures. Les grenades lancées par le soupirail sont renvoyées par les assiégés. Enfin, les Allemands découvrent l'entrée sous l'autel et font sauter la dalle à la dynamite. L'assaut est donné, mais il est repoussé. Les SS sont en train de se retirer lorsqu'ils entendent quatre détonations au sous-sol. Ils reviennent prudemment. Les quatre hommes, se voyant perdus, ont retourné leur arme contre eux pour ne pas tomber vivants aux mains de leurs ennemis.

Les combats sont terminés. Les Allemands ont mobilisé en tout huit cents SS pour venir à bout de sept hommes. Il leur a fallu pour cela près d'une journée et ils ont subi de lourdes pertes. Celles-ci ne seront jamais connues, tous les rapports à ce sujet ayant été détruits sur ordre des autorités d'occupation.

Le traître Curda, après sa dénonciation, a touché les 10 millions de couronnes promises et il est allé se réfugier en Allemagne. Là, il a épousé une Allemande et a tenté de vivre sous un faux nom. Mais il a été identifié et arrêté en 1945. Jugé, il a été exécuté peu après.

Ainsi s'est terminée cette page glorieuse et sanglante. Si Jan Kubis, fermier de Moravie, et Josef Gabchik, serrurier à Bratislava, sont morts, leur geste n'a pas été inutile, loin de là. Il a provoqué la fureur de Hitler et il a soulevé une immense vague d'espoir chez les résistants, non seulement de Tchécoslovaquie, mais de tous les pays.

Toute la fortune de l'Angleterre

– Belle journée, n'est-ce pas, Théobald ?

Alexander Craig vient de poser cette question sans attendre la réponse. D'ailleurs, Théobald ne répond jamais à la question qu'il lui pose rituellement chaque matin avant de partir pour son travail. Ce n'est pas que Théobald soit mal élevé : c'est tout simplement un poisson rouge.

Alexander Craig déverse quelques miettes de pain dans l'aquarium, va ouvrir la fenêtre et pénètre sur un joli balcon chargé de géraniums de toutes les couleurs. En bas, lui parvient un bruit intense d'animation urbaine, car nous sommes au cœur de Londres, dans la City. Avec autant d'application que pour nourrir son poisson rouge, Alexander Craig arrose chacune des fleurs et coupe au sécateur les feuilles fanées.

De retour dans l'appartement, il passe dans une autre pièce, non sans avoir pris soin de fermer la porte de communication. À sa vue, un chat siamois s'étire paresseusement et quitte le canapé pour venir dans sa direction.

– Belle journée, Archibald !

Plus loquace que son compagnon aquatique, Archibald émet un petit grognement de contentement et suit son maître dans la cuisine. Il attend patiemment que celui-ci sorte du garde-manger une assiette de poisson et un bol de lait. Toutes ces formalités quotidiennes étant accomplies, Alexander Craig prend son chapeau à la patère de l'entrée et s'en va.

Il marche sans se presser dans les rues de Londres. Le trajet qui le sépare de son bureau n'est pas long et il le fait à pied tous les jours. À vrai dire, Alexander Craig ne se distingue pas trop des autres messieurs qui marchent en même temps que lui dans la rue. À cinquante-cinq ans, il est le type même du gentleman britannique. Il en est même la caricature : chapeau melon, costume gris anthracite, col dur, nœud papillon, souliers vernis, ainsi qu'un parapluie quel que soit le temps. Et pas besoin d'être météorologiste pour être certain qu'il n'y a pas d'averse à redouter. C'est vraiment une belle journée, comme Alexander l'a dit à Théobald et Archibald. Pourtant, cela ne l'empêche pas d'afficher une mine soucieuse.

Il faut dire que la situation est plus qu'inquiétante, ce 21 juin 1940. Les nouvelles venues de France sont catastrophiques. Cinq jours plus tôt, le gouvernement Reynaud a démissionné, le maréchal Pétain a été appelé au pouvoir et, le lendemain, il a demandé l'armistice à l'Allemagne. L'armée anglaise a pu rembarquer tant bien que mal à Dunkerque mais son état n'est guère brillant. Maintenant c'est l'Angleterre qui est l'objectif de Hitler et le pire est à craindre. Oui, malgré le soleil radieux de cette première journée d'été, l'avenir est sombre, très sombre.

Alexander Craig, de son pas régulier, est arrivé à Threadneedle Street, devant le bâtiment de la Banque d'Angleterre, dont l'architecture imite l'Antiquité avec plus ou moins de bonheur. C'est là qu'il travaille. Il y occupe même un poste très important. Car Alexander est un exemple remarquable de réussite sociale. Parti de rien, puisqu'il est enfant de l'Assistance, il a réussi à force de travail et de sérieux à s'élever aux plus hautes responsabilités.

Celles-ci n'ont pas eu la moindre influence sur sa vie privée. Il est difficile d'imaginer une existence plus uniforme et plus rangée que la sienne. Sans famille, ayant très peu d'amis, juste quelques collègues de travail, il est célibataire endurci. En fait, il n'a qu'une seule passion : son métier. Il emporte du travail à son domicile, ce qui est une preuve de confiance remarquable de la part de ses chefs, car il s'agit souvent de dossiers confidentiels.

– Monsieur Craig ?

Alexander Craig sursaute. Un homme bien mis vient de s'adresser à lui alors qu'il s'apprêtait à gravir les marches du perron. Il acquiesce d'un signe de tête.

– Veuillez me suivre, je vous prie.

L'inconnu lui désigne une Rolls-Royce noire sans immatriculation, garée devant la Banque d'Angleterre. Étonné mais flegmatique, en bon Britannique qui se respecte, Alexander Craig monte dans le véhicule sans faire de commentaire. Celui-ci démarre aussitôt. Le trajet n'est pas long : la Rolls-Royce s'arrête devant un autre bâtiment officiel qu'Alexander connaît pour y avoir été à plusieurs reprises, le ministère des Finances. Là, un huissier l'attend et le conduit aussitôt vers le bureau directorial. De plus en plus étonné, Alexander Craig comprend qu'il va rencontrer le chancelier de l'Échiquier, le ministre des Finances en personne.

Effectivement, l'instant d'après il se trouve en présence de sir Kingsley Wood, chancelier de l'Échiquier, qui a quitté son bureau et vient lui serrer la main avec chaleur.

– Prenez place, monsieur Craig. Je vous attendais.

La stupéfaction d'Alexander Craig s'accroît encore.

Ils sont seuls dans l'immense bureau ministériel. Que lui veut cet important personnage ? Il va le savoir car celui-ci entre sans plus attendre dans le vif du sujet.

– Monsieur Craig, je n'ai pas besoin de vous dire que la situation est préoccupante. Notre pays est en grand danger d'être envahi et nous devons prendre des mesures au cas où les choses tourneraient mal.

– Parfaitement, monsieur.

– C'est pourquoi j'ai une mission à vous confier, une mission ultra-secrète et de la plus haute importance.

Si Alexander Craig garde le silence, il n'en pense pas moins. Mais le chancelier de l'Échiquier répond à la question qu'il est en train de se poser intérieurement.

– Le gouvernement vous a choisi parce que vos supérieurs vous ont désigné comme le plus honnête et le plus méticuleux des fonctionnaires de la Banque d'Angleterre. D'autre part, votre vie privée est la meilleure garantie de discrétion. Quelqu'un qui n'a qu'un chat et un poisson rouge à qui confier ses secrets est l'homme qu'il nous faut.

– Je vous remercie de cette confiance, monsieur le ministre. J'espère en être digne. De quoi s'agit-il ?

Sir Kingsley Wood le regarde droit dans les yeux et lui répond sans élever la voix :

– D'emporter avec vous toute la fortune de l'Angleterre.

Cette fois, malgré son flegme, Alexander Craig reste éberlué, les yeux ronds, la bouche ouverte. D'autant que le chancelier de l'Échiquier poursuit :

– Quand je dis « toute la fortune de l'Angleterre », il ne s'agit pas seulement de ce qui appartient à l'État, les réserves d'or de la Banque nationale et les autres avoirs publics, que vous connaissez aussi bien que moi. Il s'agit aussi des biens privés. Depuis plusieurs semaines, les banques ont reçu confidentiellement l'instruction de vider leurs coffres de l'or et des valeurs de leurs clients. Tout a été regroupé dans des entrepôts secrets.

Alexander Craig, en expert comptable, essaye d'imaginer ce que cela peut représenter, mais il n'y parvient pas. C'est inimaginable, prodigieux : des centaines, peut-être des milliers de tonnes d'or, des millions de livres sterling en actions ! Il essaye aussi d'imaginer ce trésor dans son petit trois-pièces. Il n'y aurait pas assez de place pour en loger le centième. Mais, bien sûr, ce n'est pas de cela qu'il s'agit. D'ailleurs, sir Kingsley Wood le lui confirme aussitôt.

– Il faut faire sortir ces richesses du pays. Il n'est pas question que les Allemands s'en emparent. C'est en cela, en particulier, que le secret est indispensable. Si l'opinion publique savait que le gouvernement prend ces mesures et qu'il envisage la défaite, son moral s'effondrerait... Votre tâche consistera à accompagner le trésor hors d'Angleterre. Vous partirez avec le premier convoi.

– Et quelle sera ma destination ?

– Le Canada. Tout doit être réuni là-bas et en un seul lieu.

– De quel lieu s'agit-il ?

– Je ne sais pas. C'est à vous de le choisir. À partir de ce moment, vous avez la responsabilité de l'ensemble des opérations. Seuls deux hauts fonctionnaires canadiens ont été informés. Ils ont ordre de se mettre à votre disposition.

Alexander Craig ne dit rien. Il a déjà accepté et il ne reviendra pas sur sa décision, mais tout de même ! Lui qui avait vécu jusque-là dans le cadre étroit, pour ne pas dire étriqué de son petit appartement, en compagnie de son chat et de son poisson rouge, va se trouver à la tête d'une fortune, telle que les chercheurs d'or, les pirates, les flibustiers, les aventuriers du monde entier n'en ont jamais vu. Le chancelier de l'Échiquier poursuit :

– Vous embarquez le 23 juin à minuit, à Greenock, sur le croiseur *Emerald*, destination Halifax. Le commandant seul est au courant. Vous superviserez avec lui l'embarquement de la cargaison. Une fois à Halifax, vous devrez attendre un autre arrivage, qui viendra sur le croiseur *Bonaventure*. À ce moment-là, vous vous occuperez de trouver le lieu de stockage. Je ne saurais trop vous recommander la discrétion : Halifax grouille d'espions ennemis.

Sir Kingsley Wood se lève de son bureau et tend la main à son interlocuteur.

– Bonne chance, monsieur Craig ! Sa Majesté et sir Winston comptent sur vous. Vous avez une partie du sort de l'Angleterre entre vos mains.

Deux jours ont passé. Alexander Craig se trouve à Greenock, près de Glasgow. En partant, il a recommandé Archibald et Théobald à sa logeuse et leur a fait des adieux émus. Car il ne sait pas s'il reverra ses deux compagnons. Ils ne sont plus tout jeunes et lui-même n'est pas certain de revenir un jour.

Pour l'instant, il ne s'agit pas du sort de ses animaux de compagnie. Du haut du pont de l'*Emerald*, en compagnie du commandant Flynt, il surveille l'arrivée du trésor qu'il doit convoyer. Il y a en tout exactement 2 229 caisses. Chacune d'elles contient quatre barres d'or de douze kilos et demi, plus des actions et des titres divers dans des conteneurs de plomb. Alexander Craig a pu chiffrer approximativement leur valeur totale. Il y en a pour 130 millions de livres sterling. En monnaie d'aujourd'hui, cela représenterait 6 milliards d'euros ou, pour donner un chiffre plus parlant, près de 4 000 milliards d'anciens francs.

Le chargement à bord de l'*Emerald* commence. Dès le début, les marins font des réflexions devant le poids inimaginable de ces caisses qui ne font pas plus de quarante centimètres de long et qui sont étiquetées « Poisson ». Il faut bien leur dire quelque chose. Alexander Craig s'adresse à l'officier responsable des opérations :

– Il s'agit de matériel de guerre très très secret. Je compte sur vos hommes pour garder le silence.

– Entendu, monsieur. Personne ne parlera.

Le chargement est long et difficile, car il ne se limite pas à un simple problème de manutention. Un navire de guerre comme l'*Emerald* est normalement étudié pour ne transporter que son carburant, ses munitions et les équipements dont il a besoin. Une cargaison d'un tel poids risque de modifier son centre de gravité et de le rendre vulnérable en cas de tempête, ainsi que de modifier la ligne de tir des canons. Il faut donc répartir les caisses le plus également possible. On en met un peu partout : dans les cales, dans les coursives, dans l'infirmerie, dans le mess et même dans les cabines du commandant Flynt et d'Alexander. Tout cela, évidemment, multiplie les risques d'indiscrétion, même si l'on peut faire confiance aux marins de Sa Majesté.

23 juin 1940, minuit. Tous feux éteints, le croiseur *Emerald* quitte la rade de Greenock. Au poste de commandement, Flynt échange ses impressions avec Alexander. Il n'est guère optimiste.

– La chose s'annonce mal. Le radio vient de m'avertir que les Allemands diffusent un message depuis Brest : « Nous savons que vous préparez un convoi. Nos sous-marins vous attendent ! »

– Il s'agit peut-être d'intoxication.

– Peut-être. Mais la menace ne peut pas être prise à la légère. Les Allemands ont coulé 350 000 tonnes de navires marchands le mois dernier.

– Vous m'avez dit que deux destroyers anti-sous-marins nous rejoindraient en pleine mer.

– Oui, mais pourront-ils rester ? On annonce une très sérieuse tempête.

Une tempête... Alexander Craig fait une grimace de contrariété. Jusqu'à présent, son seul contact avec la mer se limitait à un bain de pieds dans la station balnéaire de Brighton. Il n'avait jamais voulu se rendre en France, de peur d'avoir le mal de mer en traversant le Channel. Mais, comme on dit, à la guerre comme à la guerre !

La météo ne s'était pas trompée. Alors que l'*Emerald* vient de dépasser l'Irlande la tempête se lève d'un coup. Elle est si violente que malgré sa masse le croiseur est ballotté en tous sens. S'il parvient tout de même à garder son cap et sa vitesse, il n'en est pas de même des deux destroyers qui l'accompagnent. Ils sont beaucoup plus petits et ils doivent réduire considérablement l'allure pour ne pas couler. Sans eux, l'*Emerald* serait sans protection contre les sous-marins, car ceux-ci sont en dessous du mauvais temps et ils peuvent parfaitement envoyer leurs torpilles. Alors, pour rester à leur hauteur, il fait des zigzags au milieu des vagues gigantesques.

Alexander Craig, lui, n'a pas le temps de se préoccuper des sous-marins : il ne pense qu'à ses caisses. Et il a du souci à se faire. La tempête a rompu les amarres de plusieurs d'entre elles. Elles sont devenues des projectiles de plus de soixante kilos lancés dans toutes les directions, risquant de causer des dégâts ou, pire, de se briser et de dévoiler leur contenu.

Le commandant Flynt est trop occupé à diriger le navire. Il n'est pas question qu'un membre quelconque de l'équipage, même un officier, s'approche des caisses. Alors Craig y va lui-même. Lui, le fonctionnaire de la Banque d'Angleterre, le comptable qui n'avait jamais quitté son bureau et ses chiffres, se met à affronter les éléments déchaînés. Titubant, ballotté, parfois projeté au sol, s'accrochant à tout ce qu'il trouve, il va à la recherche des caisses devenues folles, risquant plusieurs fois la mort. Et il arrive à les maîtriser toutes. Il constate en passant qu'il n'éprouve pas le moindre malaise, bien que la tempête soit si violente que la moitié des marins ont le mal de mer.

De son côté, le commandant Flynt ne reste pas inactif. Au petit matin, il aperçoit le premier le sillage d'une torpille par bâbord. Il a le temps de donner l'ordre de mettre la barre à tribord toute et le projectile est évité de justesse.

30 juin 1940. La tempête est terminée depuis trois jours, mais jamais le danger n'a été plus grand. Malgré leurs efforts, les destroyers n'ont pas pu suivre l'*Emerald*. Ils ont dû faire demi-tour vers l'Angleterre. Le croiseur est seul et terriblement vulnérable, car l'armement redoutable dont il dispose ne le protège pas des submersibles. Les côtes canadiennes ne sont plus loin. L'*Emerald* avance à bonne allure malgré une brume tenace. Le commandant Flynt s'adresse à Alexander, la mine soucieuse :

– Il n'y a plus que vingt-quatre heures pour arriver à Halifax, mais nous ne sommes pas tirés d'affaire.

– Les sous-marins ?

– Non. Ils ne s'aventurent pas ici. C'est trop dangereux.

– Quel danger ? Je ne vois rien.

– Les icebergs. Ils ne peuvent pas les éviter et nous non plus, à cause de la brume.

– Il y a des icebergs en été ?

– Il y en a toute l'année et c'est exactement ici que le *Titanic* a coulé.

Alexander Craig ne réplique rien. Il contemple simplement le pont du croiseur. Il sait, comme tout le monde, que l'une des raisons du nombre élevé des victimes est le fait qu'il n'y avait pas assez de canots de sauvetage pour les passagers. Or, avec l'*Emerald*, c'est bien pire encore : il n'y en a plus du tout. Ils ont tous été détruits dans la tempête. Bientôt, il risque de se retrouver par le fond, en compagnie des cinq cent soixante-douze hommes d'équipage et du plus fabuleux trésor que la mer ait jamais porté.

Rien de tel ne se passe et, le lendemain 1er juillet 1940, à l'aube, Alexander Craig arrive, épuisé mais heureux, à Halifax, avec la totalité de sa cargaison, dont personne sur le navire n'a deviné la nature. L'*Emerald* se trouve sur un quai désert et soigneusement bouclé par des forces militaires qui ne sont au courant de rien. Maintenant intervient la nouvelle difficulté : le déchargement. Est-ce que les marins, éprouvés par la traversée et la tempête, ne vont pas commettre une maladresse en manipulant l'une des 2 229 caisses étiquetées « Poisson » ?

L'interminable manœuvre se déroule dans un petit matin frisquet malgré la saison. Les caisses passent de main en main et sont entreposées dans un hangar où elles vont rester jusqu'à l'arrivée de la seconde partie de la cargaison, convoyée par le croiseur *Bonaventure*. Et tout se passe bien, jusqu'à la catastrophe !

L'une des dernières, la 2 172e exactement – Alexander Craig, qui ne les quitte pas des yeux, les compte une à une – est sur le point d'être débarquée lorsque le matelot trébuche sur la passerelle et lâche son fardeau, qui se fracasse sur le quai avec un bruit sinistre. Alexander et Flynt se précipitent et ne peuvent que constater l'irréparable : les planches disloquées laissent voir quatre magnifiques barres d'or, qui luisent au soleil levant. Et ils ne sont pas les seuls : tout l'équipage du croiseur a découvert le spectacle et, de saisissement, a arrêté le déchargement.

Alexander Craig est catastrophé, non seulement en raison de l'événement lui-même, mais parce qu'il ne sait absolument pas quelle décision prendre. Heureusement, le commandant Flynt lui vient en aide :

– Je vais faire le nécessaire.

– Mais quoi ?

– J'ai reçu des instructions en pareil cas. Je dois appareiller tout de suite après le déchargement et mon équipage sera consigné pour toute la durée de la guerre. Dans les ports où nous ravitaillerons, personne n'aura le droit d'en descendre. De plus, j'ai ordre de détruire ma radio.

Peu après, Alexander Craig et le commandant Flynt se séparent non sans quelque émotion, se souhaitant mutuellement bonne chance. L'*Emerald*, d'ailleurs, n'en manquera pas et terminera la guerre sans incident. Les familles des marins, qui étaient sans nouvelles d'eux depuis cinq ans, les croyaient morts depuis longtemps.

La silhouette à la fois massive et élégante du croiseur s'éloigne des quais d'Halifax et Alexander Craig est en train de compter et recompter son trésor lorsque deux personnages vêtus avec distinction viennent le trouver. Le premier d'entre eux le salue.

– Monsieur Craig ? Je me présente : David Mansur, sous-gouverneur de la Banque du Canada. Et voici Georges Bellerose, directeur de la compagnie de chemin de fer Canadian Express. Nous avons reçu ordre de vous prêter assistance et de garder le secret le plus absolu.

Alexander Craig contemple ses vis-à-vis : des civils et des hauts fonctionnaires comme lui. Ils ont l'air tout étonné. Ils ne s'attendaient sans doute pas à ce que le responsable de la mission de la plus haute importance et ultra-confidentielle pour laquelle ils ont été convoqués soit quelqu'un qui leur ressemble. Mais leur étonnement n'est rien à côté de ce qu'ils ressentent lorsque leur interlocuteur leur dévoile le secret. Il leur désigne la montagne que forment les caisses entassées dans le hangar.

– Gentlemen, il y a là cent quarante tonnes d'or en barres et quelques millions de livres sterling en actions. Il faut m'aider à les entreposer dans un seul endroit et à les transporter en toute sécurité. J'ajoute que ce n'est qu'une petite partie du total.

– Une petite partie !

– Oui. J'attends incessamment un chargement plus important qui doit arriver sur le croiseur *Bonaventure*. Nous commencerons l'acheminement dès qu'il sera là. Mais il nous faut décider du lieu.

Les deux hommes se concertent et se mettent rapidement d'accord.

– À notre avis, il n'y a qu'un seul endroit dans tout le Canada : les caves de la compagnie d'assurances

Sun Life à Montréal. Seulement, c'est un organisme privé et il faudra réquisitionner. Seul le Premier ministre Mackenzie King peut le faire.

– Eh bien, nous le mettrons dans la confidence.

Les jours suivants, les trois hommes attendent l'arrivée du croiseur *Bonaventure*. Un moment, ils craignent qu'il ne se soit perdu corps et biens, mais le 4 juillet ils voient sa haute silhouette se profiler dans le port d'Halifax. Il est de taille plus imposante encore que l'*Emerald* et Alexander Craig ne va pas tarder à s'apercevoir que le reste est à l'avenant. Le commandant vient se présenter à lui :

– Monsieur, on m'a dit que c'était à vous que je devais remettre mon chargement.

– C'est exact. En quoi consiste-t-il ?

– J'en ignore le contenu, mais il y a un peu plus de dix mille caisses, exactement 10 027.

Alexander Craig en reste les bras ballants. Quand tout est débarqué et qu'il fait ses comptes, il constate que six cents tonnes d'or viennent s'ajouter aux cent quarante qui y étaient déjà, plus des titres et des valeurs dans la même proportion. L'ensemble doit se chiffrer au bas mot à 700 millions de livres sterling de l'époque, soit 30 milliards d'euros ou 20 000 milliards d'anciens francs. C'est peut-être la plus grande fortune qui ait voyagé au cours de toute l'histoire !

Malheureusement, entre-temps, il s'est produit le même incident qu'avec l'*Emerald* : vers la fin du déchargement, une caisse est tombée et s'est éventrée, dévoilant son contenu à tout l'équipage, ce qui entraîne la même conséquence. Le *Bonaventure* prend immédiatement la mer, avec interdiction à tous les marins de descendre du navire avant la fin de la guerre. Il n'aura, hélas, pas la même chance que son prédécesseur : il sera coulé quelques mois plus tard par un sous-marin.

Quant au trésor entassé sur les quais d'Halifax, le moment est venu de gagner la cachette qui sera la sienne pendant la durée de la guerre. Le transport, préparé par Georges Bellerose, directeur de la compagnie de chemin de fer Canadian Express, s'effectue sur un convoi spécial gardé par la police montée, à qui on a dit que les caisses étiquetées « Poisson » contenaient du matériel de guerre ultra-secret. Alexander Craig voyage dans un autre wagon, ne cessant de trembler pendant ce parcours interminable, car il n'y a pas moins de mille quatre cents kilomètres entre Halifax et Montréal.

Enfin c'est l'arrivée dans la grande ville du Québec. Le gratte-ciel de la compagnie d'assurances Sun Life est, bien sûr, au cœur du quartier des affaires, c'est-à-dire dans la partie la plus peuplée, la plus grouillante de monde. Cinq mille personnes travaillent dans le building ; à l'ouverture et à la fermeture des bureaux, c'est une véritable marée humaine qui y entre et qui en sort. Et c'est là qu'un beau jour de juillet, Alexander Craig débarque, avec ses caisses contenant une bonne partie des avoirs de l'Angleterre ! Il a alors une intuition de génie : puisqu'il est impossible d'être discret, il décide de tout faire, au contraire, au grand jour.

C'est donc au vu de tout le monde que s'effectue le transport des quelque 13 000 caisses dans la cave de la Sun Life, situées à quatorze mètres sous terre. Bien sûr, les gens sont intrigués par tout ce remue-ménage, d'autant que les manutentionnaires sont protégés par des policiers armés de mitraillettes. Le bruit court qu'il s'agit d'archives secrètes et tout le monde s'en contente. Car il ne viendrait à personne l'idée qu'une telle fortune soit entreposée dans l'endroit le plus fréquenté du pays.

À partir de là, Alexander se demande ce que vont décider les autorités à son sujet. Va-t-il pouvoir rentrer à Londres ? Eh bien non, on lui ordonne de rester, car ce n'est pas fini, il va en arriver encore. Et, effectivement, durant les mois et les années qui suivent, les caisses arrivent régulièrement, traversant l'Atlantique malgré les redoutables sous-marins allemands. Il est à noter, d'ailleurs, qu'il n'y aura pas la moindre perte pendant toute l'opération. À Montréal, l'or et les actions s'accumulent. Alexander Craig a renoncé à compter : trop, c'est trop ! Mais il doit prendre les mesures nécessaires : il n'y a plus de place, il faut agrandir les caves. Alors, encore une fois, ce sera au grand jour. Les travaux ont lieu au vu de tout le monde. Il fait même défoncer le trottoir pour le passage des tonnes de béton et des rails de chemin de fer destinés à l'armer.

Le transfert au Canada des avoirs de l'Angleterre a été un des exploits les plus remarquables de la Seconde Guerre mondiale et l'un de ses secrets les mieux gardés. Celui à qui tout le mérite en revient a dû attendre la fin des hostilités pour rentrer chez lui, abandonnant le trésor sur lequel il avait si bien veillé et dont on ne lui a pas dit ni quand ni comment il serait rapporté au pays.

Alexander Craig a retrouvé son petit trois-pièces londonien, début mai 1945, juste avant l'armistice. À son arrivée, sa logeuse a dû lui apprendre la triste nouvelle : Archibald, le chat siamois, était mort de vieillesse. Il faisait beau ce jour-là, aussi beau que cette matinée de juin où il avait été enrôlé pour son extraordinaire mission, et il n'y a qu'au poisson rouge qu'Alexander a pu poser la traditionnelle question :

– Belle journée, n'est-ce pas, Théobald ?

Et Théobald, comme à son habitude, n'a rien répondu.

Seul au-dessous du monde

En ce mois de décembre 1933, le navire scientifique *Jacob Ruppert* approche de sa destination : des côtes désolées, parsemées d'icebergs géants. Contrairement à ce qu'on pourrait croire, ce n'est pas le cœur de l'hiver, mais le milieu de l'été, car nous sommes dans l'hémisphère Sud et même au plus bas de celui-ci, à proximité du continent antarctique. En décembre, il y a encore une possibilité de longer les côtes ; en dehors de cette période, il est inutile d'y songer : elles sont bloquées par les glaces sur des kilomètres et des kilomètres.

À bord du *Jacob Ruppert* se trouve une importante mission scientifique, commandée par celui qui est le spécialiste incontesté de l'Antarctique, l'amiral Richard Byrd.

En ce début des années 1930, l'amiral Byrd est mondialement connu. Après avoir survolé le premier le pôle Nord, en 1926, il a franchi l'Atlantique en avion, tout de suite après Lindbergh, et il a fait le serment de survoler également le pôle Sud. À cet effet, il a organisé, en 1929, une gigantesque expédition regroupant trois navires, qui ont débarqué sur le continent glacé pas moins de six cent vingt-cinq tonnes de matériel, l'équivalent de soixante wagons de chemin de fer.

Grâce à tous ces équipements, son équipe a pu construire sur les glaces une véritable cité jaillie de nulle part, avec ses baraquements hermétiques et confortables, éclairés et chauffés à l'électricité, ses hangars d'avions, ses terrains d'atterrissage ouverts à la dynamite. Et les habitants de la base, qui a pris le surnom de « Petite-Amérique », étaient reliés au reste du monde par une gigantesque antenne radio.

C'est de là que l'amiral Byrd s'est envolé, sur un bimoteur débarqué avec le reste du matériel, et a survolé le pôle Sud, le 29 novembre 1929. Et, quatre ans après cet exploit historique, il revient sur les lieux pour une nouvelle expédition. Le continent antarctique est pénétré par deux grandes baies et Byrd a émis l'idée que celles-ci étaient peut-être reliées par un passage qui traverserait les terres d'un bout à l'autre. Cette nouvelle mission a pour objectif d'en établir l'existence ou non. En outre, elle se livrera à des observations météorologiques, les premières qu'on ait jamais faites sous ces latitudes.

Pendant un mois entier, le *Jacob Ruppert* explore les côtes enneigées et doit se rendre à l'évidence : il n'y a aucun passage s'enfonçant dans les terres. Le canal reliant les deux baies de l'Antarctique n'existe pas. Dans ces conditions, le bateau de l'expédition prend le cap de la Petite-Amérique, pour la seconde partie de la mission. C'est ainsi que, le 15 janvier 1934, il mouille dans la baie des Baleines, là où se trouve la base scientifique.

Byrd et les siens débarquent avec, encore une fois, une quantité de matériel, dont trois avions et quatre véhicules à chenilles. Peu après, l'équipe, forte d'une centaine d'hommes, arrive devant la Petite-Amérique. La base est recouverte par la neige, seules ses installations les plus hautes dépassent : les antennes, les anémomètres, les cheminées.

L'ensemble est bientôt dégagé et les arrivants découvrent une vie qui semble s'être arrêtée brusquement quatre ans plus tôt, avec le départ de la première expédition. Sur une table on trouve un morceau de rôti avec une fourchette piquée dedans. Dans le laboratoire, les instruments sont toujours là. L'un des visiteurs tourne l'interrupteur et la lumière s'allume : les batteries fonctionnent encore, après cinquante mois dans des conditions extrêmes. Un autre met un disque sur le gramophone, qui marche lui aussi.

Tout le monde se met au travail et, bientôt, la Petite-Amérique est en état de fonctionnement. Grâce aux moyens financiers considérables dont dispose l'expédition et aux tout derniers perfectionnements de la technique, c'est un ensemble extraordinaire qui est en place. La base possède une installation électrique, dont la puissance est celle d'une petite ville, une installation complète de radio et de transmission, un service d'aviation doté d'une équipe de techniciens et de plusieurs ateliers, quatre tracteurs, près de cent cinquante chiens possédant chacun leur niche capitonnée, une station météorologique de premier ordre, un laboratoire muni de tout ce qu'il faut pour faire des recherches dans vingt-deux disciplines, une ferme-laiterie, avec quatre têtes de bétail, un hôpital possédant une salle d'opération, un observatoire astronomique, une bibliothèque et même un cinéma diffusant des films sonores, ce qui est alors le dernier cri de la technique.

Avec de tels atouts, comment l'expédition ne seraitelle pas un succès ? Elle s'est fixé pour objectif de faire des observations météorologiques beaucoup plus au sud, à cent quatre-vingts kilomètres de là, à un endroit où jamais n'ont vécu les hommes. C'est ainsi qu'à la mi-mars 1934, un convoi part en direction du sud. La température atteint déjà – 50 °C, mais ces conditions étaient prévues et tout se passe sans problème.

Les quatre véhicules à chenilles progressent, survolés par les avions qui leur communiquent par radio le meilleur itinéraire. Le kilomètre 180 est atteint au bout de quinze jours, ce qui est un résultat remarquable. Les véhicules s'arrêtent et débarquent leur matériel, auquel s'ajoute celui parachuté peu après par les avions. Le poste météorologique ne tarde pas à surgir de terre : il s'agit d'un bâtiment préfabriqué de petite taille et remarquablement protégé du froid. Il aurait pu être plus grand, afin d'abriter deux personnes. Mais malgré la difficulté d'être seul pendant six mois, dont quatre d'obscurité totale en raison de l'hiver polaire, Byrd a décidé que la station n'aurait qu'un seul occupant. Il a jugé que la promiscuité de deux individus obligés de vivre confinés dans cet environnement serait plus difficile à supporter que la solitude, et sans doute avait-il raison.

Il n'y aura donc qu'un seul habitant dans la station du kilomètre 180 et ce sera Richard Byrd lui-même, qui s'est porté volontaire. Il va vivre six mois en Robinson des glaces, relié par TSF à la Petite-Amérique, dans un abri de trois mètres sur quatre occupé par une couchette, des livres et l'appareil radio. Outre les livres, et les communications avec la base, Byrd aura pour s'occuper les observations journalières. Il prendra la pression barométrique, la direction et la vitesse du vent, les maxima et les minima de température.

Le 28 mars 1934, il salue de la main ses compagnons qui embarquent dans leurs véhicules à chenilles. Il s'est préparé à ce qui l'attend. Il l'a voulu. Il sait que ses observations peuvent faire accomplir de grands progrès aux prévisions météorologiques, notamment celles destinées aux marins. La motivation ne lui manque donc pas, mais tout de même ! Il va devoir vivre loin de tous, dans un désert de glace tout en bas du monde. Il va devoir affronter le froid et la nuit, avec la Terre tournant au-dessus de lui.

Richard Byrd ne se laisse pas abattre. Son dernier geste d'adieu achevé, il rentre dans son logement et se met au travail. Il range méthodiquement les provisions dont il dispose pour ses six mois d'hivernage. Il vérifie toutes les installations et notamment le poêle, qui répand une douce chaleur, et les bouches d'aération, qui fonctionnent normalement. Enfin, après s'être accordé un moment de lecture, il s'endort, confiant.

Le lendemain, il commence ses observations scientifiques et il se rend compte que c'est un travail moins simple qu'il ne l'imaginait. Si tous les appareils ont été conçus pour résister à un froid de – 80 °C, en revanche rien n'a été prévu pour les protéger de la glace et de la neige. Avant chaque observation, il doit casser l'épaisse couche gelée qui les recouvre, en prenant soin de ne pas les briser eux-mêmes. Quant à la girouette de l'anémomètre, l'appareil qui mesure la vitesse du vent, elle se trouve perchée en haut d'un poteau métallique de douze mètres, auquel il doit monter plusieurs fois par jour pour la décoincer.

Et puis il y a le froid, qui est plus intense qu'il ne l'imaginait. Il se réconforte en se disant que c'est une information de première importance qu'il recueille ainsi. À partir de la mi-avril, il se stabilise autour de – 75 °C, avec des pointes au-dessous de – 80 °C. Byrd a peur pour ses appareils qui, théoriquement, ne sont pas étudiés pour un telle extrémité, mais il faut croire qu'ils sont solides, car ils tiennent le coup.

Du côté de ses vêtements, tout est également satisfaisant. Il est vêtu de plusieurs pantalons et pull-overs de laine, sur lesquels il a une combinaison de fourrure. Sous le passe-montagne qui lui enveloppe le visage est glissé un masque transparent, d'où part un tuyau pour respirer. Aux pieds, il a des chaussures en peau de phoque de cinquante centimètres de long et deux fois trop larges. Il peut ainsi enfiler plusieurs paires de chaussettes de laine maintenues par des bandes. En dépit de ces précautions, l'intérieur de ses semelles est en permanence recouvert d'une mince couche de glace.

Malgré les batteries électriques dont il dispose, il a été prévu qu'il ne se servirait de sa radio qu'épisodiquement, pour ne pas gaspiller le courant. C'est le 1er avril qu'il a sa première liaison avec la Petite-Amérique. Il a le réconfort d'entendre la voix de ses équipiers, mais lui-même ne dispose pas d'une installation assez puissante pour émettre autrement qu'en morse. Cela ne l'empêche pas de manifester sa bonne humeur par bip-bip interposés.

– Bonjour, mes amis ! C'est le meilleur opérateur du monde à la latitude 80° qui vous parle.

Le meilleur, bien sûr, puisqu'il est le seul ! Mais le rire ne va pas tarder à faire place aux contrariétés. Le 5 avril, il se prépare à sortir lorsqu'il constate que la porte ne s'ouvre plus. Il la tire, la pousse, donne des coups d'épaule, sans obtenir le moindre résultat. Il lui faut une demi-heure d'efforts épuisants pour en venir à bout. Il se souvient alors que, la veille, il avait laissé la porte ouverte assez longtemps pour que la neige fonde tout autour. Une fois la porte fermée, la neige a regelé et condamné l'ouverture.

Le 7 avril, il voit le dernier rayon de soleil. Il entre

dans la nuit polaire et, pour la première fois, cela se traduit dans son moral. Il note dans son journal :

« Une tristesse funèbre règne dans le ciel crépusculaire. C'est une période intermédiaire entre la vie et la mort. »

Cet accès de dépression est peut-être dû également au froid, car celui-ci s'installe à l'intérieur de son habitation où il fait désormais – 30 °C. À un mètre du poêle, la température est supportable, plus loin on grelotte. Bien que ce ne soit pas sa spécialité, Byrd tente de rallonger le tuyau du chauffage avec de vieux bouts de tôle, cela ne change pas grand-chose.

Les jours passent et la solitude commence à lui peser. Sa seule distraction est d'aller observer les aurores boréales. Pour cela, il doit s'aventurer hors de sa cabane où il fait maintenant toujours nuit. Pour ne pas risquer de se perdre, il a balisé un chemin avec des morceaux de bambou de couleur rouge plantés tous les vingt-cinq mètres et il ne s'en éloigne jamais.

Un jour pourtant, perdu dans ses pensées, il dépasse le dernier repère sans s'en rendre compte. Lorsqu'il s'en aperçoit, c'est trop tard. Il s'empare de la lampe de poche qui ne le quitte jamais, mais le faisceau lumineux n'est pas assez puissant pour percer les ténèbres ; il n'éclaire que la neige, qui tombe en tourbillonnant.

Il fait – 80 °C, peut-être moins encore. Avec les épaisseurs de vêtements qu'il a sur lui, il peut peut-être tenir une heure, pas plus. Byrd a le mérite de garder son calme. À coups de pied, il brise suffisamment de glace pour dresser un monticule, qui va constituer un nouveau repère. Ensuite, il va faire cent pas, revenir s'il ne trouve rien, faire cent pas dans une autre direction, et il finira bien par tomber sur les bambous.

Il se met à la tâche, avec ses jambes qui s'engourdissent rapidement à cause du froid. Il ne trouve rien.

Il revient au jugé, car ses traces sont immédiatement effacées par les bourrasques de neige, mais au bout du centième pas il ne retrouve plus son monticule de glace. Il est perdu dans la nuit polaire à la latitude 80°, tout en bas du monde. Le froid commence à le saisir, malgré ses épaisseurs de laine et de fourrure.

Alors il décide de réagir avec les dernières forces qui lui restent. Il construit un nouveau repère de glace à l'endroit où il se trouve et reprend ses allers et retours. Le premier ne donne rien, mais cette fois, il retrouve son repère en revenant. Il part dans une autre direction et il pousse un cri de joie : le faisceau de sa lampe de poche éclaire l'un des bambous. Il est sauvé ! Une fois rentré, après s'être réchauffé, il note dans son journal :

« À mon vingt-neuvième pas, je découvris, dans la lumière de ma torche, une baguette de bambou. Jamais marin en détresse apercevant une voile n'éprouva une joie aussi grande. »

C'est à présent la mi-mai. L'amiral Byrd a bien du mal à associer ce mois, synonyme de douceur et de renouveau, avec l'environnement qui est le sien. Les températures se maintiennent en permanence en dessous de – 80 °C, le vent s'est considérablement accru et souffle en rafales épouvantables. La neige tombe sans discontinuer.

Tout cela n'est évidemment pas fait pour lui donner le moral et, pour la première fois, ainsi qu'il l'exprime dans son journal, la solitude lui pèse vraiment. Sa santé se dégrade également. Il a de fréquentes migraines et, chaque fois qu'il s'endort ou presque, il est sujet à des cauchemars. Ces manifestations sont-elles psychologiques ? Sont-elles provoquées par la fatigue ou encore dues à la nourriture ? Byrd n'en sait rien. Il n'est pas médecin. Dans les bip-bip qu'il envoie régulièrement à la Petite-Amérique, il préfère ne pas en parler. Il est inutile d'inquiéter ses compagnons. Tout cela passera.

Cela passera à condition qu'il reste en vie, car les sorties qu'il doit effectuer chaque jour pour les observations météorologiques sont de plus en plus dangereuses.

Le 19 mai, à minuit, il sort pour dégager la girouette de l'anémomètre qui s'est encore une fois bloquée. Il escalade dans les bourrasques les douze mètres du pylône et parvient tant bien que mal à décoincer l'appareil. Ensuite, il regagne son abri, non par la porte, car celle-ci est définitivement bouchée depuis longtemps, mais par la trappe de secours qui avait été prévue sur le toit. Malheureusement, lorsqu'il arrive sur place, c'est la catastrophe ! Le vent a entassé par-dessus une telle couche de neige et celle-ci a gelé si vite qu'il est impossible de l'ouvrir. Il s'acharne plusieurs minutes sur l'ouverture récalcitrante. Mais après son ascension au sommet du mât, il n'a plus de forces. Il se laisse tomber, épuisé, dans la glace. Il est perdu !

Pourtant, comme la fois précédente, lorsqu'il était parvenu à retrouver ses bambous, quelque chose lui fait refuser ce qui semble inévitable. Il se souvient soudain qu'il a laissé une pelle à proximité de l'abri. S'il arrivait à la retrouver, il serait tiré d'affaire. Seulement où est-elle ? Il est hors de question de partir à sa recherche, même à quelques mètres. La tempête est telle qu'il se perdrait.

Alors, se tenant d'une main au rebord du toit, il donne des coups de pied dans la neige en tous sens. Plusieurs fois, il heurte des blocs de glace dont la consistance dure lui fait croire qu'il a trouvé. Sa désillusion n'en est que plus amère. Enfin, alors qu'il arrive à la limite de ses forces, il rencontre l'objet tant désiré.

Il lui faut encore remonter sur le toit et dégager la trappe, il y parvient. Il se jure bien, dorénavant, de ne plus jamais sortir sans sa pelle.

Il est pourtant menacé par un danger tout aussi grave, bien qu'invisible. Les migraines et les cauchemars, qui s'étaient déclarés il y a quelque temps, s'intensifient. Cette fois, il ne saurait être question de malaises psychiques. Il est réellement malade. Qu'a-t-il exactement ? Il ne veut pas en parler dans ses communications avec la Petite-Amérique, de peur qu'on décide de lui envoyer une expédition de secours ; ce qui, dans les conditions actuelles, serait un suicide.

Une nuit, il est réveillé par l'un de ces terribles cauchemars. Il se dresse sur son lit de camp. La pièce est plongée dans le noir complet, or, ainsi qu'il le fait chaque fois avant de s'endormir, il avait laissé en veilleuse une lampe à acétylène. Un doute terrible le saisit : serait-il devenu aveugle ? Il s'empare à tâtons de sa lampe. Elle était éteinte et il parvient à la rallumer. Mais elle n'éclaire que faiblement. Et, soudain, il comprend la réalité, qui est presque aussi terrible que s'il était devenu aveugle !

C'est l'absence d'oxygène qui a fait s'éteindre la flamme ou, plus précisément, le gaz dégagé par le tuyau de son poêle qu'il a imprudemment bricolé : le terrible oxyde de carbone, ce gaz mortel, qui est en train de lui empoisonner peu à peu le sang. Les émanations doivent être faibles, sinon il serait mort depuis longtemps, mais elles agissent tout de même sur lui. Byrd sait que l'oxyde de carbone, en particulier, détruit le cerveau. Ses migraines sont là pour le prouver et il se rend compte aussi que, depuis quelque temps, ses facultés intellectuelles diminuent. Il a de plus en plus de mal à réfléchir.

Que faire ? Dans l'immédiat, il faut absolument qu'il respire. Il va soulever la trappe et inhale une bouffée d'air à – 80 °C, qui se répand également dans la pièce. Après quoi il revient à l'intérieur. Il colmate comme il peut le tuyau rafistolé, il se rend bien compte qu'il n'arrive à rien de satisfaisant. Il n'a pas les matériaux nécessaires. Pas question d'éteindre le poêle : il serait mort de froid en quelques heures. Il doit se résoudre à le laisser fonctionner et à continuer à se laisser détruire, au sens propre du terme, à petit feu.

Il décide de ne rien dire à la base. Il ne veut pas mettre en danger la vie de ses hommes. Alors, dans ses communications avec la Petite-Amérique, il triche. Il bénit les circonstances qui l'obligent à répondre en morse, car sa voix trahirait immanquablement son état de santé. C'est tout juste s'il a la force d'actionner la manette. Il se borne à des réponses très courtes.

Quant à ses observations météorologiques, elles deviennent pour lui un véritable calvaire. Il en rentre chaque jour épuisé. Il s'oblige pourtant à les faire. Il note dans son journal :

« Je dois continuer ce travail. Tous les marins du monde en ont besoin. Je n'ai pas le droit de les en priver. Même si je meurs, on retrouvera mes notes et on pourra les utiliser. »

Les jours, les semaines passent et l'oxyde de carbone fait inexorablement son œuvre. Byrd a perpétuellement des migraines et des nausées. Il ne peut plus se nourrir et peut à peine boire. Il est devenu squelettique. Il reste des heures entières prostré dans son abri. Pour éviter la mort, il n'allume plus le feu qu'une heure par jour. La température dans la pièce tombe à – 20 °C.

Le 22 juin, la Petite-Amérique lui annonce qu'un convoi va être monté pour lui apporter du ravitaillement. Les conditions météorologiques sont meilleures depuis quelque temps et les chenillettes sont en état d'effectuer le trajet. Richard Byrd a constaté, lui aussi, cette amélioration. Alors il se résout à accepter et, pour la première fois, il dit la vérité sur son état.

Mais les difficultés se succèdent. Les véhicules, qui marchaient impeccablement jusque-là, tombent tous en panne. Tandis que, dans le même temps, les conditions climatiques redeviennent exécrables. Un mois entier est perdu. Ce n'est que le 20 juillet que l'expédition de secours part le retrouver.

Il était temps ! À présent, le poêle ne fonctionne plus du tout et, dans l'abri, la température est tombée à – 73 °C. De plus, la batterie de TSF est en panne. Pour recevoir les messages et en envoyer, Richard Byrd doit se servir de la dynamo, qui s'actionne avec des pédales, comme une bicyclette. Inutile de dire le calvaire que cela représente dans l'état qui est le sien.

Enfin, le 8 août, il entend la voix du chef de l'expédition de secours dans sa radio :

– D'après nos relevés, nous sommes tout près. Il faudrait que vous enflammiez un bidon d'essence pour que nous vous repérions.

Byrd ne peut faire autrement que de s'exécuter. Il doit sortir celui-ci par la trappe du toit, le traîner jusqu'au sol et l'enflammer. Il reste là, hébété, à attendre, jusqu'à ce qu'il voie brusquement le faisceau d'un phare. Cette fois, oui, il est sauvé !

Richard Byrd avait passé cent trente-cinq jours dans sa base isolée sur le 80e parallèle, seul au-dessous du monde. Il y avait soixante et onze jours qu'il avait été victime de son premier malaise dû à l'oxyde de carbone. Et le plus extraordinaire, c'est qu'il n'en a gardé aucune séquelle. Rapidement rétabli, il est rentré aux États-Unis et il a fait trois nouvelles expéditions pour le gouvernement américain, en 1939, 1946 et 1955. Jusqu'à sa mort en 1957, à près de soixante-dix ans, il a dirigé l'ensemble des recherches polaires du pays.

Quant à la base Petite-Amérique, elle existe toujours. C'est la plus importante de l'Antarctique et c'est un observatoire scientifique d'importance mondiale.

Sa raison de vivre

10 mai 1958. Le lieutenant Bruce Steel, pilote d'essai de l'armée de l'air américaine, a quitté San Francisco pour rejoindre la base de Selma, dans l'Alabama, à laquelle il est affecté. Il lui faudra quatre heures pour accomplir ce trajet d'un peu plus de trois mille kilomètres, une vitesse d'escargot, pour lui qui est habitué aux prototypes les plus rapides. Il s'agit de ramener à la base un vieux T 33, un biplace d'entraînement qui sert à l'instruction de nouvelles recrues. Si une mission a mérité le nom de vol de routine, c'est bien celleci !

C'est pourquoi le lieutenant Bruce Steel se permet de se détendre aux commandes. Il sourit. Il faut dire qu'il a tout pour être heureux : il est jeune, vingt-six ans, il a un physique d'athlète, il a d'ailleurs fait beaucoup de sport et failli devenir joueur de base-ball professionnel. Il est marié depuis deux ans avec Vicky, son équivalent féminin, une pin-up blonde qui n'est pas sans rappeler Marilyn Monroe. Et, depuis dix mois, ils sont les heureux parents d'une petite Rita, une adorable poupée aux yeux bleus, qui sera sans nul doute aussi jolie que sa maman.

De temps en temps, il jette un coup d'œil vers les paysages qui défilent sous lui, dix mille mètres plus bas. Il n'y a pas un seul nuage en cette radieuse matinée de printemps. Tour à tour apparaissent les paysages désolés et magnifiques qui jalonnent le parcours : la Sierra Nevada, avec ses pics neigeux acérés, la vallée de la Mort, le Grand Canyon. À présent, ce sont de nouveau les montagnes, les Rocheuses, plus élevées encore que la Sierra Nevada. Mais il ne voit pas vraiment ce qu'il a sous les yeux. Un visage flotte dans l'air, celui de Vicky, qui lui sourit, comme il sourit sur la photo qu'il a sur lui. Vicky auprès de qui il sera dans quelques heures...

La suite se passe très vite. D'abord un flottement dans ses mains : les commandes ne répondent plus. Il les agrippe de toutes ses forces, mais rien à faire, l'avion, au contraire, se met à vibrer de toutes parts. Puis une fumée noire emplit la cabine, tandis qu'un bruit strident retentit : le signal d'alarme. Sans réfléchir, Bruce Steel accomplit des gestes qu'il a répétés cent fois à l'entraînement. Il défait son masque à oxygène et tire la poignée située au-dessus de sa tête. Aussitôt, le cockpit s'envole et son siège éjectable jaillit comme une fusée. L'instant d'après, il se retrouve dans l'air glacé, à dix mille mètres d'altitude.

Toujours mécaniquement, le lieutenant Steel accomplit des gestes prévus par l'instruction. Il défait la ceinture de sécurité qui l'attache à son siège. Il y a un choc : celui-ci part d'un côté et lui d'un autre. Maintenant, il tombe seul en chute libre. Au loin, il aperçoit son avion qui continue sa route, suivi par un panache de fumée. Qu'est-il arrivé, alors que ce type d'appareil est un des plus sûrs qui soient ? Il ne le saura jamais.

Bruce Steel ressent un choc brutal sur les épaules : son parachute s'est ouvert. À présent qu'il descend beaucoup plus lentement, il peut voir où il se dirige. Sa première impression est celle de proximité. La terre est infiniment plus près qu'il ne le pensait. Pour une bonne raison : il est au-dessus des montagnes ; les Rocheuses culminent à plus de quatre mille mètres et il doit être dans la région des sommets.

La seconde impression est celle d'un monde inhumain. En dessous de lui, ce ne sont que pics gris, pointus comme des dents de squale, parois vertigineuses, plaques de neige et de glace aussi brillantes que du verre. Il n'y a pas un arbre, pas une trace de vie dans cette désolation. Et tout cela lui semble se rapprocher terriblement vite. Il a l'impression non pas que c'est lui qui descend, mais que c'est la montagne qui monte vers lui, comme si elle voulait le happer, le dévorer.

Des sauts en parachute, Bruce Steel en a fait des dizaines et il n'a jamais éprouvé la moindre difficulté ni la moindre appréhension. Il sautait sur un sol plat et dégagé, tandis que là il ne sait absolument pas où il va atterrir. Il risque de tomber sur une arête rocheuse, de s'y briser les jambes ou pire encore. Son parachute peut être accroché par une aspérité quelconque et il peut se retrouver pendu dans le vide. Mais il ne peut rien y faire. C'est purement et simplement une question de chance.

L'endroit où il se dirige est près d'un sommet et relativement plat. C'est au dernier moment qu'il se rend compte que le sol est très inégal, avec de grosses pierres un peu partout. Il se prépare au choc, raidit ses membres, ce qui ne l'empêche pas de ressentir une violente douleur à la jambe droite. L'instant d'après, il roule à terre.

À demi assommé, il se lève en titubant. Pour se laisser retomber aussitôt : sa cheville droite refuse de le soutenir. Il en comprend la raison en retirant sa botte : il y avait glissé, conformément au règlement, un colt 45 qui doit permettre au pilote de survivre en cas d'atterrissage forcé. C'est le choc de l'arme au moment de l'impact qui a causé sa blessure. Il se rend compte aussi qu'il a eu beaucoup de chance : le coup aurait pu partir et traverser la jambe.

Bruce Steel fait la grimace et pas seulement à cause des élancements douloureux qu'il ressent dans son pied. De la chance, il n'en a pas tellement ! Au moment du départ, il a négligé d'emporter la ration de secours réglementaire qu'il aurait dû avoir sur lui. Il s'était dit que, pour un vol de routine, ce n'était pas la peine. Il a eu tort.

Il entreprend de faire l'inventaire de ses poches. Outre le colt et son chargeur, il possède un couteau, trois plaquettes d'allumettes et son portefeuille. Il ouvre ce dernier et en extrait la photo de Vicky. Il a conscience, en cet instant, que c'est son bien le plus précieux. Elle lui sourit de son sourire inimitable, comme si elle lui disait : « Je suis là. Ne t'en fais pas. Tout ira bien. » Il n'a pas sa ration de survie, il a presque aussi bien que cela : une raison de vivre. Pour Vicky, il ira jusqu'au bout de ses forces, au-delà même ! Il s'entend dire, dans le silence extraordinaire des sommets :

– Je vivrai, Vicky, je vivrai !

Il se rend compte en même temps des conditions extrêmes dans lesquelles il se trouve : l'air est glacé et rare, il a le souffle court et le cœur qui bat très vite. Il doit être à environ quatre mille mètres. C'est une altitude où la survie est aléatoire. Il lui faudra absolument descendre dès qu'il pourra.

En attendant, il ne doit pas rester ici. Il sait qu'avec la nuit le vent va se mettre à souffler et que la température va baisser encore. Il doit trouver un abri. Les instructions de survie lui reviennent en mémoire : une fois à terre, défaire le parachute, le plier et le garder avec soi. Il pourra servir à la fois de couverture et de vêtement. Il remet la photo de Vicky dans son portefeuille et entreprend de plier grossièrement la toile blanche. Puis, se traînant sur les genoux, il explore les environs et finit par trouver une petite cavité. Il entortille sa cheville dans un bout du parachute et se recouvre avec le reste du tissu. Il est si éprouvé qu'il sombre tout de suite dans le sommeil.

Bruce reste dans cet endroit coupé du monde trois jours entiers, sans aucune nourriture, buvant uniquement de la neige. Il s'affaiblit et il meurt de faim mais il n'y a pas moyen de faire autrement : il ne peut pas poser son pied droit par terre ; il doit attendre que sa cheville désenfle. Durant la journée, il sort de sa grotte pour faire des signes à un éventuel avion de secours. En même temps, il est terriblement inquiet. La vision qu'il a eue de son appareil poursuivant seul sa course n'est pas rassurante du tout. L'avion a pu continuer comme cela des kilomètres, cent peut-être, et c'est autour du point d'impact qu'on va le rechercher, pas dans ces solitudes glacées.

Encore une fois, c'est la photo qui lui permet de tenir. Dès qu'il sent le découragement le gagner, il la regarde et reprend espoir. Il n'est pas seul, puisque Vicky est là. Pour elle, il n'a pas le droit de se laisser aller. Elle lui promet qu'il s'en sortira, alors, il s'en sortira !

Et, effectivement, à l'aube du troisième jour, Bruce Steel constate que sa cheville a brusquement dégonflé. Il doit partir sans attendre, pour gagner des régions moins élevées où il pourra trouver de la nourriture. Malgré son extrême faiblesse, il se met en marche. Avec son couteau, il perce un trou dans son parachute pour y passer la tête et il noue le reste autour de sa poitrine, laissant les bras dégagés.

L'escalade était au programme des exercices militaires et il n'avait jamais pensé qu'il pourrait en avoir à ce point besoin. Il progresse très lentement sur un terrain difficile, manquant vingt fois de glisser, de lâcher prise et de se tuer. Il lui faut encore trois jours, toujours sans manger, pour quitter les hautes altitudes. Et sans doute n'aurait-il pas accompli cette épreuve surhumaine s'il n'y avait eu la photo qu'il sortait régulièrement et qui semblait lui dire :

– Encore un effort. Viens ! Je t'attends...

Enfin, il aperçoit un spectacle qui lui fait bondir le cœur de joie : en contrebas, entre la masse grise des rochers et les plaques de neige, il distingue la tache verte d'un sapin. Il a quitté les régions où rien ne pousse, où aucun être vivant ne s'aventure. Il a peu d'espoir d'arriver dans un endroit habité. Il se rend bien compte qu'il est tombé dans un endroit totalement à l'écart des hommes. Au moins il va trouver des bêtes, des plantes, il va pouvoir survivre !

Effectivement, il y a de la végétation, seulement des perce-neige et des pissenlits, qui vont être sa seule nourriture pendant les jours qui suivent. Bruce Steel continue à marcher, à descendre, mais aussi à monter. Car – c'est désespérant ! – à la montagne succède la montagne. Chaque fois qu'il croit arriver dans une plaine, c'est un nouveau sommet qu'il découvre devant lui. Quand il est là-haut, il observe en tous sens, pour tenter d'apercevoir une maison, une route, une cabane, un sentier, une trace quelconque de civilisation. Mais il n'y a rien. On se croirait aux premiers temps de la création et, s'il n'avait dans sa poche la photo de Vicky, il ne résisterait sans doute pas à cet effrayant sentiment de solitude.

Au bout du dixième jour de cette errance, il a un immense espoir. Pour la première fois depuis son accident, il voit un avion dans le ciel et pas n'importe quel avion : c'est un biplace, avec pilote et copilote. Ce genre d'appareil n'est utilisé que pour l'instruction des recrues et la reconnaissance aérienne. C'est lui qu'on cherche, on ne l'a pas abandonné ! Il se met à hurler autant que ses forces lui permettent, il fait de grands mouvements des bras ; dans un geste dérisoire, il agite même son mouchoir : peine perdue, l'avion s'éloigne et bientôt, il disparaît, il n'entend plus que le bruit de son moteur qui cesse à son tour.

Cet espoir déçu est pire que tout. Son moral s'effondre d'un coup. Il sanglote. La fatigue, contre laquelle il ne cesse de lutter depuis le début, le terrasse brutalement. Il se laisse tomber au pied d'un arbre. Il est abandonné de tous, il est perdu. La veille, à la tombée de la nuit, il lui a semblé, dans la demi-obscurité, apercevoir un ours. Il n'a qu'à rester là et s'offrir en pâture à ses congénères. Mais non, il y a plus simple ! Il s'empare du colt dans sa poche. Il suffit de presser la détente et tout sera fini. C'est alors qu'il entend une voix, près du sapin qui lui fait face :

– Tu n'as pas le droit !

C'est la voix de Vicky. Il sort sa photo de sa poche. Son sourire, pour la première fois, est teinté de reproche. Elle a l'air de lui dire : « Comment peux-tu me faire cela ? Je t'aime. J'ai besoin de toi. »

Bruce Steel se lève, il essuie ses larmes et se met en route mécaniquement. Il reprend son chemin, toujours dans la même direction, selon ce qu'on lui a appris à l'instruction. C'est la seule manière de ne pas tourner en rond et se perdre. En allant tout droit, il sortira forcément un jour des montagnes Rocheuses. Il a choisi d'aller vers l'est, parce que c'est la direction où il allait, celle de Selma, celle de Vicky.

Il continue ainsi pendant huit jours encore, dans la

végétation des grandes altitudes, au milieu des sapins et de quelques rares plantes. À part l'ours qu'il a cru voir une fois, il ne rencontre pas un animal. Il ne mange toujours que des fleurs et des herbes, mais la faim le fait moins souffrir. Il reste lucide et il sait que c'est loin d'être bon signe. Son affaiblissement général fait que toutes ses sensations sont diminuées, même les douloureuses. Bientôt, il s'endormira pour ne plus se réveiller, ce sera le coma et la mort. Alors il parle, il parle à Vicky et il imagine ses réponses. Le soir, en s'allongeant, il place sa photo à côté de lui et il lui jure de se réveiller.

C'est le 3 juin, date qu'il peut voir sur la montre d'aviateur perfectionnée qu'il porte au poignet, que se produit enfin l'événement qu'il attendait. Là-bas, droit devant lui, on dirait une maison ! Est-ce un mirage, est-ce son esprit qui s'égare avec épuisement ? Mais non, à mesure qu'il avance, la silhouette se précise : c'est un chalet de montagne.

Il est bientôt sur les lieux. Là, il découvre que ce n'est pas une habitation, c'est un refuge pour alpinistes égarés. La porte est entrouverte. Il la pousse. À l'intérieur, il y a un lit, une table, un banc et une pancarte : « Simpson Meadow, altitude 3 300 mètres. » Il y a aussi une petite armoire. Il se précipite, et c'est le miracle : elle contient une boîte de haricots, une boîte de hachis et une boîte de tomates.

Il les ouvre fébrilement, puis il se souvient des prescriptions de l'armée : il ne faut pas trop manger après un long jeûne. D'ailleurs, il doit se rationner en prévision des jours à venir. Il se contente d'une petite cuillerée de chaque boîte, ce qui lui donne l'impression d'être aussi rassasié que s'il avait fait un festin. Après quoi, il se laisse tomber sur le lit et s'endort. C'est son premier vrai repas et son premier vrai sommeil depuis plus de trois semaines.

Lorsqu'il se réveille, il fait plein jour. Il se rend compte qu'il a dormi au moins douze heures. Il entreprend alors d'explorer le reste du refuge et il a encore une heureuse surprise. Tout a vraiment été prévu pour le voyageur égaré ! Il découvre des allumettes et un attirail de pêche, ce qui doit signifier qu'il y a une rivière ou un lac non loin.

Il y a aussi une carte de la région. Pour la première fois, le lieutenant Steel sait où il se trouve. Ce n'est malheureusement pas une bonne nouvelle : il est en plein milieu des Rocheuses, dans la partie la plus éloignée de toute agglomération. En allant vers l'est, il s'est enfoncé dans la montagne. Il aurait dû aller en sens inverse, mais cela il ne pouvait pas le savoir.

Bruce Steel fait le point. Le trajet pour rejoindre une région habitée est très long et va nécessiter un gros effort. Alors, autant attendre un peu sur place pour reprendre des forces. L'endroit est beaucoup moins hostile que tous ceux qu'il a traversés jusqu'ici : il devrait pouvoir subsister par ses propres moyens. Et d'abord il va chercher ce lieu de pêche.

Il y a effectivement un petit lac pas loin. L'endroit est agréable et lui procure un vif réconfort, après tous les paysages sinistres qu'il avait vus jusqu'ici. C'est malheureusement le seul résultat de son expédition. Les poissons ne manquent pas, il les voit frétiller dans l'eau claire, mais il ne sait pas se servir d'une canne à pêche et il rentre bredouille au chalet.

Bredouille, pas tout à fait quand même, car en chemin il croise une couleuvre qu'il écrase d'un coup de pierre. Il a de quoi faire du feu, il lui est possible de la faire cuire et le serpent s'avère très mangeable ; sa chair rappelle celle de l'anguille, même si elle est un peu grasse.

Les jours passent et le lieutenant Steel s'installe dans cette vie de Robinson, coupé du monde, au cœur de l'Amérique moderne, à 3 300 mètres d'altitude. Avec le temps, il a fini par devenir un pêcheur très adroit et les truites qu'il rapporte sont délicieuses. Il a de la viande aussi et en abondance. Un jour qu'il s'était rendu au lac plus tôt que d'habitude, juste avant l'aube, il a découvert des daims qui venaient boire. Pour la première fois, son colt lui a servi. Il a abattu une bête et il a pu la conserver sans difficulté, dans ce climat froid. Il a maintenant de la viande à volonté.

Dans son refuge perdu, Bruce Steel a recréé une sorte de foyer. Il a accroché la photo de Vicky à l'un des murs en rondins et il a l'impression qu'elle partage cette vie avec lui. Ils prennent leurs repas ensemble, ils dorment ensemble, ils sont chez eux.

Mais pour réconfortants qu'ils soient, ces moments ne peuvent pas durer éternellement. À la mi-juin, il se sent d'attaque pour tenter l'aventure. Cette fois, il ne part pas à l'aveuglette : il a sa carte qui lui indique le chemin. Le plus simple semble de suivre un torrent qui coule un peu plus loin. Cela devrait permettre d'éviter des escalades difficiles et dangereuses.

Il part donc, avec ses provisions emballées dans un baluchon en toile de parachute. Dans ses poches, il a la photo de Vicky, sa carte, son colt, son couteau et ses allumettes. Il n'a pas jugé utile d'emporter le matériel de pêche, trop encombrant. D'ailleurs, le ravitaillement ne devrait pas causer de problème : il pousse un peu partout des fraises sauvages ; il n'y a qu'à se baisser pour en ramasser.

La progression dans le torrent se passe bien au début. Il suit ses rives au milieu d'une gorge d'une hauteur vertigineuse. S'il peut aller ainsi jusqu'au bout, il va franchir la montagne sans avoir besoin d'escalader. Malheureusement, son espoir est déçu. Rapidement, les parois se resserrent tellement qu'il n'y a pas d'autre moyen que d'entrer dans l'eau. Il le fait avec prudence, mais le courant le déséquilibre. Pour se rattraper, il doit lâcher ses vivres. Il est obligé de faire demi-tour. Il est épuisé, il est trempé et tout est à recommencer. Il n'a qu'une consolation : il a sauvé l'essentiel, la photo de Vicky.

De retour au refuge, il reste encore deux jours pour reprendre ses forces et, cette fois, il part sans vivres, à part des fraises dans ses poches. C'est que le chemin qu'il va emprunter est très accidenté et il va avoir besoin de ses deux mains. Il a décidé d'aller à Granite Pass, un col élevé, qui débouche sur Granite Basin, un grand cirque rocheux. S'il a opté pour cet itinéraire difficile et dangereux, c'est que Granite Basin est noté sur sa carte comme un endroit touristique. Il espère y rencontrer des alpinistes.

Bruce Steel a pourtant sous-estimé les difficultés du trajet. Plusieurs fois par jour, il manque de se tuer. Il progresse à une allure désespérante et, la nuit, il ne trouve pas toujours un endroit pour s'abriter. Heureusement, avec la belle saison qui avance, la température est devenue à peu près supportable et il y a toujours autant de fraises sauvages.

2 juillet 1958. Ce jour-là, il fait un temps magnifique. Charles Howard, dentiste à Albuquerque, a décidé d'aller à Granite Basin, en compagnie d'Albert Ade, le meilleur guide de la région. Après avoir laissé leur 4 × 4 quelques kilomètres plus bas, les deux

hommes se sont encordés pour entreprendre l'ascension.

Ils se trouvent dans un passage étroit lorsqu'une pluie de cailloux passe tout près d'eux, manquant de les assommer. Ils lèvent la tête et découvrent une forme cent mètres plus haut. C'est de toute évidence un autre alpiniste, mais s'aventurer seul à cet endroit est de la folie ! Intrigué, Charles Howard se saisit de ses jumelles et découvre un homme en haillons, aux bras en sang, dont la barbe et les cheveux blonds le font ressembler à un homme des cavernes. Il est assis et mange des fraises.

Le dentiste et son guide crient. Ils voient l'homme se mettre debout, faire de grands gestes et les appeler frénétiquement. Redoutant qu'il ne commette une imprudence, ils lui hurlent :

– Ne bougez pas, nous arrivons !

L'escalade est difficile, mais avec le matériel dont ils disposent Charles Howard et le guide Ade en viennent à bout. L'homme est vêtu d'un uniforme en lambeaux, il est dans un état effrayant, maigre, les traits creusés, pleurant de joie, tremblant d'émotion.

– Qui êtes-vous ?

– Lieutenant Bruce Steel. Mon avion s'est écrasé il y a cinquante-trois jours...

Ramené avec précaution par le dentiste et son guide jusqu'à leur 4 × 4, Bruce Steel, qui était officiellement mort pour l'armée, est conduit en hélicoptère jusqu'à sa base de Selma et hospitalisé à l'infirmerie. Là, le médecin le trouve dans un état de santé exceptionnel, compte tenu de ce qu'il a vécu. À part un amaigrissement important et une grande fatigue, il n'a rien de particulier ; sa cheville est tout à fait guérie.

Le médecin permet alors aux nombreux journalistes qui attendent dehors d'entrer dans sa chambre, car l'histoire du Robinson perdu en pleine Amérique a fait le tour du pays. Vicky aussi est là. Bruce manque de se trouver mal, dans l'état de faiblesse qui est le sien, lorsqu'il voit en chair et en os le visage qui l'a accompagné pendant tout son calvaire. Elle se jette dans ses bras et les flashs des photographes crépitent immortalisant leurs retrouvailles. Les questions des journalistes fusent :

– Comment avez-vous eu la force de survivre ?

– Grâce à ma femme. C'est son amour qui m'a donné la force nécessaire.

– Quels sont vos projets maintenant ?

– Profiter de la vie avec elle et notre petite Rita...

Enfin tout le monde se retire. On les laisse seuls. C'est le moment tant attendu... Vicky lui sourit, mais – est-ce une impression ? – son sourire semble crispé. Il prend ses mains dans les siennes.

– Le médecin me demande de rester encore deux jours en observation, mais j'ai bien envie de rentrer tout de suite à la maison.

Vicky hésite un instant et répond :

– Ce n'est pas possible.

– Et pourquoi pas possible ?

– Parce que... j'ai vendu la maison.

– Qu'est-ce que tu dis ?

– Il faut comprendre... On m'avait dit que j'étais veuve. Il y a eu une cérémonie officielle pour toi. Alors je suis partie et je me suis installée ailleurs.

– Ailleurs ? Mais où cela ?

– En Floride. J'ai toujours rêvé d'habiter la Floride....

Il y a un long silence. Bruce Steel regarde Vicky, la bouche ouverte, les yeux ronds. C'est un cauchemar ! Oui, c'est cela, il rêve. Il va se réveiller dans son refuge de montagne. Ses yeux vont tomber sur la photo qu'il a accrochée au mur en rondins et tout va rentrer dans l'ordre. Vicky s'éclaircit la gorge et parle d'une voix précipitée :

– Il faut que je te dise tout, Bruce. Pendant le temps où tu as été absent, j'ai pu réfléchir... Je crois que je n'étais pas faite pour être femme de militaire. Je crois que je me suis mariée trop jeune aussi. En fait, j'ai besoin de bouger, de voir du pays.

Bruce a l'impression de tomber dans un gouffre plus profond que ceux qu'il a côtoyés durant son aventure.

– Ce n'est pas vrai ! Je n'y crois pas !

– C'est pourtant la vérité. J'ai pris ma décision. Je vais... demander le divorce.

Et Vicky Steel a tenu parole ! Les journalistes ont rendu compte, scandalisés, de son attitude. La réprobation générale qui l'a entourée ne lui a pas fait changer d'avis. Elle est partie pour la Floride, avec la petite Rita, que le juge lui a laissée. Bien sûr, les torts étaient de son côté, mais, son père étant militaire, il ne pouvait en avoir la garde.

Quant au lieutenant Steel, il a repris ses vols d'essai et ses vols de routine. Il a déchiré et jeté la photo de Vicky, malgré tout il n'a jamais pu l'oublier. Car c'était bien elle qui lui avait sauvé la vie. Il avait eu tort de l'aimer, elle était indigne de lui, mais pendant toute la durée de son épreuve elle avait été sa raison de vivre et, sans elle, il n'aurait pas survécu.

L'officier et les prisonniers

Chacun d'entre nous connaît *La Vache et le prisonnier*, ce film charmant qui met en présence Fernandel et sa compagne à quatre pattes, Marguerite. L'évasion que relate cette histoire vraie tire son ingéniosité de sa simplicité même. Eh bien, Frédéric Hofmann a vécu une aventure pratiquement semblable, à ceci près qu'il n'avait pas de vache avec lui et que les circonstances de son exploit étaient infiniment plus dangereuses et dramatiques.

– Alors, Martin, tu veux toujours t'évader ?

Nous sommes au printemps 1942, dans le stalag de Breslau. L'interpellé, un solide gaillard aux cheveux blonds, hoche la tête de manière affirmative. En fait, il ne s'appelle par Martin, mais Hofmann et il est alsacien, natif de Thann, dans le Haut-Rhin.

Comme tant d'autres, il a été capturé à Dunkerque. Mais lui, il avait un problème particulier. Il devinait bien qu'en tant qu'alsacien il allait devenir allemand à l'armistice et qu'on l'enverrait, non dans un camp de prisonniers, mais dans la Wehrmacht. Or il n'avait aucune envie de se faire trouer la peau sous l'uniforme du Reich. Alors, quand il a été pris, il a jeté ses papiers militaires. Comme beaucoup de ses camarades étaient dans le même cas, les Allemands ne se sont pas méfiés et l'ont enregistré sous le nom de Frédéric Martin, né et vivant à Paris. Par la suite, il n'a pas jugé bon de révéler sa véritable identité à ses compagnons de détention. Pour tout le monde, au stalag de Breslau, il est Frédéric Martin.

Le camarade du pseudo-Martin a un soupir contrarié :

– Fais pas l'andouille, Martin ! On t'aime bien. On voudrait te garder...

Il faut dire que penser à une évasion peut paraître insensé. Le stalag est particulièrement bien gardé, avec miradors et barbelés électrifiés et, de plus, Breslau est très loin de la France. La ville est située tout à l'est de l'Allemagne, à tel point qu'aujourd'hui elle n'est plus en Allemagne : c'est la cité polonaise de Wroclaw.

Frédéric Hofmann sourit.

– T'inquiète pas pour moi. J'ai ce qu'il faut.

– On peut savoir quoi ?

Hofmann sort un stylo de sa poche.

– Ça !

– C'est avec un stylo que tu vas t'évader ?

– Entre autres...

Il n'en ajoute pas plus et son compagnon n'insiste pas. Le stylo n'est qu'un accessoire. Son principal atout, Frédéric Hofmann est le seul à le connaître : étant alsacien, il parle allemand couramment et sans le moindre accent. Rien ne peut le distinguer des citoyens du Reich. D'ailleurs, officiellement, depuis l'annexion de l'Alsace et de la Moselle, il est allemand.

Pendant plusieurs mois, Frédéric Hofmann a préparé son plan. Maintenant il est au point et c'est la belle saison ; en hiver, les conditions auraient été trop dures. Il va donc passer à l'action. Et, pour quitter le stalag, il ne va pas s'attaquer aux mortels barbelés, il va sortir par la porte, tout simplement.

Régulièrement, en effet, on demande des volontaires pour aller dans des commandos, c'est-à-dire travailler à l'extérieur, dans une usine ou dans une ferme. Or Frédéric vient d'apprendre qu'un commando de cinq hommes doit partir pour une ferme près de Königsberg et il a posé sa candidature. Évidemment, Königsberg est encore plus à l'est, pas très loin de l'URSS. Il aurait préféré une destination qui l'aurait rapproché du pays, mais tant pis !

Quant à la suite que va recevoir sa demande, il est confiant. S'il n'est pas agriculteur de profession, il est doué de qualités athlétiques exceptionnelles ; c'est même un véritable colosse et un garçon comme lui peut rendre n'importe quel service à la campagne. Et effectivement, peu après, il se retrouve en compagnie des quatre autres élus : Jérôme, un cultivateur berrichon, François, ouvrier agricole du Nord, Joseph, viticulteur à Mâcon, et Antoine, fermier dans la Nièvre.

Ils sont convoyés par l'Oberleutnant Molder, qui monte avec eux dans le camion militaire et les fait descendre à la gare. Là, ils attendent tous les six sur le quai le train pour Königsberg. Le spectacle de ces prisonniers avec les grosses lettres KG, « Prisonnier de guerre », sur leur veste et du militaire qui les accompagne n'attire nullement l'attention : c'est un spectacle courant dans le pays.

Enfin, le convoi arrive et ils s'installent dans un compartiment. Frédéric Hofmann attend qu'ils soient tous assis pour lancer à l'Oberleutnant, avec son plus charmant sourire :

– Tête de porc ! Vieux salaud !

L'Allemand n'a pas de réaction, à part une mimique agacée. Les autres se tournent vers Frédéric :

– T’es devenu dingue ou quoi ? Tu veux nous faire revenir au stalag et nous flanquer au cachot ?

– Pas du tout. Je voulais savoir si cet abruti comprenait le français. Maintenant que je sais qu’on peut parler, je vais vous dire ce qu’on va faire : on va s’évader !

Il y a un silence stupéfait. L’Oberleutnant Molder regarde le paysage par la vitre sans la moindre réaction. Un des prisonniers sort alors de sa musette le morceau de pain qu’on leur a donné pour le voyage. Frédéric Hofmann l’arrête d’un geste :

– Gaspille pas la nourriture. Tu en auras besoin pour traverser l’Allemagne.

L’autre le regarde comme s’il était en présence d’un fou et plante quand même les dents dans son quignon.

– Si tu veux t’évader, évade-toi. Moi, ça ne me dit rien. J’ai envie de me la couler douce dans cette ferme et pas de risquer ma peau.

La voix de l’Alsacien se fait alors pressante :

– Arrête, je te dis ! J’ai besoin de toi, de vous tous ! Sans vous, je ne peux rien faire.

– De nous ? Et qu’est-ce tu veux qu’on fasse ?

– Rien. Vous n’aurez rien à faire et c’est pourtant grâce à vous qu’on va s’évader.

– Alors là, c’est sûr que tu es complètement givré !

– Non, ça fait longtemps que je réfléchis à mon coup. Il est simple et il doit marcher. Il suffisait d’y penser. Écoutez...

Alors Frédéric Hofmann raconte ce qu’il a mûri dans le plus grand secret depuis des mois et, à mesure qu’il parle, il voit les regards de ses camarades s’illuminer. Quand il a terminé, celui qui voulait manger son pain le remet dans sa musette.

– Excuse-moi, mon pote, je m’étais trompé. Tu

n'es pas fou. Je dirai même que tu es génial ! Je marche.

Un triple « Moi aussi ! » lui fait écho. Ils sont tous d'accord. Les dés sont jetés. Une des plus incroyables évasions de la dernière guerre est commencée. L'Oberleutnant Molder regarde toujours par la vitre, sans se douter de la suite des événements ni du sort qui l'attend.

Quelques heures ont passé. Le militaire allemand et ses prisonniers ont débarqué à Königsberg et ont quitté à pied la ville en direction de la ferme, distante de six kilomètres. La route qu'ils suivent est déserte et ils se trouvent au milieu d'un petit bois : c'est le moment.

Frédéric Hofmann s'approche avec un parfait naturel de l'Oberleutnant et, de la manière la plus imprévisible, lui décoche un fantastique coup de poing. L'homme s'écroule, assommé. Sans hésitation, Hofmann décroche le poignard qu'il portait à la ceinture et le lui plonge dans le cœur. Le tout n'a pas duré plus de quelques secondes.

Ses quatre compagnons se précipitent. C'est le seul moment durant l'évasion où ils vont jouer une rôle actif. Ils tirent le corps à l'intérieur du bois entreprennent de creuser un trou. Pendant ce temps, Frédéric Hofmann déshabille sa victime, revêt son uniforme et cherche dans ses poches l'ordre de mission.

Le voilà. C'est maintenant que le stylo va entrer en action. Il s'est muni également d'un morceau de pierre ponce. Il a toujours été habile de ses mains. Il entreprend de gratter l'inscription « Königsberg » et de la remplacer par « Munich ». Quand il a terminé, ses compagnons se sont acquittés de leur tâche : ils ont enterré Molder et soigneusement recouvert l'endroit de branchages. On ne le retrouvera pas de sitôt, si on le retrouve un jour !

Frédéric Hofmann se contemple dans son uniforme impeccable d'Oberleutnant. Il est fier de lui et il peut l'être ! Même avec sa parfaite connaissance de l'allemand, il ne s'en serait pas sorti tout seul. Un militaire se déplaçant isolément attire l'attention. Il aurait fini par se faire prendre à un contrôle. Tandis que, avec quatre prisonniers arborant les grosses lettres KG, il se trouve dans une situation banale au possible. Il fait partie du paysage quotidien de l'Allemagne en guerre. Bien sûr, il reste la possibilité que quelqu'un de particulièrement scrupuleux découvre la falsification du document, mais il faut courir le risque. Une évasion sans risque, cela n'existe pas.

Tout naturellement, ils retournent ensemble à la gare de Königsberg où un train est en partance pour Berlin. Frédéric Hofmann y fait monter ses compagnons en les houspillant dans la langue de Goethe, tandis que les autres râlent en français, provoquant des sourires chez les voyageurs : ils sont plus vrais que nature ! Un peu plus tard, la patrouille chargée des papiers ne jette qu'un regard distrait à l'ordre de mission et le rend à l'Oberleutnant en claquant les talons.

C'est sans le moindre incident qu'ils atteignent Berlin. Pour aller à Munich, ils doivent se rendre dans une autre gare et ils traversent à pied une partie de la capitale du Reich. Là encore, ils n'attirent pas plus l'attention que s'ils étaient transparents. D'ailleurs, ils croisent plusieurs groupes semblables au leur, avec un militaire allemand et ses prisonniers. Chaque fois, Frédéric ne manque pas d'adresser quelques mots aimables à son homologue, tandis que les prisonniers échangent des signes de sympathie.

Les cinq hommes sont arrivés tout aussi facilement

à Munich, et c'est alors seulement qu'ils ont connu des moments pénibles. Ils avaient décidé de gagner à pied la Suisse et ils n'avaient plus rien à manger. Ils se sont nourris de baies et de fruits chapardés dans les vergers. Ils étaient affamés et épuisés quand ils ont franchi la frontière, mais ils l'ont franchie et c'est l'essentiel.

Par la suite, les quatre compagnons de Frédéric Hofmann sont rentrés chez eux. Lui a choisi d'aller dans un maquis et, à la Libération, s'est engagé dans la 2e DB. À ce titre, il a eu la joie d'entrer dans Strasbourg aux côtés du général Leclerc. Et le plus extraordinaire est qu'il portait alors les galons de lieutenant. Lieutenant, Oberleutnant : le même grade que celui qui lui avait permis de s'évader, mais sous son véritable uniforme, cette fois !

[illegible]

L'Ogre du Bengale

Le jeune Robert court de toutes ses forces sur le chemin enneigé. Il est grand et fort pour son âge, mais il a juste douze ans et la distance est longue de Dinan à Cancale. Pourtant, pas question de s'arrêter ni même de ralentir, sinon il risquerait d'être pris. À présent, le vent s'est levé et la neige s'est remise à tomber. De violentes rafales assaillent l'enfant. En continuant ainsi, il sait qu'il risque sa vie. Ce n'est pas cela qui peut lui faire peur. Robert n'a jamais eu peur de rien !

Si loin qu'il remonte dans sa brève existence, il n'a que des souvenirs de combats. À six ans, il commandait une bande de gamins de Cancale, qui se battaient dans les forêts ou sur les plages, et il avait toujours le dessus. Il n'a pas tardé à hériter d'un surnom auprès de ses camarades : « Du Guesclin ». Et c'est vrai que, voici plus de quatre siècles, le futur connétable de France avait commencé sa carrière exactement de la même manière, en se battant avec les garnements de son âge.

Bien sûr, le petit Robert était flatté de cette comparaison, d'autant plus naturelle que ses parents habitaient précisément l'ancien domaine de la famille Du Guesclin. Mais ce dernier n'était vraiment pas son modèle. C'était un chef d'armée, il s'était battu sur terre. Lui, Robert, ce qui l'attirait, c'était la mer !

C'était à bord d'un bateau qu'il voulait livrer ses batailles et remporter ses victoires. Oui, il serait marin et, plus précisément, corsaire, comme le plus illustre de ses ancêtres, Duguay-Trouin.

Malgré les éléments qui continuent à se déchaîner, l'enfant a un sourire. Bien sûr, ses parents, sa mère en particulier, ont tout fait pour le corriger. Un jour, pour l'empêcher de rejoindre sa bande, elle l'a obligé à s'habiller avec un habit ridicule, fait de pièces de toutes les couleurs, pensant qu'il aurait trop honte pour se montrer. Sur ce point, elle a eu raison : il n'a pas osé retrouver les autres. Mais il a imaginé autre chose. Il s'est rendu au sommet d'une colline couverte de buissons épineux et s'est laissé rouler jusqu'en bas. Quand il est rentré à la maison, son costume de carnaval était en lambeaux et lui-même en sang. Sa mère n'a plus recommencé.

Tout cela se passait il y a six mois. Voyant qu'il était décidément indomptable, ses parents ont employé les grands moyens : ils l'ont envoyé chez les pères, à Dinan, dans un établissement réputé pour sa sévérité. Encore une fois, c'était bien mal le connaître. Son premier souci a été d'organiser des batailles rangées entre les élèves. À la tête de ceux de sa classe, il a été faire le coup de poing contre les autres, même les grands. Et il a gagné.

Après avoir multiplié les punitions, le père supérieur s'est décidé à sévir lui-même. Tout à l'heure, à la récréation, dans la cour enneigée, il lui a demandé de baisser son pantalon pour lui donner le fouet devant tous ses camarades réunis. C'était plus que Robert n'en pouvait supporter. Il s'est débattu de toutes ses forces et, pour finir, il a mordu le religieux à la fesse. Après quoi, profitant de la confusion générale, il s'est enfui. Il fuit toujours et il s'est juré qu'on ne le rattraperait pas.

Malgré toute sa résistance, tout son courage, il est obligé de ralentir. Il se rend bien compte qu'il ne sera pas à Cancale avant la nuit. Pour la première fois, il se sent vraiment en danger. Il comprend qu'il risque de mourir et il ne le veut pas sans revoir la mer. Quittant la route, il oblique à travers la forêt. Au prix d'un effort épuisant, progressant comme il peut dans la neige qui lui arrive aux genoux, il parvient sur la plage.

Il y a là une petite dune qui protège à peu près du vent. Il s'y allonge, face aux flots blanchis de neige et d'écume. Le grondement régulier des vagues le berce. Il ferme les yeux. Il se laisse gagner par l'engourdissement dû au froid et à la fatigue. Il s'endort...

Il est réveillé par une poigne qui le secoue avec force. Il ouvre les yeux avec peine. Il distingue des hommes, des marins.

– Qu'est-ce que tu fais là, gamin ? Tu es fou ! Tu vas mourir... Et comment t'appelles-tu d'abord ?

Le jeune Robert se sent très faible. En réponse à la question, il a juste la force de prononcer son nom :

– Surcouf.

Après son escapade, il est ramené chez lui entre la vie et la mort. Il est bientôt hors de danger et c'est dans la grande maison de Cancale qu'il passe sa convalescence. Elle est pour le moins disparate, avec une partie médiévale, héritée de Du Guesclin, de nombreux ajouts lors des siècles suivants et des transformations récentes, pour l'aménager en exploitation agricole. L'ensemble reflète assez bien la situation qui est celle de sa famille : d'illustres origines et une situation actuelle précaire.

Le père de Robert, Charles Surcouf de Boisgris, est originaire d'Irlande, que ses ancêtres ont fuie par haine des Anglais. Sa mère, Rose Truchot de La Chesnais, a Duguay-Trouin parmi ses ancêtres. La famille Surcouf est noble, mais de noblesse irlandaise, ce qui ne lui confère aucun privilège. La famille de La Chesnais, naguère richissime, a été ruinée pour avoir prêté à l'État une somme qui ne lui a jamais été rendue. Pour subsister, les Surcouf sont donc devenus cultivateurs.

Robert finit par se rétablir tout à fait. Cette fois, ses parents ont compris : ils capitulent. Ils renoncent à lui faire acquérir davantage d'instruction. Il en sait assez pour devenir marin et il sera marin, puisque c'est cela qu'il veut.

Mais corsaire, quand même pas tout de suite ! On ne manie pas le sabre et le pistolet, on ne va pas à l'abordage sous les balles à douze ans. Pour son premier engagement, Robert Surcouf embarque sur le *Héron*, un modeste bateau qui fait le cabotage entre Saint-Malo et Cadix. Lorsque celui-ci lève l'ancre, le 3 août 1786, le jeune garçon a conscience d'avoir réalisé son rêve et il n'a pas perdu de temps : il a douze ans et demi !

Le *Héron* a beau être de petites dimensions, il constitue une excellente école de navigation. C'est un brick à très forte voilure, qui impose de fréquentes ascensions dans la mâture, et Robert est toujours volontaire pour la manœuvre. Autant chez les pères c'était un bon à rien, autant ici c'est le premier de la classe. Au bout de sept mois de cette rude école, quand il revient à Saint-Malo, il est devenu un vrai, un excellent marin.

Pendant deux ans, il fait le va-et-vient entre la Bretagne et l'Espagne, toujours tenaillé par son idée fixe de devenir corsaire, mais il est encore trop jeune. Enfin, le 3 mars 1789, a lieu la seconde grande date de son existence : il embarque sur l'*Aurore*, navire corsaire, en qualité de « volontaire ». On appelle ainsi de jeunes gens sans solde attirés par la course. Leur uniforme les distingue des autres marins : chapeau rond, veste et culotte bleues, hache d'abordage en bandoulière et pistolet à la ceinture.

Ici, il faut ouvrir une parenthèse sur la course et les corsaires. Souvent confondues, la piraterie et la guerre de course sont très différentes dans leur histoire et dans leur principe. La piraterie est aussi vieille que la navigation elle-même. Le pirate agit uniquement par appât du gain. Il attaque toutes les proies qui passent à sa portée, même s'il s'agit de compatriotes et ne fait de quartier que s'il compte tirer rançon de ses prisonniers. En contrepartie, il n'a aucune indulgence à attendre s'il est lui-même pris : il est aussitôt mis à mort.

La guerre de course apparaît au contraire tardivement. Sa période de grande activité ne dure guère plus d'un siècle et demi, entre 1650 et 1815, et, même si d'autres nations l'ont pratiquée, elle est surtout le fait d'un seul pays : la France. Comme le pirate, le corsaire combat sur son propre navire et s'approprie les prises qu'il fait. Mais il agit avec l'accord de son gouvernement, en respectant des règles précises. En cas de capture, il est traité comme prisonnier de guerre.

Arme des faibles, tout comme la guérilla face aux armées régulières, la course convenait parfaitement à la France, pays riche et puissant sur terre, mais souffrant d'une faiblesse maritime chronique face à l'Angleterre, son ennemie héréditaire. C'est pourquoi ce genre de combat a opposé le plus souvent bateaux anglais et corsaires français.

La première mention de la course se situe en plein conflit entre les deux pays, puisque c'est durant la guerre de Cent Ans qu'une ordonnance de Charles VI, du 17 novembre 1400, proclame que tout particulier pourra armer un navire à ses frais pour attaquer l'ennemi, à condition d'obtenir l'accord de l'amiral. Par la suite, d'autres ordonnances précisent les règles générales de la course : obligation pour le corsaire d'avoir une « lettre de marque » délivrée par les autorités ; respect des traités de paix et des trêves officielles ; attaque limitée aux ennemis et aux neutres commerçant avec eux ; obligation de rapporter la prise tout entière dans un port ; institution de tribunaux habilités à juger si elle est valable ou non.

Bientôt admise par tous les pays, y compris par l'Angleterre, la guerre de course prend une extension soudaine sous le règne de Louis XIV, grâce à Colbert. Ce dernier y voit un moyen peu onéreux de combattre la marine anglaise. C'est ainsi que le Dunkerquois Jean Bart et le Malouin Duguay-Trouin ramènent de leurs équipées à la fois la fortune et la gloire. Et c'est sur leurs traces que Robert Surcouf compte bien partir.

Pour en revenir à l'*Aurore*, sur laquelle il embarque, celle-ci est armée « en guerre et en marchandise », c'est-à-dire qu'elle transporte une cargaison et qu'elle a le droit d'attaquer en chemin les autres navires marchands. Elle a pour destination l'île de France, l'actuelle île Maurice. L'île de France est la terre de prédilection des Malouins : colonisée par des Malouins, sa capitale, Port-Louis, fondée par un Malouin ;

elle est, pour les habitants de Saint-Malo, une seconde patrie.

En route, l'*Aurore* ne fait aucune rencontre et arrive bredouille à Port-Louis. Cela n'a pas empêché Surcouf de se distinguer lors d'une terrible tempête au passage du cap de Bonne-Espérance. Son courage pour monter dans les mâts, malgré le vent, le roulis et le tangage, a fait l'admiration de tous.

De Port-Louis, il repart pour Pondichéry d'où l'*Aurore* doit ramener des troupes. Surcouf découvre l'Inde, qui le fascine. Puis c'est l'Afrique, dans la région du canal de Mozambique, pour charger une cargaison de six cents Noirs. Cette fois, la traversée est mouvementée. Elle est même terrible. Une tempête rejette le navire à la côte où il se brise sur les récifs. L'équipage peut se sauver, mais la plupart des Noirs, enchaînés dans la cale, connaissent une mort horrible.

Surcouf fait ensuite plusieurs voyages, toujours avec Port-Louis comme point de départ : vers la presqu'île de Malacca, Pondichéry et Madagascar. Il est à présent lieutenant. Au printemps 1791, il décide de rentrer en France. À l'autre bout du monde lui sont parvenus les échos de la Révolution en marche et il veut absolument découvrir la situation par lui-même. Il prend le premier poste qui se présente, timonier sur la *Bienvenue,* et rentre à Saint-Malo.

Ses parents le reconnaissent à peine. Leur garnement est devenu un homme. Il a dix-huit ans et il paraît plus que son âge. Il est de grande taille, de forte corpulence avec les cheveux bruns, le teint hâlé, des taches de rousseur. Quant à lui, il découvre une France totalement bouleversée. Il n'y a plus de noblesse, plus de privilèges ; on parle de république. Il est tout de suite favorable à ces changements. C'est un esprit neuf, plein de hardiesse.

Mais pour l'instant, ce n'est pas de politique ni de révolution qu'il va s'agir, c'est à ce moment que se place l'épisode le plus romanesque de son existence. Les Blaize de Maisonneuve sont les plus importants armateurs de Saint-Malo. Un jour d'avril 1792, ils donnent une réception dans leur hôtel particulier qui domine la ville. Robert est invité. Après le déjeuner, il échange quelques mots sur la terrasse avec la fille de la maison, Marie-Catherine, et c'est le coup de foudre réciproque.

Ils semblent pourtant bien mal assortis : elle n'a que treize ans. Mais l'amour ne s'explique pas et entre cette frêle adolescente et cet athlétique corsaire naît une passion qui va durer toute la vie. Surcouf et Marie-Catherine Blaize de Maisonneuve se revoient en cachette. Bien entendu, étant donné son âge, le jeune homme fait preuve du plus grand respect. Ils se jurent de se marier plus tard. En attendant, il doit repartir.

Arrivé dans l'île de France en mars 1793, Robert trouve une situation politique totalement changée. Pendant les longs mois qu'a duré la traversée, les événements se sont précipités. Louis XVI vient d'être guillotiné et la France est en guerre avec le reste de l'Europe. D'ailleurs, Port-Louis a changé de nom et s'appelle Port-la-Montagne. Conséquence, le lieutenant Surcouf est mobilisé. Il embarque comme officier sur la frégate la *Cybèle*. C'est à son bord qu'il reçoit le baptême du feu contre un navire anglais.

Il parvient pourtant à échapper à ses obligations militaires et accepte le commandement d'un navire négrier. La chose est non seulement douteuse moralement, elle est, de plus, très risquée. La Convention vient d'abolir l'esclavage, et la traite des Noirs est illégale.

Surcouf charge sa marchandise humaine sur les côtes africaines et prend la direction non de l'île de France, trop surveillée, mais de l'île de la Réunion. Évitant la capitale Saint-Denis, il débarque les Noirs dans un endroit discret quelques lieues plus au sud. Les autorités ont tout de même vent de la chose : les commissaires montent à bord et découvrent sans mal la vérité. Surcouf s'en sort de justesse en les invitant à déjeuner. Il fait lever l'ancre pendant le repas et ne les relâche qu'une semaine plus tard, après leur avoir fait signer un rapport l'innocentant.

L'incident le dégoûte cependant de la traite des Noirs et, de retour à Port-la-Montagne, il décide de se lancer dans sa vocation de toujours : la course. Un armateur lui propose le commandement du *Modeste*, un petit bateau on ne peut mieux nommé, pouvant abriter seulement trente hommes d'équipage et très médiocrement armé de quatre canons. Surcouf le rebaptise l'*Émilie* et se met en devoir d'obtenir une lettre de marque, formalité indispensable sans laquelle il ne serait qu'un simple pirate.

Mais le général Malartic, gouverneur de l'île, refuse. Les Anglais sont menaçants et il a décidé de garder tous les marins pour la défense de Port-la-Montagne. Devant l'insistance de Surcouf, le gouverneur finit par lui accorder un « permis de navigation », qui lui interdit d'attaquer mais l'autorise à se défendre. Le futur capitaine de corsaires se retire satisfait. Il n'en demandait pas plus. Qui peut dire où finit la défense et où commence l'attaque ?

L'*Émilie* part le 4 avril 1795 « chercher des tortues aux Seychelles », ainsi qu'il est écrit sur son rôle imposé par le gouverneur. Elle arrive sur place le

15 septembre, mais n'y cherche aucune tortue : elle se met à zigzaguer dans la région, en quête d'une proie.

Trois mois se sont écoulés lorsque, fin décembre, elle rencontre le *Penguin*, navire anglais chargé de bois. Le *Penguin* hisse ses couleurs et les accompagne d'un coup de semonce, comme c'est l'usage maritime courant. Surcouf feint de se croire attaqué, envoie une bordée de ses quatre pièces et l'adversaire se rend.

Peu après, c'est au tour de la *Diana*, un beau trois-mâts chargé de riz. La *Diana* refuse d'abord de se rendre, Surcouf la poursuit et parvient à la prendre en abordage en pleine nuit. Trois autres bâtiments tombent à leur tour en son pouvoir. Il est maintenant à la tête d'une flottille. Il a pris place à bord d'un bateau anglais plus gros et plus maniable que l'*Émilie,* qu'il a rebaptisé le *Cartier*. Comme il a dû laisser des hommes sur chaque navire capturé, son équipage est squelettique : dix-sept hommes, en comptant le chirurgien et le cuisinier, et il n'a toujours que quatre canons. C'est pourtant dans ces conditions qu'il va faire sa plus belle prise.

Le 29 janvier 1796, la vigie signale un gros navire droit devant. Il s'agit du *Triton*, puissant bateau de la Compagnie des Indes orientales. Surcouf fait hisser le drapeau anglais – pratique normalement interdite mais courante dans un camp comme dans l'autre – et s'approche. Une fois à portée, il se rend compte que son adversaire est plus fort qu'il ne le supposait (il est armé de vingt-six canons) et que son équipage n'est pas indien, comme il l'espérait, mais uniquement composé de marins anglais. Il est pourtant trop tard pour fuir. D'autant que le *Triton* a reconnu, dans ce navire de rencontre, un faux anglais. Il faut combattre.

La mer est assez forte. Surcouf espère qu'avec le roulis la salve de son adversaire ira soit trop haut, dans les nuages, soit trop bas, dans la mer. C'est exactement ce qui se passe : la bordée du *Triton* passe au-dessus des voiles du *Cartier,* qui est sur lui quelques instants plus tard. Les dix-sept assaillants font pleuvoir sur le pont un déluge de grenades. Leurs adversaires, abasourdis, se rendent : ils sont cent cinquante !

C'est cet exploit que célébrera, en le plaçant à une date fantaisiste, une fameuse chanson de marins « Le 31 du mois d'août ». Il y est question d'un navire d'Angleterre capturé :

Par un corsaire de six canons
Lui qu'en avait trent'six de bons...

Le retour à Port-la-Montagne est triomphal. La vision de la minuscule *Émilie* à la tête de ce cortège géant déchaîne l'enthousiasme. L'armateur, Surcouf et l'équipage se préparent à se partager un sensationnel butin, quand, coup de théâtre : le gouverneur Malartic refuse le bénéfice des primes !

Juridiquement, il le peut. L'*Émilie* n'avait pas le droit de course. Comment croire qu'elle ait eu raison de ces six navires en se défendant ? Elle a forcément agi par surprise. Moralement, c'est un déni de justice. L'armateur se démène. Surcouf fait appel à toutes les relations qu'il a dans l'île. Le gouverneur ne cède pas. Alors Surcouf rentre en France pour obtenir satisfaction.

Il est à Saint-Malo au début de l'année 1797, et sa première démarche n'a pas de rapport avec le butin de l'*Émilie*. Il va trouver M. Blaize de Maisonneuve, dans son bel hôtel particulier dominant Saint-Malo. L'armateur le reçoit courtoisement, ayant toujours entretenu les meilleurs rapports avec la famille Surcouf. Après un échange d'amabilités et de banalités, Robert en vient au but de sa visite :

– J'ai l'honneur de vous demander la main de Marie-Catherine.

M. Blaize de Maisonneuve tombe des nues, car les deux jeunes gens avaient conservé le secret le plus absolu. Il fait venir sa fille. Robert la découvre avec saisissement. Elle a dix-huit ans. C'est maintenant une jeune femme à la beauté épanouie.

– Robert vient de me demander ta main, voudrais-tu l'épouser toi aussi ?

Marie-Catherine répond en rougissant :

– Oui, père.

M. Blaize de Maisonneuve hoche la tête :

– Je ne suis pas contre votre union, mais il y a la différence de fortune. J'avais prévu de te faire épouser un autre armateur.

Il se tourne vers le jeune homme :

– Deviens riche et tu auras la main de ma fille....

Surcouf n'est pas affecté par ce demi-refus. Il ne doute de rien : riche, il sait qu'il le sera un jour. Et d'abord, il va récupérer les prises de l'*Émilie*. Il se rend à Paris plaider sa cause auprès du Directoire, le nouveau régime en place. Et il obtient satisfaction. Les cargaisons des six navires anglais sont déclarées valables et évaluées à 660 000 livres. Sur ce total, sa part représente une jolie somme, néanmoins elle n'est pas suffisante pour épouser la fille de l'armateur. Il décide de repartir.

Cette fois, avec la réputation qui le précède, on lui propose autre chose que le *Modeste*. Des armateurs nantais mettent à sa disposition la *Clarisse*, un beau navire bien armé, fait pour cent quarante hommes d'équipage. Robert choisit pour second son frère aîné Nicolas, excellent marin, qui a longtemps combattu les Anglais et, en juillet 1798, ils partent pour la capitale de l'île de France, redevenue Port-Louis.

À Port-Louis, la *Clarisse* est accueillie à coups de canon. Surcouf parvient à temps à se faire reconnaître et il apprend la raison de cette réception : des navires anglais arborent souvent, tout comme leurs adversaires, le pavillon ennemi.

Après une courte escale, il reprend la mer. C'est d'abord une interminable campagne dans la région de Sumatra, au cours de laquelle il ne capture que deux petits bateaux. Mais, en octobre 1799, c'est enfin une grosse prise : l'*Auspicious*, quatre mille balles de riz et quinze cents de sucre. Il est armé de vingt canons et ne se rend qu'après un combat acharné. Son capitaine ne peut cacher son dépit. Il apostrophe Surcouf :

– Vous, les Français, vous vous battez pour l'argent. Nous, les Anglais, nous nous battons pour l'honneur.

Ce à quoi le corsaire réplique :

– Que voulez-vous ? Chacun se bat pour ce qui lui manque !

Un peu plus tard, au large du Bengale, c'est une rencontre moins agréable qui l'attend. Le hasard met sur son chemin la *Sibylle*, le plus puissant navire de guerre anglais : quatre-vingts canons, quatre cent cinquante hommes d'équipage. Mais il parvient à lui échapper et il rentre en février 1800 à Port-Louis où il est fêté en héros.

Dans l'île de France, on comprend que les conquêtes de l'*Émilie* n'avaient pas été un hasard heureux. Surcouf est reconnu pour ce qu'il est : un corsaire d'exception, appelé à égaler les exploits de Jean Bart et de son ancêtre Dugay-Trouin, à les surpasser peut-être... Aussi, en mai 1800, repart-il avec un navire plus puissant encore. Les armateurs qui l'ont mis à sa disposition l'ont appelé la *Confiance*, ce qui reflète bien leur état d'esprit. Ils sont certains que Surcouf va accomplir des exploits plus grands encore et ils ne se trompent pas.

C'est à cette époque que le capitaine corsaire engage comme aide de camp Louis Garneray, qui est à la fois peintre et écrivain. Il le charge de consigner par écrit et par des croquis ses futures aventures. C'est Garneray qui fait la première description du grand marin, alors âgé de vingt-six ans :

« À première vue, son abord est assez grossier et il manque absolument de distinction. Mais dès qu'il parle, sa physionomie change du tout au tout, ses yeux s'animent d'une lueur extraordinaire et l'on sent ce qu'il y a de bonté, de générosité, d'énergie et de volonté dans cet homme remarquable. On comprend l'empire absolu qu'il exerce sur ses équipages.

« Surcouf est d'une taille un peu au-dessus de la moyenne, remarquablement charpenté, les épaules larges, les bras noueux, d'un embonpoint fortement accentué, mais d'une agilité surprenante et d'une force herculéenne. Ses yeux sont fauves, petits et brillants, son regard plein d'assurance, son visage hâlé et couvert de taches de rousseur ; son nez est court et aplati, ses lèvres sont minces et perpétuellement agitées par une sorte de tic nerveux... »

La première sortie de la *Confiance* commence mal. Elle tombe nez à nez avec la terrible *Sibylle*. Surcouf hisse le drapeau anglais, mais cette ruse éculée ne prend plus. La frégate pique droit vers lui. Le corsaire va alors faire preuve de toute sa rouerie.

Il fait mettre à son équipage des uniformes anglais pris à l'ennemi. L'interprète revêt celui du capitaine, lui-même se tenant à ses côtés, déguisé en simple matelot. Muni du porte-voix, l'interprète traduit les paroles que Surcouf lui chuchote :

– Commandant, j'ai une grande nouvelle à vous annoncer : vous allez être promu au grade supérieur ! D'autre part, j'ai des colis dont on m'a chargé pour vous à Madras. Je mets une embarcation à l'eau pour vous les faire porter.

Surcouf réunit alors l'équipage du canot, un enseigne de vaisseau et quelques marins, et leur donne cet ordre déroutant :

– Quand vous serez à mi-chemin, vous ferez couler l'embarcation.

L'enseigne pâlit.

– Mais, capitaine, ils vont nous faire prisonniers. Nous allons nous retrouver aux pontons !

Il faut dire que les pontons sont le cauchemar général. Obligés de traiter les corsaires en prisonniers de guerre, les Anglais se vengent en les enfermant dans des conditions inhumaines. Les pontons sont de vieux navires sans mâture, mouillés dans les estuaires. Les marins sont entassés dans la cale, vêtus seulement d'un pyjama de forçat. Ils sont si serrés que, la nuit, quand ils dorment, ils doivent se retourner tous en même temps.

Surcouf rassure l'équipage du canot :

– N'ayez crainte. Je vous échangerai à la première occasion et vous serez largement récompensés.

Le plan s'exécute. La chaloupe coule. La *Sibylle* met un canot à la mer pour secourir ceux qu'elle croit être ses compatriotes et Surcouf en profite pour mettre toutes les voiles ! La *Confiance* est bientôt hors de portée.

Un peu plus tard, le hasard met sur sa route un puissant navire marchand presque aussi bien armé qu'un bateau de guerre : le *Kent*. Malgré l'énorme disproportion des forces, Surcouf décide l'assaut et harangue ses hommes. Cela semble de la folie et telle est bien l'opinion des Anglais. Le *Kent*, en plus de son chargement, transporte des passagers et des passagères : son capitaine fait monter les dames sur le pont pour leur montrer « comment on coule un corsaire français ».

Surcouf manœuvre avec une habileté diabolique pour éviter les salves de son adversaire et parvient à se placer contre lui : l'abordage peut commencer. La différence de taille entre les deux bateaux est telle que, pour aller sur le pont du *Kent*, les marins de la *Confiance* doivent passer par le haut des mâts !

Le combat est furieux. Les huniers français bombardent de grenades leurs adversaires. Ceux-ci ont sorti leurs canons des cales et tirent à la mitraille sur les assaillants. Des adversaires tombent à la mer enlacés et continuent à se poignarder dans l'eau. Mais la mort du capitaine anglais sème la panique sur le *Kent* et l'équipage ne tarde pas à se rendre. Les prisonniers seront, bien entendu, échangés contre l'enseigne de vaisseau et les marins de la chaloupe.

La prise du *Kent* a un retentissement considérable. Surcouf est désormais la terreur des Anglais, qui le surnomment l'« Ogre du Bengale ». Au cours de la même campagne, la *Confiance* fait d'autres prises moins héroïques, mais tout aussi rentables. Et c'est chargée d'un butin fabuleux qu'elle rentre à Port-Louis. Les armateurs pressent Surcouf de repartir et lui proposent un pont d'or. Ce dernier refuse : il rentre en France. Il n'a pas oublié Marie-Catherine. Au cours de toutes ses expéditions, il n'a jamais cessé de penser à elle. Maintenant il est riche et il va l'épouser !

La rentrée d'un corsaire est presque aussi périlleuse que ses combats. Chargé de ses trésors, il doit à tout prix éviter l'ennemi. Justement, début avril 1801, peu après le tropique du Cancer, la *Confiance* est prise en chasse par deux frégates anglaises. Alourdie par sa précieuse cargaison, elle perd du terrain.

Surcouf a alors recours à la méthode utilisée en pareil cas : il fait jeter par-dessus bord tous les canons, sauf un, pour appeler en cas de détresse, puis le mobilier et les accessoires non indispensables et, enfin, les canots de sauvetage. Ce n'est pas suffisant, les Anglais se rapprochent. Il ordonne alors de démolir tous les bastingages et de mouiller les voiles pour les raidir. Il risque de démâter et, s'il vient à rencontrer une tempête, c'est le naufrage assuré et la mort pour tous, car il n'y a plus de chaloupes. Mais le salut est à ce prix. La *Confiance* distance enfin ses poursuivants.

La chance est au rendez-vous et Surcouf rentre à Saint-Malo le 30 avril 1801, jour de la Saint-Robert. Il est riche et célèbre, M. Blaize de Maisonneuve lui accorde avec joie la main de sa fille et, le 28 mai suivant, il épouse Marie-Catherine. Il a vingt-sept ans, elle en a vingt-deux.

Une nouvelle existence commence pour lui. Le régime politique a encore changé pendant son absence : le général Bonaparte est désormais Premier consul. Celui-ci décide de signer la paix avec l'Angleterre et il n'est, bien sûr, plus question de course. Surcouf met à profit cette inaction forcée. Il prend un précepteur et se montre, cette fois, fort bon élève. Il achète un luxueux hôtel particulier à Saint-Malo où Marie-Catherine accouche de leur premier enfant,

Caroline-Marie. En même temps, il seconde son beau-père dans son entreprise d'armateur.

La paix avec l'Angleterre est éphémère. En mai 1803, c'est la reprise des hostilités. Bonaparte convoque à Saint-Cloud celui qui est le plus illustre de ses marins, pour lui proposer un commandement prestigieux.

– Je vous nomme capitaine de vaisseau. Vous aurez deux frégates sous vos ordres et vous ferez la chasse aux Anglais dans cet océan Indien que vous connaissez si bien.

Surcouf secoue la tête :

– Je regrette, j'ai toujours été mon propre maître. Je ne veux dépendre de personne, pas même d'un amiral.

Bonaparte n'insiste pas, mais il lui demande conseil :

– Que feriez-vous à ma place contre les Anglais ?

– Je laisserais tous mes bateaux de guerre dans les ports et je les harcèlerais avec de petits navires.

Bonaparte est trop fin stratège pour ne pas se rendre compte que le corsaire a raison. Il soupire :

– Je ne peux pas désarmer mes navires de ligne. C'est une question de prestige.

Les deux hommes se séparent sur ces mots. Deux ans plus tard, ce sera Trafalgar.

1806. Robert Surcouf a trente-deux ans. Marie-Catherine l'a convaincu de participer à la guerre en tant qu'armateur et non comme corsaire. Il envoie donc des capitaines sillonner les mers à sa place. Il est père de trois enfants, il est riche et il est l'une des gloires de l'Empire, l'un des premiers à avoir été décoré de la Légion d'honneur. Tout pourrait continuer ainsi, si l'appel de la mer n'était quand même le plus fort. Il décide de construire pour lui-même un magnifique trois-mâts de vingt-quatre canons, prévu pour un équipage de cent cinquante hommes.

Il le nomme symboliquement le *Revenant*. Celui que l'on ne devait plus revoir sur les flots est de retour, il n'a pas achevé ses exploits. Le 2 mars 1807, tandis que Marie-Catherine pleure aux remparts, le *Revenant* quitte Saint-Malo, en direction de l'île de France.

À la mi-juin, il arrive à Port-Louis, qui a changé encore une fois de nom et qui s'appelle Port-Napoléon. La nouvelle s'est répandue comme une traînée de poudre dans l'océan Indien. Les Anglais promettent 250 000 francs pour la capture de l'Ogre du Bengale. La Compagnie des Indes orientales renforce l'armement de ses navires et leur donne l'ordre de se munir de filets anti-abordage.

Mais on n'arrête pas Surcouf avec des filets. La campagne du *Revenant* est tout aussi brillante que celle de l'*Émilie* et celle de la *Confiance*. L'un des premiers bateaux capturés s'appelle le *Trafalgar*, éclatante revanche ! Il est porteur de dix mille balles de riz. Puis ce sont le *Mangles*, onze mille balles de riz, l'*Admiral Applin*, le *Hunter*, le *New Endeavour*, chargé de sel, le *Colonel MacCaubey*, avec mille cinq cents bouteilles de bordeaux et quelques caisses de poudre d'or. Et d'autres, d'autres encore...

En janvier 1808, c'est le retour triomphal à Port-Napoléon. Surcouf place l'argent de ses prises dans des biens coloniaux. Il se prépare à reprendre la mer pour une nouvelle campagne quand il apprend la nouvelle : les Anglais ont purement et simplement interdit à leur flotte marchande de naviguer tant qu'il serait là ! C'était la seule mesure qui pouvait avoir raison de l'Ogre du Bengale. Dans ces conditions, il n'a plus qu'à rentrer.

Son départ est assombri par l'hostilité du nouveau gouverneur de l'île, Decaen. Ce dernier, jaloux de ses succès, réquisitionne le *Revenant* et en fait un navire de guerre sous le nom d'*Iéna*. Initiative on ne peut plus malheureuse : l'*Iéna* sera très vite coulé par les Anglais.

Après ses démêlés avec le gouverneur, Surcouf quitte l'île de France : il n'y reviendra jamais. Son retour est encore une fois mouvementé. Il n'échappe que de peu aux Anglais avec sa précieuse cargaison. Il arrive quand même à Saint-Malo en février 1809, et c'est, pour lui, le début d'une nouvelle existence : celle d'un richissime homme d'affaires. Car sa fortune est immense. Il est devenu, au propre comme au figuré, le plus gros armateur de Saint-Malo. Non seulement, il a une véritable flotte, mais il possède ses propres chantiers navals et sa science de marin en fait un ingénieur hors pair.

Il est nommé baron. Les bruits les plus fous courent sur sa fortune. Il achète près de Saint-Servan le château de Riaucourt, dont le domaine est aussi grand que la ville de Saint-Malo, et une autre propriété, près de Coutances, en Normandie. Ne dit-on pas qu'il a tant de napoléons qu'il en a pavé son salon ? En l'apprenant, l'Empereur, dont il est devenu l'un des familiers, lui aurait dit :

– Je t'interdis de marcher sur ma figure. Mets tes pièces sur la tranche !

La chute de l'Empire sonne le glas de ses honneurs. Au traité de Paris, l'île de France redevient l'île Maurice : sa chère île de France est désormais anglaise. Il décide de tourner définitivement la page et demande à être rayé du contrôle de navigation : il ne remettra plus jamais les pieds sur un bateau. Il a quarante-quatre ans.

Cela ne l'empêche pas de garder son caractère bouillant et ses extraordinaires qualités de combattant. Après la défaite de Napoléon, la France est occupée par les armées étrangères. Fidèle au souvenir de l'Empereur, il déteste les occupants. En 1817, dans une auberge, il se prend de querelle avec douze officiers prussiens. Il les tient en respect avec une queue de billard et les défie au sabre les uns après les autres. Il tue les onze premiers et fait grâce au douzième pour qu'il puisse raconter l'histoire !

Les dernières années de sa vie sont assombries par la mort de Napoléon et surtout par celle de son fils Édouard en 1823, à l'âge de treize ans. Au printemps 1827, alors qu'il a cinquante-trois ans, un violent malaise l'oblige à prendre le lit. Il se fait transporter à Riaucourt où il veut mourir. Il endure pendant plusieurs mois un mal terriblement douloureux, peut-être un cancer de l'estomac. Le 8 juillet, il meurt entouré des siens, en adressant à Marie-Catherine ses dernières paroles :

– Ma bien-aimée...

Ses funérailles sont grandioses. Sa dépouille mortelle prend la mer de Saint-Servan à Saint-Malo, escortée de trente navires convoyant le clergé et les troupes. Tous les bateaux en rade saluent en levant leurs rames l'illustre marin, qui sera inhumé sous une modeste tombe de granit dont l'épitaphe rappelle ses combats.

Cette modestie ne change rien. Ce sont bien les corsaires qui ont inscrit les pages les plus glorieuses de la marine française, et c'est sans nul doute Surcouf qui a été le premier d'entre eux.

Le magicien de Madagascar

En ce mois de juin 1886, Marius Cazeneuve prend quelque repos dans l'île de la Réunion. C'est un habitué des voyages : à quarante-sept ans, il a déjà fait quatre fois le tour du monde. Et, s'il dispose de l'argent nécessaire pour de pareils déplacements, ce n'est pas parce qu'il est industriel ou grand propriétaire, Marius Cazeneuve est un artiste, mais pas n'importe lequel, c'est le plus grand prestidigitateur de son temps.

Né à Toulouse en 1839, il est l'élève de Robert Houdin et il débute très tôt dans la profession, puisqu'il donne sa première représentation à seize ans. Ses dons lui valent un succès fulgurant. En 1863, il se produit devant l'empereur Napoléon III et les tours auxquels il se livre sont si extraordinaires que, longtemps après, la cour en parle encore.

Par exemple, il montre un jeu de cartes au souverain.

– Pensez à une carte, Majesté, et cherchez-la. Vous ne la trouverez pas.

Le souverain s'exécute.

– C'était le valet de trèfle. Il a effectivement disparu. Où est-il ?

– Où vous voudrez. Dites un endroit.

Napoléon III désigne le grand lustre du salon.

– Dans la chandelle du fond... Celle-là.

Un domestique prend un escabeau et va regarder l'endroit désigné : le valet de trèfle est là !

Après Napoléon III, Marius Cazeneuve se produit devant le tsar et, en 1870, devant le roi d'Italie Victor-Emmanuel. Il rentre, d'ailleurs, précipitamment en France, car la guerre vient d'éclater et il veut absolument se battre. Marius Cazeneuve n'est pas seulement un grand artiste, il est aussi patriote et courageux et il le prouve, puisque sa bravoure lui vaut d'être cité à l'ordre de l'armée.

Après les hostilités, il continue sa carrière de manière tout aussi brillante. Durant deux ans, de 1876 à 1878, il fait une tournée triomphale en Amérique. Il est considéré désormais comme le plus grand prestidigitateur du monde, certains disent même de tous les temps.

Indépendamment de ses dons d'illusionniste, il a des idées bien arrêtées. Il est résolument libre penseur. Il combat ceux qui présentent la magie comme provenant du surnaturel. Son métier, affirme-t-il, n'est fait que de procédés, de trucs, même si, bien sûr, comme tous ses confrères, il ne les dévoilera jamais. C'est à ce titre que le ministre de l'Instruction publique l'engage dans la lutte pour la laïcité en lui faisant faire une conférence antispirite à la Sorbonne.

Et, en cette année 1886, Marius Cazeneuve, qui est toujours aussi patriote, est très préoccupé par la situation de Madagascar. La grande île n'est pas très loin de la Réunion et il a une idée : aider les autorités françaises grâce à ses talents. Elle ne vient d'ailleurs pas de lui, mais de son maître Robert Houdin, qui avait joué un rôle semblable, quelques dizaines d'années auparavant, dans la conquête de l'Algérie.

Il écrit au résident général, M. Le Myre de Vilers : « On dit que la reine Ranavalo est passionnée de magie. Laissez-moi venir à Madagascar pour lui montrer quelques tours qu'elle n'oubliera jamais. Je pense pouvoir agir sur son esprit et la disposer favorablement envers la France. »

La situation à Madagascar est effectivement préoccupante. Nous sommes en pleine période de colonisation et, comme dans beaucoup d'autres endroits du monde, les Français et les Anglais s'affrontent pour la conquête du pays. Les Français sont de loin partis les premiers, puisque leur présence remonte au XVIIe siècle. C'est Richelieu qui a fondé le premier comptoir, Port-Dauphin, dans le sud de l'île. Mais les Anglais se sont manifestés à leur tour, par la présence de missionnaires protestants de plus en plus nombreux.

En cette fin du XIXe siècle, ce n'est pas l'affrontement armé entre les deux pays, mais la situation est tendue à l'extrême. La France et l'Angleterre s'appuient, l'une sur la reine Ranavalo, l'autre sur son Premier ministre Rainilaiarivony, qui est aussi son mari et que tout oppose. Autant la reine est douce et jolie, autant il est désagréable et autoritaire. Elle a vingt-trois ans, il en a soixante. Elle est passionnément pour les Français, il est farouchement pour les Anglais. Normalement, c'est elle qui décide, mais elle subit son influence et le laisse agir à sa place. La position de la France est de plus en plus compromise.

Le résident général Le Myre de Vilers, qui n'a fait

jusque-là qu'essuyer échec sur échec, accepte la proposition de Marius Cazeneuve, à condition qu'il vienne à ses frais. La chose est entendue et il débarque à Tamatave, le grand port de l'île, où il est accueilli par le lieutenant de vaisseau Buchard, collaborateur du résident général. L'illusionniste ressemble tout à fait à l'empereur Napoléon III : même petite taille, mêmes jambes courtes, même torse bombé et mêmes moustaches noires impeccablement entretenues. Le lieutenant de vaisseau l'accueille avec chaleur.

– Si vous pouviez donner ici un échantillon de vos talents, cela impressionnerait les notables de la ville et la rumeur vous précéderait jusqu'à Tananarive.

– C'est une excellente idée. Quand voulez-vous que cela se fasse ?

– Chez moi, demain soir.

Le moment venu, tout ce que Tamatave compte de personnalités est réuni dans le salon du lieutenant Buchard. Lorsque Marius Cazeneuve fait son apparition, un murmure désapprobateur accompagne son entrée : il a une barbe de plusieurs jours. Il s'aperçoit de la réaction de l'assistance et s'excuse :

– Je vous demande pardon : j'ai oublié de me raser ce matin. Peut-être pourrait-on faire venir un barbier...

On en appelle un. Celui-ci arrive avec son savon, son blaireau et son rasoir. Il se met à l'ouvrage. Lorsqu'il a terminé, il s'aperçoit que les poils ont repoussé sur la joue droite. Éberlué, il recommence. Il vient à bout de sa tâche, mais, cette fois, c'est la joue gauche qui devient barbue. Et ainsi de suite, à six reprises, sous les yeux de l'assistance sidérée.

Après ce tour, qu'il est le seul à avoir jamais réalisé et dont il taira le secret, Marius Cazeneuve fait plus fort encore. Il fait venir son assistant, lui remet un immense cimeterre, comme on en voit dans les illustrations des *Mille et Une Nuits,* et lui demande ni plus ni moins de lui couper la tête.

Après les rires qui avaient accompagné la séance de rasage, c'est un frisson d'angoisse qui se saisit de l'assistance. L'aide du prestidigitateur s'exécute. Chacun voit distinctement la tête sauter. Marius Cazeneuve s'en empare, la met sous son bras et parcourt ainsi les rangs de son public. Après quoi, il demande à son adjoint de le coiffer d'un grand cône en carton blanc et réapparaît avec sa tête sur ses épaules. Inutile de dire que c'est un triomphe et qu'une réputation de véritable magicien le précède à Tananarive.

Dès qu'il est arrivé dans la capitale de l'île, Marius Cazeneuve va trouver le résident général. Malheureusement, la situation n'est guère brillante. M. Le Myre de Vilers est dans un état proche de la fureur.

– Vous arrivez trop tard. Je m'en vais ! Le Premier ministre me traite d'une manière inconvenante. C'est la France qui est outragée à travers moi.

– Mais cette représentation que je dois faire devant la reine et son mari ?

– Inutile d'y penser. Elle serait certainement d'accord, mais pas lui. Et c'est lui qui décide.

– J'ai pourtant des recommandations pour Rainilaiarivony...

– D'où les tenez-vous ?

– D'amis à lui de Tamatave qui ont assisté à mes tours.

Le résident général hausse les épaules.

– Alors, essayez, on verra bien...

Et Marius Cazeneuve essaye. Il va trouver le mari de la reine et Premier ministre Rainilaiarivony. Celui-ci est un personnage grand et sec, à l'allure rigide et à la mine austère. Mais quand il voit arriver l'illusionniste, son attitude change aussitôt.

– Je suis heureux de vous rencontrer, monsieur Cazeneuve. On dit des choses extraordinaires à votre sujet !

– C'est trop d'honneur, monsieur le Premier ministre. J'avais pensé, si vous étiez d'accord, donner une représentation devant la reine et vous-même.

– Avec plaisir ! Est-ce que vous nous ferez le numéro de la tête coupée ?

– Non, je ferai beaucoup mieux que cela.

– Mieux ? Et quoi donc ?

– Vous verrez, monsieur le Premier ministre, vous verrez.

11 octobre 1886. Le grand moment est arrivé. Marius Cazeneuve va faire son spectacle de prestidigitation devant la reine Ranavalo, son mari Rainilaiarivony et toute leur cour. Le Myre de Vilers est à la place d'honneur, rempli d'admiration devant le résultat obtenu par l'illusionniste, alors que cela faisait des semaines qu'on lui refusait la porte du palais.

Marius Cazeneuve fait son apparition, l'air martial, malgré sa petite taille. Il s'incline profondément devant la reine Ranavalo. Celle-ci lui sourit aimablement depuis son trône. C'est vrai qu'elle est charmante ! Elle a un visage très fin, de grands yeux sombres, un corps gracieux et son teint métissé la rend encore plus attirante. Marius Cazeneuve s'incline aussi devant Rainilaiarivony, et c'est avec lui qu'il va commencer son numéro.

Il lui met dans les mains une ardoise vierge et lui

demande de l'essuyer avec son mouchoir. Le mari de la reine s'exécute : il ne se produit rien.

– Essayez encore !

Nouvelle tentative et, brusquement, apparaît une phrase en malgache : « Votre pays sera sauvé si vous acceptez comme alliés les représentants de la France. » Rainilaiarivony fait une vilaine grimace.

– C'est de la sorcellerie ! Chez nous, les sorciers sont mis à mort.

Marius ne s'émeut pas. Il répond avec un sourire :

– Non, c'est de la science française.

Et le numéro continue, toujours avec le Premier ministre pour victime. Le magicien lui tend un jeu de trente-deux cartes et lui demande de les compter : il y en a trois cents ! Il le reprend et le prie de compter à nouveau : il n'y en a plus que douze ! Il lui demande ensuite son mouchoir, avec lequel il avait essuyé l'ardoise, et le fait disparaître dans sa main.

– Maintenant, où voulez-vous le retrouver ?

Rainilaiarivony se concentre. Il est visible qu'il s'agit de tout autre chose que d'une simple séance de prestidigitation. C'est un affrontement qui a lieu entre les deux hommes, partisans de deux camps opposés. D'ailleurs, l'assistance, qui comprend plusieurs personnalités anglaises et françaises, ne s'y trompe pas. La tension est nettement perceptible. Le Premier ministre désigne brusquement l'une des deux sentinelles en faction devant la porte.

– Je veux qu'il soit dans le canon de son fusil.

On fait venir le soldat : le mouchoir est bien dans le canon. Rainilaiarivony ne veut pas s'avouer vaincu.

– Et si j'avais dit un autre endroit ?

– Pas de problème. Recommençons...

Le mari de la reine fait venir six œufs. Il en désigne un.

– Celui-ci !

– Cassez-le vous-même. Le mouchoir est dedans.

Encore une fois, l'incroyable s'accomplit. La représentation se poursuit sous les yeux de la reine Ranavalo de plus en plus admirative et de son Premier ministre d'époux de plus en plus renfrogné. Les numéros se succèdent, Marius Cazeneuve ne manquant pas d'y glisser des messages en faveur de la France. Par exemple, il fait accrocher un cornet à piston au grand lustre de la salle. Il s'incline devant la souveraine :

– Si Votre Majesté le demande, il va se mettre à jouer.

Ranavalo se prête au jeu et l'instrument entonne *La Marseillaise*. Son mari intervient, l'air rageur, faisant taire les applaudissements de l'assistance :

– Et si je lui demande de jouer le *God Save the Queen*, il le fera ?

– Essayez, vous verrez bien.

L'ordre est donné, mais au lieu de l'hymne anglais, c'est *J'ai du bon tabac* qui retentit au milieu des rires.

L'illusionniste a gardé, comme il se doit, le plus exceptionnel pour la fin. Il s'agit d'un numéro que lui a enseigné son maître Robert Houdin et qu'ils sont restés les deux seuls à avoir réalisé. C'est d'ailleurs ce tour que Robert Houdin a employé pour aider les autorités françaises lors de la conquête de l'Algérie. Marius Cazeneuve annonce d'une voix théâtrale :

– Maintenant, je vais me faire fusiller.

C'est avec un visible plaisir que Rainilaiarivony demande à quatre hommes de sa garde de s'approcher et de mettre en joue le magicien. Marius Cazeneuve l'interroge :

– Qu'est-ce qu'ils ont comme arme ?

– Des fusils Remington.

– Parfait ! Je ne crains pas les armes anglaises.

Il donne lui-même l'ordre de feu. La fumée remplit le salon et, lorsqu'elle se dissipe, il vient montrer à la reine les quatre balles dans sa main droite.

Cette fois le triomphe est total. Et il l'est d'autant plus que, durant la réception qui suit, la reine Ranavalo s'adresse à lui en particulier :

– On m'a dit que vous étiez officier de santé.

Marius approuve. Sans être docteur, il a fait plusieurs années de médecine et il est effectivement médecin militaire.

– Alors pourriez-vous venir me voir au palais ? J'ai des palpitations.

Marius Cazeneuve revient au palais et il se rend vite compte que si le cœur de la reine est malade, c'est au figuré qu'il faut comprendre la chose. La jeune et jolie Ranavalo s'ennuie à mourir auprès de son triste mari. Comme remède, il lui prescrit du bordeaux, du champagne et... de la conversation, qu'il vient lui faire lui-même.

Marius Cazeneuve reste à Tananarive et les tête-à-tête avec la souveraine se multiplient. À tel point qu'elle trouve la force de résister enfin à son vieil époux. Revenant sur ses promesses, elle refuse de signer un prêt de 10 millions de livres accordé par l'Angleterre à l'État malgache.

Y a-t-il eu entre eux autre chose qu'une amitié, que la reine a d'ailleurs tenu à sceller à la manière de son pays par un échange de sang ? On ne le sait pas et on ne le saura jamais. Les Anglais, quoi qu'il en soit, sont furieux. Ils font venir des illusionnistes de chez eux pour qu'ils aillent donner des représentations devant la reine. Mais à côté de Marius Cazeneuve, ce sont de simples amateurs et ils doivent vite s'en retourner sans avoir obtenu le moindre résultat.

Alors, en désespoir de cause, les Britanniques font courir des bruits sur le compte du magicien et de la reine. Tant et si bien que le résident général français Le Myre de Vilers finit par s'en émouvoir et, pour éviter un scandale, demande à Marius Cazeneuve de quitter le pays. De toute manière, il n'est plus nécessaire qu'il reste, il a totalement retourné la situation en faveur de la France.

Le dernier acte de cette histoire a lieu à Paris. Marius Cazeneuve est convoqué par les dirigeants de la République qui tiennent à le féliciter. Le président du Conseil d'alors qui, il faut bien le dire, n'a pas laissé un grand nom dans l'histoire, s'appelle Gobelet. Il remercie chaleureusement le prestidigitateur pour son intervention, et c'est d'autant plus justifié que celui-ci a tout payé de sa poche et que l'État n'a pas déboursé un centime.

– La France vous doit une grande reconnaissance, mon cher Cazeneuve !

– Je n'ai fait que mon devoir, monsieur le Président. J'ai agi par sentiment patriotique.

– Sans doute, mais toute peine mérite salaire.

Le chef du gouvernement tapote familièrement la poitrine de son interlocuteur :

– Tout cela vaut largement une médaille ! Considérez qu'elle est déjà sur votre veste...

C'est sur ces mots que Marius Cazeneuve a quitté le président Gobelet. À partir de là, il a attendu en vain. Les autorités l'ont oublié, et il est mort sans avoir reçu la Légion d'honneur ni quelque décoration que ce soit. La croix, avec son beau ruban rouge, que le président du Conseil voyait déjà sur sa poitrine n'est jamais venue. Elle s'est évanouie, évaporée, volatilisée. Les hommes politiques sont parfois, eux aussi, de grands illusionnistes !

L'Atlantide

Il fait très beau, ce 3 juin 1932 à Atlantic City, dans le New Jersey, non loin de New York. C'est l'aube et plusieurs personnes sont réunies sur le petit aéroport dont dispose la ville, une rareté en ces années 1930. Il y a là Stanley Haussner, quarante ans, des allures de gentleman, malgré sa combinaison d'aviateur et son casque de cuir, sa femme Linda, Greg Simson, son mécanicien, et, enfin, Harry Kimball, spécialiste de la météo. C'est ce dernier qui prend la parole :

– Jamais les conditions atmosphériques n'ont été aussi bonnes. Vous aurez juste une petite dépression au large de Terre-Neuve, rien de bien méchant. Le vent souffle vers l'est. Il ne devrait pas faiblir. Cela ne peut que vous aider.

Stanley Haussner acquiesce. Effectivement, c'est un atout. Dans le réservoir de la *Rose-Marie*, un monomoteur guère plus grand que l'avion de Lindbergh, il emporte mille six cents litres d'essence. Comme Lindbergh, cinq ans plus tôt, il s'apprête à traverser l'Atlantique, mais lui ne s'en tiendra pas là. Après une courte escale à Londres, juste le temps de faire le plein, il repartira pour Varsovie. Aller des États-Unis en Pologne en moins de deux jours, tel est l'exploit que se propose d'accomplir Stanley Haussner. Greg Simson prend la parole à son tour :

– Je viens de vérifier le moteur : impeccable, il tourne comme une horloge.

Stanley Haussner serre la main de Greg Simson, avec qui il fait équipe depuis six mois, le temps de la préparation du raid. Greg Simson est plus qu'un mécanicien, il a une formation d'ingénieur. C'est lui qui a totalement transformé le moteur de la *Rose-Marie* pour qu'il soit capable d'accomplir la performance qu'on lui demande.

Stanley Haussner voit sa femme Linda au bord des larmes. Cette fois il faut partir ; il ne peut pas prolonger ces moments difficiles plus longtemps.

– Tout va bien se passer. Je reviendrai, je te le jure...

Pour toute réponse, Linda se jette dans ses bras. Il est visible qu'elle est follement inquiète, même si elle fait tout pour le cacher. Stanley Haussner se dégage doucement et grimpe dans l'avion. Le moteur tourne déjà, et c'est vrai qu'il fait preuve d'une régularité d'horloge. Il desserre les freins. L'appareil se met à rouler lentement. Il aperçoit alors Linda qui court dans sa direction. Il lui envoie un baiser de la main et met les gaz. La *Rose-Marie* roule de plus en plus vite et s'élève avant d'avoir parcouru la moitié de la piste.

Tout de suite, il met le cap au nord, vers Terre-Neuve, d'où la distance est plus courte vers l'Angleterre. Rapidement, il gagne son altitude de croisière, mille sept cents mètres. Le moteur tourne au régime prévu. Il n'y a pas un nuage. Le vent souffle effectivement vers l'est, c'est-à-dire latéralement pour l'instant ; quand il aura pris la direction de l'Europe, il l'aura dans son dos, ce qui lui permettra une notable économie d'essence.

Trois heures plus tard, Haussner est au-dessus de Terre-Neuve. La dépression annoncée par Kimball, le météorologue, n'est pas au rendez-vous : encore une bonne nouvelle et un atout supplémentaire pour lui. Le temps est toujours aussi calme. Il s'empare alors d'un sac posé à côté de lui et ouvre son hublot, par lequel il en déverse le contenu : des milliers de petits calicots de toutes les couleurs qui tombent en pluie au-dessous de lui. Chacun d'eux porte le texte suivant : « Bons souhaits. Raid New York-Londres-Varsovie. Stanley Haussner. »

C'est ce moyen qu'a imaginé l'aviateur, qui ne dispose pas de la radio, pour donner de ses nouvelles. On saura ainsi qu'il a atteint le dernier point des côtes américaines avant d'entamer la traversée de l'Atlantique. Il vire sur sa droite. Bientôt les rives de Terre-Neuve disparaissent. Maintenant, en dessous de lui, il n'y a que la mer. C'est le seul spectacle qu'il va avoir pendant des milliers de kilomètres, pendant des heures et des heures. L'aventure est vraiment commencée !

Durant ses préparatifs, Stanley Haussner a souvent pensé à l'état d'esprit qui serait le sien au moment où il se retrouverait seul au-dessus de l'Atlantique. Il avait imaginé qu'il éprouverait une grande anxiété : peur d'une défaillance mécanique, de ne pas avoir les forces nécessaires, peur de l'inconnu, tout simplement. Mais rien de tel ne se produit. Il est parfaitement serein. Il ne ressent même pas la faim ou la fatigue. Il décide pourtant de se restaurer, car le trajet sera long.

Toute la journée du 3 juin se passe ainsi, dans le ronronnement régulier du moteur. Progressivement, la lumière disparaît et, bientôt, une belle nuit étoilée la remplace. À 23 heures, Stanley Haussner calcule le chemin parcouru depuis Atlantic City : 2 240 kilomètres. Il est en avance sur ses prévisions. Il note la température extérieure : + 5 °C. Avec cette absence totale d'incidents, le seul danger qu'il court est de s'assoupir, alors il chante des chansons à la mode, il récite des poésies qu'il a apprises à l'école, et la nuit s'écoule doucement.

Stanley Haussner s'arrête soudain au milieu d'une chanson. Il vient de sentir une odeur d'essence. Il contrôle ses cadrans. Ils ne lui indiquent strictement rien, mais cela ne dissipe pas son inquiétude. Quelque chose se passe. En regardant mieux, il découvre qu'une légère buée se forme sur la vitre, mais pas à l'extérieur, à l'intérieur. Il n'y a aucun doute possible : de l'essence s'échappe dans l'avion. Il doit absolument trouver la fuite et l'enrayer !

Il se met à chercher fébrilement et finit par découvrir des traces d'humidité sur le tuyau amenant le carburant à partir du réservoir. Il ferme le circuit et actionne la pompe de secours. L'odeur ne tarde pas à cesser. Il est rassuré. Cela n'aura été qu'un incident mineur.

À ce moment il se rend compte que l'aube approche. Absorbé par ses problèmes, il n'avait pas remarqué que des nuages phosphorescents vaguement rosés étaient apparus entre l'avion et la mer. Et, brusquement, le soleil se lève. Il est pourtant à peine 3 heures du matin, mais ce sont les jours les plus longs de l'année et, à cette latitude, les aurores sont encore plus précoces. Un peu plus au nord, en cette saison, c'est le soleil de minuit.

Stanley Haussner n'en finit pas de s'extasier devant cette merveille de la nature. Il en a presque oublié l'incident technique. Le moteur ronronne toujours avec sa régularité d'horloge. Pendant une demi-heure, il voit le soleil monter à l'horizon. De nouveau, le seul danger qu'il redoute est de s'assoupir en l'absence de toute distraction. Pour lutter contre l'endormissement, il se met à vérifier ses appareils de mesure indiquant la vitesse, le cap, l'altitude. Et soudain il pousse un cri : l'aiguille du niveau d'essence vient de tomber brutalement à zéro.

Cette fois, ce n'est plus un incident, c'est une panne majeure. La défaillance du tuyau n'expliquait pas tout : le réservoir principal avait en plus une fuite et une fuite importante puisqu'il s'est vidé en une demi-heure. Stanley Haussner ne perd pourtant pas son sang-froid. La situation, selon l'expression consacrée, est grave mais pas désespérée. Avec ce qui reste de carburant dans les réservoirs de secours situés dans les ailes, il peut effectuer treize ou quatorze heures de vol. C'est insuffisant pour aller en Angleterre et le raid a d'ores et déjà échoué, mais cela doit suffire pour atteindre l'Irlande.

Par souci de sécurité, il s'assure de l'étanchéité de la tuyauterie des réservoirs. Sur l'aile droite, tout va bien. En passant sa main sur le conduit de l'aile gauche, il constate une sensation d'humidité. Il approche les doigts de son nez : c'est de l'essence !

En cet instant précis, une certitude s'impose à lui : il est perdu. Avec le seul réservoir droit, il a sept heures de vol au plus et aucune terre n'est à cette distance. Il va s'écraser dans la mer, la *Rose-Marie* va devenir son cercueil.

Car, bien entendu, il n'est pas question de faire demi-tour. À ce moment, il a parcouru près de quatre mille kilomètres, l'Amérique est plus loin que l'Europe. Au-dessous de lui, il aperçoit la mer d'un bleu sombre, avec de petites taches blanches çà et là. Ce n'est pas de l'écume, ce sont des icebergs, fréquents sous ces latitudes, même en cctte période de l'année, ce qui explique que les bateaux ne naviguent pas dans ces parages.

Un navire... L'esprit combatif de Stanley Haussner

reprend le dessus. Il sait que des aviateurs tombés en mer près d'un bateau ont été secourus et ont eu la vie sauve. Pendant les six à sept heures de vol qui lui restent, il va chercher des yeux un bâtiment quelconque. S'il en repère un, il va descendre et amerrir à ses côtés. Tout n'est donc pas perdu.

D'abord, il doit impérativement rejoindre le sud, où se trouve la grande voie maritime entre l'Amérique et l'Europe. Il y arrive sans encombre. Là, il explore l'horizon en tous sens, à la recherche d'une fumée, d'un reflet quelconque, qui lui indiqueraient la présence tant souhaitée. Mais la chance n'est pas avec lui, les heures passent et la mer reste obstinément vide.

La *Rose-Marie* continue d'avancer imperturbablement, au bruit régulier de son moteur. La vitesse, le cap, l'altitude, tout est idéal, tout, en apparence, va pour le mieux, et pourtant Stanley Haussner sait qu'à moins d'un miracle il va mourir. L'heure fatidique se rapproche, elle est matérialisée par la jauge d'essence. Son aiguille tend inexorablement vers zéro. Quand elle l'atteindra, ce sera la fin.

Et le moment arrive. Les deux choses se produisent simultanément : le compteur indique que le réservoir est vide et les premiers ratés se font entendre dans le moteur. Il est 4 heures de l'après-midi, la lumière est éclatante, éblouissante même, Stanley Haussner commence à descendre.

Alors que la mer n'est plus très loin, il lui semble apercevoir, dans les rayons du soleil en face, une ville, avec une multitude de gratte-ciel : des rouges, des bleus, des bruns, des jaunes. On dirait New York, même si ses immeubles n'ont pas ces couleurs extraordinaires. C'est une illusion d'optique, bien sûr, mais une pensée le traverse : il doit se trouver non loin de l'endroit où, selon la légende, se situait l'Atlantide. Ce serait merveilleux s'il avait sous les yeux l'Atlantide !

Il revient à la réalité. La mer se rapproche très vite. Elle est bleu-gris et parcourue par une légère houle. Il devrait être possible de se poser sans trop de dommage. Après, il ne sait pas. Peut-être va-t-il couler à pic, peut-être les réservoirs vides vont-ils lui permettre de flotter. En tout cas, l'instinct de survie lui commande de réaliser un amerrissage aussi parfait que possible.

La *Rose-Marie* obéit docilement aux commandes. Arrivé à un mètre au-dessus des flots, il cabre légèrement l'appareil et coupe le moteur. L'avion poursuit sur sa lancée, dans le silence revenu, à part le sifflement de l'air. Il y a un choc pas très fort et puis plus rien. Stanley Haussner a fermé les yeux instinctivement. Il sent l'eau entrer dans la carlingue, atteindre ses pieds, ses jambes, le niveau de son siège. Il regarde de nouveau et il découvre le miracle : l'appareil est inondé, mais il flotte, suivant docilement le mouvement des vagues, heureusement peu élevées.

Stanley lève la tête. Le plafond s'interpose entre le ciel et lui, et cela, il ne peut pas le supporter. Il se doute que ce qui s'est produit n'est qu'un répit, que tôt ou tard il va couler, et il ne veut pas se noyer dans ce cercueil flottant. Il veut mourir à l'air libre ! Il s'empare d'un tournevis et attaque la tôle. Il y met des heures, mais il parvient à pratiquer un trou suffisant pour y passer la tête. Il scrute l'horizon en tous sens : pas le moindre navire en vue. Seule présence visible, des mouettes viennent se poser sur la carlingue. Il les appelle, il leur parle. Elles lui apportent un réconfort moral, même si elles ne lui sont d'aucun secours.

Le reste de la journée s'écoule sans le moindre fait

nouveau et la nuit paraît. Si la *Rose-Marie* continue à flotter vaillamment, les heures qui suivent, passées dans l'obscurité, sont terribles. Stanley Haussner est debout, la tête dans l'ouverture, les jambes dans l'eau jusqu'aux genoux. Il a soif, il a faim, il est tenaillé par l'angoisse, mais il est si épuisé que, malgré cela, il s'endort dans cette position.

Heureusement, les nuits sont courtes en juin. La même aurore précoce que la veille se lève, du côté de l'Europe où il n'ira pas. Stanley Haussner n'en peut plus d'être ainsi trempé. Il lui faut absolument agrandir l'ouverture pour aller à l'extérieur, s'asseoir sur le fuselage, être enfin au sec, même si, avec la houle, il risque de tomber à l'eau. Il entreprend donc avec son tournevis de faire un trou assez grand pour y passer tout entier. L'effort est épuisant et lui prend une bonne partie de la journée, mais il réussit.

Midi est déjà passé lorsqu'il peut enfin se hisser dehors. Aussitôt, il pousse un cri :

– Un bateau !

Effectivement, à l'horizon, un point noir surmonté d'un panache de fumée apparaît et disparaît au gré des vagues. Pris d'un espoir insensé, Stanley Haussner bondit sur l'aile, il arrache sa chemise et l'agite frénétiquement en hurlant. Il fait cela jusqu'à la limite de ses forces. Quand il s'arrête, épuisé, il constate que le point noir et la fumée ont disparu. Il se laisse tomber sur l'aile, manquant de se retrouver à l'eau et de tout faire chavirer. Le navire ne l'a pas vu et comment en serait-il autrement ? Ce qui était un cargo ou un paquebot ne lui apparaissait que comme un point, alors comment aurait-on pu l'apercevoir, lui, qui dépasse à peine des vagues ?

Stanley Haussner s'effondre sur le fuselage. Il a la tentation de se jeter à la mer pour en finir plus vite.

L'instinct de survie est quand même le plus fort. Il reste ainsi sans bouger jusqu'à la nuit, qu'il passe dans la carlingue à moitié inondée. S'il avait jusqu'ici réussi à dormir, cette fois la soif l'en empêche. Alors qu'elle était à peu près tolérable, elle s'empare de lui d'une manière insupportable. Comme boisson, il avait emporté une bouteille d'eau minérale et un Thermos de café, plus une boîte de jus de tomate en conserve. Tout cela est sous l'eau. Il a peur, dans le noir, de provoquer des dégâts irréparables. Il se mettra à la tâche dès le lever du jour.

Lorsque paraissent les premiers rayons, il plonge dans l'eau stagnante de la carlingue. Il trouve sans mal le Thermos. Malheureusement, il est rempli, non de café, mais d'eau de mer ; il devait être débouché au moment de l'amerrissage. La bouteille, elle aussi, est rapidement en sa possession, mais le goulot est cassé. La boîte de jus de tomate constitue désormais son dernier espoir, car, sans liquide, il ne pourra pas tenir beaucoup plus longtemps. Il finit par la retrouver et le tournevis fait office d'ouvre-boîte. La première gorgée lui donne l'impression de renaître. Il peut monter sur le fuselage et reprendre son observation.

Il scrute l'horizon et c'est le début d'une suite d'espoirs et de désillusions. Comme le premier jour, des points noirs surmontés d'une fumée, il en voit plusieurs apparaître, puis disparaître. Pas un seul ne l'a vu. Le soir, lorsqu'il descend dans la carlingue inondée, pour y passer sa troisième nuit, il se force à rester optimiste. Tous ces navires prouvent qu'il se trouve sur une voie maritime fréquentée. Alors, l'un d'eux va peut-être passer à proximité.

Bien sûr d'ici là il faut tenir. D'abord, il faut que la *Rose-Marie* ne coule pas. Elle flotte toujours vaillamment, car la mer est calme. Si la tempête se levait, c'en serait fini. Ensuite, il faut qu'il résiste lui-même. Il a, en tout et pour tout, un litre de jus de tomate et rien à manger, car ses provisions, gorgées d'eau de mer, sont inutilisables.

Et Stanley Haussner tient. Pendant des jours et des nuits, c'est l'alternance des bateaux qui passent au loin, trop loin, et des tentatives pour trouver le sommeil, assis dans son fauteuil de pilote, avec de l'eau jusqu'aux genoux. Physiquement, il résiste à peu près, mais progressivement les privations, la solitude et l'angoisse font s'égarer son esprit. La vision fugitive qu'il a eue en arrivant sur l'eau, cette cité étrange surgie de nulle part, finit par le hanter. C'est Atlantide qu'il a vue ! Elle est tout près. Ses habitants vont venir, ils vont le sauver...

Une nuit, il est réveillé par des coups sourds à l'extérieur. Est-ce un requin qui se cogne contre l'appareil, comme c'est déjà arrivé ? Il quitte la carlingue et monte sur le toit. Le clair de lune est suffisant pour qu'il distingue un homme de dos, penché sur le moteur.

– Qu'est-ce que vous faites ?

L'individu se retourne, Stanley Haussner le reconnaît, c'est Greg Simson, le mécanicien. Celui-ci a un sourire.

– Le moteur est parfait. Je vous l'avais dit : une véritable horloge !

– Cela ne sert plus à rien, maintenant. Vous...

Stanley Haussner s'arrête au milieu de sa phrase. Il vient de s'apercevoir que le mécanicien a des nageoires au bout des bras et que sa peau est couverte d'écailles.

– Vous venez de l'Atlantide ?

L'homme ne répond pas. Il plonge dans les flots noirs et disparaît.

Plus tard, une autre nuit ou la même nuit, il ne le sait pas, c'est sa femme qui vient lui rendre visite dans la carlingue, nageant comme une sirène. Et puis, des amis, des connaissances font leur apparition, tandis qu'il scrute l'horizon, assis sur la carlingue. Ils nagent au milieu des requins, ils ne les craignent pas puisqu'ils font partie du peuple de l'Atlantide, maître de l'océan... Il n'est plus seul ! Un jour ou l'autre, ils vont lui demander de venir avec eux et il les suivra dans leur grande ville aux gratte-ciel de toutes les couleurs qui ressemble à New York...

Et Stanley Haussner ne se trompe pas. Un jour, effectivement, en fin d'après-midi, ils finissent par arriver. Ils envoient vers lui un grand bateau rouge et noir qui met une embarcation à la mer. Quatre marins, avec des nageoires à la place des mains, rament vers lui. Ils lui crient :

– Tenez bon ! On arrive !

Il leur répond :

– Vous venez de l'Atlantide ?

Peu après, ils le font monter à bord de la chaloupe. Stanley Haussner leur parle toujours de l'Atlantide. Ils lui répondent que tout va bien, qu'on va s'occuper de lui et le soigner.

Stanley Haussner apprendra peu après, lorsqu'il aura recouvré ses esprits, que tout cela s'est passé le 11 juin, vers 19 heures, à six cent cinquante milles des côtes françaises. Il a été recueilli par l'équipage du cargo *Kairouan*, basé au Havre. Il était resté sept jours et sept nuits sur son appareil à la dérive. Jamais avant lui un aviateur n'avait survécu dans ces conditions.

Son aventure a fait sensation, et il y avait beaucoup de journalistes pour l'accueillir lors de son retour aux

États-Unis. Tous les journaux ont publié sa photo embrassant sa femme Linda, à leurs retrouvailles. Ensuite, il a répondu au flot des questions :

– Quels sont vos projets ?

– Recommencer, aller d'Amérique en Pologne.

– Après ce qui est arrivé, vous n'avez pas peur ?

– Au contraire ! Maintenant, je sais que je suis protégé par le destin. Je ne crains plus rien.

Stanley Haussner s'est donc remis à s'entraîner pour sa prochaine tentative. Quelques mois plus tard, le 6 octobre 1932, alors qu'il faisait un vol d'entraînement avec son futur avion, au-dessus de l'aéroport d'Atlantic City, il a perdu le contrôle de son appareil. Il a tenté d'atterrir en catastrophe, mais il s'est écrasé et a été tué sur le coup. Le destin avait changé d'avis.

Le maître de l'encens

Le téléphone sonne dans le bureau de l'inspecteur Gregor Chan. Âgé de vingt-huit ans, en cette année 1985, Gregor Chan est un des éléments les plus doués de la police de Hongkong. Un des plus ambitieux aussi : il est prêt à tout pour réussir et il ne refuse jamais une mission difficile dans l'espoir d'un avancement. C'est ainsi qu'il vient d'accepter une tâche infiniment plus dangereuse que toutes celles qu'il a accomplies jusqu'à présent : infiltrer les terribles triades qui sont le fléau de la colonie britannique.

L'inspecteur décroche. Au bout du fil, il reconnaît la voix du superintendant Steve Logan, son supérieur.

– Chan, pouvez-vous me rejoindre à l'institut médico-légal ? Je voudrais vous montrer un accidenté. Il a été écrasé par une voiture.

– Un accidenté ? Mais je ne vois pas...

– Venez. Vous allez voir... et comprendre !

Peu après, Gregor Chan est dans l'une des pièces de la morgue de Hongkong. Le superintendant Logan est là, devant un brancard recouvert d'un drap. Steve Logan est un homme élégant d'une quarantaine d'années, un Britannique de souche, à la différence dc la plupart de ses subordonnés dont Chan, qui sont chinois. Il fixe ce dernier.

– Je peux y aller, Chan ? Vous êtes prêt ?

– Allez-y, chef, j'en ai vu d'autres.

Le superintendant retire le drap. Gregor Chan en a vu d'autres, mais c'est un des pires spectacles qu'il ait contemplés dans sa carrière de policier. Le corps, celui d'un Chinois d'une trentaine d'années à la longue barbe et à l'allure négligée, n'est plus qu'une plaie. On ne sait ce qu'il y a de plus affreux dans les blessures qu'il porte. Sans plus attendre, Steve Logan entreprend d'en faire une description détaillée :

– Comme vous pouvez le constater, l'homme a été émasculé. Si vous faites attention à ses mains, vous verrez que tous ses ongles ont été arrachés. Il a également été éventré et plusieurs de ses organes ont été mutilés ou enlevés. Cet énorme enfoncement de la cage thoracique a été provoqué par la voiture qui lui a roulé dessus. C'est la cause de la mort. Car le légiste est formel : il était vivant quand il a été écrasé. Tout le reste lui a été fait avant : il a été torturé pendant des heures, peut-être des jours...

Gregor Chan s'efforce de garder son calme.

– De qui s'agit-il ?

– Un certain Yang-Sen, un vendeur de nids d'hirondelles du quartier de Mongkok.

– Et qu'est-ce qui lui a valu ce traitement de faveur ?

– C'était en réalité un de nos hommes chargé d'infiltrer les triades. La dernière fois que j'ai communiqué avec lui il était inquiet. Il avait une impression désagréable, m'a-t-il dit. Ce n'était pas une impression, malheureusement...

Le superintendant Logan hoche la tête.

– Je me devais d'être honnête avec vous, Chan. Vous avez sous les yeux ce qui risque de vous arriver en cas d'échec. Je connais vos qualités, mais Yang-Sen était, lui aussi, un excellent élément, et cela n'a pas suffi. Vous pouvez encore refuser, je ne vous en tiendrai pas rigueur.

Gregor Chan n'a pas une seconde d'hésitation. Il soutient le regard de son chef.

– Je suis volontaire plus que jamais. Je réussirai et je vengerai Yang-Sen !

L'année 1986 vient de commencer. Plus de six mois ont passé et il serait bien difficile de reconnaître le fringant inspecteur Chan dans le petit vendeur de poupées de porcelaine du quartier de Mongkok. D'ailleurs, inspecteur, il ne l'est plus. Il a été renvoyé de la police pour faute grave : corruption et trafic de drogue. Il le fallait au cas où les triades découvriraient malgré tout son identité.

Il s'est laissé pousser les cheveux, la barbe et la moustache. Il habite comme les autres marchands de Mongkok une pièce minuscule d'un grand immeuble – dans ce quartier surpeuplé, les gens s'entassent et le moindre réduit se loue à prix d'or. C'est là qu'il communique avec le superintendant Logan, grâce à un téléphone portable ultrasophistiqué spécialement conçu pour ne pas être capté, car les triades disposent, elles aussi, de tous les raffinements de la technique pour repérer d'éventuels adversaires.

Les premières instructions de Gregor Chan étaient claires : pendant trois mois, ne rien faire d'autre que de vendre ses poupées. Au bout de ce délai, il devait s'inscrire dans un club de karaté, c'est là que les organisations secrètes ont l'habitude de recruter. Comme l'ancien inspecteur était déjà un expert dans cette discipline de combat, il a fait semblant d'accomplir de rapides progrès et il a attendu. Il n'a pas fléchi dans sa volonté et pourtant il savait bien quel ennemi terrible il allait affronter.

À l'origine, les triades ont été créées dans un but tout ce qu'il y a d'honorable. Elles ont vu le jour en 1674 pour renverser la dynastie mandchoue des Tsing et restaurer l'ancienne dynastie chinoise des Ming. Parallèlement à leur action politique, les triades professaient des valeurs spirituelles, croyant en une trilogie terre-air-homme, capable d'assurer l'harmonie et le bonheur universels.

Mais elles n'ont pas tardé à dégénérer. Elles ont oublié leur mission patriotique et leurs idéaux pour ne rester que des sociétés secrètes et devenir bientôt des organisations criminelles. Trois cents ans plus tard, en cette fin du XXe siècle, elles sont la plaie de l'Extrême-Orient, régnant sur les domaines du jeu, de la prostitution et de la drogue. Elles sont tout à fait comparables à la mafia : même violence, même puissance financière colossale. Elles s'en distinguent peut-être par une note de cruauté tout orientale.

Comme le pluriel l'indique, les triades sont multiples. Le nombre et l'identité des organisations ne cessent de changer, ce qui est une difficulté supplémentaire pour les connaître. À Hongkong, d'après les estimations de la police, il y a cinquante-sept triades de taille très inégale, allant de cent à vingt mille membres. Parmi celles-ci, la plus récente, la 14 K, se signale par sa violence, mais la plus importante reste la Sun Yee, qui est aussi la plus ancienne.

Contre les triades, les moyens policiers classiques se montrent inopérants. Les arrestations, les rafles, les opérations coup de poing n'aboutissent pour ainsi dire jamais. Les triades, terriblement influentes, ont de quoi s'acheter bien trop de complicités pour être inquiétées. Les témoins se récusent, quand ce n'est pas la police ou la justice qui se révèlent corrompues ou défaillantes. En fait, le seul moyen de les combattre est de les infiltrer par un policier qui viendra déposer le moment venu. Mais on a vu le danger de l'entreprise.

Ce jour-là, lorsque Gregor Chan appelle le superintendant, ce n'est pas comme les autres fois pour un banal compte rendu. Il parle d'une voix excitée :

– Ça y est, chef ! Je ne pensais pas que cela se passerait si vite...

– Racontez-moi.

– J'ai été contacté par un homme au club de karaté. Il ne m'a pas dit son nom. Il m'a demandé simplement si je voulais faire partie d'une association. J'ai dit oui et j'ai reçu le premier grade. Je suis lanterne bleue !

– De laquelle s'agit-il ?

– La 14 K.

– Félicitations, Chan ! Quelles instructions avez-vous reçues ?

– Aucune. La seule chose que j'ai à faire est de revenir régulièrement au club de karaté. C'est là qu'on me recontactera.

Et des contacts, Gregor Chan ne cesse d'en avoir dans les jours et les semaines qui suivent. Son interlocuteur, toujours le même, lui donne plusieurs missions à accomplir pour la 14 K. Il s'agit de choses relativement anodines même si l'inspecteur ne les accomplit pas sans répugnance : la première fois, il va infliger une correction à une prostituée récalcitrante, la deuxième, il s'agit d'un patron de bar. Gregor Chan en rend fidèlement compte au superintendant et ne peut s'empêcher de lui faire part de ses états d'âme :

– C'est ce que je trouve le plus dur dans le boulot : frapper des gens qui ne m'ont rien fait. J'ai l'impression que je ne m'y ferai jamais !

– Je l'espère bien. Il ne faut surtout pas que vous y preniez goût.

– Vous ne pensez tout de même pas que cela puisse arriver ?

– Si, j'y pense. C'est le danger dans ce genre de mission. On a déjà perdu deux de nos hommes qui sont passés de l'autre côté.

L'inspecteur Gregor Chan reste pensif. Il revoit l'expression de terreur absolue lorsqu'il a dit à ses victimes qu'il venait de la part de la triade. Être l'un de ses membres confère une puissance prodigieuse, qui peut devenir enivrante. La voix de son chef se fait insistante.

– Vous m'avez compris, Chan ? Si vous sentez une quelconque attirance, dites-le-moi tout de suite. Vous serez immédiatement remplacé et il ne vous sera fait aucun reproche.

Deux mois ont passé. L'inspecteur Gregor Chan devenu un petit vendeur de poupées en porcelaine de Mongkok progresse à pas de géant dans la sinistre hiérarchie de la triade 14 K. Il a franchi plusieurs grades et il est « éventail blanc ». Il connaît maintenant le nom de son contact au sauna, il s'appelle Ma-Chi-Chung et il semble que ce soit un des personnages les plus importants de l'organisation.

Ce jour-là, il fait son rapport habituel au superintendant, depuis le réduit qui lui sert de domicile.

– J'ai participé à l'attaque d'un sauna avec trois

autres types de la triade. On a tout cassé à coups de barre de fer et on a mis le feu. L'incendie s'est propagé à l'immeuble. J'espère qu'il n'y a pas eu de victimes.

– J'ai des informations à ce sujet, mais je ne savais pas que c'était vous. Je peux vous rassurer : il n'y a pas eu de victimes.

Le superintendant ne le montre pas à son interlocuteur, mais il est devenu subitement soucieux. Si la réussite et les progrès de son subordonné sont remarquables, on entre à présent dans un autre danger de cette si particulière mission. Les policiers infiltrés dans les triades peuvent être amenés à commettre les actes les plus graves. Tant que la chose reste secrète, cela fait partie des risques à prendre ; si elle venait à la connaissance du public, cela pourrait avoir les pires conséquences pour la police et les autorités. D'autant que Gregor Chan n'en a pas terminé. Il reprend la parole, lui aussi, avec un ton soucieux.

– Ma-Chi-Chung est très content de moi. Il m'a dit que j'allais passer au grade suivant : maître de l'encens. Je n'aime pas cela du tout.

– Qu'est-ce qui vous déplaît dans ce grade ?

– Il donne le droit de tuer. Les maîtres de l'encens sont les exécuteurs de la 14 K. Ils doivent faire leurs preuves jusqu'à ce qu'ils passent au grade suivant, celui des dirigeants.

– Quand allez-vous passer maître de l'encens ?

– Je ne sais pas. Et si je reçois l'ordre de tuer, qu'est-ce que je fais ?

– Vous ne pouvez pas refuser : ce serait votre arrêt de mort. Prévenez-moi immédiatement.

– Vous comptez agir comment ?

– Je ne sais pas. Nous aviserons. Nous improviserons. En tout cas, une chose est certaine, ce jeu ne peut plus durer très longtemps, il devient beaucoup trop dangereux.

Gregor Chan n'insiste pas. À quoi bon épiloguer ? Il fait confiance à son chef et à la police en général. En revanche, il tient à demander des nouvelles des siens. Il est célibataire, bien sûr. Jamais il n'aurait accepté une pareille mission avec une femme et, à plus forte raison, des enfants. Mais il aime savoir ce que deviennent ses parents, ses frères et sœurs, ses amis chers. Le superintendant le renseigne régulièrement et cela l'aide à tenir.

– Et chez moi, tout va bien ?

– Très bien, Chan. Vous reverrez tout le monde bientôt.

Steve Logan ment. Le père de Gregor vient de mourir. Il était déjà malade lorsque son fils a accepté sa mission. Comme celle-ci était rigoureusement secrète, il a cru que Gregor avait effectivement été radié de la police pour trafic et corruption et son désespoir a hâté sa fin. Cela, Steve Logan ne pouvait surtout pas le dire à son subordonné.

Trois semaines plus tard, le téléphone sonne dans le bureau du superintendant Steve Logan. C'est Gregor Chan.

– C'est fait, chef : je suis maître de l'encens et j'ai reçu ma première mission.

– Un meurtre ?

– Oui. Il s'agit d'un membre de la Sun Yee, qui tient une boutique d'accessoires de carnaval.

L'inspecteur donne une adresse à Mongkok et précise que l'opération aura lieu dans la journée à 17 heures. Le superintendant se contente de déclarer d'une voix calme :

– Faites ce qui vous est demandé. Nous nous occupons de tout.

17 heures. Gregor Chan remonte, au volant de sa voiture, la principale artère de Mongkok. Obéissant aux instructions de son supérieur, il fait comme s'il allait exécuter sa mission. Dans la boîte à gants se trouve l'arme que lui a remise Ma-Chi-Chung : un poignard à tête de dragon, l'arme rituelle des meurtres de la triade 14 K. À l'embranchement suivant, il va tourner à droite : c'est là que se trouve le magasin d'articles de carnaval. Que fera-t-il si rien ne se produit d'ici là ? Va-t-il devenir un meurtrier ? Tout en lui s'y refuse. Mais s'il ne s'exécute pas, c'est l'échec de sa mission, sans compter la mort assurée pour lui.

L'inspecteur Chan n'a pas le temps de réfléchir davantage. Il y a un bruit épouvantable et il se sent projeté en avant. Puis c'est le noir. Il reprend conscience peu après dans la rue. On est en train de le charger sur une civière. Un médecin, constatant qu'il revient à lui, tient à le rassurer.

– Tout va bien. Vous n'avez rien de cassé.

– Qu'est-ce qui m'est arrivé ?

– Un camion vous est rentré dedans par l'arrière. Un vrai fou !

L'inspecteur ne réplique rien, tandis qu'on l'emmène à l'hôpital, mais il sait que ce « vrai fou » est un policier qui vient, d'une manière aussi efficace que discrète, de lui sauver la vie.

Pourtant, ainsi que l'a dit le superintendant Logan, le jeu ne peut plus durer longtemps. Gregor Chan reste hospitalisé quinze jours, durant lesquels Ma-Chi-Chung lui rend visite à deux reprises, s'inquiétant avec beaucoup de chaleur de sa santé et ne nourrissant visiblement pas le moindre soupçon.

Ces visites permettent à la police de l'identifier et à

partir de ce moment il est constamment suivi. C'est ainsi qu'il se rend un soir dans un entrepôt du port où il retrouve plusieurs personnes. Sans aucun doute, il s'agit d'une assemblée de la triade. Au sortir de celle-ci, les autres membres sont à leur tour filés. La police de Hongkong dispose à présent de l'identité de tous les dirigeants de la 14 K. L'information est importante, mais elle serait sans valeur s'il n'y avait un témoin. Or ce témoin existe et l'heure est venue d'agir.

11 mars 1986. Une descente de police de grande envergure a lieu dans le quartier de Mongkok. Une vingtaine de personnes sont arrêtées, toutes suspectées d'appartenir à la triade 14 K. Les télévisions et les journaux de Hongkong relatent l'événement avec étonnement et scepticisme : à quoi peut servir une tel coup de filet dans le milieu des triades ?

Et, de fait, les hommes arrêtés, qui sont défendus par les avocats les plus en vue, ne cessent de clamer haut et fort leur innocence. Que leur reproche-t-on ? Ils sont d'honnêtes citoyens, il s'agit d'une conspiration. Leurs protestations d'innocence ne manquent pas de poids : il n'y a pas la moindre preuve contre eux. De plus, ils reçoivent un certain nombre d'appuis de la part de personnes influentes. La puissance occulte des triades n'est pas un vain mot.

Cela n'empêche pas la police et la justice de tenir bon. Et, un an plus tard, en avril 1987, les accusés, Ma-Chi-Chung en tête, se retrouvent devant le tribunal. Les débats n'apportent aucune surprise jusqu'au moment où l'accusation annonce la déposition de l'inspecteur Gregor Chan. Lorsque celui-ci fait son entrée dans le prétoire, Ma-Chi-Chung pousse un cri de rage. Chan l'identifie formellement et raconte en détail tout ce qu'il a appris de la triade au cours de sa mission.

Impressionnés, les jurés condamnent peu après tous les accusés à de lourdes peines de prison.

Mais ce n'est pas tout : les membres restants de la 14 K sont persuadés que la mission que l'inspecteur n'a pas accomplie, consistant à éliminer un membre de la triade Sun Yee, est pour quelque chose dans l'affaire, et il s'ensuit une lutte sanglante, qui affaiblit durablement les triades de Hongkong.

Ainsi s'est terminée cette retentissante opération policière. Gregor Chan, le responsable de cette réussite, ne put guère savourer sa victoire. Condamné à mort par toutes les organisations secrètes de la ville, il a dû démissionner et commencer une autre vie, avec une autre identité et sans doute un autre visage. Cet anonymat a-t-il suffi à le protéger ? On le lui souhaite, sans en avoir la certitude, car on n'a jamais plus eu de nouvelles de lui.

Ceux qui ne s'aimaient pas

Deux hommes dans un bateau remontent la Serpentine, la pièce d'eau qui agrémente Hyde Park, au cœur de Londres. « Deux hommes dans un bateau », cela fait penser au célèbre livre de Jerome K. Jerome, *Trois hommes dans un bateau*, ce chef-d'œuvre de l'humour britannique. Et, effectivement, ce qui est en train de se produire prêterait plutôt à sourire.

Les deux hommes en question, en train de ramer sur leur embarcation orange de quatre mètres soixante-cinq de long, ne font nullement partie de ces Londoniens qui se donnent un peu d'exercice dans le grand parc de la capitale. Ils sont venus là pour rencontrer la presse. Après quoi, ils mettront leur bateau sur un autre plus grand, un cargo, qui les emmènera en Amérique, d'où ils repartiront. Car tel est l'exploit qu'ils projettent d'accomplir : traverser l'Atlantique à la rame !

À présent, ils s'extraient de leur barque pour aller à la rencontre des journalistes. Ceux-ci ne sont guère nombreux à s'être déplacés. Il faut dire qu'en cette année 1966 traverser l'Atlantique à la rame est une performance qui n'a jamais été réussie ni même jamais tentée. Les deux hommes semblent malgré tout avoir quelques dispositions pour cela. Ce sont, en effet, des colosses. David Johnstone, un mètre quatre-vingt-dix, cent vingt kilos, est reporter pour une chaîne de télévision. Les mensurations de John Hoare sont moins impressionnantes : un mètre quatre-vingt-cinq, cent kilos, mais il dégage peut-être une impression de puissance plus grande encore. D'ailleurs, avant d'être représentant de commerce, il a longtemps été pilier dans une équipe de rugby.

C'est lui qui se dirige vers le groupe restreint des journalistes. Avant qu'il ait pu prononcer une parole, son compagnon l'écarte du bras :

– Laisse-moi, je vais parler. C'est mon métier après tout...

John Hoare a un grognement de contrariété, mais n'insiste pas et se retire en haussant les épaules. C'est donc le seul David Johnstone qui répond aux questions plus ou moins ironiques de la presse :

– Vous comptez aller loin comme cela ?

– Traverser l'Atlantique.

– Vous n'avez pas peur de chavirer ?

– C'est impossible. L'embarcation est insubmersible grâce à deux caissons étanches.

– Pourquoi partez-vous d'Amérique et non d'Europe ?

– Parce que c'est dans ce sens-là que vont les vents et les courants.

– Où comptez-vous arriver ?

– N'importe où en Angleterre. Sur une jolie plage de préférence.

– Et comment s'appelle votre bateau ?

– Le *Puffin*...

« Puffin », en anglais, signifie « macareux ». C'est un grand oiseau de l'Atlantique, qui ressemble au perroquet. Il est particulièrement endurant dans son vol, c'est la raison pour laquelle les deux équipiers ont choisi ce nom. Les journalistes ont encore une dernière question à leur poser :

– Il y a longtemps que vous vous connaissez ?

David Johnstone n'a pas le temps de parler. John Hoare l'écarte à son tour pour donner la réponse :

– Pas du tout ! On s'est rencontrés par hasard...

Ils remontent dans leur grande barque orange et s'éloignent rapidement à coups d'aviron. Leur technique et leur puissance sont incontestables, mais cela ne modifie pas le scepticisme des journalistes. L'un d'eux fait remarquer aux autres, avec une pointe d'humour noir, que *puffin* rime avec *coffin*, ce qui signifie « cercueil » en anglais. Un autre émet un avis plus sérieux :

– Ils échoueront. Et pas parce que c'est trop loin ou trop difficile, mais parce qu'ils ne s'aiment pas !

Une semaine a passé. Les mêmes journalistes se retrouvent, non plus sur la Serpentine, mais sur un quai du port de Londres, pour un événement plutôt inattendu. David Johnstone et John Hoare n'étaient pas seuls de leur espèce. Une autre équipe de rameurs préparait la même tentative et, apprenant celle des autres, elle a hâté son départ. Eux aussi sont deux et présentent leur bateau à la presse. Il est plus grand que celui de leurs concurrents : six mètres cinquante de long sur un mètre cinquante de large.

Pour ce qui est de s'exprimer, il n'y a pas de discussion entre eux, la chose s'impose d'elle-même. Ils sont tous les deux militaires au troisième bataillon de parachutistes, mais John Ridgway, blond aux yeux bleus, vingt-huit ans, marié, est capitaine, et Chay Blyth, vingt-six ans, marié également, est sergent et directement sous ses ordres. Eux se connaissent depuis longtemps. Ils sont champions militaires de canoë-kayak et ont participé à plusieurs compétitions internationales.

C'est tout naturellement le capitaine qui présente leur embarcation, l'*English Rose III,* et qui fait part de leur programme.

– Vous aussi, vous allez partir d'Amérique ?

– Bien sûr. On ne peut pas faire autrement. Nous partirons de Cape Cod, un peu au sud de New York et nous avons l'intention d'arriver au port de Galway, en Irlande.

– Cela fait quelle distance ?

– Six mille kilomètres. Nous avons calculé qu'il nous faudra donner trois millions de coups d'aviron, mais cela ne nous fait pas peur.

Les journalistes ont une question plus personnelle à poser au capitaine Ridgway :

– Il paraît que votre père est milliardaire. Est-ce que c'est lui qui a payé le bateau ?

– Oui, c'est lui. Mais je tiens à préciser que, personnellement, je ne vis que de ma solde d'officier.

Ainsi s'achève l'interview de la seconde équipe anglaise partie pour réaliser cet exploit qui semble impossible à l'époque : traverser l'Atlantique à la rame. Quant à la suite, nous avons la chance de la connaître grâce au journal de bord que les uns et les autres ont tenu. Voici donc leur aventure jour après jour.

21 mai – David Johnstone. Nous sommes partis. Il est 11 heures du matin. Les bateaux du port nous saluent de leurs sirènes. John prend le premier quart. Nous avançons à bonne cadence et nous perdons de vue la côte. La mer clapote de façon désagréable et, tout de suite, nous nous sentons mal. Plus tard, je me suis endormi, me réveillant de temps en temps avec le

mal de mer... Le lendemain dimanche, je reste immobile, les yeux fixes, sans appétit et sans force. Le réchaud refusait de s'allumer et, pendant trois heures, à moitié endormi, j'ai entendu John s'affairer en jurant. Finalement il a dit : « Tu acceptes enfin de marcher, vieille saloperie ! » Alors, nous avons pu faire du thé et des œufs au jambon. Mais le thé de John est bien mauvais. Je le lui ai dit : il n'a pas apprécié.

23 mai – David Johnstone. Deux sous-marins nous ont croisés en actionnant leur corne de brume. L'un d'eux s'est dérouté pour venir à notre hauteur. Il s'appelle le *Requiem*. Sinistre présage ! Son capitaine nous a hurlé que nous n'étions encore qu'à 5 milles du rivage. Ce fut pour nous un coup très dur. Nous sommes fous de rage contre les météorologistes qui nous avaient garanti un bon vent d'ouest, alors que celui-ci souffle de l'est. Comment ont-ils pu commettre une erreur aussi monumentale ? « J'espère, dit John, que ces salauds n'en dormiront pas de la nuit ! »

24 mai – David Johnstone. La lumière du phare semble toujours aussi proche. Le moral est au plus bas. Nous nous sentons fatigués, dégoûtés.

25 mai – David Johnstone. Nous sommes à 30 milles. Le vent s'est levé et les vagues ont commencé à nous chahuter. John a manqué de peu de tomber à la mer. Il s'était débarrassé de son harnais de sécurité. Je lui ai passé une sérieuse engueulade.

26 mai – David Johnstone. J'ai essayé de faire le point et je me suis rendu compte que nous sommes toujours à 30 milles de la côte. Nous n'avons pas eu

le courage de ramer davantage. Nous soliloquons chacun de notre côté. Il semble que nous ayons embarqué beaucoup trop d'eau douce. Comme l'embarcation est trop lourde, nous en avons jeté cinquante litres à la mer... Lorsque mon quart est venu et que John est allé se coucher, il m'a semblé, au cœur de la nuit, entendre les machines d'un bateau. J'ai allumé notre lampe-tempête. C'était un remorqueur, l'*American Tide*. On a braqué sur nous un projecteur. Quelqu'un a crié :

– Qu'est-ce qu'on peut faire pour vous ?

– Rien, merci, si ce n'est nous donner notre position.

– Vous êtes à 40 milles des côtes. Où sont vos voiles ?

– Nous n'en avons pas, nous ramons.

– Et jusqu'où comptez-vous aller ?

– Jusqu'en Angleterre.

– Juste ciel ! Avez-vous au moins assez d'eau ?

– Nous en avons même trop...

4 juin – Capitaine Ridgway. Nous avons quitté Cape Cod à 17 h 30. Deux petits bateaux qui nous accompagnaient font demi-tour et disparaissent dans le crépuscule. Des bateaux de pêche nous voient passer. Les hommes de bord ont l'air ahuri à la vue de notre embarcation qui fonce à force de rames vers l'Europe.

4 juin – David Johnstone. Ramer est un remède contre l'ennui, presque préférable à ne rien faire du tout. Quand le vent souffle contre nous, il semble inutile de lutter et nous jetons l'ancre flottante. Quand il nous est favorable, John insiste froidement : « Il n'y a qu'à nous laisser aller. À quoi bon nous crever pour faire quelques milles de plus ? » C'est ce qu'il fait. Il se croise les bras et moi je continue à ramer... Nous

sommes entourés maintenant par des requins. Ils semblent devenir de plus en plus grands et l'envie me prend de leur flanquer un grand coup de hache entre les yeux.

6 juin – David Johnstone. Un cargo à l'horizon. John a fait des grands signes et il est arrivé à notre portée. Le commandant nous a donné notre position : 37° ouest, 66° nord. Il nous a fait cadeau de corned-beef et de quatre cents cigarettes. L'équipage, lui, nous a lancé des bouteilles de bière. Un peu plus tard, nous nous sommes demandé combien de temps mettrait une bouteille de bière pour couler au fond de l'océan, à quelque 5 000 mètres au-dessous de nous. Nous avons conclu qu'elle devait mettre environ trois heures.

8 juin – Sergent Blyth. Après une tempête cette nuit, le calme est revenu. Le vent vient du sud-ouest et souffle dans la mauvaise direction. Nous désespérons de trouver le Gulf Stream.

9 juin – Capitaine Ridgway. Nous avons pu dormir. Dès 4 heures du matin, nous nous sommes mis à ramer ensemble : 55 minutes à tirer sur les avirons et 5 minutes de repos. La progression est satisfaisante. Je viens de constater que mon sextant est cabossé. Je me demande dans quelle mesure notre navigation en sera affectée.

10 juin – David Johnstone. L'océan est déchaîné et certaines vagues semblent aussi hautes que l'abbaye de Westminster. Pour passer le temps nous composons notre menu idéal, celui de notre premier bon repas en Angleterre. À l'aube, nous avons trouvé, flottant à quelques mètres du bateau, le menu du restaurant d'un

paquebot italien. Nous l'avons repêché et parcouru avec l'eau à la bouche. Le *Puffin* se comporte admirablement, tant au creux qu'au faîte des vagues, mais toutes nos affaires sont trempées et nous ne savons pas où nous sommes.

12 juin – Sergent Blyth. Après avoir très mal dormi nous nous sommes réveillés à 7 heures du matin. Nous avons vu un bébé baleine à environ deux cents mètres. C'est la première baleine que je vois de ma vie. La température de l'eau s'est réchauffée, ce qui nous fait espérer que nous quittons enfin le courant du Labrador et que nous avons atteint le Gulf Stream. Nous attaquons nos conserves. L'eau n'est pas bonne, elle a un mauvais goût de plastique.

15 juin – Capitaine Ridgway. Réveil à 6 heures du matin. À midi vingt, la radio nous apprend qu'un ouragan du nom d'Alma se dirige vers nous. Nous avons passé une partie de l'après-midi à arrimer nos provisions. Dieu merci, l'ouragan ne nous a pas atteints de plein fouet. Mais la mer est démontée et le vent très violent.

17 juin – Capitaine Ridgway. La mer s'est apaisée, mais il y a toujours du brouillard. Vers 5 heures de l'après-midi, nous avons vu trois énormes baleines. L'une d'elles s'est dirigée droit vers nous, a semblé nous examiner, puis a plongé juste sous le bateau, pour réapparaître de l'autre côté. Nous ne portions pas nos harnais de sécurité et j'ai craint qu'elle ne vienne se gratter le dos, comme on raconte qu'elles ont l'habitude de le faire. Si cela avait été le cas, nous étions perdus.

22 juin – Sergent Blyth. Il fait très chaud. Nous avons commencé à ramer à 5 heures du matin. Telle était la force du soleil que, dès 8 heures, nous avons mis nos chapeaux de paille. À 3 heures de l'après-midi, nous avons décidé de changer de vêtements, les nôtres étant trop chauds. J'eus tout à coup envie de me baigner, mais je m'en suis abstenu. Heureusement, car, sous notre bateau, il y avait un énorme requin !

28 juin – Capitaine Ridgway. Le Riggledo, *qui venait de Brême, a pu confirmer notre position : 45° ouest, 55° nord. Nous avons beaucoup progressé. Il faut dire que nous ramons dès 5 heures du matin et avec un ensemble parfait.*

29 juin – David Johnstone. Les murs de notre minuscule cabine sont couverts par la condensation. La ventilation est exécrable. Elle devient impossible quand, l'un de nous étant profondément endormi, l'autre vient à côté, en lui disant qu'il n'arrive pas à ramer... John m'a réveillé en me disant qu'il avait entendu un bruit extraordinaire. C'était, au cœur de la nuit, comme un long mugissement. J'ai scruté l'obscurité et j'ai vu tout à coup, à une centaine de mètres de notre embarcation, une énorme masse noire qui s'ébrouait : une baleine ! Celle-ci devait bien faire ses deux cents tonnes.

2 juillet – Capitaine Ridgway. Nous pensions traverser l'Atlantique en soixante jours, mais maintenant, nous craignons qu'il n'en faille au moins cent. Nous avons commencé à nous rationner.

4 juillet – David Johnstone. Nous avons croisé un

navire américain, mais il ne s'est même pas arrêté. Quand je pense que c'est leur fête nationale !

4 juillet – Capitaine Ridgway. La mer est à nouveau déchaînée et nous est tombée dessus avec des bruits de train express. On croit qu'elle va nous submerger et nous renverser, mais il n'en est rien... Au matin, il faut examiner la coque. Je me mets à l'eau, malgré les requins, mais tout va bien.

6 juillet – David Johnstone. Un magnifique yacht nous a dépassés, puis s'est mis en panne. « Avez-vous besoin de quelque chose ? » nous a demandé un élégant jeune homme à l'accent scandinave. Il nous a expliqué qu'il participait à une course de voiliers États-Unis-Danemark. C'est bien beau, la camaraderie en mer, mais eux, les yachtmen, ce soir, ils vont manger une bonne salade de homard, au frais dans le réfrigérateur, arrosée de bière fraîche.

7 juillet – Capitaine Ridgway. Le vent s'est levé et nous n'avons plus qu'à ramer alternativement. Il semble que nous ayons de quoi manger pendant au moins une cinquantaine de jours. Donc, tout va bien.

9 juillet – David Johnstone. J'ai les nerfs à fleur de peau. Nous avons eu une prise de bec ridicule, John et moi, qui nous a laissés tremblants et épuisés... John me disait encore hier : « Ici, c'est pire que d'être en prison. » Notre tête-à-tête dure maintenant depuis cinquante jours et, comme il n'y a rien à faire ni à lire, nous pensons beaucoup trop.

18 juillet – Capitaine Ridgway. Le temps s'est amélioré. Nous avons pu nous laver et nous raser. Pour le moral, c'est une chose primordiale... Nous avons changé notre cap et ramons maintenant en direction du nord-est. Ramer plein est nous tuait littéralement.

19 juillet – Sergent Blyth. Nous avons mis dans une espèce de container en plastique le journal de bord que nous tenons chacun de notre côté, avec les films que nous avons pu prendre et des lettres pour nos femmes. Si nous chavirons, ceci sera sauvé.

22 juillet – David Johnstone. C'est devenu évident : les dieux de la mer n'ont pas cessé de nous accabler depuis le départ. C'est ainsi qu'aujourd'hui nous avons croisé quantité de navires et aucun ne semble nous avoir aperçus. Nous avons eu beau lancer fusée sur fusée, actionner sans cesse notre corne de brume, rien. Après deux semaines à n'avoir parlé à personne, sauf à l'équipage d'un yacht, nous en sommes arrivés au dernier point de la dépression nerveuse. Alors, l'inévitable est arrivé. Nous avons commencé à nous engueuler avec une violence inouïe. Une paire de jumelles a volé d'un bout à l'autre, un poing s'est abattu sur une pommette. Ce fut un flot d'insultes et d'injures devant l'horizon désert. Puis nous nous sommes effondrés chacun de notre côté.

22 juillet – Capitaine Ridgway. D'après nos calculs, nous avons perdu un degré sur le programme fixé.

27 juillet – David Johnstone. Enfin, un bateau qui s'arrête ! Il se nomme *Silver Beach.* À l'aide d'un petit panier descendu le long de la coque, il nous fait passer des pommes de terre, des oranges, de la viande, des conserves et des cigarettes. Mais l'équipage, qui est chinois, s'excuse de ne pouvoir faire plus... Nous

avons eu le temps de remarquer, parmi les passagers, cette chose extraordinaire dont nous avions perdu le souvenir : une femme !

1er août – Capitaine Ridgway. Blyth a une très mauvaise mine et m'inquiète. Quant à moi, je ne dois pas être resplendissant non plus. Comble de malheur, et les plus petits sont souvent les plus graves pour le moral, ma ceinture est cassée et j'ai toutes les peines du monde à faire tenir mon pantalon.

2 août – David Johnstone. Vu de gigantesques requins dont l'un mesurait plus de dix mètres. Oui, il était bien deux fois plus long que le *Puffin.*

5 août – Capitaine Ridgway. Les oiseaux sont de plus en plus nombreux. Est-ce signe que nous approchons de la terre ? Nous voyons passer au loin un navire. En vain, nous tirons nos deux dernières fusées. Grosse déception.

7 août – David Johnstone. Repéré la planète Vénus et vu passer un satellite artificiel. Puis la mer s'est déchaînée avec une force 10. Le *Puffin* se trouve soulevé par moments à près de vingt mètres de hauteur et il est poussé en avant à une allure vertigineuse.

8 août – Capitaine Ridgway. La sensation la plus extraordinaire que je retiendrai de cette traversée est qu'à aucun moment nous n'avons eu une impression de solitude : 24 heures sur 24, tout un monde animal n'a cessé de nous observer (je ne vois pas d'autre mot). Ce sont aussi bien les oiseaux, albatros, pétrels, frégates, mouettes, que les cétacés, dauphins, baleines, cachalots ou les squales innombrables qui nous sui-

vent et nous guettent pour nous dévorer. Ces centaines, ces milliers d'yeux qui ne cessent de nous épier pourraient nous laisser une impression de cauchemar, mais nous découvrons une chose étonnante dans le monde animal : la curiosité.

13 août – Capitaine Ridgway. Un énorme pétrolier vient droit sur nous. Il est 11 h 30. J'ai peur, car il ne nous reste plus de fusées pour signaler notre présence. Au moment où il va nous couper en deux, il fait machine arrière et s'arrête. Nous montons à bord pendant environ une heure. Nous sommes accueillis, avec une courtoisie et une générosité dignes de la tradition des gens de mer britanniques, par le capitaine Mitchell. Nous avons confronté nos positions sur la longitude et la latitude. Je ne m'étais pas beaucoup trompé. L'équipage et les officiers constatent que nous sommes en bonne forme. Une grande joie : apprendre que l'Angleterre a remporté la coupe du monde de football. Nous avons accepté sans fausse honte les provisions qu'ils ont bien voulu nous donner.

16 août – David Johnstone. D'après mes calculs, nous en avons encore pour soixante jours. Je l'ai dit à John qui m'a interrompu : « Est-ce que tu te rends compte que c'était au départ ce que nous comptions mettre pour la totalité de la traversée ? » Je lui ai répondu : « Hélas oui. Mais sais-tu que, si nous ne faisons pas attention, nous risquons même de rater le Salon de l'automobile qui fermera ses portes le 20 octobre ? »

18 août – Capitaine Ridgway. Nous ramons à deux. Il a plu et la journée a été triste. Sorti de la grisaille tout à coup, un chalutier français apparaît. C'est le

Paul et Virginie. *Le patron hurle : « 48 et 19 », nous confirmant ainsi notre position, qui est excellente. Il nous demande si nous voulons quelque chose. Mais le vent s'est levé et nous a séparés sans que nous puissions répondre.*

26 août – David Johnstone. J'ai fait le point et je suis effondré. C'est à n'y rien comprendre ! Il semble que des centaines de milles nous aient été littéralement volées... John me regarde avec un visage tragique.

27 août – David Johnstone. J'ai refait le point. Résultat aussi extravagant : nous serions à 90 milles plus au sud que la veille... Alors nous avons chacun allumé notre dernier cigare, en pensant : « Quelle situation grotesque, nous fumons le cigare et nous n'avons presque plus de vivres ! »

2 septembre – Capitaine Ridgway. Nous ne sommes plus qu'entre 60 et 80 milles de l'Irlande.

2 septembre – David Johnstone. Nous n'avançons pas. C'est à croire que nous sommes sur la mer comme sur un tapis roulant qui va en sens inverse. Il doit y avoir un courant contraire qui réduit notre progression à néant.

3 septembre – Sergent Blyth. Au-dessus de nos têtes, passent des avions qui viennent de Shannon. Nous touchons vraiment au but. À 9 heures du matin, le capitaine Ridgway, en train de faire le petit déjeuner, tout à coup se lève et crie : « Terre ! » Effectivement, on distingue au loin des falaises. Nous nous mettons à chanter. Il nous semble impossible que nous ayons franchi 3 500 milles à la rame. Nous sommes ivres de joie. L'arrivée est très difficile. Nous nous crevons littéralement à ramer contre des courants très durs et contre la marée elle-même. Nous atteignons les limites de la volonté et de l'endurance. Enfin, peu importe, nous touchons terre. C'est la merveilleuse hospitalité irlandaise. Tout est fini. Pour tous les trésors du monde, je ne remettrai les pieds sur ce bateau !

3 septembre – David Johnstone. À minuit cinq, nous avons croisé notre premier grand transatlantique. Dans l'après-midi, trois avions nous ont survolés. Vu aussi quelques mouettes... Où sommes-nous ?.... En jetant à l'eau le marc de café, j'ai laissé tomber ma tasse. Heureusement, elle a flotté et j'ai pu la récupérer. Notre drapeau n'est plus qu'un haillon...

Ici s'arrête le journal de bord du *Puffin*, par une tragique coïncidence, le jour même de la victoire de leurs concurrents. Ce que sont devenus David Johnstone et John Hoare, on ne le sait pas et on ne le saura jamais.

Le 16 septembre 1966, l'officier de quart du paquebot britannique *Ocean Monarch* note dans son journal qu'il a repéré un petit bateau orange flottant la quille en l'air. Il n'a pas jugé utile de s'arrêter. Un mois plus tard, un destroyer de la marine canadienne, *La Chaudière,* le repère à son tour et le hisse à son bord. Il est vide, à part tout un bric-à-brac : conserves, réchaud, cartes marines et, dans un sac étanche, le journal de bord de David Johnstone. Les deux hommes ont disparu. Ils étaient pourtant censés être reliés à leur embarcation par un harnais de sécurité qu'ils n'enlevaient jamais.

Alors, que s'est-il passé ? Se sont-ils jetés volontairement par-dessus bord pour abréger leurs souffrances ? Se sont-ils battus encore une fois et ont-ils roulé ensemble à la mer ? Ont-ils été emportés par une tempête ? Autant de questions sans réponse. Une seule chose est certaine : autant la tentative de John Ridgway et de Chay Blyth, le capitaine et le sergent qui avaient su faire équipe, a connu un dénouement heureux, autant la fin de David Johnstone et de John Hoare, ceux qui ne s'aimaient pas, a dû être tragique.

L'homme rouge

Red Adair, mort le 7 août 2004, ne devait pas son surnom aux flammes au milieu desquelles il a pratiqué son activité de pompier du pétrole, mais tout simplement à la couleur de ses cheveux. Né au Texas un beau jour de 1915, Paul Neal Adair a été surnommé « Red » dès l'enfance, à cause de sa flamboyante tignasse rousse qui le faisait reconnaître de loin parmi ses petits camarades de classe.

Red Adair a exercé son si singulier métier pendant plus de cinquante ans. Ce fils de forgeron, peu doué pour les études, commence à faire très jeune tous les métiers, jusqu'à ce qu'en 1940 il s'engage aux côtés du Texan Myron Kinley, le seul à l'époque à savoir éteindre les puits de pétrole.

Il s'agit d'une technique très particulière que Kinley a mise au point. Car l'incendie d'un puits de pétrole ou de gaz ne s'éteint pas de manière classique, avec de l'eau ou de la mousse carbonique. Une flamme d'une puissance aussi énorme ne peut être étouffée par rien. Il faut la souffler, exactement comme une bougie, par de la dynamite qu'on doit approcher le plus près possible du foyer. On conçoit le danger d'une telle entreprise.

Aux côtés de Myron Kinley, Red Adair se révèle vite un as du métier. À tel point que, lorsque celui-ci se retire, devenu sourd pour n'avoir pas su s'éloigner à temps d'une explosion, Red fonde sa propre société, la « Red Adair Company ». Pendant trente-cinq ans, de 1959 à 1994, date de sa retraite, à soixante-dix-neuf ans, ce qui est plus qu'honorable pour une activité aussi physique, il a éteint pas moins de deux mille puits de pétrole, au Moyen-Orient, en Amérique latine, en Australie et ailleurs, dont la moitié au Koweït, après la première guerre du Golfe, en 1991.

Pendant toute cette période, il a fait du rouge son emblème. Tout ce qui l'entourait était rouge : sa tenue de travail en amiante, ainsi que celle de tous ses employés, ses chemises, ses cravates, ses innombrables Cadillac. Comme il avait l'habitude de le répéter :

– Tout est rouge chez moi, sauf mes idées.

Et lorsque, vers la fin de sa vie, il faisait le bilan, ce n'était pas le gigantesque brasier du Koweït qui était son plus terrible souvenir, c'était, au début de sa carrière, l'incendie du puits de gaz de Gassi Touil :

– C'est la seule fois où j'ai failli échouer et c'est aussi la seule fois où j'ai cru y rester. Là, vraiment, c'était l'enfer !

Tout commence le 3 novembre 1961, à midi, à Gassi Touil, au cœur du Sahara, alors français, qu'exploite une compagnie de notre pays. Le puits GT 2 fonctionne normalement, lorsque, brusquement, l'installation explose. Le gaz rompt ses canalisations, détruisant en quelques secondes vingt-cinq tonnes de tiges de forage, qui sont projetées en l'air comme des fétus de paille. Par une chance inouïe, il n'y avait personne à proximité et aucun blessé n'est à déplorer. Par chance également, le gaz ne s'enflamme pas, il se contente de s'échapper dans l'atmosphère. C'est une fuite, comme il peut en arriver chez soi, mais multipliée par des milliards.

Immédiatement, les ingénieurs et les techniciens tentent d'intervenir il n'y a rien à faire, la pression est beaucoup trop forte, rien ne peut l'endiguer. Alors ils appellent le spécialiste, en l'occurrence Red Adair.

Compte tenu du décalage horaire, il est 3 heures du matin au Texas. Ils finissent par joindre le pompier du pétrole. Il n'est pas de la meilleure humeur.

– Qu'est-ce que c'est que cette histoire ? Il est en feu, votre puits ?

– Non, mais...

– Je dois partir demain pour le Mexique. Là-bas, c'est un vrai incendie, qui risque de faire des dégâts énormes.

L'interlocuteur insiste. Il donne des précisions sur l'importance de la fuite, qui est à proprement parler inouïe.

– Cela risque de s'enflammer à tout instant. Vous imaginez la catastrophe ?

Red Adair comprend que la situation est effectivement sérieuse.

– OK. Je vous envoie mes deux adjoints. Mais moi, je ne peux pas venir...

Et, le 6 novembre, le personnel de Gassi Touil voit débarquer deux Américains au physique de cinéma : Boots Hansen, trente-cinq ans, des allures de John Wayne et cent trente-huit puits éteints à son actif, Coots Matthews, un colosse aux yeux bleus qui mâchonne sans cesse un mégot de cigare éteint.

Les deux hommes se rendent aussitôt sur place. Ils sont aguerris, ils en ont vu beaucoup sous toutes les latitudes, mais là ils restent pantois. Jamais ils ne se sont trouvés en présence d'une fuite de cette importance. C'est effrayant, c'est l'enfer. Le sifflement est si violent qu'il empêche de s'entendre parler.

Boots Hansen et Coots Matthews se mettent au travail. Ils font injecter dans le puits un mélange d'eau et d'oxyde de plomb, ce qu'ils appellent une « boue lourde ». Il s'agit de réduire la pression du gaz, de manière à pouvoir ensuite le maîtriser à sa sortie du tuyau. Durant une semaine, les pompes fonctionnent sans arrêt, injectant la boue sous haute pression. Et puis, le 13 novembre à midi, c'est la catastrophe !

Afin de surveiller les opérations, les deux hommes ont installé une plate-forme surélevée, à proximité du puits GT 2. Boots Hansen est en poste. C'est l'heure de la pause et il a commencé à s'éloigner pour aller déjeuner lorsqu'une explosion retentit. L'onde de choc le jette par terre, le nez dans le sable. Quand il se retourne, c'est un spectacle inimaginable. Le gaz vient de s'enflammer. Une colonne de feu s'échappe du sol. Elle est si brillante qu'il ne peut pas la regarder plus de quelques secondes, si brûlante qu'il doit s'éloigner en courant. Il comprend que, s'il avait été sur la plate-forme au moment de l'explosion, il serait mort.

Coots Matthews vient le rejoindre. Les deux hommes constatent qu'il n'y a, par miracle, aucun blessé : en raison de la pause, les abords du puits étaient vides. Puis ils s'interrogent sur la raison de la catastrophe. Comment l'incendie a-t-il pu se produire ? En professionnels qu'ils sont, ils ont pris toutes les précautions pour qu'il n'y ait aucune source de flamme à proximité du puits, aucun outil métallique, aucun moteur susceptible de produire une étincelle. C'est Boots Hansen qui trouve la réponse :

– Le vent !

Effectivement, depuis le matin, le vent s'est levé, le vent brûlant du désert, chargé d'électricité statique.

C'est lui qui est responsable de l'embrasement. Coots Matthews acquiesce et conclut :

– Il faut prévenir le boss.

Il court au téléphone pour appeler la Red Adair Company à Houston et ne tarde pas à obtenir Red en personne.

– Patron, il faut que vous veniez. Le puits s'est enflammé. Je n'ai jamais vu cela !

Au bout du fil, il entend cette réponse surprenante :

– Je sais.

– Comment pouvez-vous le savoir ?

– Il y a John Glenn en ce moment à la télé. Il vient de dire : « Il y a quelque chose qui brûle au Sahara. Ce n'est pas croyable ! »

Effectivement, au même moment, John Glenn, le premier astronaute américain, est en orbite autour de la Terre. Depuis sa cabine, il a vu l'explosion et il ajoutera que c'était le détail qu'il distinguait le mieux sur toute la surface du globe.

20 novembre 1961. Red Adair arrive à Gassi Touil. Dès le premier instant, il sait que ce sera son plus terrible incendie, que c'est le pire moment de sa carrière qui l'attend. La flamme mesure cent trente-cinq mètres de haut, presque le deuxième étage de la tour Eiffel, et elle est visible à trois cents kilomètres à la ronde. La pression du gaz est si forte qu'il ne commence à s'enflammer qu'à vingt mètres de haut. La chaleur est telle que sur cent mètres de rayon le sable a fondu et s'est transformé en sol vitrifié.

Mais c'est encore le bruit le plus impressionnant. Aux abords de l'incendie, il est équivalent à celui de dix avions à réaction au décollage. Le sol tremble comme sous le passage d'une centaine de camions.

Quant à la chaleur, elle est bien entendu intenable. Il est impossible d'approcher, même dans une tenue d'amiante. Ou alors il faudrait être arrosé en permanence par une lance d'incendie. C'est d'ailleurs ce que conclut Red Adair, après son premier examen :

– Je ne peux rien faire si je n'ai pas d'eau, énormément d'eau.

Les ingénieurs le prennent pour un fou :

– Où voulez-vous que nous trouvions de l'eau en plein désert ?

– Sous terre. Il y a des nappes phréatiques partout. Vous n'avez qu'à creuser.

C'est parfaitement exact. Sous le Sahara, il y a de l'eau, elle est seulement plus profondément enfouie qu'ailleurs. La capter ne présente pas de problème technique, c'est simplement une question de coût. Les responsables de la compagnie font leurs comptes. Red Adair a demandé pour son intervention 30 millions de francs, le forage représente à peu près autant, mais la valeur du gisement de Gassi Touil est évaluée à 5 milliards, chiffres qui, pour être correctement estimés aujourd'hui, doivent être multipliés environ par vingt. Dans ces conditions la décision s'impose. Les responsables de la compagnie reviennent trouver Red Adair :

– C'est d'accord. On commence le forage.

L'eau est trouvée à huit cents mètres de profondeur. Trois grosses conduites sont posées, qui alimentent deux bassins de 5 000 m^3 chacun, d'où partent huit lances d'incendie. Lorsque tout cela est au point, le pompier du pétrole se déclare satisfait.

– Maintenant il faut déblayer le chantier. Moi, j'ai du boulot ailleurs. Je reviendrai quand tout sera prêt...

Et Red Adair repart, laissant Boots Hansen et Coots Matthews diriger les opérations. C'est un travail épouvantable. Il s'agit de dégager les vingt-cinq tonnes de ferraille qui sont éparpillées autour du puits en flamme. Jusqu'à cinquante mètres, les bulldozers peuvent intervenir, mais après c'est impossible : les pneus fondent, les moteurs ne tiennent pas. Ce sont donc les hommes vêtus d'amiante et arrosés en permanence par les lances d'incendie qui se chargent du travail à la main, dans une température de 200 °C, au milieu d'un vacarme infernal et avec le sol qui tremble sous leurs pieds.

Ce véritable travail de damnés est interminable. Il ne dure pas moins de cinq mois. Enfin, le 20 avril 1962, Hansen et Matthews estiment que tout est prêt et ils appellent le boss. Il leur répond qu'il arrivera dans une semaine.

Red Adair arrive à Gassi Touil le 27, pour le dernier acte, celui où tout va se gagner ou se perdre. Son inspection du puits GT 2 lui confirme que les lieux sont parfaitement dégagés, ce qui ne l'empêche pas d'émettre un avis pessimiste :

– Il y a des flammèches sur le sol. Je n'aime pas cela. Mais il est trop tard. Je tenterai le coup demain.

Le coup en question consiste à souffler la flamme avec une charge de dynamite. Il est à craindre qu'en cas de succès les petites flammes de la base ne rallument aussitôt le feu, tout comme l'étincelle de la pierre allume le briquet... De toute façon, les dés sont jetés.

Le lendemain 28 avril, Red Adair se réveille à 4 heures du matin. Il est parfaitement calme au moment d'affronter le plus grand feu auquel l'homme se soit attaqué. Il prend son petit déjeuner en compagnie de Boots Hansen et Coots Matthews et met sa tenue de pompier : des sous-vêtements de flanelle et une combinaison de gabardine rouge fermée jusqu'au cou. Par-dessus, il endosse une tunique en amiante, puis ses gants et son casque.

Ses deux compagnons se sont équipés en même temps que lui et tous trois se dirigent vers le feu, pour un dernier examen. Ils inspectent longuement le terrain, sous le jet puissant de trois lances à incendie qui ne les lâchent pas un instant. Red jette un coup d'œil sur ces flammèches qui l'inquiètent, puis il quitte les lieux pour aller, cette fois, examiner l'engin avec lequel il va tenter d'éteindre l'incendie.

Il s'agit d'un véhicule d'un type absolument unique qu'il a conçu lui-même, améliorant une création de son premier patron Myron Kinley. Il est fait d'une sorte de tracteur gigantesque supportant à l'avant une flèche de grue de dix-huit mètres de long. Celle-ci est conçue pour s'élever et s'abaisser à volonté. À son extrémité, elle possède un logement dans lequel se place la charge de dynamite.

L'examen est satisfaisant et Red Adair peut passer à la préparation de l'explosif, tâche éminemment dangereuse qu'il ne confie à personne. Il s'agit de deux cent cinquante kilos d'une dynamite spéciale avec un pourcentage particulièrement élevé de nitroglycérine, ce qui la rend très sensible aux chocs. Red opère manuellement le mélange, qui se présente sous forme de pâte, et l'entasse dans un fût noir, puis y installe le détonateur. Ensuite, il entoure le tonneau d'amiante, d'une épaisse feuille d'aluminium et de nouveau d'amiante. Il fait alors porter le tout au bout de la flèche de l'engin. Il est 8 h 30, les opérations vont commencer.

Tout autour des trois hommes, c'est l'effervescence. Depuis minuit, les cent kilomètres carrés avoisinants sont isolés du reste du monde. Des gendarmes et des militaires ont pris position sur toutes les pistes. Les avions ont interdiction de survoler la région. Gassi Touil est entouré de barbelés et transformé en camp retranché. À l'entrée, des soldats refoulent quiconque n'est pas muni d'un laissez-passer. Les autres sont fouillés, leurs briquets, allumettes et lampes électriques confisqués. Il en est de même pour les caméras des journalistes, celles-ci fonctionnant avec un moteur. Ce sont en tout cinq cents personnes qui vont assister à cette extraordinaire tentative.

Un peu avant 9 heures, tout est prêt. Red Adair, Boots Hansen et Coots Matthews montent sur le tracteur géant arrosé en permanence par les lances d'incendie. Au bout de la flèche, dix-huit mètres devant eux, le tonneau bourré de dynamite se balance doucement. L'engin avance très lentement. À cinquante mètres de la flamme, il s'arrête. Red Adair saute à terre tandis que les deux autres restent aux commandes, l'un du tracteur, l'autre de la flèche. Il va les guider pour la manœuvre, le tout dans une chaleur d'enfer, dans un vacarme intenable et sous le déluge

Mètre par mètre, l'engin s'avance. À présent, il s'immobilise, tandis que la flèche progresse doucement vers le point d'explosion. Adair a calculé qu'il doit être à dix mètres du sol et à trente centimètres du jet de gaz qui, à cet endroit, n'est pas encore en feu. La précision est indispensable. L'expérience a prouvé qu'une erreur de dix centimètres à gauche ou à droite peut être fatale : la flamme ne s'éteint pas ou alors elle se rallume aussitôt.

Le tonneau sur lequel se concentrent les jets de plusieurs lances chauffe de plus en plus. Malgré l'amiante et l'eau, il risque d'exploser à tout instant sous l'effet de la chaleur et tout serait à recommencer. Toujours obéissant aux gestes d'Adair, Boots Hansen, qui manœuvre la flèche, l'amène à l'endroit voulu. Red fait un dernier signe et tous les trois, abandonnant leur poste, courent se réfugier vers la tranchée qui a été aménagée à deux cents mètres de l'incendie. C'est là que se trouve la commande de mise à feu. Ils s'aplatissent. Red Adair enfonce la poignée.

Dans le vacarme de l'incendie, la détonation s'entend à peine. C'est tout juste un petit claquement sec. Ils sortent de leur abri. On ne voit rien, la fumée est énorme, eux ils savent que c'est gagné. Le bruit d'enfer de l'incendie a cessé, il a été remplacé par un sifflement caractéristique : celui du gaz qui s'échappe. Il fuit toujours, mais ne brûle plus.

Les personnes présentes, autorités, employés de la compagnie et journalistes, se précipitent pour entourer les trois héros et les féliciter. Mais Red Adair les repousse avec un ton bourru :

– Ce n'est pas fini. Cela ne fait que commencer. Ce fichu gaz part toujours et, à la moindre tempête du désert, il risque de s'enflammer. Maintenant, il va falloir le maîtriser et cela va être beaucoup plus dur !

Effectivement, c'est loin d'être la victoire. En fait, on en est revenu à la situation de départ : une fuite de gaz monstrueuse menaçant à tout instant d'exploser. Pour fermer le puits GT 2, la compagnie a fait fabriquer une nouvelle tête de captage. Il faut à présent la placer sur le tube de forage et c'est l'équipe de Red Adair qui est chargée de ce travail aussi délicat que dangereux.

Le tube a été déchiqueté par l'explosion. Pour que la tête s'emboîte, il faut que la coupure soit parfaitement lisse. Pas question d'attaquer à la scie électrique, la moindre étincelle provoquerait une explosion. Il faut le faire à la scie manuelle sous un arrosage d'eau. Sous la direction de leur patron et de ses deux adjoints, les ouvriers de la Red Adair Company œuvrent pendant des jours, conscients qu'à la moindre erreur de leur part ils seront tous pulvérisés.

Mais tout se passe bien, la coupure est rendue parfaitement lisse et on peut amener la tête de captage. Encore une fois, il s'agit d'une opération très délicate. Les hommes sont obligés de travailler avec des outils en laiton pour éviter que les chocs acier contre acier ne fassent des étincelles. La tête elle-même et ses diverses composantes représentent un poids de huit tonnes. Il faut amener l'ensemble à la main car il n'est pas question d'utiliser une grue ou un engin quelconque.

Tout a donc lieu comme du temps de la construction des pyramides ou des cathédrales. Le matériel est amené sur des chariots tirés à la main par des cordes et la lourde tête de captage est hissée, puis mise en place à l'aide de palans actionnés à bout de bras. Il y a un court moment où le gaz, ne pouvant plus s'échapper en hauteur, part horizontalement, renversant plusieurs personnes, dont Red Adair lui-même, mais les boulons sont posés et verrouillés. Cette fois, c'est fini et bien fini. C'est la victoire !

Red Adair s'approche alors de Coots Matthews, le colosse aux yeux bleus, qui, pendant toute la durée des opérations, n'a cessé de garder au coin des lèvres son mégot de cigare éteint. Il lui tape sur l'épaule et sort de sa poche un briquet :

– Du feu, Coots ?

Le voleur de sous-marin

Angelo Belloni arpente, l'air maussade, les quais de La Spezia, le grand port italien près de Gênes. La Spezia est en partie un port militaire et Angelo Belloni se trouve précisément près des installations interdites aux civils. Mais en tant qu'officier de marine réserviste, il dispose d'un laissez-passer spécial.

Trente-cinq ans, très brun, Angelo Belloni exerce le métier d'ingénieur. Pourtant, en cet instant, il se sent avant tout un soldat. Il faut dire que la situation est très particulière, ce 4 octobre 1914. Depuis deux mois la France, l'Angleterre et la Russie sont entrées en guerre contre l'Allemagne et l'Autriche et, après un début catastrophique, la victoire de la Marne a rétabli l'équilibre.

Et l'Italie dans tout cela ? Eh bien, justement, l'Italie ne fait rien. Bien que ses sympathies et ses intérêts la portent du côté de la France, elle hésite, elle tergiverse. Et c'est plus que n'en peut supporter le bouillant Angelo Belloni. Il est ardemment patriote. Il sait que tôt ou tard l'Italie entrera dans le conflit. Alors pourquoi attendre ? En prenant ainsi son temps, son pays se déshonore.

Angelo Belloni est arrivé devant un quai où est amarré un superbe sous-marin. Ce sont les chantiers navals Fiat, la firme automobile qui est aussi un grand constructeur militaire. Jour après jour, l'ingénieur a vu le submersible prendre forme et maintenant il a l'air achevé. Angelo Belloni sait qu'il va être livré à la Roumanie, qui en a passé commande. La Roumanie, je vous demande un peu ! Comme si cette merveille flambant neuve n'aurait pas été plus utile pour l'Italie. La Méditerranée est infestée de navires allemands : quel moyen rêvé pour leur porter des coups !

Et c'est alors que dans l'esprit d'Angelo Belloni naît une idée absolument folle : puisque l'Italie ne veut pas faire la guerre, il va la faire sans elle ! Il se trouve que son dernier commandement était sur un sous-marin. Il connaît parfaitement ce genre de bâtiment, c'est à bord de l'un d'eux qu'il sera le plus efficace. Sa décision est prise : il va voler le sous-marin.

Le lendemain, Angelo Belloni se présente de nouveau sur le quai des chantiers navals Fiat. La seule différence est qu'il est cette fois en uniforme d'officier de marine. Il a envoyé deux lettres, l'une à sa mère pour expliquer son geste, l'autre à la société Fiat pour s'excuser du préjudice qu'il lui occasionne pour des raisons patriotiques. Son plan est simple : il va prendre la mer en direction de Gibraltar, qui est le plus grand port militaire anglais en Méditerranée. S'il rencontre en chemin un navire allemand, il le torpillera. Ce sera un *casus belli* qui obligera l'Italie à entrer en guerre. Sinon, il débarquera à Gibraltar et il remettra le bâtiment aux autorités anglaises.

Il est 8 heures du matin, c'est l'heure où l'équipe des chantiers prend son travail. Parmi eux, il y a des ouvriers, qui vont procéder à la finition des installations, et des marins, pour faire les essais. Ces derniers constitueront son équipage. Les ouvriers ne lui serviront à rien, mais il n'est pas question de les laisser à terre pour qu'ils donnent l'alerte. Ils partiront aussi.

Les hommes sont un peu étonnés lorsqu'ils voient arriver cet officier qu'ils ne connaissent pas, mais il en impose dans son fringant uniforme et ils l'écoutent respectueusement.

– Nous allons faire quelques essais radio en plongée, avant l'arrivée des Roumains. Il est 8 heures, nous serons revenus à 9 heures et demie. Les ouvriers restent à bord. Tout le monde sera payé double.

Marins et ouvriers se regardent, surpris. Ce n'était pas le programme annoncé, mais du moment qu'ils vont être payés double, ils n'ont aucune objection à faire. Peu après, le sous-marin quitte le quai, se met en plongée dans la rade même du port et disparaît.

Il est un peu plus de 9 heures lorsque le commandant Pirelli, responsable de l'arsenal de La Spezia, arrive sur place en compagnie de l'attaché militaire roumain.

– Les travaux sont achevés, Excellence. Vous allez pouvoir le constater par vous-même.

Le Roumain acquiesce, tout sourire. Seulement, une fois arrivé devant le quai, force lui est de constater qu'il est vide. Le commandant Pirelli fait la même découverte et reste les bras ballants. L'attaché militaire hasarde une hypothèse :

– Il est peut-être parti faire des essais en plongée...

– Absolument pas. Il devait rester là pour que vous le visitiez.

– Alors, où est-il ? On ne l'a tout de même pas volé !

– Non, bien sûr. Je vais savoir ce qui s'est passé.

Le responsable de l'arsenal a beau interroger tout le monde, le mystère reste entier. Les gardes qui patrouillent sur le port lui confirment que le sous-marin était bien là aux environs de 8 heures. Qu'est-il devenu ? Ils sont incapables de le dire. Ils n'étaient pas chargés de le surveiller, ils n'ont pas spécialement fait attention à lui.

Du coup, c'est une autre hypothèse qui s'impose : le sous-marin a coulé ! Cette fois, c'est le branle-bas de combat dans le port de La Spezia. Il faut sauver, s'il en est encore temps, les malheureux qui travaillaient à l'intérieur. Tout le monde se mobilise. On sonde les abords du quai avec de grandes perches, mais il n'y a pas de doute, l'emplacement est vide. Alors le commandant Pirelli, blême, est obligé d'en venir à la dernière explication :

– On a volé le sous-marin !

Cela fait une heure et demie que ce dernier, qui ne porte pas encore de nom, car c'était aux Roumains de lui en donner un, a quitté La Spezia. Et les marins et les ouvriers qui n'avaient rien dit jusqu'ici commencent à murmurer. Comment se fait-il qu'ils ne soient pas rentrés ? L'officier avait dit que cela durerait jusqu'à 9 heures et demie, et il est 9 heures et demie ! L'enseigne de vaisseau Artuso, le plus élevé en grade des marins de l'équipage, décide d'aller trouver l'officier.

– Pardonnez-moi, mais la plongée est beaucoup trop longue. Que se passe-t-il ?

– Vous avez raison. L'heure est venue d'annoncer la vérité. Réunissez tous les hommes.

Peu après, les occupants du sous-marin se tiennent devant Angelo Belloni, très intrigués et passablement inquiets. Celui-ci prend la parole d'une voix solennelle :

– Je suis le capitaine de corvette Angelo Belloni. J'ai une communication à vous faire. L'Italie est entrée en guerre du côté de la France, de l'Angleterre et de la Russie, ce matin à la première heure. J'ai reçu ordre de conduire ce sous-marin à Gibraltar. Il s'agit d'une mission ultra-secrète. Je regrette pour les civils. Ils seront rapatriés par la marine britannique.

Il y a un concert de récriminations auxquelles Angelo Belloni coupe court immédiatement :

– Je suis seul maître à bord. Regagnez vos postes !

Mais l'enseigne de vaisseau Artuso intervient quand même :

– Je regrette, capitaine. Il est impossible d'aller à Gibraltar.

– Comment osez-vous, enseigne de vaisseau ? Vous êtes sous mes ordres !

– Certainement, capitaine, mais cela ne change pas le problème. Nous n'avons pas assez de carburant pour aller jusqu'à Gibraltar. Il y a dans les cuves ce qu'il faut pour deux ou trois heures de navigation, pas plus.

– Vous êtes sûr ?

– Tout à fait sûr. C'est moi qui ai rempli le réservoir.

Angelo Belloni a une grimace de contrariété. C'est effectivement très ennuyeux. Mais ce n'est pas cela qui va le détourner de son grand projet.

– À votre avis, nous avons assez de mazout pour rallier la Corse ?

– Oui, sans doute...

– Alors, mettez le cap sur Ajaccio, en plongée périscopique. Immersion à cinq mètres.

– Bien, capitaine.

– Il est possible que nous rencontrions en chemin un navire allemand. Préparez les tubes lance-torpilles.

– Cela, je ne peux pas, capitaine.

– Comment ? Dois-je vous rappeler encore une fois que vous êtes sous mes ordres ?

– Je ne l'ai pas oublié. Je ne peux pas, parce qu'il n'y a pas de torpilles. On devait les apporter demain...

Encore une fois, Angelo Belloni éprouve une vive déception, qu'il se garde de manifester. Il s'agit avant tout de ne pas perdre la face.

– L'éventualité était prévue. Les Français nous fourniront en torpilles. Cap sur Ajaccio.

– Toujours en plongée périscopique, capitaine ?

– Évidemment, non. Immersion à trente mètres.

C'est aux environs de midi que le submersible arrive à Ajaccio. Il navigue à présent en surface. Angelo Belloni est monté sur le pont. Il fait de grands gestes des bras et s'égosille :

– *Amico... Italiano...*

Il n'empêche que le bâtiment ne porte aucune immatriculation et n'arbore aucun pavillon. Dans le port corse, on trouve cela tout à fait suspect. Un coup de semonce est tiré depuis la citadelle. Angelo Belloni fait alors arrêter les moteurs et attend la suite des événements. Il n'y a rien d'autre à faire.

Une chaloupe est mise à l'eau depuis les quais. Des marins français montent à bord. Par chance, l'officier qui les commande parle italien. Il a du mal à comprendre l'incroyable situation.

– Vous dites que vous êtes parti en guerre tout seul ?

– Oui, mais puisque je n'ai pas de torpilles, je n'ai pas pu attaquer d'Allemands. Je vous donne le sous-marin. J'espère que vous en ferez un meilleur usage que moi.

– Pour nous le donner, il faudrait qu'il vous appartienne. Je suppose que ce n'est le cas.

– Non, bien sûr. C'est la propriété de l'État italien.

– Alors vous l'avez volé ?

– Pour la bonne cause...

Angelo Belloni s'est retrouvé emprisonné ainsi que les marins et ouvriers, malgré leurs protestations d'innocence. Mais les Français préféraient garder tout le monde, en attendant d'y voir clair. Cela n'a d'ailleurs pas été long, car les Italiens, qui venaient de recevoir les deux lettres d'Angelo Belloni, à la société Fiat et à sa mère, ont confirmé les faits. Il s'agissait d'un idéaliste qui avait agi seul, par patriotisme.

Tout le monde est donc rentré à bord du sous-marin, commandé, cette fois, par un officier en exercice. De retour à La Spezia, les marins et les ouvriers ont rejoint leurs familles et Angelo Belloni s'est retrouvé en prison.

Le plus étonnant est l'indulgence dont il a bénéficié. Il est passé, non pas en conseil de guerre, car il était seulement militaire de réserve, mais devant la justice civile. Et là, il ne s'est vu infliger qu'une peine de principe avec sursis. Il n'a eu ni blâme, ni dégradation, ni amende. Sans doute les autorités ont-elles jugé qu'Angelo Belloni était un homme d'une trempe exceptionnelle dont on aurait besoin le moment venu, car l'Italie, tôt ou tard, entrerait en guerre.

Ce fut effectivement le cas en août 1916 et le capitaine de corvette Belloni s'est vu immédiatement offrir un commandement, bien entendu sur un sous-marin. Son destin l'y attendait. Trois semaines seulement après son départ, le bâtiment a sauté sur une mine. Il n'y a pas eu de survivant.

Angelo Belloni a été décoré à titre posthume et, peu après, on a donné son nom à un autre submersible sorti des chantiers de La Spezia qui lui, a terminé la guerre ; il l'a même accomplie glorieusement, coulant plusieurs navires allemands. Une jolie revanche pour le voleur de sous-marin !

Un homme en radeau

Il n'a pas vraiment fière allure, le croiseur *Amiral Charner* ! Malgré ses quatre mille tonnes et ses douze canons, il fait figure d'ancêtre au sein de la marine nationale française. Depuis trente-trois ans qu'il a été construit, il traîne encore, avec ses moteurs poussifs, sa silhouette surannée sur les mers du globe. Sa radio est perpétuellement en panne, ses pièces d'artillerie plus vraiment précises, les couches de peinture successives cachent mal la rouille qui le ronge. Il ne devrait plus naviguer depuis longtemps, seulement voilà : « À la guerre comme à la guerre », comme on dit, et il a repris du service.

Car c'est la guerre en ce mois de février 1916. Elle fait rage partout et principalement en Méditerranée où l'*Amiral Charner* a été affecté. On ne lui demande pas de prendre part à des combats, ce serait un véritable suicide avec l'armement qui est le sien, mais de faire des missions de surveillance. C'est ainsi qu'il est parti de Rouad, au Liban, le 7 février au soir, et qu'il a mis le cap sur Port-Saïd, en Égypte, qu'il doit atteindre le 10. Pendant son trajet, il doit signaler tout navire suspect... enfin, si sa radio fonctionne.

Nous sommes le 8 février à l'aube. Il est 6 h 40. Des coups de sifflet retentissent. C'est l'heure du réveil pour l'équipage, composé de quatre cent vingt-sept officiers et matelots. Comme les autres, le quartier-maître Joseph Cariou, vingt-deux ans, bondit du hamac qui lui sert de couchette et se rend au pas de gymnastique sur le pont bâbord pour l'appel. Comme beaucoup d'autres, Joseph Cariou est breton et comme beaucoup également, il exerçait la profession de marin pêcheur avant d'être mobilisé. Il est natif de Clohars-Carnoët, dans le Finistère, où il a laissé son épouse Maryvonne. Et Maryvonne l'attend, comme le veut le sort des femmes de marins plus douloureux encore en temps de guerre. Elle attend un enfant, aussi. Ils espèrent tous les deux que ce sera un garçon.

Joseph Cariou frissonne en arrivant sur le pont. On a beau être tout près du Liban, c'est quand même l'hiver et il ne fait pas chaud. Le temps n'est pas seulement froid, il est brumeux. Normalement, on devrait apercevoir la côte, qui n'est pas loin, mais elle est invisible. C'est aussi à cause de la brume que ni lui ni ses camarades n'aperçoivent le sillage de la torpille qui vient vers eux. Il est 6 h 42 et c'est l'enfer !

Touché en son centre, le croiseur *Amiral Charner* se disloque instantanément. Il coule en quelques secondes, écrasant les hommes sous ses tonnes d'acier et créant un tourbillon fantastique qui noie ceux qui n'ont pas été assommés. Le naufrage a été si rapide qu'il n'a pas été possible d'envoyer un SOS, d'ailleurs la radio était en panne depuis la veille au soir.

Le quartier-maître Joseph Cariou a eu à peine le temps de comprendre ce qui lui arrivait. Il y a eu un bruit fantastique, il a vu le marin qui était à ses côtés être projeté contre un canon et sa tête exploser. Lui-même s'est retrouvé dans la mer. Il a été aspiré au fond, il a cru qu'il allait mourir, mais en luttant de toutes ses forces, il a réussi à revenir à la surface.

À présent, il nage dans l'eau froide, en compagnie

des autres rescapés. L'*Amiral Charner*, avec ses quatre mille tonnes et sa silhouette surannée, a totalement disparu. Il n'en reste rien que quelques débris. Parmi eux, il y a heureusement deux radeaux, un plus grand, sur lequel une cinquantaine d'hommes arrivent à prendre place et un plus petit, sur lequel Joseph monte, avec treize autres compagnons. Le courant sépare rapidement les deux embarcations de fortune. Le grand radeau ne tarde pas à disparaître. Personne ne le reverra plus.

Les quatorze survivants se regardent, hébétés. En quelques secondes, leur vie a basculé. Ils ne sont plus que des naufragés qui luttent pour leur vie. Si Joseph Cariou est à peu près indemne, tous ne sont pas dans le même cas : plusieurs sont blessés, dont un à la tête, qui semble avoir perdu l'esprit et qui ne cesse de murmurer des choses incompréhensibles. Ils n'ont, bien sûr, rien pu emporter, ni vivres ni eau, et ils n'ont plus que des vêtements déchirés qui ne les protègent pas du froid.

Mais ils veulent garder espoir : la côte libanaise est en vue et ce seul fait suffit à leur maintenir un moral à peu près acceptable. Ils n'échangent que peu de paroles qui se veulent optimistes.

– Le courant va nous pousser vers la côte...

– Les recherches vont commencer. On va nous secourir. Si c'est les Allemands et si on est fait prisonniers, tant pis...

Les heures passent, dans le silence, à part la litanie ininterrompue du blessé à la tête. Au froid du petit matin a succédé un soleil ardent, qui provoque chez tout le monde une soif intense, même si personne ne le dit. Quant à l'espoir de se rapprocher du rivage grâce au courant, il disparaît bien vite. Il est visible, au contraire, qu'ils dérivent en sens inverse et qu'ils sont irrésistiblement emportés vers le large. Lorsque la nuit tombe, le Liban a disparu. Et c'est alors le drame. Le blessé se met à rugir dans le noir :

– À boire ! J'ai soif !

Il se lève, faisant vaciller l'embarcation. Joseph Cariou et d'autres essaient de le maîtriser, mais il se débat comme un forcené et l'inévitable se produit : le radeau chavire avec tous ses occupants. Tout le monde se retrouve dans l'eau redevenue glacée et c'est une lutte hallucinante pour la survie. Chacun essaie de revenir au radeau, on s'agrippe, on se bouscule, on se bat. Joseph reçoit des coups, il en donne. Enfin, il parvient à se hisser sur la planche... Le calme est revenu. Il s'endort, épuisé. Lorsqu'il se réveille, au petit matin, il constate qu'ils ne sont plus que huit. Il y a exactement vingt-quatre heures que l'*Amiral Charner* a sombré.

Le deuxième jour commence pour les survivants : il va être le plus terrible de tous. Au début, tout se passe plutôt bien : la mer est calme, même si le courant continue d'entraîner le radeau vers le large, et le soleil réchauffe les corps glacés par le froid de la baignade forcée. Mais vers midi c'est le cauchemar qui recommence. La chaleur cesse d'être bienfaisante, elle provoque de nouveau la soif et l'effet est terrible sur les organismes affaiblis.

De tous, c'est sans nul doute Joseph Cariou qui est dans la meilleure forme physique. C'est le plus costaud, il est même bâti en athlète, de plus il est l'un des rares à ne pas être blessé, car la bagarre de la nuit a laissé des traces. Bien sûr, il souffre de la soif, il a l'impression que sa langue a doublé de volume et il n'a plus de salive. Son corps est douloureux aussi : sa peau est rongée de sel, elle le gratte, elle le brûle. Mais il ne tarde pas à s'apercevoir que son calvaire n'est rien à côté de celui de ses compagnons.

Il assiste bientôt à un spectacle hallucinant. Les plus atteints sombrent dans une torpeur profonde. On pourrait croire qu'ils vont tomber dans le coma et ne pas se réveiller. Mais non. Ils se dressent soudain, un rictus à la bouche, les yeux hallucinés, ils hurlent :

– À boire ! De l'eau !

Et ils se jettent dans la mer, où ils coulent à pic. En tout, ils sont cinq à mourir de la sorte. Lorsque l'aube du troisième jour se lève, il n'y a plus que trois survivants : Joseph Cariou, un infirmier, qui souffre de terribles maux de ventre, et un tout jeune matelot, qui est incapable de prononcer une parole. Son corps est couvert de multiples écorchures, qu'il suce avec application. Joseph lui demande :

– Cela soulage de boire son sang ?

Le mousse ne répond pas : il continue son manège, replié sur lui-même. Le quartier-maître se tourne alors vers l'infirmier, qui se tient l'estomac, le visage tout blanc. Il lui dit ce qui lui passe par la tête :

– On va nous secourir. La marine est à notre recherche. On va voir arriver un bateau...

L'infirmier porte son regard sur l'horizon désert et soudain, il se met à crier :

– Là, un navire !.... Tu n'es pas canonnier, toi ?

– Si, mais pourquoi ?

– C'est un torpilleur ! Il va nous couler. Tire, mais tire donc ! Tire ou je te tue !

Il se jette sur Joseph, les mains en avant, et tente de l'étrangler. Mais le quartier-maître n'a pas besoin de se défendre. L'instant d'après, l'infirmier se précipite dans l'eau et coule comme une pierre. Ils ne sont plus que deux sur le radeau. Le jeune matelot continue à lécher son sang avec application ; la scène tragique qui vient de se dérouler ne lui a même pas fait lever les yeux. Joseph Cariou s'assied à ses côtés. Il sait que tôt ou tard il va le voir se lever et se jeter dans l'eau.

Lui-même scrute l'horizon, essayant d'oublier la soif qui rend sa bouche dure comme le bois, la faim qui lui tord l'estomac. Mais il n'y a rien en vue et, dans le fond, ce n'est pas surprenant. L'*Amiral Charner* n'a pas eu le temps d'envoyer de SOS et, avec sa radio défaillante, personne ne s'est étonné de son silence. C'est aujourd'hui qu'il aurait dû arriver à Port-Saïd, c'est seulement maintenant que les secours vont partir.

La nuit de nouveau. Joseph Cariou est assoupi dans un sommeil sans rêve lorsqu'un grand cri le réveille, suivi d'un « plouf » sinistre. Puis c'est de nouveau le bruit régulier des vagues : cette fois, il est seul, il est le dernier survivant.

Le quatrième jour se lève pour le quartier-maître. Il n'a ni bu ni mangé depuis soixante-douze heures mais il refuse de se laisser aller. Il doit résister à la tentation de s'endormir pour oublier ses intolérables souffrances physiques. Pour la première fois, il prie. Il prie Notre-Dame-du-Calvaire, protectrice des marins, qui possède un sanctuaire près de Clohars-Carnoët.

Il pense aussi à sa femme, à Maryvonne, qu'il a épousée juste avant de partir pour la guerre et qu'il n'a revue qu'une fois, lors d'une permission, durant laquelle ils ont conçu l'enfant qui va naître. Elle le lui a appris dans la dernière lettre qu'il a reçue d'elle, à l'escale de Rouad. Il l'imagine dans leur petite maison, en pierre du pays avec un toit d'ardoise comme toutes celles du village. Ce sera un fils, il en est sûr et il jure que ce ne sera pas un orphelin. Ne serait-ce que pour lui, il doit vivre !

Et il y a toutes les raisons de garder espoir. Les secours se sont organisés depuis la veille. Les bateaux seront sur place d'un moment à l'autre. Joseph Cariou mobilise toute son attention, toute son énergie. Il faut tenir encore quelques minutes, un quart d'heure, une heure, jusqu'à midi... Et c'est à midi que se produit le miracle. Là, cette traînée noire, il n'y a pas de doute, c'est la fumée d'un navire ! Et elle grossit, elle vient vers lui.

Il quitte sa chemise et son pantalon. Il les attache à un aviron qu'il a pu récupérer après le naufrage du radeau, durant la première nuit, et il agite cet étendard improvisé avec le peu de force qui lui reste. Le bateau grossit, passe non loin de lui. Il peut voir distinctement sa silhouette : c'est un navire marchand, un cargo. Mais l'autre ne le voit pas, il continue imperturbablement, désespérément sa route, et il finit par disparaître.

Joseph Cariou se laisse aller et reste prostré. Comment résiste-t-il à ce coup du sort ? Il ne le sait pas lui-même. Toujours est-il que la nuit arrive et qu'il est encore en vie. Elle lui apporte un peu de fraîcheur et, en même temps, elle représente un terrible danger. Il se rend compte que, s'il cède au sommeil, il est perdu. Il ne se réveillera que pour aller se jeter dans la mer en criant.

Alors, dès que le soleil a disparu, Joseph Cariou fait tous ses efforts pour ne pas dormir. La fièvre commence à le gagner, mais il essaye de garder l'esprit lucide. Il pense à Maryvonne, au pays, à l'enfant qui va naître. Et il atteint ainsi la cinquième aube depuis que l'*Amiral Charner* a sombré corps et biens. Son calvaire recommence. Il y a quatre jours entiers qu'il n'a pas bu. Il sait que normalement c'est au-delà des forces humaines. Il ne doit sa survie qu'à une constitution exceptionnelle. Mais il sait aussi qu'il ne pourra pas tenir beaucoup plus longtemps. Ce cinquième jour, quoi qu'il arrive, qu'il soit sauvé ou qu'il aille rejoindre ses compagnons naufragés, sera le dernier sur son radeau.

De nouveau, c'est l'attente qui commence, de quart d'heure en quart d'heure, d'heure en heure. À midi, il n'y tient plus. Il a trop soif. Il va faire comme le jeune matelot, tenter de boire son sang. Il n'est toujours pas blessé. Un petit couteau traîne encore sur le radeau. Il s'en saisit. Il est si faible qu'il ne parvient même pas à s'entailler la peau. Il y arrive enfin. Le sang coule, il le suce, mais cela ne le désaltère pas, au contraire, cela l'écœure, cela l'étouffe. Cette fois, c'est la fin !

C'est au moment où il désespère vraiment, pour la première fois depuis le début de sa terrible aventure, que le salut arrive enfin. Là-bas, une fumée ! Comme un automate, il reprend l'aviron où sont toujours noués sa chemise et son pantalon, qu'il n'a pas eu la force de remettre sur lui. Il se dresse, agite faiblement son signal et attend.

Sur le *Laborieux*, patrouilleur de la marine française, on n'imagine pas qu'il soit possible de retrouver vivant un marin de l'*Amiral Charner*. Nous sommes le 13 février, le croiseur a coulé le 8 et tout espoir est désormais abandonné. Contrairement à ce que pensait Joseph Cariou, les recherches ont commencé très vite après le naufrage, mais elles n'ont rien donné, tout simplement parce qu'il n'y avait personne à sauver. À part ceux qui se trouvaient sur son radeau, tous les autres sont morts dans les minutes ou les heures qui ont suivi.

C'est pourquoi, lorsque la vigie du *Laborieux* aperçoit un point noir sur la mer, elle ne pense pas à un radeau. Au contraire, elle distingue quelque chose qui se dresse verticalement et pense qu'il s'agit d'un périscope. Elle donne l'alerte, mais cette méprise ne va pas empêcher le sauvetage.

Le *Laborieux* est, en effet, spécialisé dans la lutte anti-sous-marine. Le commandant de bord, le lieutenant de vaisseau Jacotin, donne ses ordres :

– Branle-bas de combat ! Cap dessus à toute vapeur.

À mesure que le patrouilleur se rapproche, il constate que ce sous-marin semble décidément bien curieux. Il a l'air en bois et un morceau de tissu flotte à son périscope. Bientôt, un homme debout, en sous-vêtements, apparaît dans les jumelles.

Une chaloupe est mise à la mer. Lorsque arrivent ses sauveteurs, Joseph Cariou est incapable de faire un geste. Il faut le faire monter dans l'embarcation, puis le hisser, avec d'infinies précautions, à bord du *Laborieux*. L'infirmier de bord le conduit dans la cabine du commandant et l'allonge sur la couchette. Le quartier-maître a perdu connaissance mais il a au poignet son bracelet militaire, avec son identité, son grade et le nom de son navire. Le lieutenant de vaisseau Jacotin comprend alors qu'il est en présence du seul survivant des quatre cent vingt-sept hommes d'équipage de l'*Amiral Charner*.

Le médecin le déshabille, lui enlève son caleçon, son maillot de corps et la chaussette qui lui reste. Le tissu part en lambeaux, entraînant avec lui de larges plaques de peau rongée par le sel. Il lui entrouvre les lèvres et fait couler dans sa bouche un peu de thé mélangé à du rhum. Le rescapé revient à lui. Il y a un long moment de silence et il parvient enfin à dire :

– Joseph Cariou, quartier-maître sur l'*Amiral Charner*... Prévenez ma femme Maryvonne, à Clohars-Carnoët, Finistère... Elle attend un enfant.

Quartier du désespoir

Carolina Maria de Jésus s'approche d'une poubelle d'un quartier résidentiel de São Paulo. Elle frissonne. Cela n'a rien d'étonnant, nous sommes le 15 juillet 1955 et c'est le plein hiver dans l'hémisphère austral. De plus, elle n'a rien de chaud à se mettre sur elle ; elle est vêtue, qu'il fasse soleil, qu'il pleuve ou qu'il vente, de la même tunique aux couleurs autrefois criardes et délavées depuis longtemps.

Il y a déjà huit ans que Carolina Maria de Jésus quitte tous les jours la favela de Canindé, une des plus sordides de la ville, pour faire les poubelles de São Paulo. Sa spécialité, ce sont les vieux papiers ; elle les donne à une petite fabrique artisanale de son quartier, qui les recycle. Bien entendu, chaque fois elle rapporte aussi de la nourriture. Elle a trois enfants à sa charge. Et elle trouve toujours de quoi manger. C'est fou ce que les riches peuvent jeter ! Il suffit de ne pas être trop difficile.

Quelques rares personnes, qui se rendent déjà à leur travail en cette heure matinale, passent auprès d'elle sans la remarquer. Il faut dire qu'elle n'attire pas spécialement l'attention. Elle n'est ni grande ni petite, ni belle ni laide, ni jeune ni vieille : elle aura quarante ans l'année prochaine. C'est une Brésilienne noire comme il y en a des millions, une pauvre parmi les pauvres, une anonyme parmi les anonymes.

Et pourtant, Carolina Maria de Jésus n'est pas tout à fait comme les autres. Elle a reçu de l'instruction. Elle n'a pas été à l'université, bien sûr, mais elle sait lire et écrire, on lui a même dit qu'elle avait des talents littéraires. Cette particularité n'est d'ailleurs pas bien vue dans son bidonville, elle la rend presque suspecte. On n'a pas toujours les idées larges, même quand on est dans la misère.

Carolina tend la main au milieu des immondices et en retire un objet tout ce qu'il y a de banal, un cahier d'écolier. Elle en feuillette les pages : elles sont toutes vierges, ce qui est beaucoup plus rare. Pourquoi l'a-t-on jeté ? Par erreur ? Peu importe la réponse. Normalement, elle devrait le mettre dans son sac de grosse toile, avec les autres papiers qu'elle va donner à la fabrique contre quelques cruzeiros. Mais cette découverte insolite vient de lui inspirer une idée.

Et si elle remplissait ce cahier, elle qui sait écrire et même qui adore cela ? Elle pourrait raconter ce qu'elle vit quotidiennement et qui n'a jamais été dit par personne. Des journalistes ont bien fait des reportages sur les favelas, parfois avec des intentions généreuses, ils n'ont qu'approché la misère, ils ne l'ont pas vécue. Tandis qu'elle, elle témoignerait vraiment de ce que vivent les déshérités à quelques centaines de mètres des grands buildings et des belles villas.

Carolina Maria de Jésus serre le cahier contre sa poitrine et reprend sa marche. Oui, c'est ce qu'elle va faire ! Et elle a même déjà trouvé le titre : *Quartier du désespoir*.

Rentrée chez elle, dans la favela de Canindé, au 9 de la rue de l'Aurore – car les baraques de bois et de tôle ondulée ont quand même une adresse –, elle retrouve ses trois enfants : João, huit ans, Carlos, quatre ans, et Vera, qui va sur ses trois ans. Ils sont contents, ils ont trouvé beaucoup d'épluchures et de déchets alimentaires pour nourrir Felipe. Felipe, c'est le cochon qui est logé dans l'appentis derrière la baraque. Carolina l'a acheté tout petit en réunissant ses économies d'alors. Depuis, elle le nourrit jusqu'à ce qu'il soit assez gros pour être mangé. Les enfants se réjouissent par avance du festin, même s'ils sont tristes à l'idée qu'on va devoir le tuer.

Carolina Maria de Jésus sort son cahier d'écolier et un vieux crayon qui traînait à la maison depuis longtemps. João, l'aîné, s'étonne :

– Qu'est-ce que tu fais, maman ?

– Je vais écrire. Je vais raconter notre vie.

Le gamin semble réfléchir un instant, puis demande timidement :

– Tu m'apprendras à écrire, maman ?

– J'aimerais bien, João, mais je n'ai pas le temps. Maintenant, laisse-moi, j'ai besoin d'un peu de calme.

Les enfants s'en vont. Carolina reste seule. Elle prend son crayon entre ses doigts gonflés par le froid et se met à l'ouvrage.

Avant d'en venir aux événements quotidiens de la favela, Carolina Maria de Jésus commence par le récit de sa vie. Elle voit le jour en 1913 et elle n'est pas si malheureuse que cela au début, même si elle n'a jamais connu son père, qui a abandonné sa mère avant sa naissance. Elle décrit les rues de Sacramento, une petite ville de province riante, dans l'État de Minas Gerais.

C'est là, alors qu'elle a sept ans, qu'a lieu l'événement marquant de son existence. Une religieuse qui visite les quartiers déshérités remarque son caractère éveillé et propose à sa mère de la prendre en classe. Carolina n'oubliera jamais le premier cours donné par la maîtresse, une religieuse blanche, sœur Salvina. Il s'agissait d'apprendre l'alphabet et elle ne voulait pas. Alors la maîtresse a dessiné au tableau un homme qui transperçait une petite fille avec un trident et lui a dit :

– Ce bonhomme, c'est l'inspecteur des enfants. Ceux qui n'apprendront pas à lire d'ici à la fin de l'année, il les transpercera d'un coup de fourche.

Terrorisée, Carolina se met à étudier et elle est vite la première de la classe, elle, la petite Noire, alors que presque toutes ses camarades sont blanches. À la fin de sa deuxième année, sœur Salvina lui dit même :

– Tu as un don pour écrire. Il faudra le cultiver.

Malheureusement, ce ne sera pas possible. L'usine dans laquelle travaillait sa mère fait faillite, elle doit aller chercher du travail ailleurs et elle emmène Carolina avec elle. La fillette n'ira pas plus loin dans ses études.

Sa mère trouve une place de domestique dans une hacienda perdue dans la nature. Carolina y passe huit ans, de la fin de son enfance à son adolescence, aidant aux gros travaux, mais elle n'en garde pas un mauvais souvenir. Elle doit pourtant partir lorsque sa mère est renvoyée pour une raison qu'elle ne lui a jamais dite, peut-être pour avoir repoussé les avances du patron ou du régisseur. En tout cas, elles se retrouvent peu après à São Paulo.

Carolina est tellement effrayée par les voitures et les enseignes lumineuses qu'à son arrivée elle prend la fuite. Elle revient, pourtant, mais elle doit, pour la première fois, se séparer de sa mère. Celle-ci trouve une place de bonne à Franca, une banlieue résidentielle de la ville, et Carolina à São Paulo même.

Elle n'y reste pas longtemps. On la chasse parce qu'on la surprend en train de lire un livre. C'était en dehors des heures de travail, mais une bonne qui lit, ce n'est pas normal, c'est même inquiétant. Dans sa place suivante, le climat est bien meilleur et elle se plaît davantage.

C'est alors qu'elle rencontre Armando, un marin du port. Elle croit découvrir avec lui le grand amour, mais il disparaît le jour où elle lui apprend qu'elle est enceinte. Elle annonce aussi la nouvelle à sa patronne, qui la congédie sur-le-champ et qui ajoute :

– N'espérez pas trouver une autre place. Personne ne prend une bonne avec un enfant.

Et comme Carolina lui demande ce qu'elle va devenir, elle s'entend répondre :

– Allez à la favela de Canindé. Personne n'y regarde personne et la pauvreté rachète tous les péchés.

C'est ainsi qu'avec son petit João âgé de quelques semaines, Carolina prend la direction des hauteurs de São Paulo, dans ce cadre enchanteur où la misère a élu domicile. Elle est mal accueillie, personne n'est le bienvenu à Canindé. Entre déshérités la solidarité devrait régner, mais il n'en est rien. C'est toute seule que Carolina Maria de Jésus doit s'installer. Comme elle n'a pas le moindre matériau, elle bâtit sa maison avec des planches qu'elle va voler la nuit sur le chantier d'une église en construction, à huit kilomètres de là. Elle construit ainsi une pièce de neuf mètres carrés, plus une « chambre » de quatre mètres carrés pour João.

Et sa nouvelle vie s'organise. Nous sommes en 1947, elle a trente-quatre ans. Durant les années qui suivent, elle donne naissance à ses deux autres enfants, Carlos et Vera. De qui les a-t-elle eus ? Elle ne l'écrit pas dans son journal. On ne saura jamais la vérité à ce sujet, quelle qu'elle soit, il s'agit certainement d'une histoire malheureuse.

C'est le lendemain de la découverte du cahier d'écolier, le 16 juillet 1955, que commence la chronique de sa vie quotidienne. Il se trouve que c'est le troisième anniversaire de Vera. Carolina note : « Je lui ai offert une petite paire de souliers que j'avais trouvés quelques semaines plus tôt dans une poubelle. Je les ai lavés et raccommodés pour qu'elle puisse les porter. » Elle ajoute : « Vera a des chaussures, celles que la Providence a laissées pour elle. Mais moi je n'en ai pas. À Canindé, mes pieds heurtent les immondices. À Sao Paulo, ils se blessent sur les aspérités de l'asphalte que les bien-chaussés imaginent lisse et doux. »

Et les jours se succèdent, avec leurs alternances de joies et de peines.

21 juillet : « Aujourd'hui je chante. Je suis heureuse et j'ai demandé à mes voisins de ne pas m'ennuyer. Nous avons tous notre jour de joie. Aujourd'hui, c'est le mien. »

17 août : « Quand je me suis levée, j'avais envie de mourir. À quoi bon vivre ? Les pauvres des autres pays souffrent-ils autant que les pauvres du Brésil ? »

Il n'y a pas que la misère, les privations, les difficultés pour nourrir correctement les enfants, dans le journal de Carolina Maria de Jésus, il y a aussi les autres habitants de la favela. Le bruit s'est répandu qu'elle écrivait et cela ne plaît à personne. On la jalouse parce qu'elle a de l'instruction. On la traite d'espionne.

Son voisin Euclide, un vieux Noir édenté à la barbe blanche, est particulièrement agressif. Il la réveille souvent la nuit en criant :

– Tu n'écris pas ? Tu ne vas pas chercher du papier ? Lève-toi donc pour écrire la vie des autres !

Alors Carolina Maria de Jésus se lève et va frapper avec un bâton contre sa cabane jusqu'à ce qu'il se taise.

Avec les femmes de Canindé, les relations ne sont pas meilleures. Carolina écrit à leur sujet : « J'en ai assez de toutes ces commères de la favela. Elles veulent tout savoir. Leurs langues sont comme des pattes de poulets grattant tout dans les immondices. »

Elle continue pourtant à tenir son journal, jour après jour, mois après mois et, bientôt, année après année. Lorsque le cahier d'écolier est plein, elle le remplace par les papiers les plus divers qu'elle réunit ensuite en liasses, avec des attaches improvisées.

Le journal de Carolina Maria de Jésus comporte aussi une histoire d'amour ou du moins de relations avec un homme. Elle parle d'un beau Tsigane aux tempes argentées qui paraît à la fenêtre lorsque les enfants dorment.

Elle n'est pas insensible à son charme et elle l'avoue :

« Je n'aime pas mon état spirituel. Je n'aime pas mon état inquiet. Le Tsigane me trouble. J'ai déjà remarqué que, quand il me voit, il devient joyeux et moi aussi. J'ai l'impression que je suis comme une chaussure qui a rencontré l'autre chaussure de la paire. Mais je vais dominer cette sympathie. »

Carolina n'a pas gardé un bon souvenir des hommes. Ils lui ont fait trop de mal, elle en a peur. À la favela, tout le monde sait que le Tsigane a beaucoup de choses sur la conscience. On le soupçonne même d'avoir commis un meurtre. Lorsqu'il devient trop pressant, Carolina Maria de Jésus menace de le dénoncer à la police. Le bel homme aux tempes argentées s'enfuit. Elle ne le reverra jamais.

16 avril 1959 : ce jour-là, il y a du monde dans la favela de Canindé et même du beau monde. Des hommes et des femmes en chaussures se sont aventurés dans le dédale des rues boueuses. Ils sont sortis de longues voitures venues de l'Amérique du Nord si lointaine. La raison de ce déplacement exceptionnel est une initiative de la municipalité de São Paulo. Soucieuse de faire enfin quelque chose pour la population du bidonville, elle lui a offert une aire de jeux pour les enfants et les autorités sont venues l'inaugurer en grande pompe, accompagnées par la presse.

En fait d'aire de jeux, il s'agit uniquement de balançoires, une vingtaine de balançoires, qui ont été installées dans un terrain vague et qui attendent l'arrivée des enfants. Seulement, ceux-ci ne viennent pas. À leur place, ce sont des adultes, des hommes jeunes et moins jeunes, qui envahissent l'aire de jeux et qui se balancent en narguant les représentants de la préfecture et de la mairie. Euclide, en particulier chante à tue-tête, en riant de toute sa bouche édentée.

Carolina Maria de Jésus regarde le spectacle au premier rang, aux côtés d'un officiel renfrogné et de sa femme. Un homme d'une quarantaine d'années s'approche d'elle.

– Qu'est-ce qui leur prend ? Ils sont fous ?

– C'est vrai qu'ils sont fous et ce n'est pas drôle de vivre avec ces animaux-là, mais pour une fois ils n'ont pas tort... On voudrait l'eau et l'électricité, des maisons en dur et vous nous apportez des balançoires !

Carolina adresse un petit salut à l'homme.

– Je vous laisse. Je vais aller raconter cela dans mon journal.

– Vous tenez un journal, vous ?

– Oui, depuis quatre ans. Je raconte tout ce qui se passe à la favela.

– J'aimerais le voir.

– En quoi cela intéresse la mairie ou la préfecture ?

– Je ne suis pas un officiel, je suis journaliste. Je me présente : Audalio Dantas, reporter au *Folhas de São Paulo*...

Peu après Audalio Dantas a en main les liasses sommairement attachées de papiers de toutes sortes : feuilles d'emballage maculées, versos de lettre ou de prospectus écrits de l'autre côté, papier cadeau, etc., qui constituent le journal intime de Carolina Maria de Jésus. Celle-ci s'étonne de le voir lire avec tant d'attention.

– Cela vous intéresse ?

– C'est prodigieux ! Jamais on n'avait parlé de ces choses-là. En tout cas, pas de cette manière. Je peux l'emporter ?

– Pour quoi faire ?

– Je vais en publier une partie dans mon journal et je vous trouverai un éditeur.

Audalio Dantas quitte la favela de Canindé, avec les feuillets sous le bras, laissant Carolina incrédule. Mais il ne plaisante pas. Quelques jours plus tard, un extrait de son journal intime paraît en première page du *Folhas de São Paulo* et, avant la fin de l'année 1959, il lui a trouvé un éditeur.

Le livre, qui paraît sous le titre *Quartier du désespoir,* connaît un succès prodigieux. C'est la première fois qu'est racontée de l'intérieur, avec des mots souvent maladroits mais criants de vérité, la vie d'une favela. Le premier tirage de dix mille exemplaires est épuisé en une semaine, dans la seule ville de São Paulo. On en est bientôt à cent mille exemplaires et les ventes continuent.

Une séance de dédicace est organisée chez l'éditeur. Carolina, mal à l'aise dans sa robe blanche toute neuve et grimaçant un peu parce que ses souliers lui font mal, signe son ouvrage en présence des journalistes venus de tout le pays. La foule se presse dans une incroyable bousculade. En un après-midi, elle dédicace pas moins de six cents exemplaires. Et elle aurait pu en signer beaucoup plus, si elle n'avait cessé de poser des questions aux acheteurs, leur demandant dans quel quartier ils habitent, s'ils aiment leur femme ou leur mari, s'ils ne maudissent pas leurs enfants.

Lorsque arrive devant elle un sénateur bien connu, dont le programme est « le peuple avant tout », les flashes des photographes crépitent. Nullement intimidée, Carolina Maria de Jésus lui rédige sa dédicace : « J'espère que vous donnerez aux pauvres ce dont ils ont besoin et que vous cesserez de mettre dans vos poches tous les impôts perçus. Bien sincèrement. »

Carolina Maria de Jésus est riche. La suite de son histoire devrait ressembler à un conte de fées, mais il n'en est rien. La réalité est souvent plus complexe, plus déroutante. Sa réussite n'a pas ému les autres habitants du bidonville, bien au contraire. Ils disent d'elle : « Maintenant, elle est de la noblesse. Elle a gagné beaucoup d'argent en disant des méchancetés et des mensonges sur nous. »

Quand elle revient à Canindé pour emporter ses quelques affaires auxquelles elle est attachée en tant que souvenirs, c'est presque l'émeute. On lui réclame des cruzeiros, les gens se couchent dans la rue pour empêcher sa camionnette de partir. Elle parvient enfin à démarrer, sous une pluie de tomates pourries et d'immondices. Un peu plus tard, à la suite de la parution de son livre, les autorités prendront la décision de détruire la favela, mais tous les habitants ne seront pas relogés aussi bien qu'ils l'espéraient et, loin de lui être reconnaissants, ils ne la détesteront que davantage.

Carolina Maria de Jésus va s'installer dans une maison de cinq pièces, avec salle de bains, gaz, électricité et la « fontaine » sur l'évier. Son livre s'est vendu à plusieurs millions d'exemplaires, c'est un succès mondial, il a été traduit en treize langues. Elle est plus riche que presque tous ses voisins de ce quartier chic de São Paulo, mais elle n'a pas leurs manières. Par exemple, comme Vera jette ses chaussures par la fenêtre, sa mère se précipite et crie au passant qui se trouve là :

– Hé, homme blanc, ne barbote pas les chaussures de ma fille !

Alors, Carolina Maria de Jésus, qui n'a pas plus sa place chez les pauvres que chez les riches, décide de vivre à l'écart. Elle s'installe dans une ferme isolée. C'est là qu'elle continue son œuvre, mais sans rencontrer le même succès. Car il ne s'agit plus de documents vécus : elle expose ses idées sur le plan politique, soutenant des thèses féministes et sociales.

Carolina Maria de Jésus est morte en 1977, à l'âge de soixante-quatre ans. Lors d'un des derniers entretiens qu'elle a accordés, un journaliste lui a demandé ce dont elle était le plus fière et elle a répondu : « Avoir pu donner de l'instruction à mes enfants, en espérant qu'un jour ce sera le cas de tous les enfants du monde. »

Où es-tu, D. B. Cooper ?

– Mademoiselle, venez voir ici !

Sue Harrisson, vingt-neuf ans, hôtesse de l'air sur le Boeing 727 de la Northwest Airlines, faisant la liaison entre Detroit et Seattle, s'approche avec son plus beau sourire. L'homme qui vient de l'appeler a la trentaine. Il est plutôt bien fait de sa personne, pour autant qu'elle puisse en juger, d'énormes lunettes noires lui dissimulant en partie le visage. Il occupe la dernière rangée de l'appareil. Les deux fauteuils à côté de lui sont vides, car il y a très peu de passagers.

– Vous désirez, monsieur ?

– Lisez ceci, je vous prie.

L'homme lui tend une feuille de papier pliée en quatre. Elle la déplie et lit : « J'exige 200 000 dollars en billets de 20 dollars et quatre parachutes, sinon je fais sauter l'avion et ses passagers. Signé D. B. Cooper. » Sue Harrisson ouvre de grands yeux ébahis.

– Qu'est-ce que cela veut dire ?

– Je vais vous le montrer.

Celui qui se fait appeler D. B. Cooper s'empare d'une mallette qu'il avait posée sur le siège voisin du sien et fait jouer lcs serrures. À l'intérieur, on distingue une masse beige, semblable à de la pâte à modeler, parcourue de fils rouges et bleus reliés à une boîte noire.

– Qu'est-ce que c'est ?

Sans répondre, le passager referme la mallette, se lève et va la placer dans le coffre à bagages au-dessus de lui. Puis il sort de sa poche un boîtier muni d'une antenne. Il est parfaitement sûr de lui et même décontracté.

– Vous voyez ce bouton ici ?

Il pose le doigt dessus.

– Si j'appuie, nous sautons tous.

Cette fois, l'hôtesse a compris que c'est vraiment grave. Elle s'efforce de mettre en pratique les leçons qu'elle a reçues en cas de détournement. Elle demande d'une voix aussi calme qu'elle le peut :

– Que voulez-vous ?

D. B. Cooper désigne la cabine de pilotage.

– Passez devant, je vous suis.

Il est exactement 15 heures, ce 24 novembre 1978, et un piratage aérien, non seulement sans précédent mais sans équivalent depuis, vient de commencer.

Le commandant de bord William Scott voit arriver D. B. Cooper précédé de l'hôtesse. Il lit le papier que lui tend la jeune femme et lève les yeux vers l'arrivant. Celui-ci fait jouer son boîtier dans la main droite et s'exprime d'une voix pleine de politesse :

– Mademoiselle peut témoigner du bien-fondé de ma menace. Mais je ne veux pas qu'il y ait de drame. Combien y a-t-il de passagers ?

– Trente-six.

– J'accepte que vous les débarquiez à Seattle, à condition qu'on ait satisfait à mes exigences et fait le plein de carburant.

Le commandant Scott a transmis entre-temps le papier au radio et au copilote. Il acquiesce :

– Je vais transmettre vos exigences aux autorités de Seattle. J'espère qu'elles accepteront... Je peux vous demander quelque chose ?

– Dites toujours.

– Je préférerais que les passagers ne soient pas mis au courant. Cela arrangerait les choses.

– Je suis tout à fait d'accord. Évitons la panique.

– Si vous ne regagnez pas votre place, les gens vont trouver cela bizarre et vont s'inquiéter.

– D'accord. Je retourne au fond, près du téléphone intérieur. Mais pas de blague.

Le doigt toujours collé sur le bouton du détonateur, D. B. Cooper traverse l'avion, sous les regards étonnés mais pas exagérément inquiets des passagers. Dans la cabine de pilotage, le commandant fait le point. Il interroge l'hôtesse :

– Il vous l'a montrée, cette bombe ?

– Oui. Elle est dans une mallette. Il y a une matière qui ressemble à du mastic, des fils de toutes les couleurs, une boîte noire. Je ne sais pas si elle est vraie ou fausse. Je n'y connais rien.

– Comment s'est-il comporté avec vous ?

– Il est très calme, très sûr de lui. Je crois qu'il est dangereux.

Le commandant hoche la tête.

– C'est aussi mon impression.

Il se tourne vers le radio :

– Appelez Seattle et mettez-les au courant.

Peu après, c'est le branle-bas de combat sur l'aéroport de Seattle. La tour de contrôle rappelle le Boeing de la Northwest Airlines :

– Le lieutenant Ralph Himmel du FBI prend l'affaire en main. Pour le moment il vous demande de patienter. Ne prenez aucun risque inutile.

Effectivement, Ralph Himmel, responsable de la

police de l'aéroport, a pris la responsabilité des opérations. Il est proche de la retraite. C'est un vieux routier de la police et il a déjà eu plusieurs affaires délicates à résoudre, dont un détournement d'avion. Et, dès cet instant, il a une certitude : le pirate bluffe.

Car tout cela ne colle pas psychologiquement. Un fanatique, agissant au nom d'une idéologie quelconque, est tout à fait capable de se faire sauter avec l'avion et les passagers. Mais quelqu'un qui réclame 200 000 dollars ne se suicidera pas, même si on ne satisfait pas à ses exigences. La mentalité de kamikaze et l'appât du gain sont incompatibles. Himmel donne, par l'intermédiaire de la tour de contrôle, ses instructions au commandant :

– Une fois à terre, nous lui dirons que réunir les billets est très long. Il faudra l'amener dans la cabine pour qu'il parle avec vous. Nous l'occuperons, le temps de voir ce qu'on peut faire.

Mais entre-temps, comme s'il avait compris ce stratagème, D. B. Cooper se manifeste par l'intermédiaire du téléphone de bord.

– Je ne veux pas qu'on perde de temps à terre. Je vous interdis d'atterrir avant que l'argent et les parachutes soient placés dans une petite voiture qui se tiendra prête à obéir aux ordres.

Le commandant Scott objecte :

– Mais nous sommes presque arrivés. Nous serons à Seattle dans quelques minutes.

– Cela ne fait rien, tournez en rond.

Le commandant Scott transmet les exigences du pirate à la tour de Seattle et commence à se mettre en circuit fermé autour de la ville. Il ne sait pas qu'au sol la situation est en train d'évoluer brusquement.

La Northwest Airlines a son siège social à Seattle.

Mis au courant de la nouvelle, le directeur se précipite à l'aéroport et va trouver le lieutenant Himmel :

– Qu'est-ce que vous comptez faire ?

– Gagner du temps et le neutraliser d'une manière ou d'une autre. Il bluffe, c'est évident.

– Pas question, je paye !

– Vous allez lui donner 200 000 dollars ?

– Qu'est-ce que c'est que cette somme à côté du risque encouru ? La Northwest est considérée comme la compagnie la plus sûre des États-Unis. S'il arrivait un drame, ce serait un désastre, peut-être la faillite.

– On ne peut pas le laisser en liberté, il est dangereux.

– Il est dangereux tant qu'il a sa bombe. Moi, je paye pour la rançon et les parachutes. Après, vous essayez de retrouver votre homme. Chacun son job !

Le lieutenant du FBI s'incline. Il donne des ordres pour qu'une valise soit remplie avec les billets exigés, en prenant soin de noter les numéros du plus grand nombre possible. Il prend contact avec le club de parachutisme de Seattle pour qu'on lui envoie les quatre parachutes demandés. Pendant ce temps, le Boeing tourne autour de l'aéroport. C'est interminable. Les passagers sont agacés, certains sont furieux, parce qu'ils ont un rendez-vous ou une correspondance, mais pas un seul n'est inquiet. Le commandant annonce dans le haut-parleur, à intervalles réguliers :

– Le trafic est saturé. Nous attendons l'autorisation d'atterrir. Nous vous demandons encore un peu de patience.

Et, pendant tout ce temps, personne ne fait attention à l'homme aux lunettes noires, assis sur son siège à la dernière rangée, qui, par moments, va dire quelques mots dans le téléphone de bord.

17 h 40 : cela fait exactement deux heures que l'appareil décrit des cercles dans le ciel de Seattle, lorsque, enfin, la tour de contrôle annonce que tout est prêt. Le commandant Scott répercute la nouvelle au pirate, par le téléphone intérieur. Celui-ci lui donne ses instructions qui ont été, de toute évidence, longuement préparées :

– Vous pouvez atterrir, mais l'appareil doit stationner en bout de piste. La petite voiture transportant les parachutes et la rançon viendra nous rejoindre. Une hôtesse viendra chercher l'argent, puis les parachutes. C'est à ce moment seulement que les passagers pourront débarquer par la rampe d'accès arrière. Ensuite le camion-citerne viendra nous ravitailler et en route pour le Mexique !

17 h 46 : le Boeing atterrit à Seattle et va stationner en bout de terrain, loin des bâtiments de l'aéroport. Le commandant de bord, bien obligé de dire aux passagers qu'il se passe quelque chose, le fait de la manière la plus évasive possible :

– Mesdames et messieurs, un événement indépendant de la volonté de la compagnie nous oblige à stationner un moment en bout de piste pour des raisons de sécurité.

Pour la première fois, une véritable inquiétude naît dans l'appareil. Elle a pour effet de faire taire les récriminations qui ne cessaient de s'amplifier avec le retard. On comprend que ce qui arrive est peut-être beaucoup plus grave qu'un rendez-vous manqué ou une correspondance ratée. D'autant qu'avec l'arrêt des moteurs chacun peut entendre cet étrange individu à lunettes noires assis au dernier rang. Il donne l'ordre à une hôtesse d'aller ouvrir l'escalier arrière, spécifique aux Boeing 727. Celle-ci obtempère et, comme un steward veut aller l'aider, D. B. Cooper se fâche.

– Elle est capable de le faire toute seule. Si vous bougez, vous serez responsable de la catastrophe !

L'hôtesse s'exécute dans un silence de mort. Rivés à leur sièges, les trente-six passagers savent à présent que leur vie est en danger. Le Boeing de la Northwest Airlines est entré dans la tragédie.

L'attente de la voiture avec le butin exigé se prolonge. C'est qu'à terre le lieutenant du FBI tente encore une fois d'empêcher le versement de la rançon. Il a la réputation de n'avoir jamais cédé à un chantage et il est mortifié de devoir le faire. Il expose son plan au PDG de la Northwest Airlines :

– Quand les passagers vont descendre, il y aura un moment de flottement. Si je fais monter un tireur d'élite habillé en civil, il l'abattra sans problème.

– Pas question de prendre le moindre risque.

– Mais le type bluffe, je vous dis ! C'est sûrement un ancien militaire habitué à sauter en parachute. Un type de cette trempe ne se suicide pas pour 200 000 dollars. D'ailleurs, si cela se trouve, il n'y a pas un gramme d'explosif dans sa valise. C'est du vulgaire mastic !

– Vous pouvez me signer un papier me le garantissant ? Non. Alors, payez !

Poussant un soupir, le lieutenant Himmel renonce à son projet et, à 18 h 45, la petite voiture, sans tireur d'élite à bord, fait son apparition devant le Boeing. Dans l'appareil, D. B. Cooper donne calmement ses instructions à Sue Harrisson, l'hôtesse de l'air. Il lui désigne l'escalier arrière, par lequel vont sortir tout à l'heure les passagers :

– Vous allez me chercher le contenu de la voiture.

L'hôtesse revient peu après avec la mallette de billets. Mais elle a un problème pour le reste.

– Les parachutes sont dans un seul sac. C'est très lourd, est-ce que je peux me faire aider ?

– Pas question.

– Mais cela fait au moins cinquante kilos.

– Vous êtes jeune. Vous pouvez y arriver. Cela prendra le temps qu'il faudra.

Et, pendant que la jeune femme s'échine à faire monter son fardeau marche par marche le long de l'escalier, D. B. Cooper compte calmement les billets. Il attend d'avoir constaté que le compte y était et d'avoir les parachutes, que l'hôtesse a enfin réussi à lui apporter, pour appeler le commandant par le téléphone intérieur :

– Vous pouvez faire descendre les passagers.

– Le personnel de bord peut descendre aussi ?

– Oui, sauf le copilote, le radio et l'hôtesse qui est à côté de moi. Celle-là reste.

– Pourquoi elle ?

– Parce que je l'ai décidé. Demandez aussi qu'on commence le plein de kérosène.

Le pilote n'insiste pas et sa voix retentit peu après dans les haut-parleurs :

– Mesdames et messieurs, vous allez pouvoir quitter l'appareil par l'escalier arrière. Ne vous précipitez pas, gardez le plus grand calme et tout se passera bien.

Ils passent devant l'homme aux lunettes noires les uns après les autres, visiblement à la fois terrorisés et soulagés que leur épreuve soit finie. Une fois que l'avion est vide, D. B. Cooper désigne à Sue Harrisson la cabine de pilotage :

– Allez-y ! Moi, je reste là.

À terre, le lieutenant Himmel fait une dernière tentative pour employer la manière forte. Il propose au directeur de la compagnie de remplacer les deux préposés indispensables au remplissage des réservoirs par deux de ses hommes.

– Ils ne feront rien d'irréfléchi, je vous le promets.

Mais le PDG est intraitable :

– Il y a actuellement quatre membres de l'équipage à l'intérieur de l'appareil. Supposez que vos cow-boys soient repérés par le pirate. Je ne vous pardonnerais pas de me mettre quatre morts sur la conscience.

Pendant tout le ravitaillement, au lieu d'aller dans la cabine de pilotage où il serait une cible potentielle, D. B. Cooper prend soin de rester invisible à sa place. De temps en temps, il jette seulement un coup d'œil par le hublot, pour s'assurer que tout est normal. Enfin, le camion-citerne s'éloigne. Alors seulement, il va rejoindre les pilotes, le radio et l'hôtesse. Il s'adresse au commandant, toujours très calmement :

– Vous ne quitterez pas la cabine de pilotage, moi, je vais dans celle des passagers. Je me charge de remonter moi-même l'escalier arrière. Vous allez décoller plein sud, direction le Mexique. Vous ne remonterez pas le train d'atterrissage. Vous ne rentrerez pas les volets d'intrados. Vous plafonnerez à 4 500 pieds et votre vitesse n'excédera pas 250 kilomètres-heure. Dernière précision : couvrez-vous bien, car, dès que nous aurons décollé, je redescendrai l'escalier arrière.

Le commandant a écouté en silence ce petit discours, soigneusement préparé comme le reste. Il a pourtant une objection à faire :

– Il n'y a pas assez de carburant pour aller jusqu'au Mexique. Il faudra faire une escale technique à Reno.

– D'accord. Je vous donnerai des instructions à ce moment-là. Maintenant, je regagne ma place. Défense de quitter la vôtre. Si je vois la porte s'ouvrir, je fais tout sauter !

Le commandant Scott respecte à la lettre les instructions. Quelques minutes après le décollage, la température baisse brusquement. Le thermomètre du tableau de bord indique qu'il fait – 5 °C. Tout le monde se met à grelotter. Il y a bien des vêtements chauds à l'arrière de l'avion, mais pas question d'ouvrir la porte. Sue Harrisson demande en claquant des dents :

– Comment fait-il pour tenir ? Il doit faire encore plus froid là-bas.

Le pilote hausse les épaules :

– Ne vous en faites pas pour lui. Organisé comme il est, il a sûrement emporté une combinaison thermique.

Le voyage se poursuit dans ces conditions éprouvantes. Pas une seule fois, D. B. Cooper ne se manifeste. Enfin, Reno est en vue. Le commandant appelle le pirate par le téléphone intérieur, mais la sonnerie retentit en vain : personne ne décroche... Que faire ? Il est impossible d'atterrir avec l'escalier ouvert, c'est l'accident assuré. Après avoir prévenu la tour de contrôle, le pilote se met à tourner en rond, tout en essayant sans résultat d'entrer en contact avec D. B. Cooper.

Bientôt, le carburant commence à s'épuiser. Il faut prendre une décision. Si on ouvre la porte, le pirate a promis de tout faire sauter. Mais si on ne va pas fermer l'escalier, l'appareil ne pourra pas atterrir. Le commandant Scott se décide. Il s'adresse à Sue Harrisson :

– Allez-y, vous. S'il voit une femme, il verra peut-être qu'il n'y a pas de tentative hostile de notre part.

Tremblante, l'hôtesse s'exécute. S'attendant au pire, elle pousse la porte tout doucement. Elle passe la main dans l'entrebâillement et agite son mouchoir blanc en signe d'intentions pacifiques. Elle attend encore un moment, ouvre tout à fait et... il ne se passe rien.

La cabine des passagers est parcourue par un vent violent et glacial, un vrai blizzard de haute montagne qui balaye tout sur son passage. D. B. Cooper est invisible. Au prix d'un violent effort, s'accrochant aux sièges pour ne pas être emportée, Sue Harrisson progresse vers l'arrière, et c'est pour découvrir que non seulement le pirate n'est plus là, mais qu'il manque aussi un parachute et la mallette aux billets. Le Mexique était une fausse piste. Il a sauté quelque part pendant le vol, personne ne sait où.

Le copilote et le radio viennent la rejoindre. Avec de grandes difficultés, ils parviennent à refermer l'escalier. Le vent d'enfer cesse et la température remonte un peu. Ils sont en train de se congratuler tous les trois, lorsque Sue Harrisson pousse un cri :

– La bombe !

Elle se précipite vers le coffre à bagages où elle l'a vu la déposer : il est vide. D. B. Cooper l'a emportée aussi. On ne saura jamais si elle était vraie ou factice. Peu après, le commandant Scott annonce la nouvelle à Reno et demande l'autorisation d'atterrir. Le piratage aérien est terminé, l'enquête commence.

Le FBI prend immédiatement l'affaire en main. Toutes les informations recueillies, l'enregistrement des boîtes noires, les données météorologiques sont transmises aux ordinateurs, qui concluent que D. B. Cooper a dû sauter au-dessus du barrage de Merwin Dam, sur la rivière Lewis.

Dans cette zone se trouve le petit village d'Ariel. À l'heure où Cooper est censé avoir sauté, toute la population était réunie dans l'église pour assister au mariage du professeur de musique et personne n'a pu voir le parachute. Le savait-il ? Cela semble insensé, mais de la part de quelqu'un d'aussi supérieurement organisé, on peut quand même se poser la question.

D'autant qu'il semble avoir soigneusement repéré les lieux. Plusieurs témoins habitant la région déclarent que, la semaine précédente, ils ont vu un petit avion de tourisme évoluer un peu partout. Des recherches sont faites auprès des aérodromes privés des alentours, elles ne donnent rien.

Quant à D. B. Cooper lui-même, les enquêteurs sont formels : c'est un ancien militaire. Le parachute qu'il a utilisé, sur les quatre qui ont été mis à sa disposition, est employé dans l'armée et le fixer sur soi demande une certaine expérience. D'autre part, durant la guerre du Vietnam encore toute proche, les Boeing 727 ont souvent servi à larguer des hommes et du matériel. Pour cela, on utilisait précisément l'escalier arrière. Des recherches sont entreprises parmi les anciens pilotes et parachutistes du Vietnam, elles non plus ne donnent rien.

Reste l'issue de cette aventure. D. B. Cooper a-t-il réussi ou non ? Son sang-froid et son professionnalisme font pencher pour l'affirmative, mais ce n'est pas certain. Les conditions météo n'étaient pas excellentes, ce 24 novembre, et le parachutiste avait la surcharge de la valise aux billets. Tout ce qu'on peut dire, c'est qu'il ne s'est pas tué, sinon on aurait retrouvé son corps.

Enfin, la bombe demeure, elle aussi, un énigme. Malgré des recherches intensives, elle n'a pas été retrouvée. D. B. Cooper l'a-t-il jetée dans un endroit inaccessible, comme la retenue d'eau du barrage de Merwin Dam ? Ou bien a-t-il sauté avec, pour qu'elle disparaisse en même temps que lui ? C'est le mystère total !

Un mystère qui, dès le début, passionne l'Amérique tout entière. Dans les jours qui suivent, on ne parle que de cela dans tout le pays. D'autant que, soucieux de sa publicité, D. B. Cooper – si, bien sûr, il s'agit effectivement de lui – se manifeste en envoyant une déclaration retentissante au *New York Times* :

« Jusqu'à présent, ma vie avait été faite de combats, de misère et de haine, et je n'ai trouvé que ce moyen pour vivre un peu en paix. J'ai toujours su que je réussirais, que je ne serais jamais pris, car je n'ai rien laissé au hasard. La police n'a trouvé aucune de mes empreintes dans l'avion, pas plus qu'elle ne me retrouvera grâce au portrait-robot qu'elle a diffusé. Je portais une perruque avec un faux crâne et je m'étais maquillé de façon que mon visage soit absolument méconnaissable. D'ailleurs, je tiens à vous dire que j'ai déjà repris l'avion plusieurs fois et que je ne me terre pas dans les forêts. »

Après cet article, la popularité de D. B. Cooper s'accroît encore. L'Amérique est toujours prompte à s'enthousiasmer et il devient un véritable héros de western, une sorte de Robin des Bois, de Rambo, lui aussi un ancien du Vietnam rendu à la vie civile. Un livre, *Chute libre*, écrit par un certain J. D. Reed, raconte son aventure. Hollywood s'empare à son tour de l'affaire et en tire un film : *200 000 dollars en cavale*. Enfin, une chanson « Où es-tu D. B. Cooper ? » est écrite à sa gloire et devient vite le refrain à la mode :

D. B. Cooper, où es-tu ? Dis-le-nous.
D. B. Cooper, nous te cherchons partout,
Avec ton sourire vainqueur,
Avec ton air ensorceleur.
D. B. Cooper, où es-tu ? Dis-le-nous !

C'est dans la région où il est présumé avoir sauté que la ferveur est la plus grande. Il y devient une véritable gloire locale. Le 24 novembre 1979, pour le premier anniversaire de son exploit, une grande fête est organisée. Elle attire des dizaines de milliers de personnes, qui en repartent avec le T-shirt orné du portrait-robot du pirate de l'air.

C'est peu de temps après que se produit le dernier rebondissement de cette affaire. Le 18 février 1980, le petit Brian Ingram, huit ans, qui joue sur les bords de la rivière Columbia, donne un coup de pied dans un tas de neige. En s'écroulant, celui-ci laisse apparaître des billets de 20 dollars rongés par l'humidité. Il n'y en a pas moins de quatre mille et leurs numéros correspondent à ceux qu'avait notés le lieutenant Himmel du FBI.

Loin de dissiper le mystère, cette découverte ne fait que l'épaissir. Pourquoi D. B. Cooper s'était-il débarrassé en cet endroit de près de la moitié de son butin, une somme considérable ? Était-il blessé et a-t-il voulu alléger sa charge ? L'a-t-il caché là dans l'intention de le reprendre plus tard ?

On ne le saura jamais, et c'est sur ces points d'interrogation que se termine cette histoire, assurément une des plus troublantes de la piraterie aérienne.

Table

Du même auteur
aux éditions Albin Michel :

INSTINCT MORTEL
70 histoires vraies

LES GÉNIES DE L'ARNAQUE
80 chefs-d'œuvre de l'escroquerie

INSTANT CRUCIAL
Les stupéfiants rendez-vous du hasard

TRAGÉDIES À LA UNE
La Belle Époque des assassins, par Alain Monestier

POSSESSION
L'étrange destin des choses

ISSUE FATALE
75 histoires inexorables

LE CARREFOUR DES ANGOISSES
Les Aventuriers du XXe siècle, t. 1
60 récits où la vie ne tient qu'à un fil

ILS ONT VU L'AU-DELÀ
Les Aventuriers du XXe siècle, t. 2
60 histoires vraies et pourtant incroyables

JOURNÉES D'ENFER
Les Aventuriers du XXe siècle, t. 3
60 récits des tréfonds de l'horreur
au sommet du sacrifice

L'ENFANT CRIMINEL

LES AMANTS DIABOLIQUES

L'EMPREINTE DE LA BÊTE
50 histoires où l'animal a le premier rôle

JE ME VENGERAI
40 rancunes mortelles

SURVIVRONT-ILS ?
45 suspenses où la vie se joue à pile ou face

SANS LAISSER D'ADRESSE
Enquêtes sur des disparitions et des réapparitions
extraordinaires

DESTINS SUR ORDONNANCE
40 histoires où la médecine va du meilleur au pire

CRIMES DANS LA SOIE
30 histoires de milliardaires assassins

Composition réalisée par NORD COMPO

Achevé d'imprimer en avril 2007 en France sur Presse Offset par

La Flèche (Sarthe).
N° d'imprimeur : 41377 – N° d'éditeur : 85491
Dépôt légal 1re publication : mai 2007
LIBRAIRIE GÉNÉRALE FRANÇAISE – 31, rue de Fleurus – 75278 Paris cedex 06.